北京
天津

珍藏版手绘水怪地图

憋宝人

女真秘藏

李达 著

中国友谊出版公司

图书在版编目（CIP）数据

憨宝人：女真秘藏 / 李达著. —北京：中国友谊出版公司，2015.12

ISBN 978-7-5057-3634-4

Ⅰ. ①憨… Ⅱ. ①李… Ⅲ. ①长篇小说—中国—当代 Ⅳ. ①I247.5

中国版本图书馆CIP数据核字（2015）第272377号

书名 憨宝人：女真秘藏
作者 李达 著
出版 中国友谊出版公司
发行 中国友谊出版公司
经销 新华书店
印刷 北京盛通印刷股份有限公司
规格 710×1000毫米 16开
20印张 380千字
版次 2015年12月第1版
印次 2015年12月第1次印刷
书号 ISBN 978-7-5057-3634-4
定价 36.80元
地址 北京市朝阳区西坝河南里17号楼
邮编 100028
电话 （010）64668676

目录

引　子　罗刹鬼城 / 001

第一章　玄武人尸棺 / 010

第二章　乌苏里江水怪 / 034

第三章　它来了…… / 062

第四章　鬼藏人 / 087

第五章　乌苏里江捕捉水怪 / 120

第六章　鬼洞 / 151

第七章　鬼门关 / 185

第八章　通往地狱深处的巨大石门 / 217

第九章　整个山洞都是神秘祭坛的一部分 / 255

第十章　20年前那个白袍少年 / 287

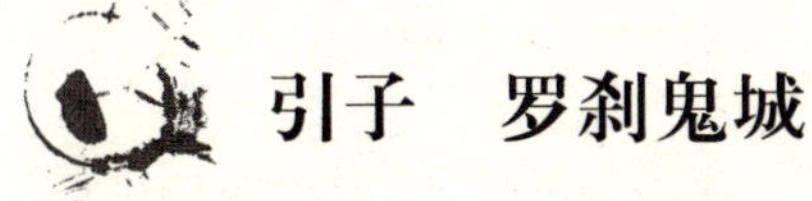

引子　罗刹鬼城

先讲一件发生在老黄河滩上的怪事。

事情发生在二十世纪七十年代末，山西临县城南四十八公里处，一个叫乌峡的小镇上。

乌峡镇地处吕梁山脉，挨着晋陕黄河大峡谷，打明朝起，就是贯穿南北的古航道，打南边运过来瓷器，从北方送过去胡麻，那河底下一层一层，摞的全是沉船。

那锈成烂渣的铜钱堆、碎了满地的瓷器、烂掉边的棺材、镇河的铁猴子、红毛僵尸、鬼脸河童，随便捞上来一个好东西，拿到西安满城的鬼市，就能吃半辈子。

那一年，正逢山西大旱，大半年没下过一滴雨，几丈深的老黄河见了底，河底裂开了一道道大口子，黄河见底，正是“挖河”的好时候。

“挖河”是二十世纪七八十年代很常见的词，其实就是召集当地村民拓深河道。黄河流经黄土高原，裹挟了大量泥沙，在下游沉淀下来，就把河床垫高了，容易决堤。所以在枯水季，就要组织当地村民挖河，把河底的淤泥清出来。

河南有句老话，叫作“开封城，城摞城，地下埋有几座城”，说的就是这个：开封整座古城就曾被黄河淹没过，还不止一次。

挖河很累，那沉重的淤泥、高高的河堤，肩挑人扛，一天下来，肩膀上一层皮都给磨秃了，又晒得头昏脑涨，谁都不愿意干。

所以，挖河有一个不成文的规矩，如果大家挖到什么好东西，可以不用上缴，自己偷偷揣着就好。

可是，谁也没想到，这一次，他们竟然从黄河底下挖出来了一个怪物！

那一天，乌峡镇一百多号人，顶着大太阳，在黄河滩里足足挖了三天，除了一些烂掉渣的破船，连一个铜子儿都没看到。

大家也泄了气，那镐头懒洋洋地抡下去，就听见“叮当”一声响，碰到了一个大家伙。

掘开上面的淤泥，下面是一块巨大的黑色石头，沿着石头边挖了挖，却发现那石头越来越大，简直像个大堡垒，而且修得很严实，连根钉子都打不进去。

老河工仔细琢磨了一下，怀疑这下面是一座古墓，而且还是一座水葬墓。

黄河里经常会有古墓，有的是黄河泛滥，从附近的土地里冲下来，埋在了黄河里，有的就是水葬的大墓。

这水葬就比较邪门了。

中国人讲究入土为安，墓里不能见水，水葬都是提前在大船上修好坟，严密封死，然后把大船开到大江大河里，凿沉了，这就是水葬。

水葬的人，大都见不得光，在地上不敢修坟立碑，只能在水底下偷偷摸摸地进行，防止死后被掘坟曝尸。据说明朝时富可敌国的沈万三，后来惹怒了朱元璋，就是偷偷水葬的。

所以敢水葬的，一定不缺钱，坟里有的是金银珠宝、美玉古董，只要挖开一座，那就发财喽！

这么一想，大家就来了劲儿，顶着毒太阳，在黄河滩上整整挖了一天一夜，终于将那东西从淤泥里给挖了出来。

那东西一挖出来，大家全都傻了眼，这东西根本不是啥古墓、沉船，那玩意儿身上顶着一个大壳子，上面布满了各种纹路，分明就是一头大王八！

都说千年的王八万年的龟，可是说归说，谁也没见过，这一次，大家可真是开了眼！

那大王八足足有一座房子那么大，而且还活着，它不管人在外面怎么折腾，自己把身体缩到了龟壳里，随便你们折腾，老子反正死都不出来！

这大王八一出来，大家全都傻了眼，不知道该怎么办了。

这老黄河里的东西，又邪门，又可怕，大家在老黄河边上长大，啥怪事没见过？！——被铁汁封死的铜钟，被焊死的铜棺材，甚至还有长在河底的铁树。好多挖出来的东西，看都不敢看，赶紧再扔回黄河里，生怕黄河大王降灾，弄一个黄河泛滥或者一场瘟疫，那可就遭了大罪喽！

大家没了主意，就有人小声提议，要不要去找王大仙看看？

王大仙是村子里的风水大师。他早年出过家，在附近一座道观里当过几年道士，懂《易经》，能用蒲草算命，“文革”时，道观被砸了，他也被打断了一条腿，就靠偶尔偷偷给人看点儿风水，赚点儿小钱活命。

王大仙很快来了，他拄着拐，颤巍巍地走过来，沿着那大王八转了一圈，当时就扑腾一声，给它跪下了。

大家见他这样，心里早就凉了半截，想着这下子可完了，莫非是黄河大王降灾，要出什么大事？

但是不管大伙儿怎么问，那王大仙都是一句话不说，只是朝着老王八磕头，磕完头，他也不让人搀扶，硬是瘸着腿，一个人慢慢走开了。

从此以后，他再也没有出现过。

村长没办法，赶紧汇报给了镇长，镇长又往上汇报。最后，从北京连夜打来了紧急电话，电话直接打到了镇上。

电话那头的人派头很大，并没有介绍自己的身份，而是直接对镇长下达了命令，让他“一定要不惜一切代价，不惜一切手段保护好那只巨龟”，并要求“县武装部立刻派人把守，采取一切必要的手段”，“如果遇到任何危险、任何困难，请马上给我打电话，我会立刻协调附近军区的人前来支援”。

镇长一句话都没来得及说，那边就挂上了电话。

镇长愣了愣，日娘捣老子地骂了一通，想着这驴日的也不说自己是哪个单位的，又没有公函、文件，让他怎么去找人？！

难不成他急火火地跑到人民武装部，就说北京来了一个电话，让他们派人去守一个大王八，那还不得被人笑掉牙？！

再说了，说破天，那不就是个王八嘛！还他娘的找县武装部、军区来守着，那些当兵的吃住花销谁管？！到头来，还不得落在老子头上！

这么想了想，他就横披着大衣出去了，又觉得事情有点儿不对劲，叫村长赶紧停止挖河，多派几个民兵，给那大王八羔子围住，对，还得给它浇点儿水，别给它渴死了。

村长怕出事，让民兵把守在村口，任何人不准放进来，还在巨龟外画上了一道线，自己村子的人要来看龟，只能站在线外面看，大家不能越界，又让人偶尔给它泼几盆水，别渴死了。

反正不管怎么折腾，那巨龟都把脑袋缩在了龟壳里，一动也不动。

这个诡异的故事，才刚刚开始。

黄河干涸，大王八出世，大人们忙得一团糟，孩子们也趁机跑了出来，在黄河滩上撒欢疯玩。

在平时，他们可不准在黄河边上玩，黄河泥沙厚，水流急，人一不小心掉下去，很快就被泥沙裹住，沉到水底，连尸体都捞不上来。

现在，黄河也干了，孩子们愿意玩，就去玩吧。

孩子们先去看了巨龟，那巨龟一动也不动，很快就觉得没意思，就顺着黄河滩往下游走。结果去了没多久，就有孩子哭着跑了回来，说有人掉进了黄河里。

大伙儿慌了，仔细一问，才知道他们顺着黄河滩去了下游，那里水大，他们想去捉鱼，结果去了那儿，发现黄河水有些古怪，浑黄的河水中竟然夹了一缕缕暗红色的鲜血。

大家看着好奇，就跟着血水走，发现血水是从一个山洞里流出来的。

当时一个叫憨娃的孩子好奇，就下水钻进了山洞里，孩子们左等右等，看不见他出来，就赶紧跑回来报信了。

这孩子失踪了，那还了得，大家赶紧一面给孩子家长报信，一面赶紧组织人去山洞救人。

大家风风火火地赶到大峡谷，按照孩子的指点，迅速潜入了那个山洞，却发现山洞里腥臭无比，石壁上全是滑溜溜的黏液，里面漆黑一片，什么都看不见。

他们赶紧让人弄了支火把和几杆枪，继续往里走。山洞很深，里面很开阔，到处散落着巨大的动物骨架，有牛骨架、羊骨架、猪骨架，还有一些辨认不出来的大型动物骨架。

大家才明白，难怪这些年里村子里老是丢牲口，原来都被拖到了这里！

大家也有些害怕，这山洞看起来像是个巨大的动物洞穴，吃的还都是大牲口，那它能有多大？

害怕归害怕，孩子丢了，还是村长的孩子，他们只能硬着头皮继续往前走，好歹走到了尽头，就发现最里面堆起了一层层的大木头，有十几米高，摞成了一个巨大的巢穴。

巢穴上像是糊了层厚厚的胶水，摸上去滑溜溜、亮晶晶的，坚硬无比，腥臭无比，像是腐烂的鱼虾。

看着这个巨大的巢穴，大家腿脚都发软了，就觉得冷气嗖嗖往脑门子上蹿，浑身的汗毛都竖起来了，周围阴风阵阵，谁也不敢往前迈一步。

最后，大家只好选了一个折中的办法，抓阄选出来一个人，然后搭了人墙，让他上去用火把照照巢穴里。那人拼了性命往里看了一眼，话都说不出来了，好半天才带着哭腔说："是空的，空的！"

大家才松了一口气，赶紧从洞穴里往外跑，生怕跑慢了一步，那怪物就会回来，生吞了他们。

好容易赶回去，他们就发现，原本空荡荡的黄河滩上，不知道什么时候，突然多了一个少年。

少年十五六岁的样子，穿着一件老式的对襟白袍子，坐在黄河滩上，正对着那头巨龟说话。

大家看到这个孩子，非常惊讶，要知道，这里藏着巨龟，村长早就派民兵将村口封锁了，再加上那个年代，村子跟村子基本上戒严，不准外人进入，他又是从什么地方来的？

少年年纪不大，脸上却有一种不像这个年龄的成熟，或者说是一种极度的自信。

他看见那几个民兵出来，就站起来，淡淡地说："我是来救人的，请给我准备一把香、一盆清水。"

大家更加吃惊了，一个个面面相觑，搞不懂这少年是什么意思。

那个少年只是淡淡地说："没有时间了。孩子再不上来，它就要出来了。"

别人没有听明白，那几个进洞的民兵却听明白了，他们让大家不要废话，赶紧准备香和清水，放在黄河边上。

村长匆匆赶来，那失踪的孩子是他的独子憨娃，后面那个哭哭啼啼的，是他的婆姨。

村长急得一脸油汗，脱了身上的褂子，又横披上，使劲咳嗽了一声，问其他人，也是问那个少年："憨娃……在哪儿呢？"

少年指了指黄河："他在沉船底下。"

几个民兵才松了一口气，想着孩子既然不在怪物巢穴里，那就没事了。

同时，他们又捏了一把汗，这孩子已经掉到水里那么久，还有命吗？

而且，这里自古是贯穿南北的水道，几百年来，下面沉了不知道多少船，水位降低时，就能在浑浊的水下，依稀看到一些长满了绿毛的沉船。

在某些河道，沉船一层摞着一层，甚至能摞三五层，这孩子要是在沉船底下，那可就没办法救了。

少年解释，那个孩子并不在水里，是被卡在了大船和山洞的夹缝中，有氧气，还活着。

说完，他衣服都没脱，一个猛子扎进了水里，潜入水下，只留下一串串的气泡。

大伙儿死死盯着黄河，大气都不敢喘一下，才发现原本浑浊的黄河水，变成了暗红色，像是灌进了血水，那血水丝丝缕缕的，从峡谷深处流了出来，真像是黄河在流血。

大家都是老黄河人，从小听着黄河的奇闻怪事长大，这黄河流血，可是出了名的凶兆。

据说老蒋当年为了阻挡日本人，炸开了花园口大坝，那黄河里流的就是血水，等大水过去，那干涸的地面全是紫红色的，像血豆腐一样。

好在没几分钟，少年就冒出头来，怀里抱着一个孩子，走上了河岸。

大家赶紧奔过去帮忙，少年却摇摇头，让大家退后，千万别出声，然后把孩子平放在地上，让孩子左脸歪到一边，迅速点着了一炷香，插在旁边的沙地上。

香气袅袅，冒出了一缕缕的白烟，这时候并没有风，大家却看到，那白烟竟然不偏不倚，全都朝着憨娃的鼻孔钻了进去，像是里面有什么东西在吸烟。

大家哪里见过这种诡异的场面，一个个连大气都不敢喘一下，那婆姨吓得更是捂住嘴巴，连吭都不敢吭一声。

少年等他吸足了烟，手一抖，从袖子里滑出来了一把金黄色的刀子，落在他的手掌上，他用刀子割破手指，鲜血滴滴答答流到了地上那盆清水中。

最后，他从怀里掏出一截小胳膊粗细的竹筒，将竹筒对准了憨娃的鼻孔处，轻轻拍了拍他的左脸。

随着他的动作，更诡异的一幕出现了，那孩子的鼻子翕动了几下，接着变成了黑色。

这鼻子怎么会变成黑色？

大家在河滩上站得久了，被太阳晒得头昏脑涨的，觉得是不是自己眼花了，再仔细看看，那黑色越来越深，竟然变成了一条摇头摆尾的小蛇，从鼻孔里钻了出来。

原来，那鼻子并没有变成黑色，而是从里面钻出来了一条黑色的小蛇！

那小蛇差不多有指头长，筷子粗细，漆黑漆黑的，从憨娃鼻子里出来后，直奔血水而去，却被少年按住了，丢进了那个竹筒里。

少年塞上竹筒，才松了一口气，淡淡地说："没事了。"

大伙儿才跑过去，看见憨娃虽然鼻孔往外呼呼地流血，不过呼吸均匀，眼皮颤动，显然已经没事了。

村长咳嗽一声，先感谢了少年，又悄声问他那蛇是怎么回事。

少年还是淡淡地说："不用谢我，这事情多少也跟我有一些关系，所以顺手处理了。那条小蛇，是被人种的憋宝，现在没问题了，不过会折一些寿。"

少年话里带话，显得大有深意，什么憋宝之类的，村长更是听不懂。可是不管他如何询问，少年都充耳不闻，只是坐在黄河滩上，看着苍茫的大水发呆。

最后，少年让村长在河滩上挂上一盏红灯笼，说他晚上要下水斩杀一个水怪，夜里太黑，有了灯笼，他就知道方向了。

村长有些吃惊，这里可是黄河古水道，虽然现在大旱，可这底下却是个深潭，并没降低多少水位，而且这下面密密麻麻的，全是沉船、山洞、乱石，地形复杂，人一下去，就迷糊了，上都上不来！

况且，这黄河自古不夜渡，就算是有天大的急事，都要等到天亮过去，这小少年竟然想晚上下水，他是疯了吗？

但是少年却根本不理他，只是在最后对他说，如果后面有人找你的麻烦，就说我是金门的，在罗刹城里等他。

村长更加吃惊了，他一个守法良民，怎么还会有人找他的麻烦？

那金门和罗刹城又是什么？

那个少年似笑非笑地看了他一眼，对他说了一句话。

说完这句话，他又闭上了眼睛，再也没有开口。

但是那句话，千不该万不该，他并没有听清楚。

他只模模糊糊听到了几句“罗刹城”“二十年后”，那句话就被风吹散在河滩上了。

第二天，天刚蒙蒙亮，村长就一口气跑到黄河滩上，发现灯笼早已经熄灭了，灯笼上用鲜血写了三个刚劲有力的大字：金子鸣。

少年走后第三天，天还没亮，村长就被一阵紧急的砸门声给惊醒了。

披着大衣，出来一看，发现气急败坏砸门的人是镇长，镇长后面还跟着县长、书记，以及一些他不认识的人。

不过，所有人都讨好地围在一个人身边，那个人穿着一身军装，没有肩章，看起来很威严，像是部队首长。

在他身后，是几辆东风大卡车，卡车上笔直地站着一队队的士兵，荷枪实弹，冷冷地看着他。

看到这个阵势，村长身上的冷汗都下来了，以为是什么特大政治犯跑到他们村子里了，开口想说点儿什么，又不知道要说什么。

部队首长挥了挥手，周围一下子安静了。

他问村长：“那只巨鼋呢？”

“巨鼋？啥巨鼋？”村长听不懂。

旁边的镇长急得直跺脚：“咳，就是那只大王八！我当时让你看好的！你给看哪儿去啦？！”

村长身上的冷汗一下子下来了，结结巴巴地说：“那只大王八……还，在那儿啊！”

首长没说什么，只是让他带路，大家一起来到了黄河滩上，远远看去，黄河滩上空荡荡的，只剩下一个巨大的泥坑，坑里渗满了水，哪有什么巨龟？

村长再也绷不住了，跳着脚直骂：“驴日的，我让他们死也要看好大王八！王八犊子的，那些人呢？！”

没有人说话，大家用一种古怪的表情看着他。

首长指着黄河滩一角，淡淡地说："是不是他们？"

村长一愣，走过去看了看，发现那个黄河滩上，竟然跪着几个人，头朝下，屁股朝上，看起来非常怪异。

村长也吓了一跳，他壮了壮胆，过去扒拉了一下他们，却发现他们身体僵硬，早已经死去多时了。

那几个人的姿势非常怪异，像是拼命想把身体塞在石缝里，身体已经扭曲到了一个不可思议的角度。清晨的薄雾顺着黄河滩缓缓飘了过来，雾气弥漫，人影斑驳，看起来古怪又狰狞。

村长吓得后退几步，一屁股坐在地上，扯着嗓子吼起来："死……死人啦！他们死啦！死啦！"

旁边立着许多人，却没有一个人说话，一时间都僵在了那里。

首长没说话，他背着手，站在黄河滩上，看着远处茫茫的黄河水，不知道在想些什么。

过了好久，他终于缓缓开口了："这几天，有没有外人来过这里？"

村长先是使劲摇了摇头，后来想起那个白衣少年，有些犹豫，不知道该说不该说。

首长的目光像刀子一般刺在他眼里，低喝一声："说！"

老村长哪敢隐瞒，当下竹筒倒豆子一般，将那个少年如何神秘出现，又如何神秘消失的事情说了一遍。

他诅咒发誓，说当时好多人都在，大家都可以做证，那个立在河滩上的红灯笼都没有收回去呢！

部队首长轻轻叹了一口气，说了一声："果然还是晚了他们一步。"

接着，他又问了一句："那个灯笼呢？"

村长才反应过来，首长问的是少年留下字迹的红灯笼，赶紧带他过去，那是一盏普普通通的红灯笼，挂在一根小竹竿上，在风中轻轻摇晃着。

没想到，看到灯笼上的名字，那个人的眼睛却猛然眯成了一条缝，身体一下子绷紧了，像一条随时准备出击的毒蛇："是他！"

他目光如炬，逼问着村长："他有没有对你说什么？！"

村长结结巴巴地说："他倒是说了……要是有人……有人找我的麻烦，就说，他来自金门，在，在罗刹城里等他。"

首长问他："罗刹城？那是什么地方？"

这个问题，村长就不知道了。

好在一直跟在身后的镇长知道，他说："罗刹城，是我们这里的一个传说……

其实就是封建迷信！这罗刹城，就是鬼城！据说是死在黄河里的鬼魂，在黄河底下秘密建造的大城，谁也不知道它在哪儿。

“当然了，这个都是封建迷信的说法，我当然是不信的！不过，这只大王八挖出来后，就有人传谣言，说这只巨龟是给罗刹城看城门的，被我们挖出来了，阴兵就要从罗刹城里出来了……看见活人就收……”

部队首长点点头，抬起手，阻止了他后面的话。

接着，他叹了一口气，做了一个手势，转过了身。

几乎在同一瞬间，他身后跟着的几十个士兵，猛地转过身，往后退了一步，跟着他走了出去。

那几十个铁血军人，同时迈腿，同时转身，没有任何多余的动作，虽然人不多，却营造出了一种铁血狼烟的感觉。

镇长、县长他们，紧跟在部队首长身后走了，只剩下村长自己孤零零地呆在河滩上，张着嘴，看着那几个怪异的死人，看着那个空荡荡的大坑，看着白茫茫的黄河水，一时间怔在了那里。

过了好久，他才反应过来，抬起头，看见太阳缓缓冒出了头，朝霞落在干涸的河床上，像是黄河裂开了一道伤口，往外冒着血水。

他心里突然有些恍惚，那个像房子那么大的巨龟，那个神秘的白衣少年，还有那个罗刹之城，又是怎么回事呢？

很快，那几具尸体就被人抬走了，事情也被弹压了下去，只是模糊地给了一个说法，追认他们为工伤，也就不了了之了。

那年头就这样，政治高于一切，死个把人实在算不得什么，这件事情也很快就被人淡忘了。

很快，持续的干旱过去了，乌峡镇连续下了七天七夜的暴雨，黄河水咆哮着，嘶叫着，灌满了整个河道，没有人知道，在这个黄河边上的小镇，竟然发生过那么诡异的一幕。

但是，还有人没有忘记。

很多年过去了，年轻村长变成了老村长，老村长怎么也忘不了那一年的夏天，那个神秘的白衣少年，诡异的憋宝术，以及白衣少年最后留下的那句话。

二十年后……这到底是什么意思呢？

第一章 玄武人尸棺

一晃，二十年过去了。

这个故事里的憨娃，就是我，当年的我，稀里糊涂掉到了黄河里，又稀里糊涂被人给救了上来，根本就不知道害怕，在床上躺了半天，就又光着脚下地，到处疯玩了。

后来，我还是从别人口中得知那天的事情，也才知道当年有那么一个少年出手不凡，还从我鼻子里弄出一条小蛇来。

开始的时候，大家还遮遮掩掩的，后来就成了茶余饭后的笑话，至于说我折寿那段，更是被我母亲反复唾弃，认为那鸡娃子大的一个小屁孩，懂个狗屁！就我这身板，硬得很，随便使使劲儿，一气活到八十岁准没问题！

不过，那巨龟到底是如何失踪的，究竟和那个白衣少年有没有关系，那罗刹之城又是怎么回事，就只有我父亲一个人知道了。

我只是从母亲口里断断续续得知，那头巨龟失踪了之后，镇子里好多人都被带走了，当然也包括我父亲，被审查了大概一年，才被放出来。

被放出来的人说，所谓的审查，其实就是翻来覆去问他们几个问题：那头巨龟到底是谁放走的？那个白衣少年又是谁？罗刹城又是怎么回事？

大家被审问来审问去，才想起那天杀的罗刹城是怎么回事，那是王大仙传出来的，但是政府去王大仙那边拿人时，才发现他自从上次离开后，就没有回来过。

后来，有人就言之凿凿地说，他当时亲眼看了那巨龟，它身上布满了花纹，并不是天然长成的，而是被人雕刻上去的，全都是一个个的古字，那其实就是预言，写了中国要发生的各种大事。

王大仙那个驴入的，当年围着那老王八看了半天，看懂了那些预言，知道马上要改革开放了，所以提前去了深圳，在那边发了大财，住上了洋房，还包了几个二奶！

也有人说，那驴人的王大仙根本就是扯谎，那老王八根本不是瑞兽，而是凶兽，因为那一年，在东北还下了一场罕见的陨石雨，掉下来了三块硕大无比的陨石，连续去世了三位伟人！

但是那巨鼋到底是怎么回事，白衣少年又是什么身份，那罗刹之城又是哪里，却始终没有人能说得清楚。

父亲审查回来后，继续当他的村长，原来的镇长却被革职查办了，当时给安了一个什么罪名，我也忘记了。

从那以后，父亲也变得沉默寡言，很少说话，每次喝多了酒后，就喜欢去黄河滩上坐着，像是在等什么人。

但是不管他喝得再醉，我再怎么旁敲侧击地问他，他都没有说过当年发生的事情。

时间就这么一天天地过去，我也一天天地长大，本以为，这件事情也就是我人生中的一个小插曲，像是黄河中一朵跃起的浪花，翻不出什么花样来，却怎么也没有想到，这一切，其实才刚刚开始。

也是因为童年的遭遇，让我对中国各大水系产生了浓厚的兴趣，后来考取了北京一所大学，念水利专业。开始还挺认真，整天听课做笔记，后来才知道，所谓专业成绩，其实就是个屁，还不如在大学里拉拉关系，多送点儿礼管用。

我当时念的学校还不错，这个专业还挺抢手，一般学校都能分配到全国各地的水利局，差一点儿的，就去水利站。

不过具体去哪儿，就得看跟学校的关系了。关系到位，就给你个留京名额，工作、户口全都解决掉；关系不好，搞不好就发配你去边疆戍边，搞个红旗渠啥的，风萧萧兮易水寒，壮士一去兮不复还。

我当年成绩虽然不错，但人也还不傻，也经人指点，趁着天黑，拎了一网兜烟酒去系主任那儿送礼。结果刚到他宿舍，就听见屋里有女人喊救命，撞开门一看，系主任光着上身，正在撕扯我们班一个女生的衣服，哥们当时年少气盛，拎起酒瓶子，上去就给他脑袋开了瓢。

那衣冠禽兽捂着脑袋，连声说没事，没事，喝多了，喝多了！又拉着我的手，跟我反复保证，说我毕业分配的事情就交给他了，绝对给我办得妥妥的，只要我对今天的事情装作没看见！

结果，真到了毕业时，这孙子却大笔一挥，果断把我下放到黑龙江乌苏里江旁的一个水利站。

他跟我反复保证，这工作不仅轻松，还能体验当地独特的风土人情，尤其是当地的朝鲜族姑娘，不仅貌美如花，而且热情奔放，这是组织上对我的极大照顾啊！

我当时还挺高兴，想着这老小子还算是多少有点儿良心，乌苏里江那边我虽然没去过，但是从地图上看看就知道，有山有水，这山水好的地方，指定出美女，像重庆、成都、大连，不都是这样嘛！

等我到了那儿，得想办法整杆猎枪，养条猎狗，没事喝喝小酒、钓个鱼、打个猎啥的，再找个白皙漂亮的朝鲜族姑娘，每天吃点儿石锅拌饭，喝点儿啤酒，那生活可就齐天喽！

很多年以后，我经历了无数的凶险，再回想起这一段，也是诸多感慨。

有时候想想，自己当年要不是年少气盛，被发配到边疆，而是去了一个小县城，在水利局里喝喝茶，看看报纸，那会不会又有一段新的人生了？

不过，生活毕竟不是故事，你没办法选择剧本，只能扎扎实实地过。

好容易熬到了毕业，我匆匆办完手续，就扛着行李，坐上了北上的火车。

那地方很偏僻，叫共和岭，是黑龙江双鸭山市下辖的一个小镇，要去那儿，得先坐火车到哈尔滨，再转车到双鸭山，再换乘客车到县城，最后还得搭老乡的毛驴车，这样差不多折腾了三四天，总算到了地方。

下了毛驴车，我揉揉眼，大口大口呼吸着新鲜空气，朝着周围看了看，周围都是大青山，远处是一条大江，周围大片大片的荒地上，漫山遍野都是向日葵，金灿灿的，远处孤零零矗立着几间小木屋，一条小街，一个小杂货店，一所小学。

我当时就傻眼了，这里基本上就是一大片荒地，啥玩意儿都没有，那富得流油的黑土地呢？那些貌美如花、热情似火的朝鲜族姑娘呢？

没容我想太多，水利站的领导就过来迎接我了，紧紧握着我的双手，连声说辛苦啦，辛苦啦，俺们全乡人民都热情欢迎北京下来的大专家啊！

我赶紧谦虚几句，那边赶紧让人提着我的行李，接着带我去了当地的政府招待所，其实就是个小饭馆，给我弄了一张大煎饼，卷了大葱，蘸着大酱，又整了一海碗白酒。

喝了半碗酒，我就彻底蒙了，开始胡吹起来，最后拍着胸脯跟毛主席保证，我董小白保证一辈子待在这儿，支援边疆建设，支援咱们黑土地黄棉袄的亲人们！

上午喝多了，迷迷糊糊被人送回招待所，再醒来，天已经黑了。我看着窗外大片大片的向日葵地和荒凉的小镇，想着自己大把大把的青春就要葬送在这里，肠子都悔青了。

晕乎乎地坐起身，我嘬着牙花子，想着等老子回到北京，第一件事就是狠揍那个狗日的系主任一顿！哦，不，老子要先将他的丑事公之于众，再他娘的狠揍他一顿！

第二天，局长专门从县里赶过来，给我交代了工作。

局长姓高，是个转业军人，在部队待了十几年，说话、做事都很爽快，典型的军人作风。

他说："小白呀，咱们水利站还没有站长，所以这个水利站，就全部交给你啦！咱们水利站嘛，主要就是要保证农业灌溉用水，保证水库用水，其他的，其他的那就没有啦！

"说起咱们水利站嘛，也是有过光辉的革命历史的！这个，这个，在二十世纪六十年代，毛主席号召大家，广修水库，旱涝保收，大家大干特干，炸平了几座山，整了几个水库，才有了今天的大好成绩！

"咱们这个工作嘛，从前呢，可不轻松，要日夜巡逻，夏天防止河对岸的苏修在水里投毒，冬天要防止有人踏着冰河投敌，相当于军政两手抓！现在嘛，就轻松多了，主要就是要保证咱们屯子的吃水问题！"

他最后严肃地说："董小白同志，你能不能完成党和国家交给你的艰巨任务？！"

我立马两腿一收，收腹挺胸，啪地敬了个礼，朗声说："请首长放心，我保证完成任务！"

他满意地点点头，又交代了几句，开始走出门去，最后又跟我强调："那个，小白同志，晚上最好不要去江边，尤其是黑瞎子岛那边！对，水利站有把猎枪，白天去江边的时候，就背上，有备无患嘛！"

我有些好奇，为啥晚上不能去江边？他眼神有些闪烁，不自然地说，江边风大，晚上着了风，容易感冒伤风嘛。咱们这疙瘩，不比北京，缺医少药的，要是真病了，那岂不是麻烦啦！

我又问他，那去江边为啥要带枪？他就看看表，说县里还有个会，他得赶紧走了，让我有事情给他打电话。"小白同志，这里就交给你了！记住哈，晚上千万别去江边，这可是政治任务！"

虽然我不明白晚上去江边跟政治有啥关系，但是看着他严肃的样子，我也认真地点了点头："请首长放心，保证完成任务！"

我们这个镇子，地广人稀，我每天的工作，就是去转一圈，检查检查水渠，倒也轻松，有大把大把的时间可以挥霍。

开始的时候，我就背着那杆猎枪，到处转悠转悠，看看有没有什么猎物好打。

后来才发现，这里人也不傻，挖药材的挖药材，卖山货的卖山货，早就不是"棒打狍子瓢舀鱼，野鸡飞到饭锅里"那个北大荒的时代了。

不过我们在中俄边境，挨着大江，旁边又是原始森林，大家还都过着传统的生活，平时种种地，农闲时打打鱼、打打猎，日子平淡而清闲。

不过，在我那个年龄，根本欣赏不了这种平淡的美，巴不得每天都有些惊天动地的大事发生，让我能去折腾折腾。

水利站坐落在江边，是一所全木质结构的大屋，屋子上上下下全用原木钉成，漂亮又结实，充满了浓郁的松木清香。水利站外面，围了一圈篱笆，院子里有一棵大槐树，枝繁叶茂，非常凉爽。

我闲着没事，就在院子里摆了张小桌子，泡上一壶茶，邀请左右邻居来这里喝喝茶、聊聊天。

东北人就是热情，没事都爱过来聊几句，所以没过几天，我就和周围的邻居们都熟悉了。

离我最近的，是一个精力旺盛的老光棍。他穷得底朝天，四十多岁了都没讨到媳妇，所有家当就是一匹马。那匹马膘肥体壮，非常精神，是他的精神支柱。

每天早晨，他都要骑着这匹好马，去小山坡放马，要是在路上看见姑娘，老远就吆喝马停下来，瞪着两只蛤蟆眼，死死盯着人家看，眼睛里都往外泛绿光，恨不得给人家生吞活剥了。

在我屋后面，住着一对老教师夫妇。老教师教了一辈子政治，现在退休了，每天清晨起来，就在家门口劈柴，柴堆摞得比房顶都高。

他很寂寞，退休后没人说话，每次见了我，就拉着我大谈马列毛选，我听他讲了几次，每次都赶紧找借口走开。

稍远一些，附近还有一户朝鲜族人家，不过却不是我念念不忘的皮肤雪白、热情奔放的朝鲜族姑娘，而是一个老头、一个老太太。

据说，他们倒是有一个热情奔放的女儿，可惜去哈尔滨打工了，要过年才回来。

老头姓崔，大家都叫他崔老头，据说从前上过朝鲜战场，在雪窝子里伏击美国鬼子时冻坏了腿，所以大夏天都得裹着皮大衣，成天招呼我去他们家吃打糕。

就这么过了几天，我正在院子里烧茶，就看见老光棍急匆匆骑着白马冲了过来，大老远就朝我喊着："还愣着干啥！江边出事啦！"

我赶紧问他："出啥事啦？"

他下了马，跟我说："别提啦，在江边那疙瘩，有一座老庙。前几天，那庙被雨水冲塌了，大家才发现，那庙原来是用一整副大鱼骨架子搭建的。那庙里面不知道供奉的啥邪神，像个怪物，也被雨给淋塌了，就从它底座下面露出来了一口古井！"

我也吃惊了："那庙里还藏着一口井？"

老光棍得意了："可不是咋的！你说那好好一座庙，底下竟然藏着一口井，还能是啥好玩意儿！这不，有人怀疑那是盗墓贼挖的洞，都过去抢洋落啦！你看，要不是我专门过来叫你，现在估计都抢到不老少啦！"

我正闲得无聊，听他这么一说，赶紧推开茶壶："那还愣着干啥？赶紧走哇！"

老光棍说："快上马！我这马快！"

两个人骑着马，一溜烟儿就到了河滩上，远远看去，就发现河滩上挤满了人，在那儿指指点点的。

老光棍拴住马，拉住一个人，问："怎么个情况？那底下到底是啥玩意儿，洋落都捡没了吗？"

那人撇撇嘴："还捡洋落呢，这井底下出了鬼啦！"

老光棍问："出啥事啦？那底下出白毛子啦？"

那人说："白毛子倒是没有，不过也差不多啦！"

我小声问老光棍："那白毛子是啥？"

老光棍说："就是僵尸！长白毛的叫白毛子，红毛的叫红毛子！"他转身又问那人："那到底是咋回事啊？"

那人说："刚才啊，有个半拉小子扒着井口看，也不知道看见啥了，吓得一头栽下去啦！"

我大吃一惊："啊？那赶紧救孩子啊！"

那人连连点头："说得是啊！好在那井啊，没多深，那孩子掉下去后，往水里一站，井水才到他胸口，虽然手脚给磕破了，人倒是没事。"

我也感慨："那还好，那还好！那就赶紧把孩子给拽出来吧！"

那人赞同地冲我点了点头，说："这个大兄弟说得对！俺们看见孩子掉进去，赶紧拽着井绳，就给孩子捞出来啦！"

老光棍说："那事情不就结了嘛，大家还往那边看啥？"

那人说："你是不知道啊！那孩子是坐在大水桶里给拉出来了，结果人没事，那大水桶有事啦！"

老光棍不屑一顾："水桶能有啥事？给碰坏了？那就再买一个就是喽！"

他摆摆手："那水桶屁事都没有，就是里面多了样东西！"

我问："多了啥？"

他直勾勾地看着我，说了声："你猜……"

我："……"

老光棍骂了声："猜你妹啊猜！"

那人得意地大笑起来："哈哈哈，你猜不到吧？就知道你猜不到！"

接着，他神秘兮兮地说："俺告诉你们吧，是人手指头！"

我也吓了一跳："人手指头？这井里怎么会有人手指头？！"

那人也说："不知道啊！而且那人手指头还不光是一根，有好几根，大的小的都有，肉早就烂完了，全是烂骨头渣子！"

我也倒吸了一口冷气："这……这事情还真够邪门的！"

又问老光棍："你听说过吗？"

老光棍也挠挠头："这井底下出大蛇、出红毛子，咱们都听说过，也见过，就是没听说过出手指头的！"

那人也得意了："可不是咋的！这不，刚从外面借了一台抽水机，说要给这口井抽干了，派人下去看看，看到底是咋回事呢！"

见我还没反应过来，他还好心提醒我一句："还愣着干啥呢？赶紧去啊，去晚了就没位置啦！"

老光棍捡不到洋落，倒也没丧气，赶紧拉着我，过去那边看热闹。

这时候，古井那边已经围了不少人，乡亲们满怀热情，在那儿热切谈论着井下的事情。

有人扯着公鸭嗓子说，哎呀我的妈，说到这口井啊，俺倒是想起来啦！

这口井其实早就有，当年就很邪门，后来就看不见了，原来是被这座小庙给镇住啦！

这口井啊，不能往里面看！你往里面一看，水面瓦蓝瓦蓝的，里面老像是有啥玩意儿在叫你的名字，瘆人捣怪的，能吓死个人！

又有人附和，说这井里确实怪，他有一次扔下去了一个鹅蛋，发现那鹅蛋竟然不沉底，反而像木头一样浮在了水面上，像是下面有啥东西托着它一样！

更有人说，这座井啊，是古井，有了几百年的历史了，这井打一开始，就是镇压地下的鬼魂的！你们看，那些人骨头是咋回事，就是这井底下镇压的鬼魂，要从里面爬出来啦！晚上路过这里，还能听见井下有女人哭！

更有人说，这口井不能动，井底下住着井龙王，给水抽干了，咱们村子就会断水！这井啊，怕是直接通着乌苏里江的，那抽水机就能把水抽干了？！做梦娶媳妇，净想好事！

说话间，民兵队长横着身子走了过来，威慑地说："都别吵吵把火的啦！这井底下到底有啥，抽干了水就知道啦！谁要是再吵吵把火的，等这水抽干了，俺就第一个让他下去！"

他这么一说，周围马上安静了，大家都赶紧往后躲。

民兵队长满意地环视了一下周围，果断地一挥手臂："抽水！"

底下几个人手忙脚乱地把抽水机管子插到井下，一拉电闸，机器轰隆隆地鸣叫了起来，把井下的水抽了上来。

那井下的水并没有很快抽干，不过也没像某些人所说的，井下连着乌苏里江，怎么抽也抽不干。

差不多抽了半个小时，那水井中的水开始变得浑浊，人群中开始欢呼："快啦！快见底啦！"

大家说得没错，那水井抽出来的水越来越浑浊，最后就抽不动了，直往外出泥浆。队长就挥挥手，让把抽水机给拔出来，准备开始下一步行动。

第二步行动，就是弄了一个半截汽油桶，上面用麻绳拴住了，把人吊进去。这口井比较宽，汽油桶里一次能放进去两个人，大家一起也有个照应。

但是问题就出来了，除了队长自己自告奋勇坐了进去，再也没有第二个人敢进去！

队长火了，骂道："妈了个巴子的！你们平时不挺牛嘛，怎么到了关键时候，就熊了呢！这也就是在和平年代，要是打仗时，老子一枪就毙了你们这帮逃兵！"

但是不管他怎么骂，大家脸涨得多红，就是没有一个人站住来，毕竟这座井的凶名太盛，没人敢下去。

偶尔有血气方刚的小伙子，想要下去，也被家里人连呛带骂，给骂了回去。

队长环视了人群一周，看到我的时候，他的眼睛闪烁了一下，接着又黯淡了下去。

他挥挥手，低声说："算了，算了，管他啥这龙潭虎穴，就让老子自己下去吧！那个，要是俺没回来……大家逢年过节都多给俺烧点儿纸钱！"

我当时热血上涌，猛然站了出来，说："队长，我跟你去！"

老光棍赶紧从后面拉我，我却挣脱开，径直走上前去。

队长眼睛亮了，说："这不是北京下来的大学生嘛！啧啧，还是人家北京来的人有文化，胆子大！你们这帮鸟人啊，吃饭喝酒是能手，干事真是不行！"

他递给我了一个矿灯帽，上面有矿灯，待会儿在底下看不见，可以照着点儿。

老光棍满脸焦急，从别人手里抢下了一把柴刀，塞给我，说这底下到底是个啥情况，他也不知道，还是小心点的好。

他还想说什么，队长却挥挥手，硬是把他撵走了。

扭头看看老光棍，他眼神闪烁，满脸疼惜，像是有什么话没来得及告诉我，让我也有一些怀疑。

队长拍拍我的肩膀，说："大学生，没事的！待会儿要是看到什么东西，别害怕，不管出现啥事，都有我在前面顶着。”

说完，他招呼一声，大伙儿一起出力，把我们抬到了井口处，开始慢慢往下放。

开始的时候，我还不觉得什么，但是随着铁桶逐渐往下放，立刻感受到了那种沉重的压抑，周围黑黢黢的，什么也看不见，铁桶轻轻晃动，让人晕乎乎的，只能听见两个人压抑的呼吸声。

实在受不了这种压抑，我摩挲着打开了灯光，却在灯光打亮的一瞬间，队长猛然说了一句：“别开灯！”

在这样一个狭小的空间里，普通的喘气声都显得非常粗重，更不用说他猛然叫了一声。那声音震得井壁嗡嗡地响，吓了我一跳。

不过我的手，早已经扭住了开关，所以在下意识中，还是拧亮了灯。

一束雪亮的灯光，从我头上射了出去，将周围的一切照得清清楚楚。

那矿灯的灯光很亮，加上我们就在一个很狭小的空间，一下子将周围照得清清楚楚的，井壁上厚厚的青苔、石壁的划痕，都看得清清楚楚。

只看了一眼，我就理解队长不让我开灯的原因了。

在我们身边的井壁上，出现了一道又一道的划痕，划痕很深，在井壁上留下了一个个长长短短的印记。

我有些奇怪，问：“咦，这里怎么会有划痕？是啥玩意儿给划的？”

队长脸色惨白惨白的，没有理我，看了几眼后，把脸转到了一边去。

汽油桶继续下降，越往下，那划痕越多，几乎在井壁上全都留下了各种痕迹。

我有些奇怪，莫非这井下掉下去过什么动物，它顺着井壁往外爬，所以留下了那么多划痕。

还在想，我扭头一看，眼神一下子凝固住了。

在我左边的井壁上，出现了一道深深的划痕，在划痕最下方，赫然出现了一截手指骨，死死地抠在了井壁上。

我一瞬间就明白了，为何大家死活不愿意下来，为何队长刚才不愿意让我打开矿灯，为何那大水桶里会出现几截手指骨，原来，这井底下竟然真的有死人！

队长朝我勉强笑了一下，说：“看见了吧？其实没啥，死人嘛，俺们在越南战场上见得多啦！”

我结结巴巴地说：“这……这死人怎么还能往上爬？”

队长说：“死人怎么可能往上爬！那指定是活着的时候爬上来的呗！”

我说：“那不可能啊，这井壁上那么滑溜，人怎么可能爬上来？再说了，他的手指头都插进了石头里，这个也不是人能做到的啊？！”

队长从口袋里摸索了一会儿，摸出了一个烟屁股，叼在嘴里，吊儿郎当地说：“那有个啥啊！俺们当时在朝鲜战场，脑壳子都给炮弹掀飞了，人还能往前冲个十几步，还能开枪杀美国鬼子呢！”

我说：“这个……我还是觉得这个不大可能……”

队长问：“那你觉得是什么？”

我看了看周围幽暗的环境，越往下，越冷，冰冷的气息仿佛要渗到我的骨子里，周围阴气森森，我哪还敢说出来个“鬼”字，只好装傻。

队长慢悠悠地说：“所以嘛，你说不出来了，那就是这个喽！好多事情吧，就是这样，开始想不通，多想想，那就想通了。”

说实话，刚才愿意下来，主要是初生牛犊不怕虎，没想过这井下到底有多可怕，热血一涌，一股气上来了，就跟着下来了。

要是早知道这井底下这么可怕，我还真得好好考虑考虑了。

我试探着问：“队长，咱们现在看也看了，是不是可以回去了？”

队长却轻蔑地一笑，说：“看了什么了？这不啥也没看见嘛！俺跟你说，俺这次就是要下到紧里面，看看那底下到底是啥在作怪！”

看着我有些犹豫，他说：“学生娃，你要是怕，俺就让他们给你拉上去！俺自己下去也没啥！”

他这么一说，我一下子顶过去了，拍拍胸脯说：“怕？我董小白打从生下来，就不知道‘怕’这个字怎么写！”

队长哈哈大笑，使劲拍着我的肩膀，说：“好孩子！有种！像俺们东北人！”

气氛缓和了，我也轻松下来，想着不就是一口井嘛，水缸大那么一个口子，能冒出来啥牛逼玩意儿？

再说了，这队长一看就是一条铁汉子，底下真要是出来什么恶鬼妖怪，他也会先顶上去，到时候鹿死谁手还不一定呢！

我就问他，这口井是怎么回事，是不是真像乡亲们说的那么邪乎？

没想到，他却认真地点了点头，说这口井确实比较瘆人，不然也不至于刚才一个人都不敢下来！“俺们东北人嘛，还是很有种的！只不过嘛，这口井确实太邪乎啦！”

我就问他，这口井到底邪乎在什么地方？不就是鹅蛋扔下去不沉底？

他却嗤笑了，说鹅蛋沉不沉底的，那都是裹脚老娘们不懂装懂的屁话！那新鲜鹅蛋会沉底，鹅蛋放久了，里面发酵了，那可不是会漂上来？

我也笑了，问他这口井到底怪在哪里。

他说：“这口井啊，最邪门的是，你不能往井下看，尤其是大晚上，有月亮的时候。你要是往水底下看，就会看见一张脸。”

我扑哧一下笑了：“人往井底下看，当然会看见一张脸了，那不就是你自己的脸嘛！”

他却摇摇头，严肃地说：“不是，你看见的，并不是你自己的脸。”

我吃惊了：“那是谁的脸？”

他看了看周围，把腰里的那把柴刀抽了出来，在手里把玩着，像是防着水底下会钻出来啥怪物，然后低声说：“谁也不知道那是啥脸，有时候是一张血淋淋的脸，有时候是一个被水泡肿的脸，还有时候是一张鬼脸……”

我更加吃惊了，看了看周围的划痕，心里也紧张起来，紧紧握着那把柴刀，警惕地看着周围。

队长压低了声音，说：“有人说，你看见的其实还是你自己，只不过，那并不是现在的你，而是死后的你。”

我不明白了：“啥是死后的你？”

队长说：“那个看见血淋淋脸的人，后来在山里采山葡萄时，撞上了一头黑瞎子。那黑瞎子一屁股坐在他身上，用舌头朝他脸上舔了舔。那家伙，舌头上全是倒刺，当时就给他的脸皮舔没了，留下了一张血淋淋的脸……跟井底下的那张脸一样……”

我倒吸了一口冷气：“这事情还是真的？”

他点点头，说：“后来我查过，那个脸肿得跟发面馍一样的人，喝醉了酒，掉在江里淹死了，泡在水里一个礼拜才被发现，那脸可不就是肿得像个发面馍！”

我说：“啊，还真那么神！每个人看见的，都是自己死后的样子吗？”

队长摇摇头，说：“也不一定，也有人看见了死去的亲人啥的，反正神神道道的，乱得很！”

我感慨：“以前听过这种怪事，没想到今天还真看见了！”

队长却说：“这些算个啥，还有更神的呢！”

我说：“那又是咋回事？”

队长说：“俺们隔壁村，有个老光棍，五十多岁了，都没娶到媳妇。有人告诉他，这口井邪乎，你要是拼命想着啥，就能看见啥，他就想去井边看看，能不能看见自己媳妇的脸。结果没想到，他坐下一看，吓得一屁股就蹦起来了，四处跟人说，他看见了一个怪物！”

“怪物？”

“对，就是怪物，青面獠牙的那种怪物！老光棍说，他把头往井口一伸，那水底下像是开锅了一样，直往外冒泡。他当时就觉得不大对劲，但是呢，他想着来都来了，还能不看一眼再走？所以他就硬撑着坐在地上，等着那水泡消失了，再往下看，就看见井底下露出了一个怪物，直勾勾地看着他。他当时也是傻了，连跑都忘了，就那么四只眼睛对着，坐了半天，才想起来逃跑！”

我也笑了，说：“别人都是看见人，他偏偏看见怪物，莫非他是怪物托生的？”

队长却没有笑，反而说：“他最后，还真变成了怪物。”

我奇怪了：“他怎么了？”

队长说：“从那件事情发生以后，大家就找不到老光棍了，然后村子里就开始丢东西，鸡啊，鹅啊，老丢！后来有一天，有人起夜时，就发现一个像人又像怪物的东西，蹲在院子里，正抱着一只鸡在那儿啃呢！那人吓了一跳，当时就跑到屋子拿出来猎枪，对准了那怪物。

“那怪物丝毫不怕，还是在那慢吞吞地吃着鸡，一直到整只鸡全都吃得干干净净的，才抬起头来。那人一直举着枪，腿脚都发抖，外面冷得要命，风呼呼刮着，他这时候一看，那并不是怪物，而是一个满脸胡须、满脸鲜血的人！

“后来，他就认出来了，这个人就是失踪了好久的老光棍。他本来想叫住他，却又站住了，因为那个老光棍，已经完全不像是一个人了。他的眼神里全是冷酷，甚至还带着一丝儿轻蔑，这根本不像人，又不像是动物，当时把他吓得连动都不敢动一下，更别说开枪了。老光棍吃完鸡后，就慢吞吞地走远了。等他走了很久后，那人才反应过来，吓得一屁股坐在地上，裤裆都湿了。”

我忍不住说：“啊，他真的成了怪物？！”

队长点点头：“那个人后来吓坏了，抱着枪连夜去找俺。俺后来跟着他去了家里，看见院子里满地都是血，鸡血、鸡毛！更要命的是，他家还养着狗，竟然吭都没有吭一声。后来我们还专门看了看，那一条多好的獒犬，完全都给吓傻了，它藏在了柴火垛底下，把头缩在地上，一动也不敢动。”

我也感慨：“看来这口井啊，还真是邪乎！不过话说回来，知道这井邪乎，还敢过来看的，也真够牛逼的！”

我突然想起了一件事情，问他：“队长，那你……你为啥要进来？”

队长沉默了，黑暗中，过了好久，他才低声说：“我也看过这口井。”

我一下紧张起来，浑身的血液都发冷了，牙齿都上下打架了，问他：“那你……也看到了……自己……”

他摇摇头：“不是，俺看见的，是另外一个东西……”

我吃惊了：“那是啥东西？”

他没说话，过了好久，才幽幽地说：“俺不怕死，说到死，俺在越南战场都死了几次啦！能活到现在，活一天就是赚的，不过，俺看见的那个东西……它不应该还活着……所以俺要亲自下来看看！”

他拍拍我的肩膀：“小兄弟，现在后悔下来了吧？”

我有些羞涩地笑了：“有点儿！”

话音刚落，铁桶咚一声响，触碰到了地面，应该是下到底了。

队长说：“现在已经到底了，恐怕要回也回不去了！不过小兄弟，你放心，不管这底下有啥，俺都会给你挡着！要是他想弄你，就得先从俺身上踏过去！”

这是一个胸怀坦荡的直爽汉子，从他身上，我也感受到了勇气和自信，也对即将到来的黑暗之旅有了一些信心。

不过，这样坦荡荡的汉子，还有什么放不下的呢？他在水井中，到底看见了什么？还有，他说的那个不应该活着的东西，又是什么呢？

张了张嘴，想问问他，但是话到嘴边，我还是没敢问。

铁桶渐渐停稳了，昏黄的灯光下，巨大的黑影投射在井壁下，井壁上满是划痕，仔细看看，上面全是密密麻麻的断手骨，深深地扎进了岩石里，让人触目惊心。

往上看看，只有很小的一个光点，那就是井口了，井上偶尔传来几声嗡嗡的声响，像是上面有人往下喊些什么，但是完全听不到，下面潮湿阴冷，压抑又沉闷，和上面完全是两个世界。

队长拧亮了矿灯，朝外面看了看，接着用手撑着油桶，小心跳了出去，接着又把我拉了出来。

调整了一下灯光，迅速朝周围看了一遍，顿时让我大吃一惊。

这里并不是我所理解的井下，那一方小小的空间，下面全是水。

相反，这最下面竟然是一个很大的石台，石台旁是哗哗的流水，这就是这口井水的水源了。

走上石台，用矿灯往里照照，那个石台并不是孤立的，在它背后，露出了一个黑黝黝的山洞，那山洞极深，连矿灯都照不到尽头。

我更加吃惊了，这口井很像是一个竖井，洞口垂直打下去，在最底下又挖掘出了一个四通八达的巨大空间，朝着地下延伸着，不知道有多远，也不知道具体是做什么用的。

队长小声骂了一声，把腰里的刀子抽了出来，一只手拎着刀子，一边低着头，像是在地下寻找着什么。

我不知道他在寻找什么，也低下头看了看，地上铺的全是巨大的条石，每一块都有上百斤重，条石上坑坑洼洼的，显然是古时候修建的。

我也有些怀疑了，这古人费那么大的力气，修建这样一座古井是做什么用的？

队长在地下找了半天，终于找到了他要找到东西，竟然是一条细细的铁链子。

铁链子很长，一头固定在了条石下，另外一头藏在山洞的井水里，被人拽起来后，那铁链子顿时绷直了，在溪水里拉出来老长一段，再拉，就拉不动了。

队长喊我帮忙，他在那头拉紧了铁链子，让我顺着铁链子往前走，找到铁链子的根。

虽然不知道他拽这条铁链子干吗，但是也不敢推托，就壮着胆子往前走。那井水是从山洞里流淌出来的，铁链子也是顺着山洞的溪水延伸，我往前走几步，队长就把铁链子从水里拉出来一截，这样走了差不多几十步，那铁链子终于也拉到头了。

队长最后猛一使劲，那铁链子咯噔一声响，像是溪水下的什么东西给打动了，接着他憋足了劲儿，使劲往上一提，终于将最后一截铁链子从冰冷的溪水里提了上来。

我站在旁边，用矿灯给他照亮，就看见那铁链子另一端像是吊着什么东西，非常沉重，在水里不断泛着水花，队长费了九牛二虎之力，才好容易将它给拽了上来。

那铁链子另一头的东西，竟然是一个二尺来长的铁盒子，铁盒子被溪水冲洗得很干净，上面雕刻着各种古代的花纹，我也看不懂。

队长将铁盒子拉出来后，显然松了一口气，坐在地上歇了歇，问我：“知道这是啥不？”

我摇摇头，没敢说话。

队长明显对我隐瞒了一些消息，他下来肯定不是找人那么简单，一定有着什么不可告人的目的。

我现在开始后悔了，是不是队长开始就想一个人进来，结果事到临头我却硬生生闯了进来，他该不会是想杀我灭口吧？

队长自顾自地说：“这玩意儿啊，可不是啥好玩意儿！不过呢，也不是常常能见到的，这次就给你看看吧！”

说完，他两只手按住盒子，手指摸索了几下，像是按住了什么机关，只听见咔嚓一下，那只铁盒子就打开了。

我的心怦怦直跳，连呼吸都停止了，眼睛一错不错地死死盯着那盒子，生怕错过什么。

没想到，那铁盒子里并不是什么金银财宝，也不是什么秘籍秘药，反而是一个灰不出溜的大王八。

要命的是，那个大王八竟然还活着，甚至还伸长了脑袋，好奇地看着我们，让我忍不住叫了一声。

队长嘿嘿地笑了，说："没想到吧？"

我点点头，老老实实地说："确实没想到。"

队长任凭那铁盒子开着，那只大龟探头探脑看了看，发现没有什么危险，就急急忙忙地跑了出去，扭着屁股朝着溪水里爬去。

我急了，上去要捉它，却被队长淡淡的一句话给拦住了："让它走吧！这玄武镇尸，镇了几十年，也该放出来了。"

我有些吃惊，都说千年的王八万年的龟，但是说归说，谁也没见过（老家那只巨龟倒是见过），可是这一只活生生的大龟被封在了铁盒子里，不吃不喝还不死，这真是有些邪门了。

待那大龟走了以后，队长叫上我，两个人继续往前走。

那山洞幽深、潮湿，旁边全是哗哗流淌的溪水，冷得要命，而且这队长也神神道道的，做事古怪而神秘，我是一刻都不愿意在底下待了，但是又没有别的办法。

这一次，我们在山洞里走了很久，队长自己在那儿嘀嘀咕咕的，好像是在计算什么方位，有时候还要折返回来，这么折腾了半天，最后才在一个深潭边停了下来。

他这次没让我帮忙，而是自己一个人把手伸到了冰冷的水里，摸索了半天，最后终于拽住了一个东西。他自己试了试，完全撼不动，然后又叫我过来帮忙。

那溪水冰冷冰冷的，把手伸进去，简直像是伸进了冰水里，冻得我直哆嗦。

我咬着牙，硬是把手伸了进去，接着就碰到了一截冰冷的铁链子，这截铁链子明显要比刚才那根粗得多，差不多有手指粗细，应该就是队长所说的东西了。

但是那铁链子像是长在了水底下，任凭我们两个人怎么使劲，那玩意儿却像是生了根，完全拉不动。

试了又试，我累得出了一头汗，但还是没有任何作用。

队长却不死心，他在山洞里急得团团转，用矿灯仔细照着山洞的各个角落，终于他发现了角落里藏着的一个绞索。

这一次，刚才吊着大龟的铁链子派上了用场，他用这根较细的铁链子缠在了那根大铁链上，然后推动了绞车，想把铁链子从水底下拉出来。

那绞车虽然陈旧，上下都松动了，稍微一动弹，就咯吱咯吱乱响，好在还能用，在队长坚持不懈的努力下，那绞车终于慢慢启动了，拉紧了铁链，也牵动起了水下的那一截大铁链。

细弱的铁链子很快绷紧了，水珠乱蹦，咯吱咯吱地响，我也给他捏了一把汗，生怕那铁链子会突然断掉，或者绞车不堪重负，轰然报废。

队长小心翼翼地保持着各方面的平衡，慢慢推动着绞车，终于拉动了水下那根铁链子，随着铁链子渐渐拉上来，旁边巨大的水潭中开始有了波动，半个水潭都在微微晃动。

我也有些期待，刚才那根细弱的铁链子下，吊了一只巨大的活龟。这次那么粗的铁链子下，会吊着什么呢？

看这个动静，这底下的东西一定不会小，莫非是一只沉船？

沉重的铁链子渐渐被拉出了水面，在绞车旁盘成了一大堆，铁链子上满是红锈，看起来像是堆着一大堆红土，非常壮观。

随着铁链子出水，那水下的动静也越来越大，整个水潭都在泛着巨大的水花，水底下的东西也渐渐露出了身影，像是一艘不大不小的木船。

那木船遍体漆黑，头长尾小，非常沉重，造型看起来有些古怪，待它的大半个身子都露出水面，我才辨认出了它的样子，这根本不是什么木船，而是一口典型的棺材！

是谁那么变态，把棺材用铁链子吊在了深潭里？

再想想，这事情也有些不对劲！

中国人讲究入土为安，最忌讳棺木见水。即便所谓水葬，那也是将棺木密封在大船上，把大船凿破沉水，那棺木还是不会见水的。

这个倒好，直接把棺木沉在了水里，这不是要诅咒后人断子绝孙吗？！

再说了，那再好的棺木，也经不起这样在水底下泡着，这棺木是什么材质的，怎么在水底下那么多年也泡不坏？！

这么想着，我壮着胆，上去摸了摸那棺材，棺材通体冰冷，这原来是一具铁棺材，难怪在水底下泡不烂。

不过，这棺材材质讲究用木质、玉石甚至是黄金的，就没听说过用铁的，除非是传说中罪大恶极的人，要用铁棺材封印他的灵魂；或者就是民间传说的恶鬼，用铁棺材封住，然后永沉黄河，在我们老家就有这种说法。

事情越来越古怪了。

队长也变得越来越怪异，将棺材拉出水面，赶紧将那绞车死死固定住，自己也走到了棺材旁，背着手，得意地冲着棺材嘿嘿一笑，说：“老伙计，咱们又见面了！”

我暗暗吃惊，莫非这棺材里的人，这老家伙还认识？！

不行，这人肯定有问题，我还是装傻好了。

没想到，我越是想装傻，他越要问我，知道不知道这棺材里装的什么。

我硬着头皮说："这棺材里除了死人，还能装什么？总不会还是一只老王八！"

没想到，他却拍着手，哈哈大笑，说："老伙计，听见了吧？人家孩子都知道你是只老王八，你还不服气？！"

说完后，他就开始解那棺材上的铁链子，铁链子原本是缠在了棺材上，将整个棺材牢牢捆住，被它解开后，铁链子哗啦一声，就掉回了溪水里，那河岸上只剩下了一口光秃秃的棺材。

用矿灯照照，这铁棺材非常精致，上面还雕刻着精美的花纹，黑漆漆的，在灯光下显得富有光泽，像是一块完整的黑色美玉。

队长背着手，原地走了几步，突然转身问我："想不想看看，这个老王八蛋长啥样？"

我苦着脸："这个就不用了吧？"

队长却认真了，说："不行，不行！这个老王八蛋是师父当年的一个对头，你要是不看看他长啥样，不啐他几口，师父难消当年心头之恨！"

说完，他开始用刀子摆弄起铁棺材上的机关，原来在棺材的四个角上，分别扣住了四个铁叶子，铁叶子下有一个长长的楔子，他用刀子别着楔子，试图将棺材盖撬下来。

这时，我也发现了这具铁棺材和我们黄河边上封印的铁棺材的区别。

在我们那边，铁棺材都是封邪物、恶鬼用的，所以根本不考虑好不好看，只管实用。所以那棺材不管材质好坏，一定要死死封住，绝对不能打开。不仅如此，那棺材外，还得用铁水从头到尾浇铸一遍，所以不管它原本是金棺、银棺，最后都会变成一个疙疙瘩瘩、满身铁水的铁棺材包。

可这个棺材倒好，不但非常精致，没有任何铁水包，而且设计了一些机关，像是在棺材入水前，就考虑了有一天要打开一样。

这事情可真是邪门了。

更要命的是，到了这里，那个原本冷静坦荡的队长，满眼的暴怒和欲望，像是变成了另外一个人。

他的性格越来越急躁，容不得别人说任何一点儿反对的话，我也只好唯唯诺诺，顺着他说，希望不惹他暴怒，好趁机溜走。

他开始专心致志地开棺，那长长的楔子很快被起出来了，足足有一尺长，被丢在了一旁。

四枚长长的楔子被起出来后，他试了试，那棺材盖子还是纹丝不动，让他非常恼火。

他“咦”了一声，围绕着铁棺材走了一圈，又走了一圈，突然拍了拍脑袋，大笑起来，说自己真是老糊涂了，怎么忘了揭棺的事情！

他得意地问我：“学生娃，知道啥叫揭棺不？”

我摇摇头。

他顺着棺材走了一圈，用刀子寻找到了一处缝隙，然后用刀子使劲一撬，就有一大块铁板被撬了下来，掉在了水里，“扑通”一声响。

原来这棺材大有蹊跷，它并不是一个铁棺，而是在棺材外面封了一层铁皮，像是一个巨大的盔甲。

我打小儿在黄河边上长大，那黄河滩上每年从上游冲出来各种稀奇古怪的东西，最多的就是各种棺材，什么沉阴木棺、铁棺、铜棺、玉石棺，我都见过，就是从未听说过这种外面贴着铁皮的石头棺材。

队长像拆门板一样，三下五除二，就给那棺材脱掉了一层皮，露出了它原来的样子，是一口灰不灰、白不白的大棺材，看起来有些像是玉石棺。

队长也很得意，说：“看看，这就是揭棺！揭开这棺材，你就能看到那只老王八啦！”

他扭头对我喝道：“还愣着干啥？等着吃奶啊！赶紧的，弄点儿水，给这棺材好好洗洗！”

四下里看看，找了一个剥落的石片，舀了水，朝那黑棺材上泼。

一股股水流冲到黑棺上，冲下来了一道道泥痕，原来这棺材并不是灰蒙蒙的，而是上面脏了，满是铁锈、灰尘，这样被水一冲，就露出来了本来面目。

队长背着手，焦灼地等待着，后来也用手撩着水，朝那黑棺上冲洗。

没多久，那棺材就被我们冲得干干净净，用头灯一照，闪闪发光，真像是一整块美玉。

队长死死盯着这个棺材，阴阴地说：“学生娃，现在给你看个好东西哈！”

他把矿灯调到最亮，朝那白玉棺材上照着，就映出来了白玉棺材里的一个黑色影子，像是有什么东西，躺在了那里。

我有些不以为然，这棺材里当然是装的死人，有什么稀奇的？

说起死人来，我打小儿在黄河滩上见的浮尸多了，那肚子鼓得像水缸，都习惯了，也不觉得害怕。

他却继续用灯光照着那棺材，说：“仔细看！”

眯着眼又看了看，那玉石材质不错，半透明，换了几个角度，终于看明白了，那棺材里并不是躺着一个人，那玩意儿的姿势很怪异，像是什么东西，在里面盘成了一堆。

我失声叫了出来："那，那……那是啥玩意儿！"

队长得意地问我："你也看出来啦？"

我说："那，那玩意儿不是人！"

他马上暴怒了，骂道："蠢货！谁让你看这个了！"

我结结巴巴地说："那，那要看啥？"

他硬拽着我，拉我到了玉石棺材旁。他的力气惊人，握着我的手，就像是用铁钳子夹住了，丝毫不能挣扎。

他用一只手砰砰敲打着棺材盖，让我仔细看看，原来那玉石棺材上，被人钉进去了几枚长长的铁钉，钉子很长，穿透棺材，一直插到棺材底端。

我数了数，铁钉一共有六枚，如果说是一个人躺在棺材里，按照钉子的位置，应该是钉在了人的头颅、胸部还有四肢上，人死后，还要用六根铁钉封尸，不管是钉鬼还是钉人，都算是最歹毒的招数了。

队长眼神复杂地盯着那个棺材，接着他用手握住了一根胸部的铁钉，猛然一使劲，将那钉子抽了出来，拿给我看。

"你仔细看看！"

那钉子有十几厘米长，并不是普通的棺材钉，更像是一根铁钎子，通体漆黑，像是一个古代的武器。

忍不住用矿灯照了照，才发现这铁钎子并不是黑色的，而是银白色的，那上面所谓的黑色，其实是一层血，那血已经干涸了，凝结在铁钎子上，看上去就像是黑色的一样。

队长倒提着铁钎子，后退了几步，又让我仔细看那个棺材内部。

这一次，我终于看明白了，那棺材中原本盘在一起的东西，现在已经把身子绷直了，并且身体不断扭动着，像是非常痛苦。

我一下子震惊了："这棺材里的东西……还活着！"

队长点点头："不是活着……是死不了……"

我不懂了："死不了，不是和活着一样吗？"

他摇摇头："那可不一样……活着，起码还能算是个人，死不了，那就不一定是啥玩意儿了！"

他站在那儿，欣赏了一会儿棺材里的怪物，仿佛十分快意那怪物的痛苦。

过了一会儿，他朝我一步步走来，接着幽幽地说了一句话："学生娃，你知道我为啥要跟你说那么多不？"

我摇摇头，有些紧张，忍不住向后退了几步，退到了溪水边上，差点儿掉下去。

关于这个事情，我早就怀疑了。

从一到了这个山洞，他就变现得非常急躁，但是不管遇到了什么诡异的事情，他都要不厌其烦地给我解释，像是不解释不行，就像是在完成一个庄重诡异的仪式。

他看着棺材，感慨了一句："确实是不说清楚不行啊！你知道不，当年啊，带我进来的那个人，也是这样跟我说了一遍！"

我忍不住问他："那……那个人，又是谁？"

"是谁？"他喃喃地说，"是我师父……"

我忍不住问："那你师父，他又去了哪里？"

他笑了，笑得非常古怪："你想知道？"

我点点头。

他走到棺材旁，狠狠一下，将铁钎子死死扎进了棺材眼里，一插到底，像是在发泄心中的怨气。

接着，又后退几步，满意地看着棺材中的诡异生物痛苦地扭动着。

过了好久，他终于说话了，这一句话就震惊了我。

"他……现在就在这口棺材里！"

我吓了一跳，难道说他师父就是棺材里那个不死不鬼的东西？

他师父又是怎么进入棺材里的，为何又要用这种邪恶的棺材钉死身体，外面还要用铁皮封住，沉在这样一个诡异的水潭里，这也太邪门了吧？

队长却没有给我解释这些，反而如释重负地对我说："我等了那么多年，都要放弃了，终于等到你了……"

我有些吃惊："你等我？你等我干啥？"

他笑了，说："从第一眼看见你，我就知道，你跟我都是一样的。"

我语无伦次了，一边后退，一边结结巴巴地说："啥……啥一样？"

他有些迷惘，也有些感慨，说："咱们……咱们都是被阴城选中的人……"

"阴城？啥是阴城？"

猛然想起来，老家关于阴城的传说，传说那是一座由死人建的城，里面游荡的全是死人，把守阴城的都是一个个巨兽，他是说的这个阴城吗？

不过，他却没有继续说阴城的事，反而问我，小时候是不是遇到过什么怪事。

我使了个心眼，说小时候掉进水里过，后来被人救了，正所谓大难不死，必有后福，所以后面都是顺水顺风，想必这一次跟着队长下来，也是有惊无险，顺顺利利。

他却骂了我一句，让我闭嘴，然后死死地盯住我，说："小子，别想给老子耍花样！老子既然说你跟老子一样，你的底细，老子当然明白！快说，你的师父是谁？！”

“师父？！”我这次彻底傻眼了，我长了那么大，没有拜过一天师，这师父又是从何说起呢？

他连续盘问了我几句，我都答非所问，让他也狐疑不已，背着手在水边走了几步，自言自语地说：“莫非是个半路出家的野和尚？”

我赶紧声明，我并没有出过家，出家不能吃肉，这一条我就受不了！

他狐疑地看着我，声音也温柔了，拉着我坐在地上，点了一根烟，递给我，自己也吸了几口，让我不要急，好好回忆一下，小时候还有没有遇到过什么怪事，不是掉在水里这种，是比较邪门的那种。

我脑子一热，就对他说了实话，说我那次掉到水里后，被人给救了，那个人从我鼻子里弄出来了一条黑色的小蛇……

队长听我这么一说，若有所思地点了点头，说那就是了，那就是了！果然也是被人种了“憋宝”！

听他这么一说，我激动了，说：“对，对，那个人也是这么说的！这‘憋宝’到底是啥东西，为啥我鼻子里会出蛇？！”

他却没有理我，反而很着急地问我，救我的那个人是谁？他怎么有那么大本事，连种下的“憋宝”都能取出来？

这我也不知道了，只好说那是一个穿着白袍子的少年，年纪没多大。“对了，他说他来自金门！”

“金门？！”队长原本盘坐在地上，猛然蹦了起来，连烟头烫了皮肤都不在乎。

他死死拽住我的衣领，几乎是吼了起来：“金门？！你说他来自金门？！”

衣领被勒得紧紧的，我几乎喘不过来气，好容易才憋出来一句话：“是……金，金门！”

队长无意识地松开手，像是遭遇了晴天霹雳一般，眼神迷茫地自言自语：“金门……怎么会是金门？”

我被他勒得难受，捂着脖子，使劲咳嗽，也悄悄退到了一旁，远离这个喜怒无常的暴力狂。

他发怔了一会儿，猛然转过身，直勾勾地看着我：“那个人，他对你说过什么吗？！”

“哪……哪个人？”我有些紧张，时刻准备着逃跑。

“金门……那个人！”

“他说，要是有人问起他，就去阴城找他。”

队长惨笑了：“我们要是有本事找到阴城，还用这样……人不人、鬼不鬼的……”

他跌跌撞撞地往前走，失魂落魄地走到了棺材前，用手抱着棺材，竟然放声大哭：“师父啊，师父……小山子今天也见到金门的人啦！是真正的金门，死了也不亏啦！”

说完，他跪倒在地上，泪如雨下：“师父啊……咱们，好像都错了……”

我被眼前这一幕惊呆了。

原本在我看来，这个人非常痛恨自己的师父，从他咬牙切齿的话，从他用铁钎子狠狠钉在他师父身体上，也能看出来。

可是不知道为什么，当他知道了金门小哥的事情后，却像是狂性大发一样，完全变成了另外一个人，让人完全摸不透。

伴随着他的哭声，黑暗中，突然传来了咯噔一声响，接着传来了哗啦哗啦的声响。

那声音有点儿像是有人戴着铁镣铐，走在青石板上，铁镣铐与青石板相互摩擦的声音，以及一些低沉的吼叫声。

那声音非常诡异，让我浑身的寒毛都竖起来了。

在这样一个诡异的井下，怎么又会有戴着镣铐的人呢?

那声音越来越大，但是队长还在抚棺痛哭，对于这些根本不管不问，仿佛已经去了另外一个世界，这里的一切，都和他毫不相关。

我有些紧张，队长神神道道的，我管不着，但是老子的小命儿可是还在这里呢！四下里看看，我终于找到了声音的来源，竟然源自角落里那一台绞车！

原本卡得紧紧的绞车，这时候松动了，缠得紧紧的铁链子，也在一圈圈散开，所以才出现了那种古怪的咯吱声和铁链子拖地的声音。

几步赶过去，我死死按住了绞车，却发现根本按不住，铁链子那头，传来了一股强大的力量，在缓缓地往外拉着铁链子，坚定地将铁链子拉向水里。

我有些奇怪，铁链子明明是绑在铁棺材上的，已经被队长解了下来，而铁棺材也好好地躺在水边，那铁链子又是被什么牵动的呢?

顺着铁链子照了照，我才发现，原本散落在河边的那一大堆铁链子，早已经被牵到了水下，绷得直直的，并且在不断收紧，牵得绞车不停转动。

看来这铁链子的另外一端，并不是在铁棺材上，铁棺材只是铁链子中间的一段，它的尽头还在这条深潭里，那一段不知道绑住了什么，还在不停地拉扯着绞车。

用矿灯朝水下照照，这下面是一个很大的深潭，和远处幽深的山洞连在了一起，黑黝黝的，水花翻滚，矿灯根本照不到头，不知道有多深远，根本不知道藏在水底下的到底是什么。

那水底下的动静越来越大，翻起了一个又一个的大浪花，绞车也终于支撑不住，像个陀螺一般，疯狂地转着，铁链子哗啦哗啦往水下拽，这一幕非常惊悚。

转身想跑，想了想，还是咬咬牙冲了回来，过去就要拉队长。

队长原本沉浸在自己的世界里，被我一拉，非常恼火，当时就拽住了我的衣领，硬是给我提了起来。

来不及解释，我朝着水面指着，这时候水面上已经开始往外喷着黑水，那黑水涌上来了半尺高，像是喷泉一样，整个水潭像是沸腾了，咕嘟咕嘟作响，整个场面非常恐怖。

他终于明白过来，叫了声“不好！”，死死盯着水下的铁链子，说：“老子千算万算，还是算错了这一遭啊！”

他放下我，抽出了腰刀，后退了两步，死死地盯着水面，狠狠地说：“师父啊，看来咱们都小看这个畜生了，玄武人尸棺还是镇不住它啊！”

我见那水势惊人，想拉着他走，却被他冷冷地拒绝了。

他说：“当年我就是这样跑了，结果搞得人不人、鬼不鬼，浑浑噩噩活了那么多年！今天，老子绝不会再跑啦！”

那绞车终于转到了尽头，伴随着最后一截铁链子被拽到水下，绞车由于巨大的拉力，瞬间就扯成了几片，飞到了天上，摔到了远处。

那水下已经不像是喷泉，像是一个瀑布，巨大的水浪从水潭下冲出来，劈头盖脸地打在我们身上，把我打倒在地上，浇得我一个透心凉，几乎喘不过气来！

队长一把拽起我，背在身上，朝着那井口处就跑，背后就听见一声暴怒的声音，接着山洞处像是有什么东西狠狠打在了石壁上，一时间巨石滚落，乱石飞溅，水花四射，就像是天崩地裂一般。

队长一口气冲到了井口处，不由分说，拉着我进了铁桶，然后使劲摇晃着缆绳，上面的人顿时启动了，开始迅速把铁桶拉上去。

队长看着我，满脸坚毅，说：“学生娃，下次再见到那个白袍小哥，记得给咱们带一句话！”

我问：“什么话？！”

他说：“告诉他，金门弃徒大小山子、小山子，没给祖师爷丢脸！俺们用玄武人尸棺，镇了它三十三年，现在终于镇不住啦！”

我奇怪了：“这是啥意思？！”

他却笑了："别管啥意思，你记住了就行！"

说完，他跳了下去，扯开外衣，身上像是包着一层什么东西，用矿灯照照，才看清楚他身上绑的全是雷管。

他拍拍身上的雷管："上去后，让乡亲们赶紧跑！"

我拼命叫他，又拼命拽着绳子，希望上面的人能停下来："队长！你上来！上来！"

队长却摇摇头，冲我："告诉那个小哥，咱们金门没有孬种！"

说完，他赤裸着上身，头也不回地往山洞里跑走了。

黑暗中，就听见一首歌吼了起来："雄赳赳，气昂昂，跨过鸭绿江。保和平，卫祖国，就是保家乡。"

当时的我，还没有经历过生死，更不能体会到他这种感情，听着那粗犷豪放的歌声，我的眼泪忍不住掉了下来。

铁桶露出井口的一瞬间，刺眼的阳光扎了过来，我捂着眼睛，拼命喊着："快跑！快跑！这里要爆炸啦！"

乡亲们不知道底下出了什么事，还是架着我拼命往外跑，刚跑出去没多远，井下就轰然一声闷响，就觉得像是有人猛然朝我身后推了一下，整个人都飞了出去。

在最后的意识中，我回过头去，就看见那口原本光秃秃的枯井，已经轰然塌陷，冒出了漫天的烟尘，我嗓子眼里一甜，失去了意识。

第二章　乌苏里江水怪

再醒过来，已经是三天后。

迷迷糊糊地睁开眼，发现自己头上缠着绷带，躺在雪白的病房里，周围摆着几瓶黄桃罐头，一包橘子味的饼干，还有几只干巴巴的苹果。

嗓子里烟熏火燎的，难受得要命，硬撑着叫了几声，才觉得嗓子嘶哑嘶哑的，根本叫不出来声音。

后来，终于有护士进来了，看见我醒了，赶紧通知了水利站，高站长很快过来探望我，派出所的同志也过来问话了。

我当时说话并不利索，而且井下的事情也特别怪异，根本无法向他们述说清楚。好在派出所的同志并没有详细问，大概了解了一下后，就给队长定了一个“因公殉职”，我也舒了一口气，想着这也算是他最好的一个结果吧。

在医院又休养了几天，我终于好得差不多了，也因为这次的英勇表现（勇于下井，救了围观老百姓），受到了水利站的褒奖，也让我负责镇上水利站的整体工作，并特别给我配备了一个助手，相当于因祸得福了。

回到屯子，我受到了英雄般的待遇，高局长专门过来接我，开着小吉普车送我到了水利站，代表组织上给发了一面锦旗，正式宣布我做临时站长，并给我招了一个助手，用现在的话说，就是临时工。

这个临时工叫莫托，是赫哲族人。在赫哲语中，“莫托”的意思是刚出生的女儿。按照当地的风俗，给男孩子起个女孩名，好养活，汉族也有这种风俗。

赫哲族是中国少数民族中人口最少的民族，全国就五千多人。这个民族亲水，喜欢住在水边，用桦树皮做船，用鱼皮做衣服，被称为鱼人部落。

莫托长得很精神，浓眉大眼，鼻梁高耸，有点儿像后来的影星韩庚（韩庚也是赫哲族人）。他从小捕鱼打猎，身体很好，赫哲语也会说，能说胡力（赫哲语意思是讲故事），还能来几段《伊玛堪》（赫哲族说唱史诗），是个热情开朗的小伙子。

我们两个人年龄差不多，很快交上了朋友。每天早晨，天一亮，莫托就赶过来，跟我一起检查水渠。检查完水渠，就没啥事了，两个人吃两穗煮玉米，就坐在院子里，喝茶、抽烟、瞎扯淡。

现在回想起来，在水利站那一段时光，真是我这辈子最惬意悠闲的时光了，时间多的是，一切都可以慢慢来，一点儿也不着急。

我也问过莫托那个民兵连长的事情，想知道这个人到底是什么背景，怎么还和金门也扯上了关系。

同时，我也想，要是能弄清楚他的底细，是不是就能找到当年救我的白袍小哥。

当年那件事情，一直记挂在我的心里。我鼻子里为何会钻出来一条小蛇？那白袍小哥说，我当年是被人种下了憋宝，那又是谁给我下的憋宝呢？

还有，民兵队长在井下说，他一眼就认出我来了，说我和他都一样，这又是什么意思？

可是莫托却锁紧了眉头，说民兵队长那个人，虽然是他们屯子的，但是平时很神秘，自己在大江边上盖了一个房子住，很少出来，也很少和别人说话，所以大家也都不知道他的底细。

我在心里叹了口气，想着这件事情搞不好又会和我童年经历的那件事情一样，又成了一件无头公案。

赫哲族是渔猎民族，最喜欢讲在丛林、大江里狩猎、捉鱼的事情，尤其是捉鱼。

按他的话说，乌苏里江的鱼真多，最好的就是大马哈鱼。每年八月，大马哈鱼就会从海里游回到乌苏里江产卵，那时候，锡霍特山变成了五花山，大马哈鱼成群结队过江，半截江都变成了黑色，全是大马哈鱼的脊背！

那大马哈鱼到底有多少，那谁能知道？

大家全都疯了，把所有的渔网都用上了，大人小孩都出动，在那围追堵截大马哈鱼，其实根本不用捉鱼，就是在捡鱼，那水里，岸上，天上，蹦蹦跳跳的都是鱼，老人和小孩都端着簸箕，撑着袋子，站在江边，等着大马哈鱼往里面跳！

我也兴奋了，问他，那大鱼能有多大？

莫托说，大马哈鱼一般十斤左右。要是说大鱼，那得是咱们乌苏里江的鳇鱼，那鱼大，几百斤都是正常的！

他给我比画着，说他们有一年逮住了一条大鳇鱼，把鱼皮剥了下来，做了五六件鱼皮衣！

我也被他的情绪感染了，也跟他表示，下次大马哈鱼过江时，一定得跟着他去捉鱼，到时候也好好炖一锅开江鱼尝尝鲜！

喝饱了茶水，我就指挥莫托去小卖店买一包油炸花生米、几个茶叶蛋、一瓶白酒，再弄一只卤鸭子，两个人坐在院子里喝酒。

东北的夏天，凉风习习，鸟语花香，白亮亮的溪水，从大青山上流淌下来，黑黝黝的土地上，漫山遍野都是金灿灿的向日葵，到处都是野花，旺盛地开着，蝉率性地叫着，我们躺在藤椅上，看着蓝得忧郁的天空，慢悠悠地喝酒，热辣辣的白酒，香喷喷的卤鸭子，往往从下午喝到天黑。一天，就这么过去了。

有时候，莫托喝多了，也会在我这边睡上一觉。我这边地方大，一个炕能睡开十个人。到了深夜，他父亲就会打着手电筒来找他。

莫托的父亲叫莫日根，赫哲语的意思是英雄。他年轻时上山围猎过黑熊。猎熊很危险，如果一击不中，熊会把流出来的肠子用爪子塞回去，然后疯狂地对人进攻，不死不休。

在那次狩猎中，一头受伤的黑熊发了狂，朝他冲了过来，他不慌不忙地绕着大树和熊周旋，最后用激达（赫哲语，扎枪）刺进了黑熊心脏，才赢得了这个英雄的称号。

不过，莫日根看起来一点儿都不像英雄，他又黑又瘦，还有点儿驼背，看起来就像个寻常的庄稼汉，只有他偶尔路过我们水利站时，随手撂下几只野鸡、兔子时，才让人记起他是个猎人。

莫托很尊重他的父亲，每次我们喝酒吹牛时，老远看见父亲，都要赶紧穿好衣服，甚至还要端端正正地戴上帽子，规规矩矩地坐在那儿，一句话都不敢说。

我还发现，莫托并不愿意待在家里，他每天早早就来到我这儿，有时候，我还没起床，他就自己轻轻跺着脚，在门口等我，冻得脸都煞白煞白的。

晚上，他也总是跟我东拉西扯，熬到很晚才回去，而且只要我稍微挽留一下他，他马上高高兴兴地在我这儿住下，把这儿当成了自己的第二个家。

开始时，我以为这是他们的民族习惯，对于父亲的尊重，对于外面世界的向往。

后来，我才知道，那并不是尊重，而是一种恐惧，一种源自骨子深处的深深的恐惧。

这么过了几个月，莫托父亲在一次接莫托时，用磕磕巴巴的汉语对我表达了感谢，说这段时间我对亏了莫托的照顾，不好意思的他，狍子今天的打到，希望明天吃饭我到家。

他的话颠三倒四的，不过我还是听明白了，他打到了一头狍子，邀请我明天去他们家吃饭。

我也没多想，就答应了，一抬起头，却发现莫托一脸焦急，拼命给我使眼色，像是想让我拒绝这个邀请。

我搞不懂他的意思，但是看着莫日根一脸恳切，也不好说什么，含含糊糊地送他们出门，心里想着，是不是莫托觉得自己家条件不好，不好意思让我去什么的。

第二天一早，我就起来了，仔细洗干净脸，刮了刮胡子，又到小卖店买了两瓶好酒，称了二斤点心，就拎着过去了。

莫托是我在这边交的第一个朋友，还是个少数民族，我很重视和他的关系，他们家住在江边的一个小木屋里，独门独院，孤零零的，平时也不怎么和其他人来往，看起来很神秘。

从外面看，他们家是典型的赫哲族传统民居，房子是用土坯垒起的墙，干草树皮苫的屋顶，院子外拦着一米高的木头栅栏，里面还有一座很小的高脚楼，一个很矮很大的木头房子，不知道是做什么用的。

到了大门前，我没敢进去，大声叫着莫托、莫托，让他给我开门。

在那个时候，山里人家，尤其是猎人家，总会养上几条狗，看家护院，赶山狩猎，狗都是很好的伙伴。

没想到，莫托却在厕所里答应了一声，说他们家没狗，让我先进去坐一下，他马上完事！

推开栅栏门，我左右环视了一下，挺大的院子里不仅没狗，也没有其他人家常见的鸡鸭鹅，打扫得干干净净的，看起来很难得。

我拎着东西，径直走进里屋，刚一进去，就觉得心里咯噔一声，感觉哪里有些不对劲儿，但是当时也没多想，顺手就把拎的东西放在了桌子上，坐在凳子上等他。

这时候，旁边的房间突然传来了几声叩门声，声音很特别，也很有规律：砰，砰砰，砰砰砰，砰砰砰砰！

我以为是莫托在跟我开玩笑，像是对暗号什么的，随手也按照这个频率给他回了几下。

叩完后，我心里觉得，好像有点儿不对劲，那莫托不是在厕所里嘛，那敲门的又是谁？！

好奇地走进去，发现里屋并没有多大，里面只有一个土炕，墙上挂满了兽皮，旁边还放着一口大缸，看起来像是一个储物间。

我有些奇怪，这屋子里空荡荡的，刚才那声音又是谁发出的呢？

匆匆看了一眼，我赶紧又退了出来，我来得太急，也顾不上问莫托他们的民族习惯，是不是有什么忌讳之类的，这样贸然闯进别人里屋是不是不好。

没想到，刚退出来，就听见里屋里又传来了一个古怪的声音，那声音有点儿像蛇鸣，嘶嘶地响，就是那种车胎漏气的声音，冷飕飕的。

抬起头一看，我吓得心跳都要停止了，在那个根本没有任何人的房间里，那一扇半开的门上，此时却出现了一截雪白的手臂！

那一截手臂给人的感觉非常怪异，它并不像是人随意搭在门上，或者靠在门上，它给人的感觉，就像是那截手臂是从门上长出来的，又像是一条紧紧缠绕在门栏上的大蛇，和大门融为一体，根本不可能给它拽下来。

我当时吓得倒吸了一口冷气，根本无法反应，就傻站在那里，眼睁睁地看着那一截手臂渐渐伸了出来，接着又露出了半个赤裸的肩膀，一头蓬乱的长发，那门里竟然真的是一个人，而且是一个活人！

那个人，扭曲着身子，从墙上慢慢露出来身体，她的身体柔韧性很好，简直是将整个身体都贴在了墙上，慢慢朝我滑了过来。

这时，我虽然非常吃惊，但是脑子里还在拼命解释，想着这个人会不会是莫托的妹妹，她也许得了什么怪病，不能接触太阳，所以被关在屋子里，我刚才没有看到她，也许是因为她藏在了水缸里。

这么想着，我也就端坐了身子，想着招呼她一声，却没想到，她听到我的声音后，头猛然昂了起来，接着身体猛然退了回去，在门后发出了呼哧呼哧的声音。

在她抬起头的一瞬间，我发现她长得和莫托很像，不过在她的脸上，并没有莫托那种健康的红润，却是一种病态的苍白，白得很不自然，在那个时候，那张异常白皙美丽的脸上，却出现了一种极度的恐惧，像是见到了什么恐怖至极的怪物。

好在莫托听到声音，很快赶了过来，他看都没看我一眼，就冲着那个女人用赫哲话吼了几声，接着，就听见了一阵阵刺啦刺啦的声音，那个人慢吞吞地消失在了里屋。

这时候，我已经非常惊讶了，忍不住站了起来，发现她走路的姿势非常别扭，甚至可以说是非常怪异。

她的下半身基本上不动，上半身扭动的幅度特别大，身子往前一下下挪动，看起来就像是一条蛇在地上滑行。

莫托转过头，狠狠地瞪着我，接着朝我吼了起来，让我赶紧坐下，不要说话，也不要随便乱看！

我有些奇怪，更多的是尴尬，不知道说什么才好。讪讪地坐下，等莫托气消一些了，小声问他，那个人是不是他妹妹。

没想到，莫托却一脸严肃，低声说那是他母亲。

要不是他亲口承认，我是绝对不会相信的。因为，他母亲实在是太年轻了，而且非常漂亮，让人根本想不到是莫托的母亲，说是他妹妹还差不多！

莫托显得非常焦虑，坐也坐不住，在屋子里迅速走过来，又走过去，最后猛然转过身，用一种严肃而高亢的语调跟我说，待会儿见了他父亲，千万别说我看见了他母亲。

我搞不懂他的意思，想跟他解释几句，但是他根本没听，还是非常严肃地跟我又强调了一遍，语气甚至带着些恳求，让我无法不答应。

莫托见我答应了，才拉着我坐下，又拿出两个杯子，自己倒了半杯酒，一口气灌下去，脸上才恢复了一些往日的红润，又含含糊糊说没事，没事，招呼我赶紧坐下，也给我倒了一杯酒。

挨着他坐下，椅子上还是冰冷冰冷的，也才想明白，他们家到底是哪儿不对劲了，他们家明显要比别处更冷一些。

这种冷，有些说不上来，并不是指温度低多少，更多的是一种感觉。我举个例子，就像是你走进一个大杂院，里面有好多户人家，每一户人家都暖洋洋的，突然走进一户人家，就觉得这家的温度明显低了许多，当时莫托家就是这种感觉。

除了冷以外，还有一股淡淡的腥甜味，那味道裹在浓重的松木味以及腊肉味中，不仔细闻的话，还真不大能闻出来。

莫托和我不断地喝着酒，啰啰唆唆地说着话，等着他父亲，还时不时盯着里屋，像是生怕他母亲会突然闯出来。

这时候，我已经非常不自在了，尤其是莫托，虽然在拼命掩饰，不断找着话题跟我闲聊，明显也有着一种害怕，一点儿风吹草动都能把他吓一跳。

我心里想，在他自己家，他到底在怕什么呢？

开始我以为，莫托父亲也许是个暴脾气，在家里说一不二，所以家人都怕他，没想到却根本不是。

很快，莫托父亲就回来了，他拎着一个大篮子，大踏步进来，大声招呼着我，爽朗地笑着，屋里才有了些暖气，他大声指挥着莫托赶紧上菜，上菜！

那大篮子里都是菜，是委托一个赫哲族的邻居提前做好的。他一个个端上来，又让莫托赶紧摆上大碗："倒酒！喝酒！"

气氛终于活跃起来，莫托也恢复了平时的爽朗，在旁边给我们添酒、夹菜，乐呵呵的，也打消了我的疑虑。

莫日根非常热情，他指着一盘碎末一样的食物，用颠三倒四的汉语给我介绍，不过我只能听懂几个词。

莫托在一旁翻译了，说父亲说："我们赫哲族有一句俗语——鱼不能入海就不能称之为鱼，不尝炒鱼毛就不算到过赫哲家。这一盘就是我们赫哲族有名的鱼毛菜，让你尝尝鲜。”

我吃惊了：“鱼毛？鱼还有毛？”

莫托将我的话翻译给了莫日根，他哈哈大笑，又叽叽咕咕地说了一通。

莫托翻译说，这个鱼嘛，当然是没有毛的！至于这个鱼毛嘛，就是将鱼烘炒到碎末，有点儿像鱼松。

我尝了尝，跷起了大拇指，这鱼毛焦脆焦脆的，味道还不错！

接着，莫日根又邀请我尝尝其他菜，说这些菜都是他们赫哲族的特色菜，“它拉卡”，还有“鱼刨花”。

莫托给我解释，“它拉卡”是他们这边招待贵客的传统菜，取活鲫鱼脊背上的肉，切成细丝，用米醋“杀”一下，然后加上蒜末、香菜等生吃。

“鱼刨花”是一道过年时吃的菜，将大江里的大马哈鱼冻实在了，剥去鱼皮，用刨子刨成薄片，蘸着大酱，就着老酒生吃。

这道菜在冬天吃，没啥稀罕的，可是现在还是夏天，冰箱也不好保存，是把鱼放在自家挖的冰窖里，先冻实在了，才刨出来的好肉片。

吃完了特色菜，莫日根又端上来在炉子上煨好的东北传统大菜。

在这里，我吃到了最正宗的小野鸡炖蘑菇。鸡是莫日根刚打的野鸡，蘑菇是山里采来的野生榛蘑，炖了半下午，肉嫩汤鲜，是我这辈子吃过的最好的小鸡炖蘑菇。

还有一条烤野猪腿。一条完整的野猪后腿，在上面抹了一层野生蜂蜜，在松木火堆上烤得嗞嗞冒油，味道又香又甜，别提多好吃了，比什么北京烤鸭好吃得多了。

看到野猪腿的时候，我还开了个玩笑，说我本来是吃狍子的，没想到却吃了野猪肉，味道还真不错！

莫托和他父亲都笑了，笑得有些勉强，又拼命劝我喝酒，喝酒，多喝一些！

喝酒时，我发现了莫托父亲一个小动作。

我们每次举杯时，他总是有意无意洒一点儿酒，掉一些菜，弄到地上的大铜盆里。最后，那大铜盆里就积了不少酒菜，然后借口去厕所，顺手把铜盆给带了出去。

这件事情，让我有些害怕。

念大学时，我交过一个女朋友，是云南苗族人。她跟我说过，他们苗族分为白苗和黑苗。黑苗大多在湖南湘西，擅长养蛊，好多苗女就是蛊婆。蛊婆养了蛊后，要对蛊好，像对自己的亲生孩子一样，吃饭喝酒的时候，都要有意无意地掉落一些饭菜，掉落一些酒水，让蛊吃。

她说，凡是养蛊的家庭，都不能养其他动物，而且院子从来都是干干净净的，因为蛊爱干净，会主动将院子打扫干净。

我有些怀疑，这莫托是不是隐瞒了自己的身份，他其实并不是什么赫哲族，而是苗族，而且还是养蛊的黑苗！

这么一想，我更加害怕了，这养蛊人无孔不入，什么地方都可能下蛊，我吃了他们的肉，喝了他们的酒，估计已经中了他们几百次蛊，这可怎么办？！

再想想他那个古怪的母亲，以及他种种古怪的表现，我越想越害怕，那白酒都吓作冷汗出了，总觉得肚子不舒服，就借口去厕所，四下里找找，发现那个铜盆就放在那个很矮的小木屋子旁。

走过去看看，铜盆里干干净净的，酒肉都没了，我有些惊奇，难道那些吃的真给什么蛊吃掉了？

这么一想，我就走不动了，四下里看看，那个铜盆在他们家屋子东侧，旁边是一个小木屋。

这个小木屋非常古怪。首先它非常矮，大概只有普通房屋的三分之一高，那么矮的屋子，人在里面根本直不起腰；其次是大，几乎有几间房子那么大。

小木屋后，又建了一个吊脚楼，差不多有四五米高，却又非常小，比例完全不协调，看起来像是个炮楼，不知道是做什么用的。

好奇地走了过去，绕着小屋转了一圈，发现那个小木屋连窗户都没有，里里外外全用大木板钉死了，那股淡淡的鱼腥味，就是从那里传来的。

还想看时，莫托就赶紧过来，说我喝多了，要扶着我走。

我忙解释没喝多，问他这个小木屋是做什么的，还想过去看看，他却拼命把我的身体扭了过去，硬拖着我回去，跟我说那个离地二米的小楼，是他们的鱼楼子，里面存放的全是鱼干、腊肉等，堆那么高，是怕被野兽给叼走。

我又问他，那底下的小木屋呢？问了几次，他黑着脸，一句话都不说，后来就贴着我的耳边小声说，待会儿见到他父亲，千万别说小木屋的事情。

他的声音很严肃，像是刚才说他母亲的事情一样，让我有些吃惊，又有些疑惑，那个小木屋里又是装的什么东西呢？

回到酒桌上，莫托父亲还是那么热情，劝我多吃多喝，山里人没啥好东西招待的，等到春天就好了，到时候请我吃开江鱼，吃他们这边最著名的全鱼宴！

莫托也说，其实这些还不算最好的，他们这边冬天，以前都是吃蛤蟆蘸酱，那蛤蟆扒了皮，在锅里蒸熟了，再蘸上自家做的大酱，那一口吃下去，味道真是齐了天啦！

我当然要问他，这蛤蟆蘸酱是啥玩意儿？那蛤蟆能好吃？

他解释，这蛤蟆并不是普通的蛤蟆，而是他们这边的特产，学名叫雪蛤，是一种名贵的山珍药材，这蛤蟆到了冬天，都去了大江底下冬眠，为了抵御寒冬，它们都提前把自己吃得饱饱的，肚子里全是油，加上一冬天没吃东西，所以肚子里很干净。

要捉它，得去大江上，用削尖的圆木头桩子打进冰层里，在大江上凿开一个洞，那蛤蟆缺氧，都会挤出来呼吸氧气，这时候用一笊篱下去，就能捞上来一大堆蛤蟆！

听他这么一说，我一拍大腿，说：“着哇！那还等什么，咱们明天一早，就赶紧去砸蛤蟆吧！”

莫托咧开嘴笑了，说这里不行，现在雪蛤都是出口的，很名贵，所以附近江面上的蛤蟆早都被人捞完了，要想捞蛤蟆，只有，只有……

他有些犹豫，偷偷看了一眼父亲，想说什么，又不敢开口。

我在那儿怂恿他，说：“到底是哪儿，你倒是说啊！”

他犹豫了一下，说，就是黑瞎子岛那儿……

说到这里，一直闷头吃饭的父亲突然抬起头，冲他严厉地吼了几句赫哲话，阻止了他下面的话。

莫托垂头丧气地低下了头，再也不敢说什么，一直到我走，都没有再开几次口。

这么一来，喝酒的气氛全都搞坏了，莫托父亲又拼命劝我吃菜、喝酒，我勉强又喝了一些，就说实在是喝不下了，赶紧告辞。

路上，莫托父亲让莫托送我回去，我还想着要好好问问莫托，这一切到底是怎么回事，但是刚走到江边，那酒劲就涌上来了，我对着江边哇哇直吐，吐得满脸满身都是酸水。

好容易吐出来一些，感觉胃里舒服多了，我抬起头来，大口大口呼吸着新鲜空气，却发现莫托不见了，赶紧站起身看看，却发现他站在旁边，直勾勾地盯着江水出神。

我过去给了他一拳，本来是开个玩笑，却没想到他竟然吓得大叫一声，使劲朝后跳了起来，一屁股摔倒在地上，拼命往后退，直到看到是我，才重重地吐了一口气，放松了下来。

我赶紧问他怎么了，他拼命掩饰，说没事，没事，咱们赶紧回去吧！

一路上，他魂不守舍的，我跟他说什么，他都支支吾吾的，还老回过头，朝着江水那边看着，像是怕那边会跳出来什么怪物一样。

我这次喝得太多，头脑发昏，东倒西歪地走回水利站，在床上随便一躺，衣服都没来得及脱，就睡死在了炕上。

一口气睡到第二天早晨，脑袋还疼得厉害，可是还是挣扎着爬了起来，想着待会儿莫托来了，要好好问问他家的事情，他母亲到底是怎么回事，那个黑瞎子岛又是怎么回事。

在我印象中，他父亲一直是一个比较闷的人，平时给我送东西，也都是放下就走，从来不愿意多说一句话，为何这次突然大发雷霆，将莫托大骂一顿呢？

没想到，莫托今天根本没来上班，我以为他是喝多了，没爬起来，也没多想。没想到，到了第二天，他还是没来。

我放心不下，怕他出事，赶到他家，隔着栅栏看了看，发现屋门上了锁，家里还真没人。

这事情有些不对劲了，莫托在水利站干得好好的，就算家里出了急事，也得给我打个招呼啊，不可能这样就走了，这事情肯定有鬼！

再想想他那个古里古怪的母亲，以及他父亲怪异的表现，我越来越担心他。看看四下里没人，我就从栅栏上翻了过去，摸进他家看看，发现院子里的东西还和原来一样，甚至外面晒的衣服都没收，哪里像个要出门的样子？

左右看看，就走到了那个古怪的小木屋旁，忍不住过去看了看，小木屋没锁门，里面黑漆漆的，什么都看不见，而且弥漫着一股臭鱼烂虾的味，我就赶紧给它关上了。

关上门之后，我就要走，刚拔起腿，就觉得有些不大对劲，那小木屋才一米多高，虽然没窗户，但是也有一个大门，按说也能透过去光，为啥会那么黑，像是完全不透光的地窖一样。

这么想想，我也觉得奇怪，于是又返回去，先在门口摸了摸，没摸到灯线，不过摸到了一个手电，我打亮手电，朝里面一照，不由得吓了一跳。

原来那个小木屋底下，完全被人给挖空了，下面很深，估计得有七八米深，而且向左右扩展开来，根本不像是东北农村常见的菜窖，而是像一个隐蔽的地下洞。

看到这里，我的腿脚都软了，想着狗日的莫日根是不是疯了，他在家里搞了个秘密的地下工事，莫非是老毛子派来的间谍？

可能有人会认为，我当时那么想有些奇怪，但是在当时那个境地，我心里确确实实是这么想的。

这主要缘于高站长的教诲，用他的话说，就是在乌苏里江抓了半辈子敌特，所以现在虽然是和平时期，但是思想上也不能松懈，帝国主义亡我之心不死，所以随时随地都要提高警惕！

再仔细看看，这工事挖得很业余，坑坑洼洼的，到处都是一条条的深沟，就这水平，根本不可能开出来坦克、装甲车，要说是个大水塘还差不多。

猫着腰钻了进去，左右看看，这个水塘很大，手电的光照不到底下，也不知道有多深。水塘边焊了一个简陋的铁梯子，我这人平时就是个傻大胆，又怕莫托出事，当时也没多想，就在嘴里叼着手电筒，沿着梯子就爬了下去。

梯子很长，我爬了一会儿，就知道自己完全想错了，这底下根本不是七八米深，起码有十几二十米深。

我歪着头，用手电在各处照着，发现这泥坑很大，泥墙上挂着一些造型奇特的衣服，样式非常怪异，敲起来梆梆响，像是用老牛皮缝制成的，应该是赫哲族的鱼人衣。

四处看看，泥墙上还挂着一些鲜艳的帽子，帽檐上插着几根野鸡翎毛，还有许多地方，什么都没有，只有一道道深沟，在昏暗的光线下，显得格外古怪。

越往下走，空气越潮湿，那浓重的鱼腥臭味也越浓，开始我还要掩着鼻子，后来就慢慢习惯了。

那楼梯不知道多少年了，上面全是铁锈，走起来吱嘎吱嘎响，我老怕它会断掉，这一段楼梯走下来，浑身都被汗浸湿了。

终于走到了尽头，我从最后一格蹦下来，脚下一软，陷到了泥沼中，失去了平衡，赶紧用手电照了照，才发现脚下全是一摊摊水，水和着稀泥，把下面弄成了一个烂泥坑，泥泞不堪。

我用手撑了一下地，就抓了一手烂泥，腥臭无比，熏得我几乎要背过气去。

左右看看，那里面除了烂泥，一艘烂掉渣的破船，啥也没有，想着自己折腾了大半天，结果就折腾了一身臭泥，这不是有病嘛！

算了，估计这东西就是他们少数民族的地窖，存臭鱼烂虾的地方，管他娘的，赶紧回去洗个澡再说吧！

往回走时，我发现地上散落着不少大骨头，有牛羊的头盖骨，还有其他的骨头，在这种阴暗潮湿的情况下，那些头骨空洞洞的眼眶、盘旋的牛角，显得格外狰狞。

我也不愿意多待，匆匆忙忙往回走，在路上又跌了一跤，这次手掌按到了一个锋利的刀片上，给我划开了一个大口子。

我忍着疼，撕开衣服一角，简单包扎了一下，顺手将刀片放在了裤袋里，赶紧逃跑似的爬上去了。

走出去时，我听到里面咕咚一声响，像是有什么东西从水里浮出来了，也觉得有些奇怪，这下面明明没水，怎么会出来水声？

当时我的手疼得要命，血水和着泥水，也顾不上其他，跌跌撞撞地走了出去，顺手把门带上了。

这次的遭遇，给我留下了惨痛的教训，那个锋利的刀片给我留下的伤口很深，流血不止，后来去卫生院包扎时，老大夫啧啧称赞，说这个伤，伤得有水平，要是再往里伤半分，就伤到骨头了，那就难治喽！

不过这伤口包扎好后，还是疼得厉害，而且老往外渗血。我第二天又去了老大夫那边，他拆下纱布，仔细检查了伤口，皱紧了眉头，说这个伤口很奇怪，从外面看着像割伤，其实里面还有许多小伤口，像是一个个小血槽，所以才会流血不止。

他举了个例子，就像是被刀子捅了一刀，但是刀子上还有许多倒钩，倒钩上还有许多血槽，所以虽然看起来受了一下伤，其实在里面还有许多小伤在不停放血。

他给我仔细缝合了一下，又用了双倍的药，让我在家好好养伤，别沾荤腥，更不要沾水什么的。

这伤弄得我非常憋屈，而且还不能说受伤的真实原因，总不好说我偷偷溜到莫托家的地窖里了吧，只能自己在家生闷气。

想起老大夫说的伤口古怪，我也掏出了那个刀片研究了一下。

那刀片样式古怪，手掌大小，呈小贝壳状，很薄很结实，看起来是用上好的精钢打造的，边缘锋利无比，里面有一些很小的倒钩和锯齿，这应该就是老大夫说的血槽。

看到这个东西，让我有些吃惊，那东西完全不像是现代兵器，看起来倒像是古代的暗器，比如血滴子的某个配件啥的，不知道为啥会出现在莫托家的地窖里。

再想起莫托那个古怪的母亲、蛇嘶一般的鸣叫声、古怪的地窖，以及莫日根在提到黑瞎子岛时的勃然大怒，都让我心里充满了疑惑。莫托家，真的像一个谜，让我完全搞不透。

莫托不在，水利站也没什么事，我闲着没事，也收拾起了以前学习的知识，找了几张旧的水系图，研究了一下乌苏里江的水系。

这乌苏里江是中国黑龙江的支流，也是中国与俄罗斯的界河，上游由乌拉河和道比河汇合而成，两河均发源于锡霍特山脉西南坡，东北流到哈巴罗夫斯克（伯力）与黑龙江汇合，长909公里，干流有一长段曾引起中苏边界纠纷。

在这张地图上，我意外发现了黑瞎子岛，而且被人特别用圆珠笔标注出来了。

又查了一些资料，我才知道，这个黑瞎子岛，又叫珍宝岛，为了这个地方，我国还跟当年的苏联狠狠干了一架！

在以前，黑瞎子岛非常敏感，尤其是二十世纪七十年代，这里算是中俄两国最敏感的地带，两国都在周围囤积了大量兵力，随时准备交火。

不过在现在，中俄又回到了蜜月期，加上两国后来重新确定了新边界，这里实际上已经成为一个双方默认的国际站点。

我有些奇怪，为啥当时莫托提到黑瞎子岛，会让他父亲勃然大怒？

接下来，莫托一直没有出现，我实在闲着没事，也披上军大衣，在村子里串串门，跟大家唠唠家常，打发打发时间。

很快，莫托已经有半个月没露面了，我也从开始的担心，到后来渐渐习惯了，只是挺怀念他当年在的时候，我们两个一起吃野兔火锅，撕扯着酱鸭子，一面吹牛的快乐。

有时候，我装作散步，走到他们家门口，发现他们门上的铁锁还在，院子里空荡荡的，人不知道去了哪里。

有一次，我实在忍不住，跟那个朝鲜老头打听，莫托一家人去了哪儿。

那老头喝得两眼通红，提到他们时一脸不屑，说那帮逼崽子啊，你还管他们？！哼！俺跟你说，那帮逼崽子，打根里就不是啥好玩意儿，神神道道的，不认好歹！你问问他们，上过前线吗？！干过美国鬼子吗？！都是狗屁！

我好容易抚平了他的怒气，问他知不知道他们一家人去了哪儿，是不是经常这样？他则鼻子里哼哼两声，说他们家历来都是这样，神神鬼鬼的，搞不懂嘛！他们还能去哪儿？莫不是叛逃了，顺着大江去老毛子那吃牛肉去了？还是在冰河上跑了一半，吃了解放军的枪子儿啦？

那老太婆就赶紧给他使眼色，让他别胡说，那莫托一家人八成是走亲戚去了，说不准过了春节就回来了，他要是一张嘴再没个把门的，就给他用针缝起来，让他连酒都喝不了！

几天后，我在外面散步，看到了骑马的老光棍，也问了他莫托家的事情。

老光棍则一口咬定，他们家一准是去原始森林里狩猎去了，今年冬天雪不多，瞅着一个好天气，去那边嗷嗷放几枪，还有啥好说的，全都是大把大把的钞票！“钞票你知道是啥不？就是嗷嗷香的猪肉炖粉条子，就是白乎乎的肥肉片子，就是香喷喷的丫头片子！”

这两家人，说话都不靠谱，我还是得等高站长回来，好好问问他。

高站长平时在县城里的水利局，家也在县城，十天半个月也不来一次，又等了几天，终于等到他回来。

我力劝他在我这边喝酒，跟他好好汇报汇报工作，好趁机问问他莫托的事情，没想到，他一进门，左右看了看，就问我，是不是莫托他好久没来上班了？

我支支吾吾的，想敷衍过去，没想到他却笑了，让我不用给他藏着掖着的，之前招莫托时，他就提前说过，每年冬天，都要有一个月的假期，时间不定，少则半个月，多则一个月，他就会回来。

我终于松了一口气，说还以为他失踪了呢，没想到是请假了。他这人也是的，走之前给我打个招呼不就得了，还以为他失踪了呢！

高站长解释，这个好像是他们赫哲族的规矩，每年都要在哪里举行一个秘密盛会，不一定是啥时候开，但是时间特别紧，只要一确定时间，连夜就得走，招呼都来不及打。他说这是他们族的秘密，不能对外说。

高站长端起酒，给我碰了一杯："小白同志，咱们国家是尊重民族习惯的，周总理说过，五十六个民族，五十六朵花，要相亲相爱做一家人！这个既然是他们族的秘密，那咱们就尊重他们的习俗，就不多过问啦！"

我听说莫托没事，心里的一块大石头也就放下了，后面的话也渐渐放松了，我们先聊了一些工作上的事情，这个确实没啥好说的，我又怂恿他讲讲当年捉特务的故事。

讲到这个，他就来了精神，一只脚踩在板凳上，跟我绘声绘色地描述他当年的光辉往事，聊到兴处，还即兴给我唱了一首他们当年的军歌：

"手握一杆钢枪，身披万道霞光。

我守卫在边防线上，为我们伟大祖国站岗。

一颗红星时时刻刻向着北京，站在边防线如同站在天安门广场。

光辉的太阳照边疆，毛主席就在我身旁。

啊……"

军歌嘹亮，荡气回肠，小木屋里弥漫着白酒和卤肉热辣辣的香气，大家都喝到了七八成，身上暖烘烘的。

趁着这个气氛，我也半真半假地问他："高站长，你为啥不让我在晚上靠近江边，当年那个黑瞎子岛打仗又是怎么回事？"

高站长酒劲上来，就跟我摆摆手，说这你可就问对了人，我当年就是这边的驻军，本来是修铁路的铁道兵，后来边防吃紧，就给调到这里来了，正好经历了当年的珍宝岛大战，对这段历史太熟悉了。

他说："小白同志啊，不让你晚上去大江边，是为了你好啊！这件事情啊，我已经有二三十年没有对人说过了。

"不过说起来，也是奇怪得很，有时候我一闭眼，还能想起来当年的事情，就像过电影一样，一遍遍过去。唉，算了，算了，我就给你说说吧，你就当个故事听得啦！"

接下来，他点了一根烟，长长地吸了一口，慢悠悠地吐出来了一个烟圈，他看着烟圈，给我讲了一桩当年发生的怪事。

他说：我是甘肃人，1963年当的兵，才去新兵团训练了三个月，就给装到了铁皮车里，运到了东北。当时走得急，部队也没做动员啥的，大家全都蜷在车厢里，小声猜测着到底要去哪儿。

后来有老兵在那儿盘算着时间，说是去东北，看这个架势，搞不好要去跟老毛子干仗啦！

大伙儿一听，全傻眼了，要知道，那一年，咱们跟苏联老大哥干起来了，开始还是含蓄批评，到了后来，报纸上，收音机里就直接开骂了，苏联老大哥这个称号也不提了，改叫苏修。

收音机里成天骂苏修，说它要搞联合舰队占领中国，还把派到中国的所有专家都给撤走了，后来又传言这些专家全都是苏修派来的专家，都给秘密枪决了。

大家都给骂蒙了，这苏联不是老大哥嘛，怎么一眨眼的工夫，就变成苏修了？

有些新兵一听打仗，当时就哭了，一个哭了，其他的也跟着哭，事情就闹大了。团政委过来一问情况，就先乐了，说这个不怪你们，怪你们连指导员没给你们讲清楚，你们不是去打仗的，是去支援东北建设！在东北修铁路，都是铁路兵，发的是步骑枪，想打仗都没处打去！

就这样，我们先去了佳木斯，在那边整编培训后，就去了大兴安岭修铁路。

说是修铁路，其实就是去那边开荒打地基，那可真叫作苦，到处都是小房子般粗的大树，汽油桶般粗的大蛇，那冻土能冻到几米厚，用斧子都砍不动，得先倒上汽油烧，烧化了慢慢挖出来。

还有野兽，到处都是，老虎、豹子、黑熊、金雕，啥操蛋玩意儿都有，那野兽完全不怕人，估计也根本没见过人。

有一个新兵，半夜起来尿尿，尿到一半，就看见明晃晃的月光下，摇摇摆摆地走过来一头人熊，直起身站着，好奇地看着他，最后给他吓得尿了一裤子，以后打死他，他也不敢半夜出门了。

铁路修了几年，还差一点儿，结果上面突然就下了命令，说是让我们马上回到营地，马上打包行李，紧急集合，结果人刚收拾完行李，就被塞上了一辆大卡车，给运到了这边。

一下车，我们这边就被加入了新的编制，换了番号，也重新发了枪，又来了一个司令，开始给我们训话，说我们的死敌——苏联，威胁着我们祖国的边疆，妄图吞并我们，这将是一场你死我活的战争，让我们宣誓誓死保卫祖国，誓死保卫珍宝岛。

这时候，我们才知道，这回真的是要打仗了。

透过乌苏里江，也能看见河对岸的苏联也在布置军队，黑压压的部队，巨大的坦克，还有各种装甲车、火炮都对准了对岸，大战一触即发。

虽然当时局势很紧张，但是大家谁也不肯先打第一枪，最多就是相互拉练拉练，吓唬吓唬对方。

高站长对我说，其实当时中国刚经历完三年自然灾害，一穷二白，要啥没啥，根本没法打。别看解放军对外吹得凶，狠话一句比一句猛，但是他们私底下分析时，都觉得这仗打不起来，也就是吓唬吓唬苏联人，让他们知道咱们不是好欺负的，发发小孩子脾气而已，还能真跟老大哥干起来？！

老高他们的底气，主要是因为军区严格的军令，当时规定严禁向苏联开火，不能让任何一颗子弹射入苏联的领土。中央三令五申的“三有”（有理，有利，有节）“十六字”（人不犯我，我不犯人，人若犯我，我必犯人）对苏斗争方针，决不允许打出人命来：

第一，不准把枪口朝着苏联方向射击，即使在我境内发现特务和小股入侵苏军也不例外，要防止子弹飞到苏联领土上。

第二，不准向入侵我领空的苏联飞机（主要是直升机开枪，除非你有百分之百的把握能让它掉在我国境内）。

第三，任何情况下不准在边境线两公里之内开枪打猎和实弹射击。

虽然我们这边已经极力克制，但是谁也没有想到，这仗竟然真的打了，而且还是积贫积弱的中国先打的第一枪。

老高说，也不知道咋回事，有一天晚上，部队突然紧急集合，所有人都做出战斗准备，摆出了战斗队形，在黑暗里等待命令。

后来，他们就看见江边突然就开火了，一道道火舌在江边喷射起来，后来他们才知道，那天晚上，中国发动了对苏联的反击，在乌苏里江设了一个埋伏，一次全歼了苏联三十多个人。

不仅是中国，全世界都震惊了，中国这是在玩火啊，竟然率先对当时全世界最霸道最善战的国家动手啦！

大家全震惊了，赶紧进入到临战状况，随时准备迎接苏联的报复。按说苏联这种国家，绝对是睚眦必报，别说你先狠狠给了它一下，就算是你不招惹它，它还得过来撩拨撩拨你呢！

没想到，这个报复一直到十几天后才来，苏联派遣了大量火炮，甚至还有一辆最先进的坦克，全都开到了大江上，在大江厚厚的冰层上摆开了阵势。

不过奇怪的是，他们列了那么大的阵势，却并不像是要进攻我们，反而像是在向大江里的东西开战，绝大部分炮弹都打到了江里。

不过这倒是便宜了老高他们，他们这边冲锋号一吹，大家从雪窝子里一跃而上，不光打退了他们的进攻，还缴获了他们那辆坦克。

他们当然很高兴，这场战役打得很漂亮，相当于白捡，连周总理都从北京发来了贺电，并让大家务必要一鼓作气，将那辆坦克运回来，作为苏修侵略我国的证据。

高站长说，我们连指导员，是个他妈的官迷，做梦都想升官，当时就咬破指头写个血书，给我们连队报名做抢夺坦克的敢死队。司令大为赞赏，还给我们挨个敬酒，我们没办法，只好每个人干了一海碗茅台，吃了二斤酱牛肉，硬着头皮往上顶。

不知道为啥，苏修对打仗并不积极，就他们那些火力，要是真跟我们干起来，我们这边早就够呛了。

你想啊，日本把最精锐的三十万关东军驻守在东北，又修建了号称全世界最好的工事，结果让老毛子给打瘫了，他们打仗都打成精了，太能打了。

但是也是奇了怪了，我们这边一挨近那辆坦克，他们立刻像疯了一样，子弹像不花钱一样扫射，射得那冰上像是马蜂窝一样，全嵌的是弹头。

我们没办法，只好藏在掩体后，朝着苏联那边放冷枪，结果放着放着，就发现苏联人那边叫了起来，接着所有人都疯了一样，丢了枪支往外跑！

我们连指导员一看，好机会，背着长枪就往外冲，冲了没几步，我就觉得不对劲儿，像是地震了，整个江面都在晃，厚厚的冰层咔嚓咔嚓响，接着那冰层咔嚓一下就裂开了，连指挥员一下子就掉进了大江里。

我是兰州人，打小儿是在黄河边上长大的，水性不错，当时也没想那么多，脱了棉袄，就跳了下去，拽着连指导员的胳膊，就给他拉了上来，其他几个兵赶紧抬着他，大家就拼了命往岸上跑。

在我们跑的时候，就听见那江里还在咔嚓咔嚓爆响，像是底下有什么东西炸开了，在追着我们一样。

当时零下二三十摄氏度，我和连指导员赶紧被抬进营房里，围着火龙子烤火，又给灌了一碗滚烫的姜汤，连指导员呛了几口水，很快就醒过来了。

不过，他醒来后，表情很古怪，他先是对我说了一句："你看到他了？"

看着我的表情，他像是松了一口气，自言自语地说："没看到好，没看到好……"

接着，又表情古怪地说了一句："他妈的，没想到还真有这玩意儿，这辈子就算死了也值啦！"

我当时以为他冻糊涂了，赶紧裹着被子过去，想试试他有没有发烧，结果他却一把推开我，说："小兔崽子，离老子远点儿！他妈的，你知道老子现在是什么身份吗，还敢碰老子？！”

我当时也有些恼火，想着这狗日玩意儿，老子救了他，他还骂老子，去他娘的吧！

就这样，他一个人坐在火炕上，一会儿哭，一会儿笑的，到了第二天清晨，竟然失踪了。

营房外的雪地上，留下了一行清晰的脚印，脚印直通向大江。根据脚印能看出来，他先在大江边徘徊了一圈，然后走上了冰河，又走到了那个冰窟窿处，然后消失不见了。

大家纷纷猜测，他还能去哪里，肯定是投敌了，要不然就是自杀了。

我却以为，以他那种性格绝对不可能投敌，至于自杀，也不大可能。这件事情，应该和他那天晚上念叨的几句话有关，但是具体是什么，我就不知道了。

很快，北京那边就派来了几卡车兵，要来接管那一辆被打落的坦克。他们派专人潜到江下，将那辆落水的坦克绑上粗钢丝，又用了几辆重型卡车，好歹给它拖上了岸。

打捞坦克时，那帮北京兵如临大敌，在江边老远的地方就拉上了警戒线，还拉上了帆布篷，看样子不像是怕对岸的苏联人看见，更像是怕我们看见。

坦克出水时，更是派人驱散开了围观的人群，那坦克刚一出水，就在它身上裹上了厚厚的篷布，护得严严实实的，接着给吊上了特制的大卡车，一分钟都没耽误，马上由几辆装满了大兵的车护送着，迅速运往北京。

让人没想到的是，那辆运载着坦克的卡车，因为负重太多，把路给压塌了，车轮子陷进了路旁的雪窝子里，没办法，只好委派我们连伐倒了十几棵老松树，给树干削光了，垫在了车轱辘下，才让车顺利开了出来。

让我们恼火的是，我们一个个在那儿锯木头、填木头的时候，那帮北京兵一个个动也不动，反而都围在大卡车前，冷艳地注视着我们的一举一动，像是在监视我们一样。

大家就很不爽了，老子是给你们干活的，你们一句好话没有，还像他娘的防贼一样，换让谁谁也不会高兴！

当时有一个大头兵叫吴老二，这人是个老兵痞，平时就流里流气的，这时候哪受得了这气，就装作在扛木头时，不小心跌了一跤，把木头撞在了卡车上，那群北京兵慌了，赶紧去扶木头。

趁着这个当儿，吴老二偷偷靠近了卡车，迅速揭开了篷布一角，往里看了一眼，这一看不要紧，他当时就吓得大叫了一声，一连退了几步，一屁股栽倒在了地上，傻乎乎地瞪着卡车。

那群北京兵才反应过来，他们的反应让我们大吃一惊。

都说大兵打人狠，其实也就是那么几下，首先是给人一脚踹倒，接着用大头鞋朝着心窝子踹，几下就给人踹得喘不过气来，既能让人失去反抗能力，也能要人命，就看具体的力度了。

但是这几个北京兵不是，他们并没有踹倒吴老二，而是朝着他的嘴就是狠狠一枪托，就这么一下，吴老二就吐出了一口血水，里面混合着自己的牙齿。

后来，有在场的老兵偷偷说，这些兵不是普通兵，这用枪托打人嘴，是跟苏联的克格勃学的，这一枪托下去，人的两排牙齿就全没了，而且会疼得昏死过去，保证人在短时间不会泄露秘密。

吴老二跌倒在地上，撕心裂肺地惨叫起来，捂着嘴在雪地里打滚，满地都是淋漓的鲜血。

这一下，大家都不干了，当兵的最护窝子，地盘思想很重，不管你是什么来头，在老子这一亩三分地，是虎你就卧着，是龙你就盘着，还敢在我这边打人，真是造反啦！

不知道是谁喊了一句“北京兵打人啦”，哗啦一下，军营全炸锅了，连日来紧张的战争气氛，已经让大家的神经全都绷紧了，一点儿风吹草动，都有可能激起兵变，况且这样丢人的事！

一时间，军营炸了锅，大家都纷纷赶了过来，支架子的支架子，拉枪栓的拉枪栓，把那几辆卡车团团围住，今儿打人的事情要是解决不了，谁他娘的也别走啦！

当时闹得最响的是耿团长。耿团长叫耿直，脾气和名字一样，既耿直，又火暴。他是老兵了，参加过朝鲜战争，还得过一等勋章，资格老，脾气臭，连师长有时候都让他三分。

这帮参加过朝鲜战争的老兵，都是从死人堆里蹚出来的，不光脾气比驴倔，谁都不服，还特别不把人命当回事。

后来我遇到了一个研究这方面的专家，专家说这叫啥战争后遗症，就是说经历过太残酷的战争，精神上受不了，无法适应和平年代的生活，所以骨子里有一种自我毁灭的倾向。

当年打越战剩下来的美国老兵，后来好多都得了精神分裂症，就是这个原因。

这吴老二，就是耿团长手下的兵，自己的兵竟然挨打了，这还了得，他当时就脱了棉袄，光着膀子，上去拦住了卡车。

这吴老二是他的兵，虽然不咋地，做事情日空捣棒，确实欠揍，但是只能他耿直揍，揍死了都没事，但是其他人要是敢动，那可不行！

耿团长径直朝大卡车走过去，说什么狗屁鸡巴玩意儿，有啥不能看的？！

其他人也跟着起哄，说团长啊，赶紧给这个破帆布拉下来，看看里面是不是藏着光屁股的娘们！

那帮北京兵没有说话，也没有什么表示，只是哗啦一下拉起了枪栓，将枪口对准了他。

耿团长又往前走一步，冷冷的枪口就硬邦邦地顶在了他的胸口上。

耿团长轻蔑地笑了，他手一扬，就甩了北京兵一个嘴巴，骂道："逼崽子！老子在朝鲜打美国鬼子时，你还他娘的没生出来呢！"

挨打的北京兵嘴角溢出了鲜血，但是他没有退缩，甚至连表情都没有变，依旧用枪口冷冷地顶着耿团长，不让他前进一步。

其他起哄的大兵顿时叫骂起来，纷纷拉开了枪栓，和北京兵对峙起来，气氛一下子绷紧了。

这时，车队前的吉普车打开了车门，从里面跳出来一个人。

那是一个中年人，穿着军装，肩膀上没有戴肩章，不过人很威严，冷冷地扫过来一眼，刚才嚣张无比的东北兵们顿时缩了回去。

随着他下车，车队所有卡车的顶篷都被掀开了，一队队大兵纷纷跳了下来，将那个中年人围在里面，哗啦哗啦拉开枪栓，面无表情地对准着周围的人。

他们人数不多，但是这几个简单的动作却像排练了上千次，动作整齐干脆，硬生生走出了千军万马的气势，一时将大家都给镇住了。

耿团长也愣了一下，禁不住后退了半步，他身后的大兵更是不住往后退。

中年人下车后，迅速转到吉普车另一边，亲自打开了车门，毕恭毕敬地站在了一旁，像是在等待哪个大人物下来。

大家都有些吃惊，那个中年人明显是大首长，连他都要毕恭毕敬地给人开车门，那个人得是多高的级别？

没想到，车门打开后，并没有下来什么军人，而是跳下来了一个十几岁的少年。

真的是一个少年，那少年差不多十五六岁，身上穿着一件长袍大袖的衣服，像一件道袍，若无其事地走了下来，随便走了几步，歪着头看着远处的乌苏里江。

看着少年没有什么表示，中年人便大步流星朝着大卡车走了过来，后面的一队兵却没有跟着过去，反而拦在了少年身后，像是在保护他。

中年人威严地问耿团长："你想看看这里是什么？！"

他的声音很平淡，却透露着一股威严，让人无法拒绝。

众目睽睽之下，耿团长只好硬着头皮说："首……首长……要是涉及军事秘密，那我就不看了……"

中年人冷冷地说："这个不涉及军事秘密。"

耿团长没话说了，那天很冷，他身上却直发热，冷汗顺着鼻尖簌簌往下落，浑身像爬成千上万只蚂蚁，难受极了，让他恨不得跳到乌苏里江去，在冰河里痛痛快快游那么一场。

但是在那个人的威严之下，他却一动也不敢动，就像个新兵一样，手足无措地傻站在那儿，结结巴巴的，不知道说啥才好。

但是中年人却带着他走到卡车边，掀起了一角，说："你看吧。"

耿团长艰难地迈开步子，僵硬地朝前挪动脚步，虽然只有短短的几步，却像是走完了整个人生，接着他费力地抬起头，朝着里面看了一眼。

就这一眼，他仿佛被蝎子蜇了一下，身子猛然一怔，愣在了那儿。

接着，他脸上露出了极度惊讶的表情，不可思议地摇了摇头，一连后退了几步，引得人群一阵骚动。

人群中一阵喧哗，那吴老二嘚嘚瑟瑟也就算了，他总共没几句实话，这耿团长谁不知道，绝对是条铁骨铮铮的汉子，从枪林弹雨、死人堆里爬出来的，很难想象，这个世界上还有啥能让他害怕的？！

但是在当时，河滩上几百人却真真切切地目睹了这一切，耿团长的脸色惨白惨白的，满脸的震惊和恐惧，完全傻愣在了那儿，不管周围怎么喧哗，始终一动也不动。

中年人放下帆布，走到少年那儿，低声向那个少年询问了几句什么话。少年轻轻摇了摇头，一句话没说，只是静静地看着奔腾的乌苏里江。

最后，他轻声说了一句什么，然后头也不回地上了车。

中年人做了一个手势，几个北京兵迅速将躺在地上的吴老二带上了车，没有理睬耿团长，迅速发动了车子，绝尘而去。

几乎在卡车开走的同时，僵立在一旁的耿团长终于反应了过来，他挥挥手，让勤务兵别动，自己缓缓走到了乌苏里江旁，迅速掏出手枪，对着自己脑门开了一枪，朝着乌苏里江倒了下去。

听到这里，我忍不住叫了起来："耿团长就这样死了？！"

高站长也吸溜着鼻子，说："嗯，就这样死了。"

我说："那是为啥呀？不是说这个不涉及军事秘密吗？！"

高站长摇摇头："后来我们也搞不明白，耿团长为啥要自杀。按说那个首长也没有说什么，更没说让他自杀……应该还是卡车里的那玩意儿太邪门啦！"

我当然要问："那卡车里到底是啥玩意儿？就是一辆坦克？"

高站长摇摇头："啥坦克也不至于让人看一眼，就得自杀吧？！扯淡！"

我说："那又是啥玩意儿？对，那个吴老二最后怎么样了？"

高站长叹息着："他也没消息了，一直到我复员，都没有听过他的消息，有可能是给关起来了。唉，你说好好的两个人，自己弟兄，没有死在老毛子的枪下，却死在了自己人的枪下。"

我也叹了一口气，不知道说什么。

高站长又吸了一口烟，说，这件事情闹得很大，差点儿激起兵变，后来上面紧急派人来，弄了个宣传队，以连队为单位，反复宣传军容军纪，尤其是不准胡乱传播谣言，硬把这件事情给压了下去。

至于耿团长，上面也下达了死命令，说耿团长并不是自杀的，而是中了江对岸老毛子的黑枪，所以算是战死的，死得光荣，给了一个一等功，做了烈士。

高站长感慨着："那个时代就是这样，政治大过天，也没啥真的假的，其实都他娘的一样……"他想了想，又说，"其实耿团长人挺好的，以前还给过我一支烟……"

我也叹息了一声，问他："那后来呢？"

高站长笑了，说："又不是说书的，哪有啥后来不后来的。"

我忍不住问："那辆坦克的事情就这样完了？"

高站长说："那辆坦克啊，还真是不安生，听说在半路时，苏联人派出了克格勃，弄了好多中国间谍回来，想在半路把坦克炸毁，没想到间谍一过江，就给解放军按住了。"

"为啥那么容易就按住呢？因为那时候啊，大饥荒，老百姓一个个都灰头土脸的，都吃不饱饭啊！他倒好，红光满面的，出手还大方，搭乘老乡的毛驴车，出手就是十块钱！老乡觉得不对劲，就报告给了当地驻军，解放军按倒他一搜，就发现他身上藏着炸弹，才知道了苏联人的心思。"

我感慨着："好险，看来坦克还是被我们给控制住了。"

高站长点点头："那辆坦克后来就运到北京，给放在北京博物馆里了。我复员那边，专门去了一次北京，故宫、长城都没去，就去了几次那家博物馆，反复看着那辆坦克，想着这坦克也没啥特别的啊，当时咋就害死了那么多人呢？！"

我问："是不是那辆坦克比较先进，有一些技术上的问题？"

高站长说："狗屁？！啥技术能看一眼就给看没了？！再说了，啥技术那么牛逼，让人看了一眼，就吓得要上吊自杀的？！"

我也没了话说，这事情确实里外透露着古怪，让人想想都害怕。

高站长说："后来吧，黑瞎子岛危机解除了，我也被分在了这里，负责边防，主要是抓克格勃安插在咱们这边的间谍。"

我问："高站长，那些间谍是怎么回事？怎么这个还跟克格勃扯上关系了？"

高站长说："咳，是这样，中苏其实就隔着一条江，冬天冰冻住了，一猫腰就跑过去了。蜜月期时，两国关系好，有牛羊跑过去，人直接走过去，给赶回来，再走过来，也不算什么。

"后来，中国开始搞政治斗争，好多人成分有问题，熬不住，就趁着大江冰冻，在晚上跑过去，结果克格勃就在江边安排了好多人，专门抓人，只要被抓住，那严刑拷问，用烧红的烙铁烫人的牙齿，那牙齿就全废了，没几天，牙齿就全掉下了，而且是神经疼，抽抽地疼，止疼药都不管用，只能靠吸鸦片烟熬着。"

我问他，克格勃不是苏联的间谍吗？为啥要专门审过江的老百姓呢？他们不是应该去抓你们这些当兵的，才知道军事动向吗？

他却笑了，说苏联根本不在乎什么军事动向、军事秘密的，在当年啊，中国和苏联完全不对等，就是个小弟弟，苏联人才不怕中国呢！他们之所以抓当地人，是想问这条江的事情。

其实我们私下里谈起这件事情，都觉得当年苏联人打珍宝岛，根本不是为了那个破岛，其实就是为了抢这段江，抢这条江里的宝贝。

我当然要问他，苏联人抢这段江干啥？这江里有啥宝贝？

高站长神神道道地说，大家当时都传言，说日本人在东北搞了那么多年，修建了好多秘密工事，结果苏联一星期就给它搞投降了，所以当时好多物资都没来得及带走，就都炸毁了，封存在地下了。物资还好，更多的是当年日本侵略中国时的宝藏，也都秘密掩埋了，他们都怀疑，当年的宝藏是不是藏在了乌苏里江里。

我才恍然大悟，说难怪高站长不让我去江边晃悠，原来是怕我把宝藏给挖走了啊！

自己心里却在想，那莫托家古怪的地窖，该不会是挖宝藏挖出来的吧！

高站长就乐了，说屁的宝藏，要是有，还能轮到你小子？！那江边啊，不干净，以前死了太多的人，苏联人还往里面发了不少导弹，好多都是哑炮，万一不小心撞上了，就给炸成爆米花啦！

我忍不住说，苏联人不是要找宝藏吗？那他们应该派潜水员下去啊，往水里扔炸弹干啥？

他就支支吾吾的了，说搞不懂那些老毛子，他们好像是在捉啥东西，后来没捉到，就把整座江都给炸了。那导弹扔得真是多，现在有时候撒网，还能撒到胳膊长的炸弹，反正你少去就是了！

我不依不饶地问他，苏联人想要捉啥东西，这江里还能有啥东西，也就是鱼呗！他们还能缺鱼？

高站长嘿嘿一笑，说："小白同志啊，这些事情嘛，你得去问戈尔巴乔夫去喽！”

说完，他就站起来，脚下直拌蒜，说：“不行了，不行了，今天真是被你小子给灌多了，有的没的说了那么多！走——走啦！”

他披上大衣，坚持要出门，结果一个踉跄，差点儿摔个狗啃屎。

我赶紧扶住他，让他就在我这里睡下得了，他却死活要走，最后没办法，只好找人过来接走了他。

我却睡不着了，透过窗外，看着远处的乌苏里江，黑黝黝的江面上，星星点点的灯火，也不知道是深夜的捕鱼人，还是巡逻的人员。

没想到，这个中俄边境的边陲小镇，竟然还隐藏着那么多秘密。

高站长提到的那个白衣少年，让我想起了二十年前发生的那件怪事。

在当年，也出现了这么一个少年，同样古怪而神秘，也穿着长袍大褂，这两个人是同一个人吗？

这些年来，我一直没有忘记当年的事情，尤其是那个神秘少年，以及他所说我被人“种了憋宝”。

这“种憋宝”又是怎么回事，那小蛇又是怎么回事，一直是我心里的一个疙瘩。

算算时间，高站长说的事情发生在二十世纪六十年代，我遭遇的那件事情发生在二十世纪七十年代，整整差了十年呢，应该不是一个人。

再想想高站长的话，当年发生的事情确实神秘莫测，中苏围绕黑瞎子岛到底争夺的什么？那卡车里到底藏着什么？

再联系起莫托家那个神秘的地下室，那又是什么，会不会跟江下的秘密有关？

这些成了我脑子里的一个又一个的谜，让我在床上辗转反侧，怎么也睡不着，好容易睡着了，又做了许多稀奇古怪的梦，梦到大江里蹿出来一头巨怪，把我给囫囵吞了下去！

第二天一大早，还没睡醒，就听见外面有人砰砰砸我房门，一个声音兴奋地叫着：“小白哥？！小白？！”

迷迷糊糊地抬起头，仔细听听：嘿，这是莫托回来啦！

一个鲤鱼打挺，我从床上翻身起来，光着脚就跳了下去，要给他开门，想了想，不行，不能表现得那么急切，得有个领导的样子，不能让他太得意！

这么想着，我就故意一声不吭，磨蹭了一会儿，才慢吞吞地披上军大衣，给他打开了门，佯装生气地说：“叫什么叫啊？！什么小白，小白的，小白也是你叫的，叫小白哥！”

莫托不生气，他戴着一顶皮帽子，笑嘻嘻地看着我：“小白哥！”

我点点头，让他进来，自己先坐在椅子上，故意不看他，自己叼起一根烟，刚想点火，就看见他手脚麻利地划着了火柴，给我点上，让我心里一直暗爽。

长长地吐出一口烟，我故意斜着眼问他："去哪儿了？那么长时间，连个信都没有！"

他依然笑嘻嘻地说："走得太急，没时间请假……"

我说："没时间请，也就两步路的事情，还没时间请假？！"

他有些犹豫，说："白哥，我们走的时候都是下半夜，都是临时通知，叫开门就跟着走，黑灯瞎火的，顺着冰河走，这个真的没时间啊……"

我摆摆手，说："行吧，行吧，就原谅你这一次，下次有事情得提前说一声啊，我还以为你被拍花子的给拍走了呢！"

他笑嘻嘻地说："白哥，还有个事……"

我说："又有啥事啊？"

他说："那个，白哥，镇上杀牛呢，乡亲们都在排队等着抢肉呢，咱们要是再不去啊，那估计只能剩下牛尾巴啦！"

我一听急了，这么多天就等这一刻呢，大叫一声："卧槽！你小子还愣着干啥呢！赶紧去抢啊！必须抢到！我跟你说，这可是政治任务！要不然我扣你工资！"

莫托这小子还真不赖，排了半上午队，终于给我抢回来了一根牛尾巴！不光牛尾巴，还有一颗牛心！

这小子还算有良心，看着我这边啥都没有，又从家里扛回来了一条野猪腿、几只野鸡、小半袋面粉，说是要过中秋节了，让我好好过个节！

看着满满一屋食物，我心里乐开了花，那年头啊，中国人都被饿怕了，从小到大，就盼望着过节。这过节好啊，可以敞开肚皮大吃一顿！

我当时就狠狠表扬了一顿莫托，说小莫这个同志嘛，虽然犯了点儿错误，但是真是个好同志嘛！而且这个嘛，不仅能干，而且心思缜密，还知道弄了半袋面粉包饺子！这个嘛，我党目前就是缺这种能文能武的小伙子啊，以后啊，我要大大地提拔他！

晚上喝酒时，我问了一下莫托，这次出去那么久，是去了哪里，又做了什么，怎么感觉神神秘秘的？

莫托也喝多了，对我说，他其实也搞不太懂，这应该算是他们族里的某种仪式吧，就像是一种祭祀，具体的他也说不清楚。

每一次，都神神道道的，半夜突然把人给叫起来，然后沿着江边走，要走几天几夜，也不知道走到了哪儿，最后停下来，安营扎寨，在水边住下来。

接下来的几天，男人们都要上山打猎，打来的猎物要保持完整，放在雪窝子里冻起来，女人在江边搭窝棚、蒸馒头。

等猎物到了一定数量，就把食物全堆在江边，外面垒上大石头，然后由老族长带领大家在江边祈福、叩拜，一直到这些食物消失后，他们才会启程回来。

我有些惊讶："那些食物消失？食物怎么会消失？"

莫托也笑了，说："你不信吧，我开始也不信，后来经历了几次后，就信了。我们把祭品摆上后，快的话一夜，慢的话二夜，那祭品准消失得干干净净的。"

我啧啧称奇，说："会不会是被野猫叼走了？"

莫托摇头，说："不可能！那些吃的都被大石头垒住，几个人都搬不动，更别说野猫了！"

我笑了，敬了他一杯酒，说："那估计就是被你们的神给收了！"

这本来是一句玩笑话，但是他却没有笑，反而神色凝重地举着杯子，朝着乌苏里江的方向敬了敬，才恭恭敬敬地喝了下去。

我还想问问他母亲的事情，但是每次提到这个话题，他明显表现得不自在，我也不好多问，只让他赶紧喝酒，喝酒！

又喝了一会儿，莫托跟我说，想跟我请几天假，要到中秋节了，咱们东北这边的规矩，中秋节前后，大家都要结伴去深山老林里打松子。

这松子是红松的果实，东北特产，可以榨油，也可以生吃，还能卖，当地采购站就收。

这打松子是东北最赚钱的副业，一个月赚的钱，能顶大半年的工资，所以每年到了这个时候，大家都要请假，去大山深处打松子！

听他这么一说，我马上激动了，大叫："那还等啥？咱们也上山开搞啊！"

莫托摆摆手，说："小白哥，你说的那是以前了。现在啊，大家都去山上打松子，近山的红松早就被打完了，只有那深山老林里才有，得走几天的路呢！"

我一下子泄了气，摆摆手，说："那么远啊，那就算啦！对，既然那么远，你还要去干啥？"

莫托却说："我不光是去打松子，主要是去打猎！"

"打猎？"

莫托点点头，说他父亲作为当地首屈一指的猎人，每年都会在这个时候上山围猎，他也会跟着去。

中秋节前后，动物过了繁衍期，漫山遍野的野果也都成熟了，板栗、山葡萄、山梨、红姑娘、蓝莓，动物吃果子，养得膘肥体壮，正是打猎的好时候。

他感慨着，中秋节是不错，不过不如正月打猎最好。正月打猎，冷是冷，那野物真是好打！有时候简直可以不开一枪，就能打到不少猎物。

他眯着眼睛回忆，下过雪后，野鸡饿了几天，都出来找食物，野鸡毛色绚丽，老远就能看见，这时候根本不用放枪，只需要放狗去追它，它给狗撵得急了，就一头扎进雪里，很快就冻僵了，人到了跟前，像拔萝卜一样，就给它拔出来了。

还有傻狍子！

那狍子是真傻，你朝着它开了一枪，打偏了也没关系，因为它根本不会跑，反而会停下来，好奇地看着你，看看你在做什么，这时候再补一枪就行了。

我被他说得兴奋了，说反正现在水利站也没啥事，我干脆也请假跟他们一起去吧！

他却踌躇了，支支吾吾地说，按照他们那边的规矩，不能带着外人狩猎，不然山神生气，就下不了山了。

我当时就恼火了，跟他拍了桌子，说什么狗屁兄弟，就是个渣渣！老子把你当亲兄弟看，你他娘的成天神神道道的也就算了，老子也没问过你，就跟你们打一次猎，也违反你们的规矩啦？！

莫托低下头，也不说话了，过了好久，他才站起来，用一种坚定的语气跟我说，他现在就回家跟他父亲说去，不管怎么样，都一定会带着我上山！要是他父亲不同意，他就自己带着我上山！

他这么一说，我反倒有些不好意思了，劝他说我也不是非得去，你去跟你父亲说说，要是不行就算了！

莫托却坚定了信心，戴上皮帽子，头也不回地回去了。

莫托走后，我兴奋得在床上翻来覆去，怎么也睡不着，后来索性下床去擦那把旧猎枪，擦了又擦，想象着去丛林狩猎的场景，最后忍不住抱着枪出去转转，想看看能不能碰到什么猎物，也过过瘾，放那么一枪。

这里挨着大山，周围野物多，我们检查水道时，经常能看见野兔子撒欢地跑，偶尔也能遇到野猪祸害掉的庄稼地，一茬茬的土豆地，给拱得像地道似的。

老教师说，这些年好多了，以前更荒凉，人家少，晚上经常能听到呜咽呜咽的嚎叫声。

弄了几发子弹装枪里，我背上枪，朝着江边走去，外面冷得要命，走了没多久，浑身都被风吹透了，正犹豫着要不要回去，就听见大江里猛然传来了一阵低低的吟叫声。

那声音非常古怪，虽然非常低，但是非常具有穿透力，声音从地面上传过来，传到我身上、树上，震得一树树的干叶子簌簌抖动，灰尘和落叶不断往下落。

我抱着猎枪，傻乎乎地站在那里，朝着大江望了过去，那一轮明晃晃的月亮横在大江上，江边全是一块块巨大的圆石头，像恐龙蛋一般，黑黝黝的江水像是开了锅，在大江中间掀起了一个巨大的漩涡，仿佛江水中潜伏着什么怪物，在水下翻江倒海，一切显得诡异又恐怖。

我呆呆地在江边站着，风呼呼刮着，浑身的血液仿佛都凝固了，猛然想起高站长告诫我的那句话，天黑后千万不要去江边，赶紧抱着枪跑走了。

回到水利站后，我的心脏扑通扑通直跳，想着大江里翻腾的那个物件，到底是什么怪物?

第三章　它来了……

第二天一早，我还没起床，莫托就哐哐哐过来敲门，满脸兴奋，说他爹同意了，让我赶紧收拾行李，准备准备，待会儿就跟他们上山。

听他这么一说，我一骨碌滚下床，洗了一把脸，套上衣服，背上猎枪就要走。

想了想，又赶紧跑到镇上邮局，给高站长打电话请假，他很爽快地就同意了，让我千万注意安全，记得给他带几个松塔回来！

这是我第一次上山狩猎，还是跟最著名的狩猎民族一起狩猎，让我兴奋不已。

这次的狩猎队伍，除了我和莫托、莫托的父亲莫日根，还有几个人，莫托给我挨个介绍了一下。

一个刀疤脸的高大汉子叫尤龙贵，他的面色很阴沉，脸上有一条贯穿的刀伤，几乎将他的脸劈成了两半，而且伤到了面部神经，经常不由自主地一下下抽搐，看着很吓人。

还有一个人叫毕大林，外号叫老毕。

这个人整天乐呵呵的，长着一张红扑扑的娃娃脸，人很亲切，汉话说得也好，老问我一些北京的事情，一惊一乍的，和尤龙贵恰恰相反。

还有一个叫乌什么白云的，名字很长，我也记不大清楚，这是一个没有什么特点的青年，一路上很少说话。

除了这几个人外，还有几头猎狗，一个个耷拉着脑袋，看起来蔫不拉唧的，跟在人身后，一声也不吭。

这群猎狗一点儿也不像我在电视里见过的那些狼犬，高大威猛，威风凛凛，甚至还不如普通的狗，一个个又黑又丑，长得也不好看，连尾巴都没有，身上也都是伤，有的还缺了半个耳朵，对我也爱答不理的。

莫托却说，别看这群狗不起眼，它们都是身经百战的猎犬，基本上每一只都和大野猪、黑瞎子战斗过，就算是遇到了巨熊都不怯，今天晚上有它们守夜，就什么都不用怕了。

有莫日根在，莫托不敢怎么跟我说话，就背着枪，老老实实地跟在他父亲身后，两个人偶尔用哲赫语低声交流几句。

好在有老毕在，一路上，他的嘴都没闲着，跟我在那儿扯东扯西的，问我：知不知道打松子是什么的干活？原始森林里可有狼群、豹子，怕不怕？北京烤鸭是不是用松木烤的，有没有狍子肉好吃？

我随口应付他几句，又问他我们这次要去哪里，是不是要去原始森林？

他故意吓唬我："是啊，得去老林子！那疙瘩，老危险啦，连路都没有，树枝和灌木长在一起，把天都给遮住了，得打着火把进去，到处都是野柿子、野杏，野柿子熟透了，都掉在地上，烂柿子堆成了一座山，把柿子树都给埋了半截，还有整整一条沟的山葡萄！"

我不由心生向往，说："那好啊，到时候咱们多采点儿野果子，葡萄啥的酿酒！山葡萄酒好喝不？"

老毕咧开嘴笑了："山葡萄吃不了，太酸！俺们都不吃，只有黑瞎子爱吃那玩意儿！"

我问他："黑瞎子是不是黑熊？"

老毕说："对，那玩意儿头上毛长，把眼睛都盖住了，看东西时还得先用爪子给扒开，所以叫黑瞎子。"

我惊讶了："黑瞎子还吃葡萄？它不是吃肉的吗？！"

老毕说："咋不吃？！蜂蜜、蛤蟆、鱼，它都吃，最爱吃的就是山葡萄！"

他解释，黑瞎子比较懒，吃饱肚子就喜欢躺下睡觉。它一身长毛，又怕热，平时最喜欢躺在阴凉地里睡大觉。

那山葡萄沟里，爬满了山葡萄，里面又凉快，又有一嘟噜一嘟噜的山葡萄给它吃，它索性就躺在葡萄沟里，吃饱了睡，睡饱了吃。有时候打死一头熊，剖开肚子，会发现它肚子里全是没消化完的山葡萄。

我兴奋了，开始问他一些狩猎的事情，那松子要怎么打，像向日葵一样吗？

老毕给我解释，松子是红松的果实，藏在松塔里。松塔跟菠萝很像，宝塔状，上面覆盖着一层坚硬的鳞片状的甲壳，长在高高的树梢上，往往有十几米甚至几十米高，人得穿特制的脚扎才能上去，上去后，再用长杆子给松塔打下来，大家捡回来就可以了。

附近山上的松子都被打光了，要想打到，就得往伊春那边走，去小兴安岭，那边是原始森林，野兽多，黑瞎子、豹子、狼，没有几个好猎人、十几只狗跟着，没人敢去。

我兴奋地问他，具体有啥危险，有狼吗？是不是还有花豹子？！

他悠悠地说："狼嘛，哪里都有！到了晚上，你四处看看，外面一闪一闪的，全都是绿莹莹的狼眼，跟萤火虫一样，都趴在旁边瞪着你。

"不过，咱们有狗、有枪，再烧一夜篝火，有啥好怕的？可怕的啊，是看不见的东西，有时候啊，你在树林子里走着走着，会突然从几十米高的树上掉下一个死人来，你怕不怕？"

"怕！"我想了想，又问他，"为啥会从树上掉下来死人？"

他说："为啥，有人去树上打松子，掉下来了呗，身子挂在树枝上，弄都弄不下来，慢慢就风干了，风一吹，就掉你头上了呗！"

我脖子里一紧，浑身的鸡皮疙瘩都起来了，下意识地问："为啥掉我头上？"

他说："也不一定啊，说不准就掉到莫托头上啦！"

我才满意了，说："莫托脑袋大，掉在他头上的概率更大一些！"

莫托不乐意了，回击我："俺们头上要是掉死人，那你就得被花猪婆抱回家！"

他们几个人一阵哄笑，老毕更是连连点头："要抱，要抱，花猪婆也稀罕北京娃娃嘛！必须的嘛！"

我听不懂了："这花猪婆是啥玩意儿？"

老毕哈哈大笑，给我解释，说这个花猪婆啊，是他们山里的一个传说。说是年轻英俊的猎人在打猎时，会在路上遇到一个美女，勾引猎人和她野合，等那猎人美完了，才发现，身边躺着的是一头老母猪！

我顿时大怒，追着莫托一阵捶打，惹得大家一阵哄笑。

这时候，一直沉默的莫日根突然说了一句话："花猪婆、黑瞎子都不算啥，那些看不见的东西，才是最可怕的呢！"

我忍不住问他："啥是最可怕的东西？"

老毕在旁边打马虎眼："啥玩意儿啊？那就得你自己想去喽！"

我们顺着乌苏里江一直往上游走，河滩上坑坑洼洼的，全是一块块的卵石，硌得脚底板生疼，走了大半天，才从一个河湾处拐了上去，转到了一个树林子。

我有些兴奋，以为终于进入了原始森林，却发现这里完全不像想象中的原始森林，遍地都是合抱粗的大树、肆意生长的灌木丛、遮天蔽日的巨树，反而更像个稀稀拉拉的树林子，树木也没多粗，也就是电线杆粗细，而且是稀稀拉拉的，连鸟都没几只，看着就让人泄气。

跟老毕说了我的想法，他忍不住哈哈大笑，跟我说，这才哪儿到哪儿呢？我们先要穿过这个林子，找一个同伴，才开始启程去原始森林！

我才明白，敢情走了一天的路，只是在找人，这打猎还没有开始呢，心里也有些泄气了。

老毕给我解释，他们这一趟，虽然说是打松子，其实也是打猎。

现在，国家也重视动物保护了，打野猪、野兔、野鸡，国家一般不管，但是要是遇到老虎、豹子、黑熊这种动物，国家还是要过问的，所以他们就以打松子的名义去狩猎，到时候打到大猎物，就说是采松子时先被动物攻击了，不得已才打死它的，就有个借口了。

他安慰我，说他们这次要去找的人，是一个非常厉害的老猎人，他打下来的猎物，足足能铺满整座山头，等到了他那儿，给我要一颗白毛狼王的獠牙，让我戴在身上，不光可以辟邪，那些野狗啥的看见我，老远就给吓跑啦！

受到他的鼓励，我一鼓作气，总算熬到了见到那个传奇的老猎人，却没有想到，这个老猎人是一个满头白发的老头，但是精神很好，早早地就走出来迎接我们。

我学着他们的样子，用双手按着右膝，连连说“赛拜努”，这是蒙古语，是向老人问好。

老人很热情，几步跟上来，赶紧扶起我们，连声说“赛、赛”，大步流星，带着我们回去。

老人叫必勒格，蒙古语的意思是智者，这是一个睿智的老人，非常热情，挨个拉着我们的手说话，让我们快点儿进屋，好好歇歇！

大山深处，地广人稀，到处是肥沃的黑土地，随便开垦一块土地，撒点儿种子下去，都会有收成。

能在大山里扎根的，都是好猎手，随便放那么几枪，肉就出来了，皮子还能换钱，所以日子过得还是不错。

但是大山深处的日子非常寂寞，没有电，没有收音机，好多人家甚至连一块手表都没有，就是根据日头过日子，日升而作，日落而息，往往走出去几十里路，都看不见一个人影，所以遇到外人，就会格外热情，何况是莫日根这些几十年交情的老朋友了。

格老住的是小木屋，坐落在山腰上，非常幽静，木墙上钉满了各种兽皮，连炕上铺的都是。

我注意到，老人好多东西都是自己做的，甚至记录东西的纸，都是用桦树皮做的，显得古朴又别致。

我们人太多，在屋里坐不下，老人就在屋外点起了一堆篝火，扛过来一只半大的狍子，几条大鱼，又搬出来半瓮米酒，大家坐在火堆旁小声说着话、喝着酒。

这一趟出来，我的脚都磨破了泡，终于见到了甜头，喝着冷冽的米酒，吃着原汁原味的狍子肉，听着远处断断续续的狼嚎声，感受着丛林特有的莽莽的气息，感觉自己和大自然融为了一体，心里陶醉极了，也自豪极了。

莫托把狍子剥了皮，插在树枝上，在松木上烤得嗞嗞冒油，什么佐料都不放，就撒上一些细盐，烤熟了一层，就用刀子割下来一层，趁热吃，又烫又香，味道鲜美得让人能跳起来！

几个人风卷残云一般，很快就将一只半大的狍子吃了个差不多，剩下的内脏，随后丢给猎狗，它们有的欣然接受，有的则高傲地摇了摇头，看都不看一眼。

莫托说，有些凶猛的猎狗不喜欢吃熟食，喜欢自己去丛林里狩猎吃活食。他打了一个呼哨，几只猎狗迅速站起来，消失在了树林里。

老毕他们几个在那儿喝酒，一瓢一瓢地喝，喝得满脸通红。他喝得高兴，力劝我也喝点儿，说不喝一瓢米酒，就不是个顶天立地的男子，是个软绵绵的娘们儿！

莽莽的丛林，香辣辣的白酒，豪爽的笑声，让我也兴奋起来。

试着喝了一口，甜丝丝的，一股米香味沁人心脾，我的豪气也涌上来了，跟老毕碰了一下，咕咚咕咚几口喝完了。老毕哈哈大笑，其他几个人也给我竖起大拇指。

不知不觉就喝多了，听着他们的说话声、爽朗的笑声，感觉脑子里晕乎乎的，眼皮越来越重，最后头一耷拉，就倒在地上睡了过去，却又因为太兴奋了，怎么也睡不着。

朦朦胧胧中，就听见一个陌生的声音低声问："他睡着了吗？"

有人走过来，翻了翻我的眼皮，说："睡着了。"

那个声音继续说："这一次，不该带他来。"

莫托着急辩解着："他啥也不知道，他是我最好的兄弟……"

旁边，莫日根低声训斥了他一句，让他闭嘴。

最开始那个声音低声说了一句："先不管他了，还是按照原计划进山……不然就来不及了……"

莫托说了一句："是他要出来了吗？"

旁边一个人"嘘"了一声，接着压低声音说了一句话。

这句话非常古怪，猛然听起来，还不觉得什么，仔细想想，却又觉得非常瘆人。

就像是你早晨出门，碰到一个人，他随口说了句"你还没死啊？！"你笑着骂了他一句，没走多远，又遇到一个人，他对你说："你还活着啊？！"

这些看似平常的话，其实仔细想想，背后隐藏了多少血雨腥风的故事。

他说的那句话是："我们杀了他那么多次，为什么他还活着？"

我当时困极了，酒劲一波波上来，脑子里像是拌进去了半斤糨糊，晕乎乎的，实在抵挡不住，无力地挣扎了几下，就立刻跌进了香甜的梦乡。

后来，我再次回忆起这段往事时，就发现，其实在灾难来临之前，已经出现了许多征兆，只是我太迟钝了，根本没有注意。

但是再想想，即便我发现了，又有什么用呢，该发生的终归会发生，你怎么也阻止不了，眼睁睁地看着灾难一步步降临也许更加痛苦。

这种事情吧，真是没法说，只能归结于操蛋的命运吧！

再睁开眼，天已经大亮，到处都是鸟叫，在幽静的丛林里显得非常响亮，小松鼠在树枝上蹿来蹿去，不时碰掉一些小树枝。

远处，篝火上冒着一缕缕的青烟，远处的丛林中弥漫着一层薄薄的白雾，有点儿像是《聊斋志异》里的场景，如梦如幻，让人有些恍惚。

又过了几秒钟，才彻底清醒过来，发现自己睡在一个用桦树干铺成的床铺上，上面垫着柔软的桦树皮，身上盖着件熊皮大衣，暖烘烘的，周围的床铺早就空了，看来莫托他们早就起床了。

一骨碌爬了起来，走到篝火旁，上面吊着一口大铁锅，热气腾腾，揭开锅盖看看，里面全是奶白色的鱼汤，香味四溢，馋得我的口水都要流下来了。

莫托拎着一个木桶，从山下爬上来，见我醒了，就让我赶紧喝鱼汤，待会儿就要上山了。

坐在干草地上，闻着丛林特有的草莽气息，喝着鲜美的鱼汤，我觉得整个人都要飘起来了，觉得自己也成为一个猎人了。

迅速喝完一碗，我又舀了一碗，发现汤里全是手指般大的小鱼，滑溜溜的，连鱼鳞都没有，煮得酥烂，就问莫托，这是什么鱼熬的汤，怎么那么鲜？

莫托撇撇嘴，啥鱼？俺们这里都叫它柳根子，就是河里最普通的小野鱼呗！

我咂咂嘴，没想到这小野鱼味道那么好！这鱼是怎么捉来的？

莫托说，不是捉来的，刚才从溪水里舀水时，舀上来的小鱼，顺手就熬了鱼汤。

我忍不住感慨："都说'北大荒，北大荒，棒打狍子瓢舀鱼，野鸡飞到饭锅里'，没想到还是真事！"

莫托也乐了，说现在人太多，把动物都给打没了，也就这里能舀到鱼，其他地方就少见喽！这才是刚开始，等我真到了原始森林就知道了，那里面啥都有。

看着他真诚的面孔，我忍不住想问问他昨晚的事情，他们说的那句话是什么意思，什么东西还老是杀不死？

话到嘴边，我又忍住了，装作无所谓地问他，上山时他父亲说的看不见的东西最危险，那句话是啥意思？

莫托眼神闪烁不定，支支吾吾地说，他父亲的意思是，大山深处有许多看不见的危险，像是陷阱啦、大烟泡啦、迷路啦等，都很危险，应该就是这个意思吧！

他明显是在敷衍我，我也不好再说什么，只好问他老毕他们在做什么。

莫托指了指，老毕他们在收拾行李，捆扎了一卷卷行李，检查弹药，校准枪支。猎狗们也感受到了大战来临前的气氛，一阵阵骚动，在附近神气活现地走来走去。

等我喝完鱼汤，他们几个也收拾好了行李，吸足了烟，大家终于开始上路。猎狗们早就按捺不住，抢先顺着小路奔跑了出去，吓得小松鼠们纷纷往树上蹦。

我们顺着高高低低的小山坡往前走，这里是大兴安岭余脉，山势平缓，起伏不大，属于典型的低山丘陵地带，山坡和山坡之间还有数条小溪穿过，清亮亮的，周围是低矮的灌木，稀稀拉拉的树木，看起来不像是原始森林，倒更像是蒙古大草原。

老毕解释，这里原本都是合抱粗的老树，那地下全都是一两米高的荒草，密扎扎的，人根本进不去，后来都被砍伐了，成了大草原，他们要想打猎，就得顺着小山坡往里走，到大兴安岭腹地，真正的原始森林才行。

这一路上，没有什么特别的经历，大家除了停下吃饭、睡觉，主要还是急着赶路。我的脚底板都磨出了水泡，因为听到了那天晚上的对话，知道他们急着赶到什么地方，也不敢抱怨，只能拼命跟着他们往前走。

走了差不多两天，树木开始变多、变粗，杂草灌木也多了起来，周围开始出现猎物，猎狗不时地朝着灌木丛叫几声，或者扑向某一个草丛，从里面就会突然飞起来一只野鸡，或者嗖一下蹿出来只兔子，飞也似的逃窜，激动得我大呼小叫的。

不过，老毕他们一个个都在埋头赶路，对这些猎物毫不理睬，仿佛根本没看见一样。

我忍不住问他，他说，这些猎物都太小了，又不是吃饭的时间，不值得放枪。不然打死后还得拎着，太麻烦了。等到了饭点，随便在附近放几枪就有了。

我问他，那要遇到什么样的猎物才开枪？他们这么松懈，会不会放走猎物？

他哈哈大笑，说不会，不会！他们这么多人，肯定要打一只马鹿或者半大的野猪才够吃。至于猎物会不会跑的问题，我就不用操心了，他们心里都有数，这里压根就不会有那么大的猎物。

我故意刺激他：“你们赫哲族不是打鱼的吗？怎么还会打猎？”

他说："小伙子，渔猎不分家，这打鱼和打猎啊，其实都是一码事！"

看我不服气，他也恼火了，哼哼唧唧地说，等到了扎营的地方，就带我过过瘾，去打一只鹿，让我见识见识啥才是真正的猎人。

我故意挤对他，说要是跟他打猎啊，我可得小心点儿，可别被他当猎物给打了。

正说着，树上突然掉下来一个东西，嘭一下砸在了我的脑袋上，吓了我一跳。

老毕哈哈大笑，说："看吧，看吧，被老鸹拉头上了吧！被老鸹拉在头上，得倒霉一整年！"

低下头看看，砸我的是一个破栗子，滚到了草丛里。

这栗子都是裹在壳里的，怎么会从树上掉下来一个？

我好奇地抬起头，发现树枝上站着一只火红色的小猴子，见我看它，在树枝上蹦蹦跳跳地看着我，龇牙咧嘴地吓唬我。

我也乐了，作势要用东西扔它，它吱呀叫了一声，迅速跑开了，钻到茂密的树枝下偷看我。

这小东西很有意思，一路在树枝上上蹿下跳，远远跟着我，不时抛下来一枚干枣、一颗胡桃丢我，一旦丢中了，就高兴得吱吱地叫。

我开始还吓唬它，后来也累了，不管它再怎么丢东西，也不理它。不过受它的影响，也渐渐落下了。

这时候，它却又丢一个东西砸中了我，那东西很硬，砸在脑袋上很疼，低头看看，竟然是一枚大号的子弹！

捡起子弹，却发现那只是一个弹壳，里面塞了张纸条，抠出来看看，纸条是黄表纸，上面画着古怪的红色条纹，像是茅山道士画的鬼画符。

这子弹里怎么还能塞着道符，我更加好奇了，翻过来调过去地看看，那道符上干干净净的，并没有什么字迹。

随手将它扔在溪水里，想继续往前走，刚走了两步，那溪水带着道符缓缓往前流淌，那道符被溪水浸湿了，上面的朱砂褪了色，却又渗出来了几个字，血淋淋的，看着分外古怪。

伸手将那张道符捞出来，发现上面写着几个古怪的字，文字复杂，字迹飘逸，写得非常张扬。

那字被水浸湿了，辨认了半天，才勉强认出来，这是繁体字，写着："它来了，快逃命吧！"

我的心一下子绷紧了，扑通扑通乱跳，这是什么意思？

它又是什么？逃命又是啥意思？

朝周围看看，树林子里静得吓人，老树和老树挨在一起，树枝和树枝连在了一起，遮天蔽日，苍苍莽莽，溪水哗哗流淌着，神秘而深邃。

呆呆地站在那儿，看着那张道符，道符上的字迹慢慢消退，最后就完全消失了。

突然，树冠上传来了一声低低的啸声，那只小猴子像是接到了什么信号，吱呀叫了一声，欢快地顺着树枝跑走了。

顺着它的方向，我看过去，就看见那茂密的树冠上，立着一个人，穿着一身白衣服，背着手站在一根树枝上。

我吓了一跳，使劲揉揉眼，再仔细看看，上面全是密密匝匝的树枝，哪有什么人。

我也笑自己神经过敏，那么高的地方，怎么会有人？再说了，就那根脆弱的树枝，也承受不住一个人啊！

随手扔掉道符，赶紧上路，没走几步，就觉得有些不对劲，抬起头一看，就发现了一个白影子，飘飘荡荡的，从树枝间一掠而过，瞬间消失在了密林间。

我一下子呆在了那里，几乎不相信自己的眼睛，就这么看着那个白衣人像是杂耍一般，在树枝间穿梭，很快消失在了丛林中。

过了好久，我才反应过来，看着空荡荡的丛林，低矮的灌木丛，一股突如其来的恐慌猛然包围了我，整个丛林像是只剩下了我一个人，到处都像隐藏着危机。

我勒紧背包，拼命往前跑，边跑边叫："莫托！莫托！"

莫托答应了一声，在路口等着我，见我脸色惨白，问我怎么了。

大口大口喘着气，回忆着刚才的一幕，我看着莫托朴实的脸，一时间不知道要对他说什么，只好说自己刚才差点儿迷路，所以叫他等等我。

莫托带着我，很快跟上了大部队，我脑子里全是刚才的事情，乱糟糟的，根本没有心思想其他的。

天渐渐黑了，我们也到了扎营的地方，在半山坡有一个对子房（猎人在大山里搭建的临时窝棚），是格老以前在这边打猎时挖的，里面有一些储备的粮食和风干的肉，晚上就在这里歇下。

这时候正是深秋天气，那漫山遍野的野果子都熟透了，黄澄澄的野梨子、红扑扑的野杏、落了一地的毛栗子、紫黑色的都柿（蓝莓），几乎到处都是，老毕带着我去采野果子，没费多少力气，就弄了一篮子，拎着回去了。

回去后，发现莫托在弄野鸡，长长的鸡毛弄了一地，煞是好看。

我赶紧问他："不是不能开枪吗？这野鸡是怎么捉到的？"

莫托说："是不能开枪，不过格老用树枝和马鬃做了个捉野鸡的机关，用野鸡哨引来了几只野鸡，给捉住了。”

我转身讥笑老毕：“嘿，毕老，你看人家老把头，空手都能捉野鸡，我白跟你跑了半天，连根鸡毛都没捡到！”

老毕的眼睛却直了，说：“哎哟，今天好口福啊，能吃到飞龙肉啦！”

我不明白：“不就是野鸡嘛，怎么就成了飞龙？”

老毕一脸鄙视：“你懂个屁？！这可不是野鸡，这叫松鸡，也叫树鸡，但是咱们猎人都叫它飞龙。”

“你没听说过啊，天上的龙肉，地上的驴肉。这天上的龙是啥？你以为真是龙啊，说的就是这个飞龙，以前都是进贡给皇上的东西！”

他亲自动手，将两只飞龙拔毛去皮，清洗干净，弄了一个飞龙清汤，啥佐料都不放，就放了几段野葱、一些粗盐。

那飞龙汤用小火咕嘟了一会儿，一种强烈的异香就透过锅盖传了过来，馋得我们不行。

老毕却像恶霸一样守在那里，动也不让动，连锅盖都不让掀开，说是怕跑了味，得等汤熬出火候再说。

我和莫托眼巴巴地等在那里，等得肚子咕咕直叫，好容易等那汤滚开了，又小火咕嘟了一会儿，老毕才淡淡地说了一声：“差不多了。”

我们一阵欢呼，赶紧把碗递了过去，老毕每个人只给了小半碗，嘱咐我们汤热，要慢慢喝！

我小心翼翼地吹着热汤，试探着尝了一小口，那汤鲜得，几乎让我把舌头都吞了进去！

那松鸡不知道是不是吃了松子，热汤一点也不油腻，反而散发出一股沁人心脾的清香味，捞上一丝飞龙肉，那肉雪白嫩滑，简直让我不舍得吃下去。

老毕见我们风卷残云一般，几口就将飞龙汤给消灭了，在那直摇头，说我们这么喝汤，真像是猪八戒吃人参果，啥味也吃不出来！

他又感慨，现在条件太简陋了，根本吃不出啥滋味！这飞龙啊，最合适的就是吃火锅！首先把飞龙胸脯上的两块肉片出来，把骨架吊汤，吃火锅！那雪白的肉片在火锅里轻轻一涮就熟了，又鲜又嫩，简直就像是吃了一口小牛肉包着的味精！

听他这么说，我的哈喇子都要流下来了，边呼啦呼啦喝着汤，边说：“毕老师，要不然咱们捉几只飞龙回去吧！别说吃火锅啦，就是回去炖酸菜也行啊！”

老毕一个爆栗子敲在了我头上：“狗屁！这玩意儿要是有那么多，那还能进贡给皇上！”

我见老毕太嘚瑟了，故意在旁边刺激他：“毕老师啊，我觉得这次他们带你来，肯定因为你做菜好吃！”

老毕骄傲了：“我做菜嘛，确实不错！”

我说：“是啊，好羡慕做菜好吃的人，这样打猎水平差，也无所谓了。”

老毕怒了：“你说谁打猎水平差？！”

我说：“远在天边，近在眼前呗！让我白跟着走了那么多远的路，结果呢，一根鸟毛都找不到！”

老毕恼火了，气呼呼地蹲在那儿，掏出一支烟，又碾碎了，用脚狠狠踩了几下，然后问我：“小白，你敢不敢跟我去打野猪！”

我说：“敢啊，有啥不敢！”

老毕说：“你可要想清楚，这可是晚上蹲守野猪，很危险！”

我一听夜猎野猪，当时就蹦了起来，说：“好啊！那野猪怎么打，是要杀到野猪沟里吗？！”

老毕没回答我，却问我了一个问题：你怕不怕鬼？

我有些紧张，打猎就打猎，这跟鬼有什么关系？

但是事到临头，我也不能说丧气话，只好梗着脖子说，老子这辈子啥都怕，就是不怕鬼！

老毕点点头，给我跷起大拇指：“好小子，有种！待会儿肯定带你去！”

莫托听说我们要去夜猎野猪，也兴奋了，说待会儿也没啥事，跟我们一起去！

说干就干，我们迅速吃完饭，弄好猎枪、子弹，就要去狩猎野猪。

老毕懒洋洋地躺在篝火旁，吸着烟，说那野猪哪有那么快就过来，先歇一歇，睡一会儿再过去！

他把篝火堆分开，移出来几个火堆，用火堆先把湿漉漉的地面烤干，再随便铺了点儿干草，自己躺在上面，把脑袋往衣领里一缩，很快就打起了呼噜。

我躺在暖烘烘的干草堆上，闻着干草和泥土的香气，兴奋得睡不着觉。

舒舒服服地枕在胳膊上，仰望着天空，天空上繁星点点，月亮像眼睛一般温柔地看着我，山风吹过树梢，吹过山岗，混合着篝火里木柴噼里啪啦的爆裂声，远处传来松木的焦煳味，泥土的清香味，果子的香甜味，混合在冷冽清新的空气里，冲到鼻腔里，我很快沉醉在这夜晚温暖的怀抱里，沉沉睡去了。

不知道过了多久，有人轻轻拍了拍我的头，把我叫醒，周围有人小声说话，还有人轻轻咳嗽。

揉揉眼，我站了起来，发现老毕和莫托已经准备好了，外面裹着一件大衣，扛着猎枪，已经准备出发了。

周围冷得要命，山风猎猎地吹着，仿佛要把我给吹透了，老毕丢给我一件军大衣，又弄了几支简易火把，大家就出发了。

这是我第一次在大山深处走夜路，周围黑得可怕，密林深处枝繁叶茂，将星空全部遮挡住了，连一丝儿亮光都没有。

虫鸣声潮水一般卷过来，周围很安静，只能听见我们踩在树枝上咔嚓咔嚓的树枝断裂声。

老毕给我们一人一支火把，既可以照亮，遇到野物也可以做武器防身，火光下，树影斑驳，树枝在风中摇动着，仿佛群蛇乱舞，黑黝黝的大山，在夜里看起来像是一只沉默的巨兽。

老毕低着头，仔细辨认着野猪的足迹，后来终于选定了一个地方，他指了指旁边的一棵老树，让我们爬上去，在上面伏击野猪。

莫托熄灭了火把，第一个爬到树上，选了个位置，用麻绳在几根粗壮的树枝上绕了几圈，编成了一个简易的吊床，人可以躺在上面，盖着军大衣，还挺舒服。

我上树时，费了好大力气，老毕在底下推我，莫托在上面拉我，好容易才给我弄了上去，我小心翼翼地骑在了一根大树杈上，生怕自己一不小心掉下去。

莫托让我别怕，先把枪挂在树枝上，保险千万别开，小心走了火，伤到人，又让我跟他一样睡在吊床上，说这里很结实，还舒服。

我试着躺上去，发现吊床很结实，才放下心，往下看了看，才明白老毕为何会选择这里，这下面是一块空地，没有一棵树，月光从上面洒下来，把底下照得清清楚楚，这样野猪来了后，也不会错过。

终于放松了一下，我问莫托："小莫，你刚才有没有觉得有人跟着咱们？"

莫托犹豫了一下，点了点头，接着又摇了摇头。

我有些奇怪，这点头就是有人，摇头就是没人，这点头又摇头是啥意思？

莫托小声解释，说大山深处就是这样，尤其是晚上，经常走着走着觉得脖子后面冷飕飕的，像是有人在往里面吹气，这时候千万别回头，一旦回头的话，搞不好就会看见什么邪门的东西。

我吓了一跳，说："完了，刚才我回头看了怎么办？！"

莫托赶紧问我："那你看到什么没有？"

我摇摇头："那倒是没有。"

他松了一口气："还好，还好。"

我问他："莫非还真能看见什么？"

莫托认真地点了点头，说："有人看到过。"

我赶紧问："那他看到的是啥？"

莫托摇摇头："不知道。"

我吃惊了："不知道？！"

莫托点点头："凡是看见东西的人，都失踪了……"

我忍不住乐了："打猎不都是抓动物的嘛，怎么还能给动物抓走？"

莫托正色说："你还真别不信，这老林子里的事情吧，真不好说，真要是一件一件论起来，比鬼都可怕。"

我有些害怕，转移了话题，问莫托："那野猪啥时候过来？"

莫托摇摇头，说："那你得问毕老师了。"

我又问："毕老师，啥时候野猪才出来呢！"

老毕没跟我们躺在一起，他自己在上一层的树杈上又起了一个网，自己乐悠悠地躺在上面，说："野猪啥时候来呀，那你得去问它啊！"

我气得要命，又没办法，再问他几次，他却在吊床上睡着了，还打起了呼噜，让我哭笑不得。

九月初，天气还不太冷，我们都带了军大衣，把身子裹在里面，像盖了层厚厚的棉被，在上面悠悠哉哉躺着，别提多舒服了。

开始的时候，我还怕错过野猪，躺在吊床上，眼睛一眨不眨地盯着下面看，小声和莫托说话，看着远处黑黝黝的群山，厚厚的落叶，流水一般的虫鸣声，觉得哪里都像藏着野猪。

后来渐渐地就疲了，困意涌上来，脑袋耷拉着，随时都可能睡着，莫托就在后面推我，让我千万别睡，这里风大，我又没来过丛林，一睡着肯定感冒，而且在丛林里感冒，缺医少药的，很难治，可就遭罪了。

我硬支撑起来，使劲揉揉眼，说我不睡，不睡，让他给我讲讲以前打猎的故事，说着，说着，忍不住又瞌睡起来。

就这么熬了不知道多久，我一个激灵醒过来，看着下面白茫茫的，雾水都下来了，月光照在下面，像是下了一层霜。

我折了一根树枝，使劲捅了捅打呼噜的老毕，让他赶紧给我一句准话，那野猪啥时候来。

老毕打了个哈欠，借着月光看了看手表（他来的时候专门借了一块手表看时间），说不对啊，都两点了，野猪应该过来了啊，是不是我们睡着了，给野猪漏过去啦！

我气得要命，说老子在这边眼巴巴地盯了一个多小时，下面连一只老鼠都没有，更别说是野猪啦！

老毕打了个哈欠，摆摆手，说不急，不急，夜猎野猪主要看两个时间点，一个是凌晨一点，一个是凌晨三点，现在刚过两点，咱们吃点儿东西，在这边再等一会儿，放心吧，那野猪一准儿过来！

他从背包里拿出了干粮、水，我们吃了点儿，小声聊着天，继续蹲守野猪。

时间一分一秒地过去，老毕给我们吹嘘了一通他当年打猎的神勇经历，我们等了又等，老毕老说快了快了，让我们别在吊床上了，还是骑在树杈上看得更清楚。

我一马当先，骑在一根大树杈上，别着头往下看，累得腰都要断了，也不敢动一动，怕吓跑了野猪。

可是就这么苦熬了一次又一次，眼看着露水都下来了，裤裆都磨出了泡，那底下依旧屁都没有，静悄悄的，赛过太平间。

老毕也着急了，他掏出一根烟，在鼻子底下使劲嗅了嗅，又放了回去（夜猎不能抽烟，野猪老远就能看到烟头，闻到烟味，就不敢过来了）。

后来，他低下头小声问我："哎，小白，你是啥文凭？"

我听不明白了："啥？文凭？"

老毕点点头："问你啥学历。"

我说："大学啊。怎么了？"

老毕又问莫托："哎，小莫，你是啥文凭？"

莫托说："中专……"

老毕一拍手，苦着脸说："那完了，我连中专都不是……其实我小学都没念过，就去过扫盲班……哎呀，今天的事情可是犯了难喽！我给这野猪相过面啦，它们至少是博士文凭，就咱们几个，大学中专加扫盲班，估计是干不过它们啊！"

我还不死心，说："别急啊，不是说凌晨三点野猪才出来嘛。现在两点刚过，要不然咱们再等等？"

老毕苦着脸："我的亲哥哥哎，你也回头看看，咱们在这边猫了半天了，别说野猪，你看见有只兔子经过吗？"

想想也是，看来这地方确实没啥野兽，看来是白来了。

大家都有些垂头丧气的，我也恼火了，在那挤对老毕，说你不是十里八村有名的老猎人嘛，别说你杀老虎，跟黑瞎子摔大跤了，你现在连个野猪都守不着，还吹个屁呀！

老毕当时就恼火了，说："操，老子要说打猎第一，没人敢说第二！那野猪算个屁，老子说个地方，你要是敢去，那野猪要多少有多少！"

我压根不信他，摆摆手说："先别说那些不管用的，关键是那边有野猪吗？别到那边蹲一宿，又连根猪毛都捡不回来！"

老毕一撇嘴："太有啦！我在那儿就待了一会儿，见了有二三十只！"

听他这么一说，我立马来了精神，开始收拾东西，叫："走着哇！那必须去！”

但是莫托却拽拽我，让我先别动，问老毕：“你想去那里？格老说过，那地方不能去……”

老毕冷哼了一声，没有说话。

我急了，说：“有啥不能去的？！赶紧啊，在这边等一年也等不到！”

莫托说：“那地方真不能去……”

我怒了，问：“咋不能去？！”

莫托说：“那地方邪……”

老毕这时候也说话了：“那边除了野猪多，其他东西也多。”

我忙问：“啥东西？难道是狼？”

老毕说：“是死人……好多死人。”

我有些吃惊：“啥，死人？！哪来的死人？！”

莫托也在旁边点头，说：“真有死人。我们上次打猎时见过，里面有好几百个死人，都是骨头架子。”

我有些不相信，没想到老毕也说，莫托说的是真事。

他说，有一年，他们围猎野猪，后来遇上了一头大公猪，那头猪能有四百斤，獠牙都断了一颗，中了十几枪，就是不倒下，最后就冲进了沟子里。

他们顺着野猪的血迹往里钻，进入了那个隐藏在灌木丛里的深沟，深沟就是一个野猪沟，里面全都是吃剩的骨头架子，还有一些小孩戴的银项圈。

在检查野猪沟时，他们无意中发现山沟里藏着一个山洞。他们以为山洞里会有什么野兽，结果进去一闻，腥臭无比，用火把四下里照照，地上散落的都是骨头。

开始大家都以为进了狼窝，地上全是猪、羊的骨头，结果用手电一照——对，全是人头骨，一堆堆的，都朽烂了，一共有几百具，也不知道是啥时候死的人。

我听得浑身直发毛，说：“操，这里还有这地方？！”

老毕幽幽说了声：“这大山深处的事啊，还真是说不清，啥邪乎地方都有。你看，现在知道怕了吧，那赶紧走吧！”

我有些遗憾，但是他们都这么一说，我也不好再坚持。

老毕也信誓旦旦地答应我，明天白天，一定会带我去那边伏击野猪，那边很荒芜，到处都是灌木、山沟沟，野猪最喜欢在那里做窝，我们上午补足了觉，下午就能去那边狩猎野猪。

大家从树上慢慢滑下来，在树上待了那么久，身子都僵硬了，脑子也迷迷糊糊的。大家活动了一下身子，开始慢慢往回走。

这时候已经到了下半夜，风呼呼地刮着，我裹紧了大衣，低着头，跟在他们身后，一步步地走着。

好容易回到了营地，却发现有些不对劲儿，营地篝火熊熊，所有人都在小心戒备着。

老毕立刻赶过去，问："怎么了？"

格老说："刚才我们在这边说话，突然蹿过来了一只兔子，被我们一枪打死了。"

我有些不理解："守株待兔多好，有兔子自己愿意送上门来，这是多好的事情啊！"

旁边莫日根说："那兔子出来没多久，紧接着又冲过来了一只鹿！"

我也觉得有些不对，问："是不是动物怕黑，看见咱们这里有火光，所以过来？"

说完这句话，自己都想抽自己一个嘴巴子，这动物天生怕火、怕人，要是敢往人堆、火堆里扎，看来还真不大一般。

莫托也警惕起来，小心戒备着，小声对我说："动物没有不怕火的，我们以前在森林里时，外面绿莹莹的，跟萤火虫一样，全都是狼群，围着营地转悠，嚎叫一黑夜，就是怕火，不敢过来！这动物要是敢冲营地过来，那就说明……"

我追问："那就说明什么？"

莫托说："那就说明，它们已经害怕到了极点，在拼命逃跑，啥也顾不得了。"

我有些紧张，深更半夜的，在这样阴森森的丛林里，究竟有什么邪乎玩意儿，能让它们吓得完全失去了理智，疯狂逃命呢？

他们预想的不错，没过多久，很快又冲过来了第三只动物。

这只动物，要比前两只都有威胁，就听见旁边的灌木传来了一阵窸窸窣窣的声音，接着，就听见一声低低的吼叫声，就看见一个黑黝黝的大家伙朝着我们撞了过来。

借着篝火，看出来那是一头野猪，发疯一般朝着我们冲了过来，边冲还边嚎叫着。

这是我第一次在野外看见活的野猪，而且还是不要命地朝我们冲过来，那一股横冲直撞的气势，睥睨天下的气场，吓得我腿脚都软了，当时别说跑，根本连动都不敢动一下，就是在那边傻站着等死。

好在我身后全都是最优秀的猎人，还没等野猪跑过来，几乎是同时，几支枪一下子响起了，那彪悍的野猪当场被放翻在地，痛苦地嚎叫着，在地上翻滚了几下，就不动了。

有个年轻人问："闹了半天，原来是一头野猪！"

格老说："老莫，你去看看。"

莫日根过去检查了一下，脸色大变："这野猪有问题！"

格老过去看了看，说："的确有问题，这野猪的眼睛给抠瞎了。"

"眼睛瞎了？这眼睛怎么瞎的？"我不理解了。

老毕也看了一下，说："被啥东西给抠瞎的，疼疯了，哪里有声音就往哪里撞！"

格老让几个年轻人把野猪抬回去，又让人小心戒备，今晚上大家都别睡了，搞不好会出大事。

格老说得不错，没过多久，又有一只鹿朝着我们疯狂地冲了过来。

好在鹿这东西没啥危险，最多就是被它顶一下，它还没冲到跟前，就被老毕一枪给放倒了。

他哈哈大笑说："你们看，古代有守株待兔，今天有毕老师守火打鹿，是不是差不多？"

格老却忧心忡忡，他过去看了看鹿眼，这只鹿的眼睛果然也瞎了，眼珠子刚被抠掉，还在往外流黑水，黑洞洞的眼眶，看起来十分恐怖。

他很快发号施令，所有人赶紧起来，所有武器都装备好，恐怕这森林里要出大问题了！

看着他严肃的样子，我赶紧问莫托，这林子里啥东西那么怪异，怎么还爱抓瞎人家的眼？

莫托也搞不懂，他说这事情从来没有听说过。

他以前听人说过，在蒙古发生过抠眼珠的事情，是狼干的。

狼要吃牛，那牛太大，它咬不死，就给牛眼抓瞎了。抓瞎牛眼后，它就骑在牛背上，用尾巴指挥赶着牛走，一口气把牛赶到河里，淹死它，再慢慢吃牛肉。

不过，即便在草原，这种事情也不多见，而且都是用来对付大牲口的，没听说过有啥动物对野猪和鹿也这样。

我也觉得奇怪，想问老毕，他却忙得很，在那儿安排这、安排那，没工夫搭理我。

格老在附近找了几棵大树，让我们都爬上去，在上面用麻绳密密地扎了十几圈，底下铺上被子，又砍了几根大树枝，搭在上面，很快做成了一个简单的隐蔽的树屋。

我们的营地，本来是在一处山谷的半山腰处，除了这几棵大树外，并没有什么树，所以在月光的映衬下，底下的一切都看得非常清晰。

老毕他们十分紧张，大家各自占据了一个位置，举着猎枪，随时准备开火。

等了一会儿，底下还是静悄悄的，我刚想说什么，老毕却低喝了一声：“闭嘴！”

在树上又待了一会儿，那灌木丛里突然传来了一阵咔嚓咔嚓的声音，像是有什么强大的生物在强行从灌木丛里穿行。

我本以为，这是一头野猪，也只有这种皮厚肉糙的畜生，才会不惧灌木的荆棘，敢在里面穿行。

灌木丛中咔嚓咔嚓的动静越来越大，大家屏息凝神，都死死盯着灌木丛，想看看到底是什么野兽。

随着一处灌木丛被狠狠撞开，里面露出了一条毛茸茸的手臂，接着一个黑黝黝的身子从里面钻了出来，连滚带爬地在地上走，没走多远，就嘭的一下撞在了我们旁边的一棵老树上。

莫托低声说：“是黑瞎子。”

老毕点点头：“也被抓瞎了！”

我有些吃惊：“到底是啥玩意儿干的，连黑瞎子都敢搞？！”

这时候，灌木丛中突然传来一阵闹哄哄的打闹声，接着就看见一群狐狸大小的动物，从灌木丛里钻了出来，一只接一只，欢快地跑了出来，有上百只。

那小动物毛茸茸的，长满了红褐色的毛，样子有些像小狗，看起来聪明又伶俐，摇头晃脑的，边往外跑，边相互追赶着。

我不由乐了：“哪里来了那么多小狗？”

老毕瞥了我一眼，说：“看仔细了！这是狗？！”

我不服气：“这明明就是小狗，长得多漂亮，长了张狐狸脸！”

老毕不理我了，鼻子里哼了一声，紧紧盯着那群小狗。

我转脸问莫托：“这是啥品种的狗？怎么还在大山里？”

莫托脸色苍白，说：“小白哥，这还真不是狗……”

我问：“那这是啥？”

莫托说：“马彪子。”

我还是不明白：“马彪子是啥？”

莫托说：“就是豺！豺狼那个‘豺’！”

我才明白，说：“哦哦，原来这个就是豺，看着还挺可爱的！”

老毕冷笑一声：“可爱？这玩意儿还可爱？！人们都说豺狼，是说人心狠手辣。这狼大家都理解，对于豺，好多人可能都没有听说过。其实这最残忍的并不是狼，而是这豺。

“你别看这玩意儿个头小，长相也好看，跟小狗似的，其实心最狠。这玩意儿个小，所以都是成群结队去捕猎食物，而且只祸害大猎物，一拥而上，有的咬头，有的咬肚子，有的咬屁股，没几下就给咬倒了。那东北虎号称丛林之王，但是遇到这玩意儿，都会掉头就跑！

“要是说这玩意儿捕猎，那也就算了，都是为了生存。可是这操蛋玩意儿，它最喜欢的就是虐杀动物！

“它对付大牲口，像驴呀、马呀，都是先爬到它身上，然后把爪子从驴马的屁眼里掏进去，一下子就拽出来一大截肠子，然后它就拽着肠子跑下来。

“那驴马肠子出来了，还能活，但是它并不马上杀死驴马，反而会蹲在地上看着驴马活活疼死，看到高兴的时候，还会发出桀桀的怪笑声。”

听他这么一说，我浑身的汗毛都竖起来了。

没想到看起来挺机灵漂亮的豺，做事情却如此变态邪恶，一般动物捕猎就是为了生存，它捕猎就是为了杀戮，这种动物也实在是太变态了。

老毕说：“这么多动物里面，我们这些猎人最看不上的就是它，所以只要听说哪里有豺，就赶紧组织人围剿。那么多年，早就剿杀得差不多了，没想到这里还有这么多！”

他又观察了一下，那群豺并不像是在嬉戏打闹，它们一直跟在黑瞎子身后，不时冲到它身前嘶叫几声，像是在吓唬它。

那黑瞎子明显很怕它们，本来已经疲惫不堪，瘫倒在地上，听到它们的叫声后，吓得赶紧起来，连滚带爬地往前跑。

莫日根说：“格老，这群豺不对劲！”

格老点点头：“是不对劲！它们在撵着黑瞎子走！”

我问：“哪里不对劲？豺撵着黑瞎子走？这是不是它们在围猎？”

老毕哼了一声：“不懂就老老实实听着！这黑瞎子眼都瞎了，要杀它还不是分分钟的事情，这就是不愿意杀它！”

我说：“那它们要干啥？”

格老缓缓地说：“它们要赶黑瞎子去一个地方。”

豺群竟然在赶着一堆猎物走，这种新鲜事情我还真是从未听说过。

莫托在旁边接话，说他还真遇到过这种事。

那是他小时候，跟父亲上山打猎时，就曾经遇到过一只狼赶着两匹羊走，走不了多久，还让羊吃一会儿草，像是怕羊会饿瘦，像是个尽职尽责的好羊倌。

老毕点点头，说，是有这种事情！那是狼在迁徙，要去很远的地方，怕找不到食物，所以赶着羊走，等到没有食物的时候，就把羊吃掉。

这时候，一直沉默的莫日根突然说了一句："这群马彪子像是要给啥玩意儿上贡！"

"上贡？上啥贡？"旁边一个年轻人问。

没有人说话。

格老的脸色唰一下变了，他喃喃地说了一句蒙古语，将枪从背上取了下来，拿在了手上。

接着，他做了一个手势，让大家退后，自己跳下树去，小心翼翼地往前走了几步。

我也觉得有些不对劲，小声问莫托："嘿，格老说的那句话是啥意思？"

莫托摇摇头，说他也听不太懂蒙古语，不过能猜出来大意，就是长生天保佑之类的意思。

他的表情也有些严肃，说蒙古老猎人，对长生天看得很重，除非到了性命攸关的时刻，轻易不会说出来。

他沉吟着："看来下面的东西不简单。"

我也有些紧张，像格老这种身经百战的老猎人，还能有啥好怕的？

别的且不说，就凭着他手里那杆猎枪，还有什么野兽好怕的？！

再说了，这一次又不是只有他一个人，莫日根、老毕，还有其他几个年轻人，也都是屯子里出类拔萃的老猎人了，还有啥猎物对付不了的？

连他都说了这种话，说明遇到的野兽，也许是我们这行人根本无法抵御的，那又会是多么可怕的存在呢？

格老走了几步，回头招呼了几声，老毕、莫日根和其他两个年轻人都跳了下来，紧跟着格老。

莫托让我留在树上，然后他也跟着跳了下去。

他们都走了，只留下我一个人在上边，我更害怕。

想了想，我也赶紧从树上出溜了下来，快步跟上了莫托他们。

老毕看了看我，没有说话，但是从绑腿里抽出来一把自制的狗腿刀子，递给我防身。

大家的神色都很肃穆，仔细辨认着豺群的足迹，小心翼翼地跟在格老后面。

紧紧握着刀子，我才感觉到了气氛的凝重，看来老毕也觉得情况已经非常危险了，他生怕照顾不到我，专门给了我这把刀子防身。

顺着黑黝黝的丛林走了一会儿，前方并没有遇到什么危险，不过还是能依稀听见前方不断传来几声黑瞎子恼怒的嚎叫声，以及豺群桀桀的怪叫声。

这样贸然跟着豺群走，其实非常危险。

又是那么大的豺群，只要有一条豺发现我们，瞬间就会包围住我们，那恐怕迎接我们的，就是一场灾难了。

老毕说过，这豺看着瘦瘦小小的，其实是动物里最凶猛的，论单打独斗的话，一匹大狼都打不过它，而且特别善于分工协作，团队作战，解决掉我们几个人，那真是分分钟的事情。

那豺群赶着那只黑瞎子，顺着山谷一路往下走。山谷坑坑洼洼的，那黑瞎子走起来也是跌跌撞撞的，不过豺群很有耐心，每次都等它起来，然后吓唬着它继续往前走。

又走了一会儿，就走到了谷底，那里有一条快要干涸的溪水，涓涓细流缓缓流淌着，汇聚成了一个不大的水潭。

在水潭周围，有一个很大的深洞，洞口里黑漆漆的，看起来挺深，外面荒草丛生，像是一个废弃的洞窟。

不知道为何，那黑瞎子一到了这里，就停下来脚步，仔细闻了闻周围，突然掉头就往外跑，却被外面的豺群拦住。

那黑瞎子发疯了一般，两只巨掌轮流挥舞，瞬间就将两只扑过去的豺拍成了肉酱，又抓起爬到背上的一只豺，狠狠摔在了地上。

没想到，这种血腥的场面非但没有吓退豺群，却激起了它们更强的欲望，它们一个个兴奋得桀桀地叫着，争先恐后地向黑瞎子冲了过去。

趁着黑瞎子和豺群正面作战时，有一头豺悄悄绕到了黑瞎子身后，一爪子狠狠掏进了它的屁眼，那黑瞎子吃疼，发起狂来，一把攥住那豺的身子，狠狠拽了出来。

但是那豺死不松手，在被拽走的瞬间，那爪子还狠狠地钩在黑瞎子身上，最后带出了一截血糊糊的肠子，呼啦一下掉在了地上，非常血腥。

老毕刚才说过，这豺的爪子很特殊，不仅像刀片一样快，还带倒刺，这次这黑瞎子就算完了。

黑瞎子眼睛看不见，它继续和豺群作战，肠子呼呼啦啦流了一地，又被自己踩了几脚，那血水像瀑布一般喷射出来，染红了小溪，顺着溪水缓缓流进了那个深洞。

黑瞎子重伤之下，还在垂死挣扎，但是挣扎了没多久，终于折腾不动了，轰然倒地，震得地面都微微颤抖。

几乎是在同时，那幽深的山洞里突然传来了一声古怪的声音，那声音非常特别，咕咚咕咚的，像是什么人在响亮地咽着口水。

这时候，最诡异的一幕出现了。

原本嗜血如命的豺群，听到这声音后，竟然吓得浑身都瘫软了，一动不动地伏在地上，像是遇到了什么完全不可抵抗的魔鬼生物。

我以前听人说过，动物对一些完全抵抗不了的天敌，在本能上会有一种示弱，就像是老鼠见了猫，浑身都瘫软了，甚至完全放弃了抵抗，吓得躺在地上一动不动，就在那儿等死。

问题是，这豺如此凶悍，连黑瞎子都给活活折腾死了，这世上还有什么它们怕的野兽呢？

不仅是豺，格老也脸色大变，他低声说了一句："是它来啦！"

莫日根也压上了子弹，着急地说："今年怎么会那么早？！"

格老感慨着："我们狩猎它们，它们也同样在狩猎我们啊！这就是咱们的命，没啥好说的。"

他转过身，朝我们挥挥手，说："你们，两个，快走！往山下跑！"

我还有些犹豫，莫托却脸色大变，拉着我就跑。

我不知道发生了什么事，也不敢耽搁，只好跟着他往后跑。

我一直搞不懂，这个"它"到底是什么？

再回想起那天晚上他们说的话，我有一种强烈的预感，他们这一次并不是来狩猎的，恐怕就是为了那个它！

跑了没多远，就听见不远处的灌木中突然传来了几声吱吱的尖叫声，像是有人在黑暗中吃吃地笑。

莫托一下子站住了，我也跟着他站住了。

格老脸色一变，叹了一口气："来不及了！"

老毕、莫日根没有说话，每个人都将猎枪缓缓地抬起，对准了各个方向。

另外三个年轻人明显很紧张，咽了一口唾沫，喉结费劲地转动。

莫托也端起了猎枪，还抽出了自己身上的佩刀塞给我，让我紧紧跟着他。

没有人说话，黑暗中，不断传来簌簌的声音，那声音很奇特，有点儿像是大团大团的雪花狠狠砸在地上，又像是什么东西在草丛里游动，那声音不大，却清晰地传到了大家的耳朵眼里。

这时候，我们听见了几声惨叫。

接着，就看见原本乖乖伏在地上的豺群，已经变成了一堆血肉，血水混合着溪水，场面血腥无比。

闻着浓重的血腥味，我胃里一阵翻滚，下午吃的东西全都漾了上来，被我硬是又咽了下去。

黑暗中，传来了一阵咔嚓咔嚓的声音，比刚才黑瞎子的动静还大。

接着，附近的一棵小树轰然倒地。

我有些吃惊，这到底是什么动物，怎么会有那么大的力量？！

格老缓缓打开了保险，说："是它，它来啦！"

大家的脸色瞬间变了，就听见咔嚓咔嚓几声，大家像是约好了一样，几乎是同时将手里的猎枪拉开了保险，朝着周围瞄准了，周围的气氛一下子陷入到了恐慌之中。

当时我就挨着莫日根，发现这个铁血猎人竟然有些慌张，他把枪对准了前面的灌木丛，又对准了远处的丛林，眼神慌乱而恐惧，完全失去了平时的冷静，甚至连端枪的手臂都开始发抖，让我非常震惊。

这个莫日根，可是在面对发狂的黑瞎子时，都毫不害怕，这黑暗里到底是什么，怎么能让他如此恐惧？

莫日根使劲咽了口唾沫，声音颤抖地说："快……快走！……它，来啦！"

我一时间搞不清楚，问："它来了？！它又是谁啊？！"

莫日根脸上的冷汗大滴大滴流了下来，一把推开我，自己朝着草丛走了几步，接着就开了火。

但是并没有打中任何猎物，草丛里依旧静悄悄的，莫日根大口大口喘着粗气，像是根本没有瞄准什么，只是为了发泄一下，缓解心里的压力。

格老回头喊了一句什么话。

老毕犹豫了一下，还是拽着我和莫托，叫了声："快走！"

接着，身后传来了噼里啪啦一阵枪响，显然是格老他们已经和它交上了火。

莫托还想回去，被老毕吼了一嗓子，只好跟着他没命地往前走。

跑了不知道有多久，大口大口呼吸着冰冷的空气，感觉肺泡都要炸开了，难受得要命。

老毕才停下来，也累得蹲在地上，大口大口地喘着气。

我蹲下身，使劲咳嗽着，差点儿就吐了出来。

好容易才喘过气来，问他："老……老毕，刚才，那个到底是啥？！"

老毕没有说话，他回过头看了看远处的丛林，像是在倾听那边的声音。

那边原本密集的枪声明显减弱了，稀稀拉拉的，后来就偶尔听到一声。

莫托担心父亲，背上枪就要回去，被老毕狠狠拽住了。

莫托梗着脖子，跟他红了脸："我要回去！"

老毕使劲一下，就拽了他一个踉跄："就你这样，回去也是送死！"

莫托怒了："就是死，我也得回去！"

老毕也怒了，狠狠瞪着他："你要是死了，谁养活你娘？！"

莫托和他对视着，后来慢慢软弱了，蹲在了地上，小声抽泣了起来。

老毕点了一根烟，丢给我一根，也踢了踢莫托，丢给他一根。

他说："哭个屁！你爹又不一定会死！"

莫托带着哭腔："你咋知道不会死？！所有遇上它的人，就没有一个活的。"

老毕沉默了一下，说："有。"

莫托说："是谁？！"

老毕说："就是格老……"

莫托吃惊了："格老他见过那玩意儿？！"

老毕阴着脸，点了点头。

莫托说："那他怎么没死？"

老毕没有说话。

末了，他说了一句："他为啥没死，你就别管了，反正你爹他们肯定没事就对了。"

我忍不住说："那个，你们谁能告诉我，刚才那玩意儿到底是啥？！"

他们两个都不说话了。

两个人像闷葫芦一样，问啥也不说，我也懒得问了，直起腰看了看，就看见周围到处都是绿莹莹的眼睛，在我们周围打转。

我吓了一跳，声音都颤抖了，叫了声："狼……"

他们两个没听清，问："啥玩意儿？"

我清了清嗓子，又叫了声："狼！有狼！"

老毕抄起枪，一跃而起，在空中完成了瞄准、打开保险等系列动作，就要扣动扳机时，他却愣住了："狼，狼在哪儿？"

我指着那些绿莹莹的光："那不是？！"

老毕一下子愣住了，他看了看绿光，又看了看我，然后放下猎枪，摸了一根烟叼在了嘴里。

莫托轻轻拉了拉我，低声说："小白哥，那不是狼……"

"啊，那不是狼啊！那是啥？萤火虫吗？"

"也不是萤火虫，萤火虫在大河边才有，咱们这里哪来的萤火虫？"

"那到底是啥？"

"是鬼火。"

我吓了一跳："鬼火？！这里咋有那么多鬼火？！"

莫托安慰我："估计这里以前是坟地吧，所以鬼火多一些。"

见我还有些紧张，他说："没事的，深山老林里，还能没有死人啥的？这鬼火我见得多了，到处都是，有时候我们还在鬼火里睡觉呢！没事的！”

我这才放下心说：“老听说鬼火、鬼火的，还真没见过呢！”

莫托说：“我第一次见到的时候，也吓着了，见着鬼火不能跑，这玩意儿会撵人，你越跑，它越跟着你，能把人给吓死！”

老毕叼着烟，想吸又不能吸，背起枪开始往回走：“走吧，那边估计也快完事啦！”

我们开始慢慢往回走，周围静得可怕，只听得到踩在枯草上啪啪的声响，远处到处都是幽幽的绿光，冷风呜呜地刮着，冻得我缩着脖子，把军大衣紧紧裹在身上。

走了一会儿，老毕突然站住了，低声说了句：“不对！”

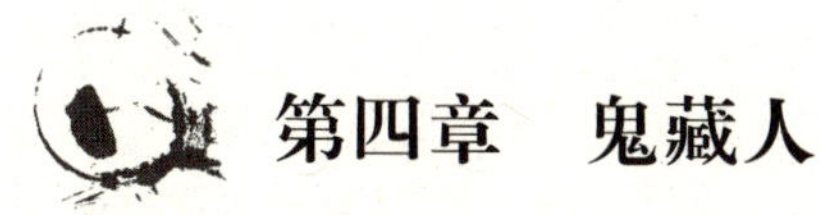

第四章 鬼藏人

由于惯性，我还是继续往前走，一下子撞在了莫托身上，差点儿绊倒。

我吓了一跳，赶紧问："怎么了？！"

莫托也搞不懂情况，没有说话。

老毕疑惑地看了看周围，说："路有些不对……"

我下意识地说："迷路了？"

老毕摇摇头："不是迷路。"

我搞不懂了："那是怎么回事？"

老毕没有说话，莫托朝周围仔细看了看，缓缓地说："确实不对劲，咱们刚才肯定没有来过这里。"

我觉得他们两个有些小题大做："这条路不对，那就换一条路走呗！"

莫托摇摇头："你没明白我们的意思，这里不是咱们刚才来的地方。"

"不是刚才来的地方？"我奇怪了，"那是什么地方？"

莫托指着前方，说："小白哥，你仔细看看，这里是不是咱们来的地方？"

借着惨白的月光，我仔细看了看周围，原本低矮的灌木丛已经不见了，取而代之的是一个个小土堆，一个挨着一个，足足有几百个，小土堆旁长满了白色的野花，鬼火在土堆旁幽幽飘荡，看起来有些瘆人。

我也有些吃惊了："这，这是怎么回事？刚才这里不都是灌木丛吗？"

没有人说话。

我忍不住又问："这些小土堆是什么？"

莫托低声说："小白哥，你还没看出来吗？这些都是坟堆……"

我忍不住倒吸了一口冷气，往后退了两步，这里竟然都是坟堆！怎么会有这么多坟堆？！

老毕也有些紧张，将背上的猎枪慢慢拿了下来，拿在手里，开始慢慢朝着小土堆走了过去。

我和莫托犹豫了一下，也跟着他走了过去。

在当时，我看得清清楚楚，坟场周围并没有雾，坟堆和坟堆之间也很清楚，但是当我们走过去之后，诡异的一幕出现了。在我们周围，突然出现了一层薄薄的雾气，那雾气像是从地底下渗出来的，贴着地面，在坟堆间缓缓移动，朝我们飘了过来。

雾气阴冷、潮湿，像是要渗进骨子里，我们走在雾气里，感觉像是跳进了冰水里，冷得我浑身都打战。

更古怪的是，在这个阴冷古怪的雾气中，总像是有一双眼睛死死盯着我们，让我头皮发麻，浑身的汗毛都竖起来了。

搞不懂老毕为何要走进这个古怪的坟堆，莫托也很严肃。在这种气氛下，我也不好问什么，只能紧紧跟着他们。

老毕端着枪，眯着眼在坟堆里大步流星地走着，像是在寻找着什么。

越往里走雾气越重，那种被人监视的感觉也更重，脚也沉得几乎抬不起来，压抑极了。

雾气弥漫，浓重的雾气仿佛一堵厚厚的城墙，朝着我们劈头盖脸打了过来。

我们开始看不清路，连地上的坟堆都看不清楚了，我开始有些害怕了，感觉自己不像是在丛林里，更像是进入了地狱。

这时候，在我身边，突然传来了一声古怪的笑。

那笑声非常古怪，就像是有人突然冷笑了一声，又像是有人在黑暗中对我们指指点点，窃窃私语。

我脚下一软，差点儿摔倒在地上，幸好莫托在旁边扶住了我。

抬起头一看，就发现前方突然出现了一支火把，火把在浓雾里缓缓移动，像是有人在给我们指路。

我心里一动，是不是莫日根他们来接我们了？便忍不住朝着火把走了过去，却被莫托死死拽住了。

火把越走越远，我急得要命，三两下挣脱开，赶紧朝着火把追了过去。

没走几步，就听见身后轰一声响，一团火光猛然在我身前不远处炸开，打在石碑上，一时间火光四溅，把我吓了一跳。

火光中，一只灰白色的狐狸从石碑后猛然蹿了出来，然后消失在了迷雾中。

我吃了一惊，像是被人兜头浇了一桶冰水。我猛然醒悟过来，那支所谓的火把，其实就是那只老狐狸的眼睛，那狐狸恐怕是一只独眼狐狸，在雾气中看起来就像是火把一样。

回头看看，自己已经走出去了很远，心里也一阵后怕，赶紧走了回去。

莫托拍拍我的肩膀，安慰了一下我。

老毕依旧绷着脸，迅速完成了填弹等动作，单手举着枪，随时准备开火。

莫托用手电朝着周围照着，远远看去，到处都是坟堆，看起来都一样，让我有一种错觉，像是进入了一个埋满了死人的地方。

低声咳嗽了一下，清了清嗓子，我压低声音问莫托，这里到底是什么地方？怎么那么多坟头？

莫托摇了摇头，表示他也是第一次来这个地方。哈，还真是从未来过这种地方啊。

老毕在旁边一边巡视，一边低声问我们："你们两个去过徐州吗？"

我们不知道他这句话是什么意思，都摇了摇头。

老毕神色严肃，又有些激动，他的表情有些古怪，带着些恐惧，更多的却是一种亢奋，脸色潮红，看起来非常激动。

接下来，他用那种亢奋的语调，给我们讲了一个故事：

我年轻的时候，跟过一个老师父。那时候，我还小，看啥都新鲜，家里也没什么人，就跟着一个打把式耍猴的老头跑了。

后来我才知道，那老头打把式耍猴其实只是个幌子，他的真实身份很神秘，我一直也搞不懂。

开始的时候，我以为他是个盗墓的，用耍猴当幌子，走街串巷，寻找地下的古墓。

后来我才发现，他并不是盗墓那么简单，他所做的事情，要比盗墓邪门得多，也神秘得多！

我当时跟着他，他倒也愿意，因为他一个孤苦老头，带着一只猴子，走街串巷，也会有人怀疑。但是他让我跟他扮成爷孙，说是两个人相依为命，靠着耍猴生活，那大家就很容易相信他了。

有一年，我们走到了徐州。到了邳县，老师父就不愿意走了，他闻了闻土，又看了看山势，就说这边必然有宝贝，说要先在这里歇下。

徐州那地方，挨着微山湖，潮气大，早晚容易起雾，一起了雾，几米远都看不见，只有等到中午才能出门。

有一天下午，我们在村子里表演完耍猴，村长非得留我们吃点饭，喝上几杯，折腾完这些，天就黑了。

那时候还没多晚，跟今天差不多，也是个月亮地，我喝了几杯，走了一会儿，有些上头，就脱掉了上衣，光着膀子，跟着师父慢慢往前走。

走了没多久，路上就起雾了。那雾气开始没多大，后来越来越大，我们两个走着走着，就觉得不对劲了。

尤其是那只猴子，平时最爱骑在我头上，上蹿下跳，一会儿也不得闲。现在倒好，它老老实实地蹲在我肩膀上，一动也不敢动，两只爪子还紧紧拽着我的头发。

原本好好的路也渐渐看不清了，前面开始出现一个坟堆，接着又出现了一个，又走了一会儿，我们发现像是走到了坟场里，到处都是坟堆。

后来，老师父就慢慢停了下来，说，小毕呀，别走了，这是有人想留住我们呢！

我搞不懂他这句话是什么意思，不过也跟着他停了下来。

那时候我酒劲上来了，脸色潮红，胆子包着天，满天神佛来了都不怕，更别说一个破坟堆了。

我就跟师父说："师父，别怕！这没啥，我小时候还在坟圈子里睡过觉呢，也没点事儿！"

老师父就呵呵地笑了，摸了摸我的头，问了我一句话："小毕，你跟了我多久了？"

我想了想说："有五六年了吧……"

老师父感慨了一句："都那么多年了，那东西还是没有找到啊！"

我接着话问了一句："师父，你在找什么东西呢？"

老师父没有回答，却问我："小毕，你知道师父当时为啥相中你不？"

我说："是不是看我听话？"

老师父笑了，说："那是我看你跟我有缘。"

他叹息了一下，说："唉，本来想着，等你大一些了，再把这些事情告诉你，看来是没有机会了。"

我急了，张嘴刚想说点什么，却被他抬手制止了。

他说："小毕，你知道师父是做什么的不？"

我摇摇头。

他说："师父是找宝贝的。"

"找宝贝？"我听不懂了。

他点点头："对，这天上地下啊，到处都是宝贝。山上有金矿、玉脉，水下有金砂、银矿、沉船、古墓，那不都是宝贝？"

我挠挠头，说："师父，那些东西在哪儿呢？我咋看不见呢？"

师父又笑了，说："要是你都能看见，那就不是宝贝，是土疙瘩啦！"

我又问："那宝贝要怎么找呢？"

老师父说："这宝贝啊，不同的宝贝有不同的找法。找金矿先要定金脉，寻玉洞就要摸玉脉，找古墓还得懂风水，找沉船要找古航道，这些东西，没有个几十年哪能学得会、看得清！"

我忍不住问："师父，那你学会了吗？"

老师父笑了："那么多年了，你还没看出来？"

想了想，那么多年来，老师父带着我钻过山洞、潜过大水，还挖过古墓，还别说，基本上老师父带我去的地方，还真都有好东西。

只不过，老师父却并不在意这些，甚至有时候拿到了东西，又让我原样放回去，就像是他挖开大墓，并不是为了钱财，而单单是为了验证自己的猜想一样。

我忍不住又问他："师父，你要找的那玩意儿到底是啥？"

老师父摇了摇头，感慨了一句："这就是最要命的事情啊！我要找的那个东西，我根本不知道是啥。"

我吃惊了："那它长啥样，你知道不？"

老师父摇摇头："不知道。"

我更加吃惊了："那它是活的还是死的，你知道不？"

老师父还是摇摇头："不知道。"

我泄了气："那你啥都不知道，就算看见它了，你也认不出来啊！"

老师父却说："那个东西，只要我看见了，就能认出来。那么多年了，我一共也就碰到过它三次，可是每次都让它跑掉了。"

我兴奋了："看来那玩意儿还是个活的，有腿，它还能跑！"

师父就不说话了。

接着，他取下了手上的一个玉扳指，让我小心收好，让我回家后，找个信得过的人，把这个卖了，就够我这辈子花的了。

然后，他摸了摸小猴的脑袋，让我好好照顾这只小猴，说完就要走。

他这明显就是要留遗言了，我的眼泪一下子流了出来，死死拽住他，死活不让他走。

师父却指着周围的小坟堆问我："你知道这是啥不？"

"知道……"

"这是啥？"

"坟头……"

师父却摇摇头："这里都是师父当年的好朋友，他们现在都坐在那儿看着咱们呢！"

我抹着眼泪："师父你骗人，你上次还说呢，这里是淮海战役的战场，这里死的都是当兵的。"

师父却说："我当年就参加过这场战役，是从死人堆里爬出来的……唉，多活了那么多年，已经是赚的了，现在也该回去陪他们了……"

我死死拉着他，不管他怎么说，就是不让他走。

最后，他叹了一口气，说："其实在当年，师父已经死了……"

我当时以为，他这个说法就是一个比喻，意思是他当年受了伤啥的，基本上就等于死了，后来侥幸活了下来。

不过，他却摇摇头，说他并不是这个意思，他当时就是死掉了，完完全全、彻头彻尾地死掉了，身上都被重机枪打成了两截，死得不能再死了。

我根本不信，哭着说："你骗人，你要是死了，咋还能站在这儿跟我说话？"

说到这里，师父像是很害怕，他看了看周围，突然打了个寒战，声音也有些发颤，说："是它……把我救活的……"

我忍不住问："它到底是啥玩意儿？！那么多年，你就是在找它吗？"

师父叹了一口气："它到底是啥，你最好一辈子也别知道。帅父现在就后悔，当年不应该跟它走……当年要是死在这里，那该多好！"

他眯着眼回忆着，脸色非常痛苦，像是回味着这些年经历过的苦难。

这时，雾气里突然传来了一声怪叫，那声音很古怪，既像是老鸹的怪叫，又像是有人在冷笑。

听到这个声音，我师父缓缓地站了起来，就要往浓雾里走。

我也觉得不对劲了，忍不住大哭起来，死活不让他走。

师父最后叹了口气，拍了拍我的头，说："小毕，你要记住了，男人总有向前走不回头的时候。师父要走的时候到了，你以后要好好生活。"

然后，他低声在我耳边说了一句："记住了，那个东西，它出自阴城……"

说完后，老师父像是变了一个人，眼神似剑，背脊陡然挺直，仿佛年轻了几十岁，他的手攥住那根手杖使劲一扭，那本不起眼的木头拐杖从中间分开，露出了一把寒光闪闪的铁剑。

接着，他一掌劈在我后脖颈上，我就觉得浑身像是被抽干了力气，瘫坐在地上，一动也不能动。

他单手持剑，朝着浓雾里走去，且走且唱，仿佛慷慨赴死的战士。

我坐在地上，泣不成声，听着师父的歌声在雾气里越来越远，慢慢消失了。

后来，我问了好多人，才知道那首歌是淮海战役的军歌，是这样唱的：

"追上去，追上去，不让敌人喘气！追上去，追上去，不让敌人跑掉！敌人动摇了，敌人逃跑了，敌人溃退了，同志们快追上去，不怕困难，不怕饥寒，逢山过山，逢水过水，乘胜追击，迅速赶上，包围他，歼灭他！乘胜追击，歼灭他。”

说到这里，老毕的眼角都湿润了，声音也带着哽咽，几乎要说不出话来了。

他掏出了一根烟，使劲吸了几下，根本没注意香烟根本没有点着。

莫托也激动了，小声问：“毕老师，那，那你师父他……”

老毕淡淡地说：“后来我就晕倒了……醒来后，发现自己在一片大荒地里，到处都是坟堆，空荡荡的，连个身影都没有。我挣扎着走到附近一个小村子，打听了一下，才知道那里就是淮海战役的老战场，那些坟头都是当年死在战场上的人的。”

我忍不住问：“那你师父他……”

老毕摇摇头，用枪口冷冷地指着浓雾，说：“我师父被雾里的东西给带走了。那么多年了，我一直在找他……我觉得，他应该还在什么地方等着我……等着我去救他！”

老毕说的这段经历，让我非常震惊，平时看着这个男人，嘻嘻哈哈的，什么都不在乎，却没想到他小时候还有过这样一段经历，也被他和师父浓厚的师徒情给感动了。

不过最让我震撼的，却是他说的那句话：“那个东西，它来自阴城……”在我童年时，只要父亲不在家，大家就会把我当年经历过的怪事当故事说，当时我印象最深的，就是那个白袍少年说自己叫金子鸣，出自阴城。

他说的那个阴城，和老毕师父说的那个阴城是同一个地方吗？

看着老毕的脸色有些缓和了，我小心翼翼地问他：“毕老师，你师父说那东西来自阴城？那阴城又是什么地方呢？”

老毕的脸色猛然变了，恶狠狠地说：“阴城，那是恶鬼居住的地方！”

说完，他像是变了一个人，狠狠吐出香烟，径直走到浓雾里，朝着浓雾各处不断开枪，像是在和看不见的敌人战斗，他一连开了十几枪，刺鼻的硝烟味弥漫开来，雾气中却是一点动静也没有。

我不知道该怎么办才好，捅了捅莫托，他也是一脸无奈，只是让我别乱跑，小心跟在他身后。

老毕发泄完了怒火，渐渐平息下来。

不知道是不是应了那句老话，鬼怕恶人，在老毕连续放枪后，那雾气竟然渐渐散开了，露出了这里的本来面目。

在我们面前，是一片杂乱的荒草堆，荒草堆里，到处都是一个个小坟堆，散落着发黄发黑的枯骨，看着分外瘆人。

在荒草堆旁，有一个挺大的深洞，洞口满生着杂草，阴森森的，莫托怕刚才那只老狐狸逃进了洞里，用手电照了照，却忍不住“啊”地叫了起来，扭头就跑，却脚下一滑，摔倒在了地上。

老毕原本闲闲地站在旁边，听见莫托的叫声，瞬间举着猎枪跳了起来，几步就抢了过去，将枪口瞄准了洞口。

他等了一刻，又等了一刻，那黑黝黝的山洞里并没有什么野兽蹿出来。

他问莫托：“小莫，你刚才看见啥了？！”

莫托惊魂未定，擦了擦额头上的冷汗：“人！里面有个人！”

我不由得吃了一惊，这洞口外全都长满了杂草，把洞口都给遮住了大半，一看就是一个荒废了许久的山洞，又怎么可能会有人？

不过莫托却坚持说在那里看见了人，说他刚才用手电往里一照，就照到了一双眼睛，接着就是一张惨白的面孔，直勾勾地看着他，那眼神完全不像是人类的眼睛。

我忍不住接过手电，说：“操，老子去看看！还能出了邪喽！”

几步走过去，打开手电，就要往里照，手电光照在那边荒芜的杂草旁，想着莫托刚才说的那个人，我也有些头皮发紧。

虽然我看不惯莫托那一惊一乍的样子，可是大半夜的，站在这个阴森森的洞口旁时，还真是非常害怕。

不过老毕还在那儿举着枪等着，我也不能犯㞞，只好咬着牙往里一照，就看见那山洞里空荡荡的，底下堆着一大堆黑黄色的石头，什么都没有，更不要说什么人脸了。

我忍不住奚落莫托：“有个屁的人啊！别说人，连个鬼都没有！”

莫托神色大变，赶紧给我打手势，意思是不要在深夜的坟场里提鬼，这可是大大犯忌讳的。

没想到，老毕却在旁边淡淡地说了一句：“还真有鬼。”

我也气笑了：“鬼？哪来的鬼？！”

老毕说：“你用手电照照山洞底下，仔细看看，那底下是什么？”

我也凑近了一些，用手电仔细照了照，那底下是什么，不就是一堆堆椭圆形的石头吗？

不对，这些石头怎么看起来大小都差不多，形状还比较规则，再靠近看看，我差点儿一屁股坐在地上，忍不住也叫了起来：“那不是石头，是骷髅头！”

老毕没有说话，却放下了猎枪，挠了挠头，仿佛这些东西根本没有什么危险。

莫托也忍不住凑了过来，往里看了看，也有些瘆得慌：“还真是！怎么有那么多骷髅头！”

老毕点了一支烟，眯着眼抽了几下，淡淡地说：“回去吧，别看了。”

我战战兢兢地说：“这……这是什么？”

老毕淡淡地说：“万人坑，当年小日本造的孽，都是当年在大山里挖矿的劳工。”

我说：“这里有矿吗？”

他说：“那谁知道，也许有呗。也有人说，小日本是在这里找啥东西，好多地方都能看见他们挖的大洞，有的挖了半截就不挖了，有的里面还放了不少铁栅栏，里面全是水，水里面到处都是大骨头架子，不知道是干啥的。”

“他娘的小日本，那能干啥好事？！反正啥样的都有，邪性得很！”

我还是有些害怕，又看了几眼，说：“这些小日本砍下来那么多脑袋干啥？杀人不过头点地，他们还真把人的脑袋给割了下来，堆在山洞里啊？！”

老毕闷声说，他以前上山，也见过类似的骷髅头洞，开始觉得害怕，后来慢慢就好了，都习惯了。

不过他始终觉得，并不是日本兵闲着没事残暴屠杀中国矿工玩。杀人容易，要是把人脑袋这样整整齐齐地切下来，那可不是一件简单的事情，而是一项浩大的工程了。

他分析，他们在做一种邪恶的祭祀，就像是基督教里说的异教徒召唤魔鬼撒旦，这是一种交换，用这些人的头骨和生命跟魔鬼做的一个交易，在召唤什么邪恶的东西出来。

在路上，莫托还是战战兢兢的，反复强调他刚才确实看见一个骷髅头睁开眼睛了，那眼神还分外邪恶，看起来就像是恶鬼复活了一样。

雾气渐渐散开了，我们决定为了保险起见，还是原路返回。

老毕怕我们走散，让我们紧跟着他，边走边说话，走着走着，就听见老毕惊呼了一声，接着低声说了句：“都别动！”

这句话说得又急又严肃，像是猛然撞到了什么野兽，怕惊到它，就刻意压低了声音，但是又明显带着恐慌的情绪。

我和莫托马上停下来，第一个动作就是赶紧去摸枪，等枪拿下来，保险栓也打开了，我们茫顾左右，才发现了一件事情：老毕失踪了。

抬头看去，惨白的月光淡淡地照在地上，丛林深处的雾气也渐渐升了起来，到处都是黑黝黝的灌木丛和一棵棵黑色的沉默的大树，远处的群山仿佛巨兽一般卧在那里。

我们两个人瞪大了眼睛寻找，却怎么也看不到老毕。

沉默了一会儿，莫托低声呼唤了一声：“毕叔？”

我也跟着叫了一声：“毕老师？”

让人吃惊的一幕出现了，几乎是在我们身后，传来了老毕愤怒的声音：“你们两个小兔崽子去哪儿了？！让老子这一顿好找！”

惊喜地回头后，却惊讶地发现，在我们身后是一块空地，月光明晃晃地照在地上，别说人，就连大树都没有一棵，我们两个人的神经顿时绷紧了，这到底是怎么回事？

但是老毕的声音还在那里响着，听声音像是在走来走去：“你们两个小兔崽子在哪里，我怎么看不见你们？”

当时的情况非常诡异，你能真真切切地听到老毕在你身边说话，甚至能闻到他身上那种淡淡的烟草味，却就是看不到他，那一幕真的是古怪极了，也恐怖极了。

我第一次遭遇这种事情，浑身的汗毛都竖起来了，也不觉得困了，眼睛瞪得像个铜铃，手里拿着枪都哆嗦，不知道该怎么办才好。

莫托也吓得脸色惨白，不过他到底是比我镇定，低声说了一句：“毕叔，咱们好像是撞到‘鬼藏人’了。”

老毕冷哼了一声，骂了一句什么，说你们先别动，我来想办法。

莫托告诫我，千万别离开他，和我背靠着背坐下，小心戒备着。

我实在忍不住，也不管什么忌讳不忌讳了，小声问他：“小莫，那个啥‘鬼藏人’是咋回事？”

莫托犹豫了一下，低声说：“‘鬼藏人’是咱们晚上打猎时的一个说法，也是一个忌讳。有时候，几个人在路上走着走着，突然就少了一个人，你能听见那个人说话，也能感觉到那个人，但是就是看不见他。”

我瞪大了眼睛：“还有这种邪乎事？”

莫托无奈地笑了：“我以前听别人说过，这也是第一次遇上……”

我赶紧问：“你是听谁说的？”

莫托说：“就在咱们大兴安岭深处，住着几个怪人，成天就是待在大山深处种蘑菇，也不下山，过得跟野人一样。有一年我跟大人打猎，迷路了，在那边借宿了一天。他们那边有一个叫小七叔的人，特别会讲故事，就给我讲过‘鬼藏人’的事。”

我说：“那他有没有跟你说，这玩意儿怎么破解？”

莫托挠挠头：“他好像说了……”

我急了：“说了就是说了，啥叫好像啊？！”

莫托支支吾吾地说："他当时像是说了，不过我没记住……"

我怒了："那么重要的事情，你咋就没记住呢？！"

莫托委屈地说："这个也不能怪我……当时来了一个怪人，那个人说了一句话，把他们全都叫走了！"

我问："啥事情，还弄得神神道道的？"

莫托摇摇头说："那就不知道了，反正那个人看着不像汉人，黑黢黢的，他就说了一句话，掉头就走了。后来小七叔和瞎子叔都跟他出去了，一直到第二天，都没回来。"

我随口问："他说的啥呀，还那么严肃？"

莫托说："他说的是：'它来了……'"

我一时间有些紧张，又是这么莫名其妙的一句话。

这个"它"又是谁呢？会不会和格老他们说的"它"是一个东西呢？

我挠了挠头，这事情还真是有些棘手，也不再想它，又继续问他："这个啥'鬼藏人'，和鬼打墙一样吗？"

莫托摇摇头："不一样。鬼打墙就是几个人被困在一个地方，怎么都走不出去，最多就是给困住。咱们这个比鬼打墙厉害，直接少了一个人，活不见人，死不见尸……挺瘆人的……"

莫托有些紧张，周围的雾气也慢慢渗过来，冷得可怕，老毕那边也没有了声音，我拼命说话，不敢停下来，生怕一旦停下来，连莫托也消失了。

我问他："那个，我听说鬼打墙的都是女鬼，她不想你离开，所以使了个障眼法困住你。所以要是遇到鬼打墙，只要对着她尿尿就行，把那家伙掏出来，她一害羞，就放你走了？"

莫托也咧开嘴笑了，说鬼打墙他们也遇到过，不过却没有尿过尿，一般遇上了，就原地休息，过一会儿再走就好了。

按照老辈人的说法，这鬼也分为恶鬼和善鬼。鬼打墙的一般是善鬼，他知道前面有危险，有野兽、悬崖等，所以弄个鬼打墙困住你。等野兽过去了，再放你出去，这其实是在帮你了。

没想到还有这么个说法，我赶紧问他："那恶鬼一般怎么干？"

莫托说："恶鬼是这样，他会给你弄出来两条路，引你走进岔路，那岔路往往通向悬崖、野猪沟这些，让你有去无回。所以如果你觉得情况有啥不对劲的，就赶紧停下来，哪儿也不走，这样最保险。"

我点点头，又低声问他："那这个鬼藏人又是咋回事呢？"

莫托明显有些紧张，他迅速抬起头，左右环视了一圈，压低声音说："这个事情不好说……”

“不好说？”

“鬼藏人……并不是鬼在作怪……”

我吃惊了：“那是啥？”

莫托慎重地说：“恐怕是精怪……”

我一时间没明白：“精怪？精怪又是个啥？”

莫托压低声音说：“精怪是个啥，就是山精野怪呗！你以为山里只有鬼啊，那精怪更多，连人参娃娃都能成精，啥不能成精？”

想想也是，这里可是大兴安岭，中国最后一块原始森林，上千年的古物多了，老树、藤蔓、走兽、飞禽，年头久了，哪个不能成精？

我又问莫托：“那鬼藏人的精物又是好的还是坏的呢？”

莫托沉默了一会儿，摇了摇头。

我吓了一跳，紧张起来：“啊，他们也都是坏的？”

莫托又摇了摇头。

我才松了一口气，说：“是好的就没问题了。”

莫托笑了，说：“我是说，鬼藏人的精怪，不好说是好的还是坏的……”

我：“……”

见他士气低落，我赶紧安慰他：“小莫，你也别太担心了，我觉得这次肯定是个好的精怪。你想啊，那不管是要吃要杀，它们也会找咱们这种年轻力壮、血肉鲜嫩的，怎么会把老毕给掳走呢？”

莫托似笑非笑地看着我，无奈地说了一句：“小白哥，你还没看出来吗？并不是毕叔消失了，是咱们两个消失了……”

我才醒悟过来，四下里看看，发现周围的环境果然和刚才不同。

我们来的时候，这里是一片老树林子，到处都是合抱粗的老树、一人多高的灌木丛、山沟沟，现在则变成了一大块荒芜的草原，沟沟壑壑的，上面稀稀拉拉地长着几棵树，更诡异的是，这一大片荒地上到处都是幽蓝色的鬼火，星星点点的，在荒野上飘荡，仿佛是索命的孤魂野鬼。

我紧张了，结结巴巴地说：“好多鬼火……”

莫托看了一眼，说：“这些还真不是鬼火。”

我问：“那是啥？”

莫托眯着眼仔细看了看，说：“好像是萤火虫……”

我说：“啊？不是说水边才有萤火虫吗？”

莫托也有些紧张，说：“是的，这个有点儿邪门！”

这时候，我们身边传来了老毕的声音：“小兔崽子，还在不？”

我们两个赶紧应声：“在，在！”

老毕说：“我想了一下，要破除鬼藏人有一个法子，待会儿我喊三个数，咱们两边一起朝天放枪，估计你们就能出来啦！”

莫托也点点头，猎人在外面狩猎，依仗的就是手里这杆猎枪，这猎枪从锻造之日起，就是一杆凶煞之物，不知道杀了多少猎物，身上抹了多少兽血，所以那鬼藏人要是精怪作祟，应该也怕枪弹。

老毕喊了三个数，我们三个一起朝天轰了三枪，三枪几乎是同时搂火，所以听起来像是一枪。

枪声过去，呛人的硝烟散开，我们就看到了老毕那一张得意的老脸，他咧着嘴，朝我们骄傲地笑，说：“看看，姜还是老的辣吧！毕军师略施小计，就破了这法术，你们服不服气？”

我连声拍手，说：“服！服！这次我是真服啦！”

老毕扛起猎枪，骄傲地转过身说：“毕老师走南闯北那么多年，吃过的盐比你们吃过的米都多，啥玩意儿没见过……”

说到这里，他猛然停下了，瞪大了眼看着周围，张大了嘴，不知道要说什么。

我也转头看看，周围全是荒芜的草地，沟沟壑壑，几个死水泡子，远处星星点点的鬼火，并没有啥变化，可是为啥能看见老毕了呢？

这时候，莫托苦笑着：“毕老师，好像……好像我们没有出去……你倒是进来了……”

老毕挠挠头，说：“失误，失误，估计刚才那枪放偏了，没给你们弄出来，却把我给弄进来了。要不然，咱们再放一枪试试？”

莫托赶紧摆摆手，说：“还是算了吧，待会儿再放一枪，把怪物给引出来可就麻烦啦！”

我也忍不住哈哈大笑：“毕老师，你这真心是高风亮节啊，不忍心看着我和莫托无聊，也过来陪我们说话啦！”

莫托说：“那咱们现在怎么办？外面的人也不知道咱们在这儿！”

老毕咧开嘴笑了，说：“有我在这儿，咱们怕个啥？！咱们有枪有炮的，只管往前走，看看这里是个什么鬼地方！”

有了老毕加入，我安心了不少，也在旁边怂恿：“走啊！咱们也去看看，这里到底是个啥在作怪！”

走了一会儿，枪杆上湿漉漉的，我有些奇怪，说：“好像这雾气越来越大了。”

说完后，没人回应，转过头看看，他们两个一脸奇怪地看着我。

我才想起来，我们现在到了一个莫名其妙的地方，这里不像是刚才的老林子，除了鬼火外，根本没有起雾。

我有些疑惑，那这枪杆上的一层水汽又是怎么来的？

不仅是我，老毕也觉得有些不对了，他用手抚摸了一下枪筒，手上立刻出现了一层水汽，他的脸色一下子变了，猛然停了下来，说："不行，不能再往前走了！"

接着，他低声说："这里水汽太大了。"

本来是一句很平常的话，莫托却脸色骤变，身子一下子绷紧了，下意识地要打开保险，但是因为太过紧张，连续抠了两下，才给抠开。

接着，莫托声音发抖地说："怎么办？"

老毕的神色也紧张起来，也不管丛林里不准吸烟的禁令了，他掏出一个烟卷，自顾自地打着火，点了好几下才点着，然后塞进嘴里，狠狠吸了一口，压了压惊，说："妈的，没想到会在这里碰到它！这也没办法，走一步算一步吧！"

莫托问："是大的还是小的？"

老毕眯着眼感受了一下，说："应该不大，还好！"

莫托点点头："那应该没啥事！咱们几个应该可以对付！"

老毕点点头，一口气抽完了那根烟，往后单手擎着猎枪，大步流星往前走，说了声："走！"

他们两个人的对话，我完全听不懂，什么"它"，什么"大的小的"，他们说的是野兽吗？

但是当时的气氛非常紧张，老毕也停止了戏谑，莫托警惕地注视着周围，一刻都不敢放松，我也不敢打扰他，只好学着他的样子，也举起猎枪，朝着周围瞄着。

周围全是荒地，连低矮的灌木都很少，只有大片大片的荒草地，恐怕连一头野猪崽子都盖不住，他们在寻找什么呢？

虽然没有雾气，但是荒草地里还是湿漉漉的，像是刚下过雨，我们蹚着草地走，下半截裤子很快就湿透了，草地里泥泞无比，鞋子上也拖成了一个泥球，走起路来很费劲。

他们两个人却很紧张，都弯着腰，在草地里一寸一寸地搜索着，像是在寻找着什么。

我忍不住小声问莫托他们在找什么。

莫托说，这草地里藏着一个东西，要不杀掉它，我们永远也走不出去，会被困死在这儿。

我吃惊了，问他那是啥玩意儿，怎么那么邪乎。

莫托摇摇头，说那么多年来，他也搞不懂那东西到底是啥。

我更加吃惊了，我们三个大男人，竟然被一个不知道是啥的玩意儿给困住了，这事情实在太过震撼，几乎颠覆了我的世界观，让我一时间接受不了。

莫托小声跟我解释，大山大水的地方，就是这样，这里有一套自己的行事规则，也有自己的一套世界观，外界很难理解，所以他们一般也不对外界说。

我也叹了一口气，说："看来世界之大，无奇不有，这个鬼神之说，还真不能简单地说是封建迷信啊！"

说完后，我又想起了一件事，问他："那咱们今天遇到的又是咋回事呢？"

莫托犹豫了一下，说："咱们应该是撞到了一个东西，那东西把咱们困在了这里，所以现在要给它找出来才行。"

我有些不敢相信，你要是说找鬼通灵也就算了，这些好多志怪小说上也记载过，也算是古代神秘文化了。可是他要是说，有什么东西能把我们几个大活人从树林里突然给转移到了一块其他空间，这个得多大的力量才能实现，也太扯了吧？

莫托却坚持说，事实确实是这样，要是我们找不出那个作祟的怪物，恐怕一辈子都得被困死在这里。

他提出了一个说法，说我们并不是被转移到了另外一个空间，那种力量相信还没有什么东西可以做到。

但是，小白哥，你有没有想过一个问题，咱们现在可能仍然在大兴安岭，只不过是意识到了这里，就像是做了一个噩梦。不过这个噩梦非常危险，如果我们不能打破这个噩梦，恐怕永远都醒不过来了。

我明白了他的意思，说："你是说，其实并没有这些东西，这些都是幻觉？"

莫托惨笑了一下，说："也是，也不是。"

我又听不明白了。

莫托说："鬼藏人最可怕的地方，就在于它并不是单纯的幻觉。在咱们进入到这个幻觉后，咱们的身体同时也会消失掉，其他人找不到咱们。所以这里不仅仅是幻觉，咱们要是走不出去，那真的就是死掉了……"

我大吃一惊："这鬼藏人怎么还这么邪乎！"

莫托也无奈地笑了，笑得比哭还难看。

正想着，我身后突然就传来了啪嗒一声，像是什么东西从树上掉了下来，接着草丛里传来了一阵窸窸窣窣的声音，像是有什么东西在草丛里游动。

大家的神经一下子绷紧了，几个人一下子跳了起来，齐刷刷将枪口对准了那块草地。

那草地大约有半米高，里面有东西钻来钻去，确实有问题！

我紧张得要命，手心里全都是汗，摸摸索索了半天，才扣开保险，手却抖得厉害，怎么也瞄不准。

这时候，老毕低声说了句："先别开枪！"话音刚落，那草丛里突然有一个黑乎乎的东西钻了出来，伏在地上，虎视眈眈地看着我。

当时我离他很近，慌忙中赶紧用手电照了过去，一时间看得清清楚楚，那并不是一头野猪或者一个猴子，而是一个人！

不过，他也很难说是人，他一头雪白的头发，头发很长，在身上绕了几圈，弓着腰，看起来根本不像是一个人，更像是一个野兽。

更古怪的是，他并不像一个正常人，站着走路，而是像一条蛇一样，在草地里滑动着游走，他的速度很快，嗖嗖地朝我蹿了过来。

老毕大吼了起来："小白，快开枪！"

我吓了一跳，脑子里忍不住想起来另外一个这样的人，端着枪傻站在那儿，怎么也下不了决心扣下扳机。

这时候，老毕朝我跑了过来，一把夺过枪，瞄都不瞄，轰一声朝着它开了火。

那怪物中了枪，凄惨地嚎叫了一声，身子一滚，又滚回到了草丛里，接着草丛里一阵阵乱动，那怪物又不见了。

老毕又连续朝草丛里轰了几枪，子弹打得草叶乱飞，却始终没有找到那个怪物。

边开枪，他边骂我们两个，说我们两个小兔崽子，平时叫得还挺凶，结果真他娘的遇到危险了，就撒气啦！

回头看看莫托，他脸色惨白，胸口剧烈起伏着，显然是受到了不小的惊吓。

我能理解他现在的感情，因为刚才那怪物的样子，身子摆动得像一条大蛇，竟然……竟然和他母亲一样……

我脑子里乱糟糟的，张了张嘴，想要安慰一下他，又不知道该说什么。

老毕跑过来，也看到莫托有些不对劲，让我赶紧扶他坐下，他干呕了几下，什么都没吐出来，我赶紧喂他喝了点儿水，他才渐渐恢复了一些。

老毕觉得奇怪，在那问三问四的，莫托的脸色更不好看了。

我赶紧把他拉到了一边，问他，刚才那个……那个，怪物，到底是个什么鬼玩意儿？怎么看着和人那么像？

不说这个还好，提起这个，老毕就忍不住破口大骂，说："这是什么鬼玩意儿，他娘的王八蛋才知道！就这鬼玩意儿，人不人，鬼不鬼的，就在草丛里乱出溜，谁他娘的知道是哪里来的？！”

我怕莫托听见不好，就小声问他，我们被困在这里，是不是就是这东西在作怪？

老毕摇摇头，说应该不是它，就它这玩意儿，还没有那么大的本事。

我又问他，那到底是啥东西？

没想到，一向天不怕地不怕的老毕也严肃了，他有些害怕地看了看四周，低声说，那东西到底是什么，他也不知道，估计也没有人知道。

我有些奇怪，这东西不是也出来过吗，为啥还没有人知道？

老毕惨笑了一下，笑得比哭还难看，说，这玩意儿确实有人见过，但是，凡是见过它的人，全都死掉了。

我心里咯噔一声响，吃惊地看着他。

老毕拍拍我的肩膀，叼了一根烟在嘴里，满不在乎地说：“没事！见过那玩意儿的人啊，确实都死掉了。但是，这不是它还没见过它毕姥爷嘛！等见了它毕姥爷，估计就不是咱们死，而是它死喽！

他让我过去照顾莫托，自己举着枪继续巡视草地，说等会儿要是真出来个什么东西，我还不够拖后腿的。

虽然他表现得好像满不在乎，其实非常谨慎，他单只手举着枪，来回搜索着草丛，有任何风吹草动，他都立刻掉转了枪口，迅速瞄准。

我们来的时候，只带了一把手电，几支火把。现在手电当然在老毕那里，我手里一支火把，莫托手里一支，我怕待会儿火把烧完了，就得摸黑了，就把自己手上的这支熄灭了，将莫托那支火把插在了地上。

火把在风中摇曳，火光也变成了幽幽的蓝色，远远看去，草地上一些绿莹莹的鬼火，飘飘荡荡的，跟在老毕身后，看起来非常瘆人。

这时候，莫托却猛然抬起头，看看老毕走远了，在我耳边飞快地说了一句话：“待会儿有机会，你就跑出去，别管我们！”

我吓了一跳，吃惊地看着他，以为他是不是被吓糊涂了，怎么突然冒出来了这么一句。

我以为他还在害怕，忙安慰：“没事的，有老毕在，我们肯定能出去的。”

没想到，他却摇摇头，眼睛里全是恐惧，说：“出不去的……这就是我们的命……”

我急了，立刻打断他：“什么命不命的！亏你还念过中专，不知道毛主席说过‘人定胜天’的话！年纪轻轻的小伙子，成天一脑子悲观主义的调调，像不像话？！”

莫托惨然笑了笑，说：“小白哥，你是个好人……”

我点点头：“那是自然！”

他握紧了我的手：“是我害了你……唉，当初要是不带你来这里就好了……”

我见他越说越吓人，尤其在这样阴森森的地方，好像我们已经到了鬼门关一样，听得我浑身的汗毛都竖起来了。

说来也怪，我认识莫托那么久了，他的性格我也知道，平时说话做事很爽快，胆子也大，怎么今天像是变了个样，成了一个娘们儿！

我命令他赶紧闭嘴，不准再说丧气话，在这边老老实实地等着。

他根本不听，像魔怔了一样，在那絮絮叨叨地说：“我就知道，这一次是躲不过去了，是我们做了伤天理的事，这回是长生天惩罚我们，躲不过去的……我这辈子，最对不起的人就是你，小白哥，这一次把你也连累了……我对不起你啊！”

我听他越说越离谱，干脆不管他，过去叫老毕，问他有没有什么发现。

老毕气哼哼地蹲在地上抽烟，说也是他娘的出了邪了，他在草地上反反复复找了好几遍，别说其他东西，甚至连刚才那个似人似蛇的怪物也消失了。

我忍不住逗他，说那人蛇会不会也跟我们一样，是路过这里，恰巧被“鬼”给藏了起来？

老毕一拍大腿站了起来，说：“哎呀，这话有道理啊，搞不好还真是这样呢！”

他转念想了想，也不大可能。

这“鬼藏人”，说的都是人失踪了，还没有听说过哪个怪物也失踪了的。

想起刚才那个怪物怪异的样子，也让我非常震惊，尤其是那个怪物和莫托母亲的相似之处，莫托古怪的反应，他所说的做的伤天理的事情，都让我觉得事情没那么简单。

回过头看看莫托，他依旧坐在地上，耷拉着脑袋，不知道在想什么。

老毕狠狠抽了一口烟，又拎着枪，重新搜索了一遍，一边搜索，一边朝各处开枪，试图引出来那头怪物，但是周围还是静悄悄的，并没有什么怪物出现。

看着这块不大的草地，我脑子里猛然冒出了一个想法，说：“老毕，既然这里没有怪物，你说是不是咱们搞错了？我在想，这里是不是根本没啥问题，咱们就直接走出去好了！”

老毕像看白痴一样看着我，说：“好主意！那么，我们接下来就有请来自北京的小白同学给大家走一个！”

虽然我也觉得这个主意很天真，但是事到临头，也只好试一试。

接过手电，硬着头皮，顺着草地走了一遍，那草地坑坑洼洼的，全是露水，打在身上冰冷冰冷的，感觉可真是不舒服。

虽然老毕再三保证，那草地里绝对没有怪物，我还是走得胆战心惊的，生怕在我身后突然就冒出来一个青面獠牙的怪物，把我吓个半死。

在走之前，我已经提前用手电观察了一下周围的地形，选择了一个最短的路线，需要穿过一块草地，然后绕过一个水泡子，最后再经过一个土坑，就差不多走出去了。

迈开步子，我很快走过了水泡子，也走过了草地，又走过了一个深坑，接下来是最后一块草地。

终于走完了最后一块草地，我朝身后照了照，后面并没有水泡子，看来没问题，我真的走出去了！

我高兴地扯开嗓子叫着："老毕，老毕，我走出去了！"

没想到，话音刚落，就听见我背后传来了一个冷冷的声音："你走到哪里去了？"

我吓了一跳，吃惊地看着身后的老毕，结结巴巴地说："你……你，你也走出来了？"

老毕冷哼一声："走出去个屁！是你小子又走回来啦！"

我一下子愣住了。

这怎么可能啊，就这么短的地方，我怎么可能会迷路？！

再说了，我是严格根据地形走的，先穿过一块草地，然后绕过一个水泡子，最后走过一个深坑，这里并没有错啊！

挠了挠头，我有些不甘心，又重新走了一遍，发现结果还是那样，在走过最后一个土坑后，就发现自己又走到了老毕身边。

这事情可真是邪门啦！

这块草地像是一个循环的圆形，只要走到尽头，立刻就会回到原点，再重新开始走，人就反复在里面绕圈，怎么都走不出去。

我有些不敢相信，使劲揉了揉眼，又用手电光确认了一下，我走的这路线，明明就是一条直线，怎么会变成一条环线呢？

老毕在旁边幸灾乐祸地看着我，说："怎么着？秀才，这回知道啥叫害怕了吧？！这事情要是那么简单，咱们还用那么麻烦！"

莫托安慰我，说大山深处的事情就是邪，我在北京学的科学啥的，到了这里就没用了，让我先坐在地上等着吧，有时候就是这样，往往你啥都不做，突然就出来了。

我没有理他，继续在那里盘算，总觉得哪里不对劲，却又想不起来。

老毕也有些恼火，他站起来，看着远处的草地，突然抓起了一块石头，大吼一声，使尽全身力气，将石头狠狠地扔了出去，发泄了一下心里的郁愤。

看着被他扔远的石头，我激动得一下子站了起来，说："我终于想到了！"

老毕被我吓了一跳，说："完了，这孩子，又吃多啦！"

我没理他，兴奋地对莫托说："咱们都被骗了，这个鬼打墙有问题！"

"有问题？这里有啥问题？"老毕也糊涂了。

我兴奋地给他们解释，按照鬼打墙的说法，任何物体到了尽头，也就是到达了一个临界点，那么这个物体就会立刻返回到原点，所以会周而复始，永远也走不出去。

但是，这其中有一个明显的悖论。

这个悖论就是，如果我把胳膊伸到这个临界点外，身体还留在临界点内，按照鬼打墙的规则，岂不是我的胳膊要立刻被切断，出现在起点？

还有，要是这个临界点成立的话，那刚才老毕扔出去的石头，也会在经过临界点时被反弹到原点，但是你们现在看看，它并没有回来，而是永久性地扔了出去，所以说这个鬼打墙根本就不成立。

这套理论，莫托听懂了不少，在那思考着，老毕则一点都听不太明白。

不过他倒是明白了一点，要是石头能过去，那咱们也应该能过去才对。

他试着丢了几块石头过去，就听见石头扑通扑通落地的声音，用手电各处照照，草丛中并没有多出来一块石头，看来我的假设是成立的，这些石头确实可以出去。

可是，石头能过去，为啥人就过不去呢？

老毕怀疑，活人过不去，死人估计行，但是可惜周围没有活物，给他一枪打死，丢过去试试，看是不是这样。

他感慨，刚才那个人蛇怪物要是还在就好了，直接打死丢过去，就知道了。

我见莫托脸色不好看，赶紧说，都啥时候了，还说那些没用的干啥？那死人就算能丢过去，又有啥用，咱们总不能先弄死自己，再出去吧？

老毕想想也对，也泄了气，垂头丧气地坐在地上，问我那要怎么办。

这时候，我突然想起来一件事情。

我们从树上下来时，都已经三点多了，现在又折腾了那么久，应该快亮天了吧，为何周围还是黑漆漆的，一点儿亮天的征兆也没有啊！

老毕看了看表，骂道："操，这破表，又停啦！就知道老马那小子死抠，好表也不会借给老子！”

我点点头，无意中看到了刚才插在地上的那支火把，火把依旧在风中摇曳着，散发着绿幽幽的光芒，看起来很正常，又像是哪里很不正常。

我想了又想，猛然想起来了为何不对劲：这支火把已经插在地上那么久了，为什么还没有烧完？！

接着，我脑子里蹦出来了一个恐怖的念头，赶紧问老毕：“老毕，你看看表，时间是不是还是我们从树上下来的时候？！”

老毕看了看表，点点头：“不错，从树上下来的时候，我看过时间，是三点十五分，现在还是三点十五分。”

我一下子瘫倒在了地上，浑身的冷汗都下来了。

这一次，我们真的是撞邪了。

在这个诡异的空间里，时间是静止的，手表、火把，完全没有任何走动。

原本我还抱有一丝希望，想着只要天亮了，就像我那个东北同学一样，发现自己其实就在一个老坟圈子里。或者等格老他们见我们没回来，终究会找到这里，把我们救出去。可是目前来看，我们这里的时间恐怕是静止的，他们在外面根本不知道我们这里发生了什么。

这一次，我们恐怕真的永远出不去了。

我把猜想和他们说了一下，大家也都有些沮丧。

老毕还不死心，他找了一根树枝，又去草地那里试了试，结果他拿着树枝往前走时，就会回转过来。他走到那里，把树枝给伸出去，就没有问题。他试着松了手，树枝啪嗒一下掉在了地上，没有再回来。

老毕咋舌道：“还真给白小子说对了，这玩意儿还真是认人不认东西！这可咋办？！”

虽然事情很诡异，但是好歹可以用科学来解释一些，不至于太过玄幻。

闲着也是闲着，我于是将几根火把都点着了，反正在这里点火把也不会耗费，不点白不点，让他们找一块干燥的地面，坐在上面，用树枝给他们画了一个圆圈，给他们分析当前的情况。

我说：“你们看，咱们现在被困在了这个圆圈里。这个圆圈相当于一个力场，会有一些神秘力量作用在活人身上。这个东西很难表述，我可以举个例子，相当于这个圆圈里有一个原点，那地方差不多就在咱们附近。这个原点相当于一个传送点。

“你们可以想象成，在传送点上钉了个钉子，钉子上绑着一根猴皮筋，猴皮筋那一头绑着我们。我们身上绑着猴皮筋，越往外走，猴皮筋就绷得越紧，最后到达临界点后，猴皮筋绷到了头，就把人一下子拽了回去，回到了原点。”

老毕点点头，说：“嘿，还别说，还真像是那么回事！”

莫托问：“小白哥，那要怎么办才能出去？”

这句话问倒了我，我要是有办法出去，还用在这边套理论，我早就带领大伙儿出去了！

我装模作样咳嗽了几声，说：“这个问题嘛，其实是磁场的作用力问题，按照理论来讲，作用力只要超过磁场引力，我们就可以走出去了。”

这个，他们两个就听不懂了。

老毕撇着嘴说：“大学生，别给我们来文的啊，说人话！”

我说：“简单说就是，咱们之所以会被拽回来，是因为自身的力量不够大，拽不过猴皮筋。咱们的力量要是够大，能给猴皮筋扯断喽，那就能出去啦！”

老毕说：“扯淡！我的力气还不大，还能扯不过那根猴皮筋！”

我挥挥手，说：“我就是举个例子，你的力气再大，在这边估计也不顶用！这个力量吧，估计跟人的力气无关。”

老毕问：“那跟啥有关？”

我左右看看，说：“这我就不知道了。我本来以为，这东西是和密度有关，石头的密度大嘛！后来这树枝也能出去，就不好说了，看起来可能还是跟活物有关。”

老毕苦着脸坐下来，说：“扯了半天，你还不是白扯！”

我面子上有些挂不住，说：“也不能完全这么说！我觉得这个磁场可能类似于感应器，能根据温度啥的判断出去的是不是活物，好给它拦截掉。要是咱们能做一个机关，把咱们的身体特征隐藏起来，那就行了！”

老毕咧嘴说：“就你能说！那你说说，这机关咋做？”

我被他逼急了，也开始顺嘴胡说，说：“你没看过《铁道游击队》啊？咱们可以弄一些伪装啥的，说不准就给骗过去了！”

老毕说：“弄伪装啊？咋弄？你弄点儿泥巴糊在身上啊？！”

我想了想，突然一拍大腿，说：“我想出一个办法啦！”

老毕这时候问我：“到底是啥办法？”

我说：“是有这么一个法子，不知道管用不管用。”

老毕说：“管它管用不管用，都到这个时候了，咱们也只能死马当活马医了。”

我说：“你们看哈，现在是这样，只要是死的东西，石头啦，树啦，这些都能传过去，就是人不行。像我说的那样，我估计这里有一个引力的问题，活人会被那一股引力给拉回去。那么，咱们想一个办法，咱们弄一个大东西，比如弄倒一棵树，然后把人绑在树干上，然后把人带树都给推出去，这样人估计就能出去了。”

老毕有些不相信，说：“把人绑在树上就能出去了？就那么简单？”

我说：“这只能说理论上有可能……要是人和树加起来的力量超过引力，那就可以……或者大树可以掩盖住活人的气息……”

老毕想了想，猛然一拍大腿，说：“管他娘的理论不理论的，咱们就伐倒一棵树试试！”

这片草地也有一个稀稀拉拉的树林子，老毕拿着柴刀走了过去，四下里照了照，惊讶地说：“小白，你快过来！”

快步走过去，就看见草地里有一个光秃秃的树墩子，并没有什么古怪的。

老毕却指着树墩子说：“你看，这树墩子明显是新砍出来的。这里我都找遍了，绝对没有树，说明那树肯定是出去了。有谁闲着没事会把树往外推，估计也和你想到一块去了！”

我也乐了，说：“那太好啦！说明咱们这个办法已经有前人验证过了！”

老毕也点了点头，在那找了一棵树使劲砍了起来，让我离远点儿，别待会儿砸到我。

回到原点那边，莫托还在歪着头想着什么，见我来了，也没说话。

我挨着他坐下，也没说话，看着老毕一下下砍树，希望这个办法能成功，好早点离开这个鬼地方。

想起那个树墩子，断掉的树茬子还是新的，明显是有人刚砍断的，那个人又是谁呢？

又想起了那个鬼魅一般的身影，会不会是那个人也被困进来过，也用了这个方法出去的呢？

正想说，莫托猛然抬起头，直勾勾地看着我，幽幽叫了一声：“小白哥？”

我吓得一哆嗦，赶紧问：“咋……咋啦？！”

他神神道道地说：“小白哥，你说咱们真能出去吗？”

我说：“能啊！刚才我们还看见有人出去了呢！”

他的身体一下子绷紧了，怀疑地看着我：“谁？谁出去了？！”

我说：“不知道，那边只剩下了一个树墩子……估计是有人砍断了树，抱着树出去了……”

莫托才答应一声，慢慢放松下来，眼神里还是浓浓的恐惧。

我忍不住了，问：“莫托，刚才那个……东西……”

莫托打断了我的话："小白哥，我知道你想说啥……那个，我母亲的事情，还求你千万别告诉毕老师……"

我点点头，让他放心，每个人都有自己的秘密，莫托是我的好朋友，我绝对不会说什么。

莫托迟疑地说："其实……你是第一个见到她的……她很少出来……"

我明白他的意思，我是第一个见到他母亲的人。

我犹豫地开口："那她……是生病吗？"

莫托摇摇头，眯着眼看着远处，过了好久，才慢慢吐出来一句话："不是病……是诅咒……"

"诅咒？"我不明白了。

莫托犹豫了一下，说："这个事情，我也不大清楚，只知道跟我们那边的一个禁忌有关……"

我忍不住问："什么禁忌？"

莫托刚想开口，却回头看了看，问我："小白哥，你刚才说，咱们这边是一个啥原点。要是有怪物啥的往外跑，它跑到了那个临界点，是不是就会出现在原点上了？"

我点点头："不错，要是它真的往外跑，就是这个下场了！"

莫托点点头，有些紧张地左右看看，说："我还想着刚才那个怪物会不会突然过来。"

我笑了："怕啥？咱们这边不是有老毕嘛！它不来倒好，它要是来了，毕老师一枪一个，准没跑！"

莫托不说话了，慢慢朝着火把摸了过去，又不停给我使眼色。

我搞不懂他啥意思，突然觉得背后出现了一股压力，接着一股浓重的腥膻气扑面而来，转过头一看，就看见那个白乎乎的怪物，就在我身后，死死地盯着我。

我吓了一跳，嗷一声就跳了起来，手脚并用往前跑。

那怪物猛然朝我扑了过来，上来就要咬我，好在莫托拔起火把，大吼一声，朝那怪物挥舞，硬生生给它逼住了。

那怪物见莫托势猛，并没有跟他纠缠，反而身子一扭，便缩到了地上，接着身体一摆，像一条蛇一样，从莫托身边就滑了过去，朝着我追了过来。

我见那怪物冲我蹿了过来，慌忙在地上找武器，找了半天，就找了一个土坷垃，抓到手里就成了粉末，根本不顶用。

就在这千钧一发的时刻，我身后轰一声响起了枪声，那怪物应声而倒，在地上抽搐了几下，又钻到草丛里，不见了。

老毕跑了过来，边跑边往枪里填子弹，问我：“那玩意儿往哪里跑了？！”

我跌坐在地上，指着草丛：“那里！”

老毕端着枪，嘴里叼着一颗子弹，在草丛里仔细搜索着，可是那怪物又一次消失了，怎么也找不到。

莫托拿着火把过来，在周围照了照，说：“地上有血！”

老毕赶紧回来，用手电照了照，眉毛皱在了一起：“这血不对！”

“有啥不对的？！”

老毕说：“你们过来看看！”

我们走过去看看，地下果然多了一摊血，那血看着和普通的血也没什么不同。

老毕却说：“不对，这不是人血！”

我问他：“那是啥血？”

老毕说：“人血很稠，而且膻味重，那么大一摊人血，能把人给熏吐了。你闻闻，这血有啥味？”

低下头闻闻，那血确实没那么大的膻味，只是有股淡淡的腥味，而且看起来比较稀，就像是一摊红水。

我奇怪了：“这是啥血？”

旁边的莫托突然说了一句话：“这是鱼血。”

我笑了：“你傻啊，这大山里哪来的鱼血？！兔子血还差不多！”

老毕也点点头，说：“对，这确实是鱼血！”

我有些吃惊，刚才那个怪物虽然怪异，但是我看得很清楚，他确实是一个人形，虽然像一个得了软骨病的人，不过怎么也和鱼扯不上关系吧？

老毕却摆摆手，跟我说，他在大山大水待了大半辈子，啥怪事他没有经历过？这个东西他已经看清楚了，就是一个水怪，没啥好说的。

我说：“不可能啊！咱们现在可是在大山里，要是有，也会是山精，怎么也不可能是水怪啊！”

老毕却苦笑了一下，说：“小白啊，小白！你看看地面，再闻闻周围的味道，这里像是森林吗？”

经他这么一说，我也觉得，自从来到了这个鬼圈子里，就像是来到了大河边，空气中充满了河边那种臭烘烘、腥呼呼的味道，而且草地上全是湿漉漉的，地面也泥泞不堪，还真像是在水边。

不过，我朝着四周看看，周围除了一个小水泡子外，全都是草地、树林子，并没有大河啊？

老毕却说："年轻人，这里面你不知道的事情多了。记住喽，在大山大水里，千万别太相信自己的眼睛！你知道我为啥只让你走这条路吗？"

我摇摇头。

老毕说了声"仔细听着——"，捡起一块石头，朝草地中间扔了过去，就听见扑通一声，石头像抛进了水里，咕咚咕咚响，还激起了不少波浪。

我吓了一跳。

难道说，前面这片草地并不是草地，而是一片大水？

老毕用手电筒照了照，让我仔细看，原来那些草地都是一些茂密的水草，漂浮在水面上，远远看去，像是一个草原。

这个发现让我很惊讶，我们现在应该是在山上，这里怎么会有一个大水潭？而且听那个石头落下的声音，那水潭还挺深。

老毕说："这回你知道这鬼藏人的厉害了吧？老话说'欺山莫欺水'，这水底下的东西，可不是闹着玩的！"

我点点头，也终于明白那个似蛇又似人的怪物为啥找不到了，原来它是藏到了水里。

这时候，莫托突然说了一句："小白哥，好像有点儿不对！"

我最怕这个时候再出差错，赶紧问他："有啥不对？！"

莫托支支吾吾的，有点紧张，想说又不敢说。

这时，老毕已经把树干清理得差不多了，眼看着就差一步了，这时候可不能出错。

我问他："小莫，有啥话你尽管说！有啥好怕的！"

莫托紧张地看了看背后的大水潭，还是不敢说。

莫托这小子啥都好，就是有一点，一遇到水里边的怪事，他就㞞得厉害，气得我恨不得上去踹他两脚！

我再三问他，让他有话就说，有屁就放，老子这边都忙得要上墙了，他还老捣乱！

他才吞吞吐吐地说："小白哥，我在想，刚才那个……怪物，它应该不是这里的……"

我点点头："它肯定不是啊！它要是这里的怪物，怎么会跑不出去！"

莫托看着我，表情古怪地说："那么说，这里就还有一个怪物……"

我的脸色一下子变了。

莫托说得很对，如果说那个蛇人都急着跑出去，说明这里的水潭里一定还隐藏着一个怪物，而且恐怕还是个非常恐怖的怪物！

猛然抬起头，想着老毕就在湖边砍树，会不会受到怪物的攻击。

但是这时候，我也不敢大声喊叫，怕惊动了水潭下的怪物。

我压低声音叫着："老毕！老毕！"

老毕粗声拉气地说："叫毕老师！"

我忍气吞声地叫："毕老师，你快过来！"

他不耐烦地说："你毕老师忙着呢！你们自己玩儿去吧！"

我气得要命，又不敢大声叫，只好低声说："那水底下有东西……你快过来！"

老毕比树还笨，还在那傻乎乎地问："水底下有东西？有啥东西？"

我憋不住火了，骂道："他娘的，水底下有怪物！"

老毕却不再说话了。

我又喊了一声："快跑！水底下有大怪物！"

几乎是配合着我的话，那条受伤的怪物猛然从水潭边蹿上了岸，却看都不看我们一眼，拼命朝着外面冲，却又被狠狠地摔回到了原点。

老毕却骂了一句，说："跑不了啦！"说完举起猎枪，对准了水潭深处，边小心地后退，边往里面拼命填子弹。

几乎是同时，我们就听见那水潭中间像是开锅了一般，咕咚咕咚往外冒泡，那水泡很快辐射到了整个水潭，湖面上像是炸开了锅，湖水里翻滚着巨大的漩涡，水花四溅，像是下起了一场暴雨，向我们几个兜头浇了过来，把火把也浇灭了。

这时候，周围非常恐怖，草地上绿莹莹的萤火虫全都聚集在了水潭上面，最后聚集起来，形成了两只巨大的鬼眼，鬼眼闪烁，里面浮动着无数只诡异的眼睛，一明一暗的，映衬在黑色的水潭中，显得格外诡异。

黑暗中，只有老毕手里的一只手电还亮着，他明显也很紧张，灯光颤抖着，光柱下只见白亮亮的大水、晃动的树枝，以及在湖面上翻滚着咆哮着的巨大身影。

莫托这时候已经吓得完全瘫倒了，非但不跑，反而跪在地上，朝着那怪物不断磕头，嘴里冒出来一连串的赫哲话，我也听不懂。

我大声叫着"老毕""老毕"，却很快淹没在了一声接一声的枪声、巨兽愤怒的咆哮声、水浪的拍打声中，也不知道到底怎么样了。

开始的时候，还能看见手电筒的光柱在湖水里晃动，后来就消失了，只能根据不时响起的枪声，判断出老毕还活着。

现在的唯一希望就是老毕，他要是倒下了，我们就彻底没有希望了。

看了看抖成筛糠状的莫托，我狠狠跺了跺脚，挣扎着跑过去，想帮一帮老毕，没走几步，一个巨大的浪头打过来，把我打倒在了地上，泥水糊了一头一脸。

赶紧站起来，跌跌撞撞地再往那儿跑，跑了没几步，眼前突然出现了一道雪亮的闪电，随着一阵轰隆隆响的炸雷声，瓢泼一般的大雨就打下来了。

我更加着急，这天降大雨，恐怕水怪的活动范围会更大，我们的胜算就更小了。

大雨像瓢泼一般，地上很快就积满了水，根本没法辨认哪里是湖哪里是路。我走得越来越慢，老毕的枪声也渐渐小了下去，我心急如焚，赶紧走两步，却一不留神，脚底下哧溜一下，滑到了水潭中。

那水潭很深，我身上的衣服又厚，一下子沉了下去，呛了几口水，我拼命往上游，好容易露出头来，大口大口呼吸着新鲜空气。

这时候，又是一道闪电划过，闪电弯弯曲曲，横跨在天上，像一条张牙舞爪的巨龙，将一切照得清清楚楚。

借助闪电，我看见老毕还活着，恐怕也受了伤，他拖着一条腿，一瘸一拐地往外跑，边跑边装子弹。

借着这道闪电，我也终于见到了那个传说中的怪物！

那怪物几乎有一座三层小楼那么大，像一头洪荒巨兽，傲视天下，丑陋而粗大的头颅，粗壮的四肢，遍体黝黑，拖着一条鳄鱼般粗壮的尾巴，身上覆盖着厚厚的鳞甲，从水里缓缓钻了出来。

老毕边往前跑，边挣扎着往后放枪，但是那子弹对怪物毫无威胁，它微微摇晃着脑袋，眼睛残忍而野蛮，竟然低吼了一声，朝着老毕追了过去。

老毕钻到了稀稀拉拉的林子里，想借助林子掩护自己，没想到那怪物满不在乎地在林子里横冲直撞，直接撞倒了好几棵大树，完全像是大猫戏弄老鼠一般。

老毕拼命躲避着，却被撞飞的大树砸中了身子，他费力地爬起来，腿脚显然受了伤，跑也跑不动，索性将身体蜷缩在了树下，扔掉了猎枪，闭上眼，准备等死。

我仰头看着天空，雨水猛烈地打在我脸上，雨水和泪水一起流了下来，让我彻底绝望了。

从来没有想过，死神离我如此近，而且会令我如此绝望。

我也终于明白了，莫托为何在看到它的一瞬间，就决定了放弃一切抵抗，转而开始祈祷。

这怪物强大的力量，绝对不是人力所能抗衡的，甚至它也许可能具有一些特殊力量，这些力量甚至强大到可以违背物理规律，将我们从山上转移到水潭里，这根本就是神才能做到的。

我也闭上了眼，跪了下去。

这时候，恐怕只有神才能救我们。

在怪物的咆哮中，在大树不断倒下的撞击声中，在电闪雷鸣中，在老毕绝望的叫喊中，突然就传来了一阵低低的笛声。

那笛音不高，却又一股极强的穿透力，甚至撕破了周围的喧闹声，传到了我们每个人的耳边。

我一下子愣住了，这个声音，我像是在哪里听过。

老毕像疯了一般哈哈大笑，接着拼命喊着："你终于来啦！快杀了它！快杀了它！"

莫托也像是找到了救世主，朝着笛音的方向不断叩拜着。

那怪物立刻停止了对老毕的追击，身体开始回缩，摆出来一个防御姿势，死死地盯着湖边一棵小树。

笛音就是从那一棵小树上传出来的。

那棵树并不大，与那头巨大的怪物比，甚至可以说是非常脆弱，恐怕只要它强劲的尾巴轻轻一甩，就能将它撞个稀巴烂。

但是这时候，那怪物明显非常忌惮，它示威般地朝着那棵小树咆哮了几声，摆出了几个攻击的姿势。

笛音清越婉约，悠悠扬扬，像是丝毫没有在意这头水怪。

那水怪大声咆哮了几声，又猛然撞翻了几棵大树，看起来像是随时会冲过来，其实仔细看看就能发现，在做这些攻击时，它都有意无意地调整了身体，开始慢慢往后退，要退回到水潭里。

老毕这时候又驴子一般吼了起来："别让这畜生回去！"

那笛音突然就停了。

接着，从树上跳下来一个白衣人。

他像拍古装戏一样，穿着一身古怪的白色袍子，漫不经心地站在地上，将一支翠绿色的笛子插到了怀里，仿佛眼里根本没有那瓢泼大雨，以及那只狰狞的水怪一样。

更古怪的是，他肩膀上站着一只棕红色的小猴子，小猴子一脸高傲，两只爪子叠放在一起，有模有样地站在他肩膀上。

我认出来了，那只小猴就是用核桃砸我的那个，忍不住叫了一声。

那小猴看了看我，仿佛有些羞愧，吱地叫了一声，迅速转移到了少年另一个肩膀上。

那水怪见到少年下来，仿佛如临大敌，立刻停止了任何动作，身体绷紧，头颅高傲地抬起，尾巴微微翘起，摆出了攻击姿势。

少年面对着怪物，却随意说了一句："你们走吧。"

我有些奇怪，你们走？这个你们又是谁？

他没有说话。

老毕在后面叫起来："他是让'我们'走……"

我吃惊了，这少年飞檐走壁的功夫我是见过的，但是这杀水怪可不是表演轻功，这可是要玩命的，他一个人能行吗？

我赶紧说："我们不走，我们留下来帮你！"

老毕骂道："你帮？！你能帮个屁啊！还不赶紧过来扶一下老子，在那儿耽误事！"

我还想说什么，莫托也已经站起来了，敬畏地看着那个白衣少年，一句话都没说，过来拉我，示意我赶紧过去帮老毕。

看他们两个人的意思，这白衣少年来头很大，像是还真有几分本事。

我也放下心，过去和莫托两人一起扶住了老毕，想要扶着他赶紧走。

老毕叫了一声："小哥，这里怎么出去？"

那少年看了一眼伐倒的大树，说："你们不是已经找到办法了吗？"

又转头看了我一眼，点了点头："你很不错，能想到靠着树出去的办法。"

我惊讶地看着他，一时间不知道该说什么才好。

这句话，应该是一个德高望重的老前辈说的话，起码也得是长辈对晚辈说。

但是他，明明就是一个少年，看起来比我还年轻，说起话来却是老气横秋的，让人听着就想笑。

他桀骜地背着手站着，仿佛是在等我毕恭毕敬地答应，然后感激涕零，跪求他的指点，但是等了好一会儿，见我没有任何表示，他也有些恼火，说："你知不知道，你这样还是出不去？"

我问："为啥出不去？"

他冷哼一声："哪有那么容易！要想出去，得找到阵眼，就是最薄弱的那一点！"

我点点头："那最薄弱的一点在哪里？"

他桀骜地冷哼一声，不说话了。

我故意激他："哼，你肯定也不知道吧？"

少年当时就炸了："我不知道？笑话，我怎么可能不知道？"

我无所谓地说："是吗？那是在什么位置？"

小少年冷哼一声，从怀里掏出了一个手臂粗的竹筒，打开盖子，里面掉出来一条遍体漆黑的小蛇，一米多长，在水面上欢快地游来游去，亲昵地围着他转圈。

他长身直立，负手望天，一副懒得理会我的样子："跟你说了，你也不会明白，就跟着它走吧！"

他打了一个口哨，那条小蛇在水里游了一圈，然后在水面上缓缓游动起来，边游还边回头看看我们，摇头晃脑的，像是让我们跟着它走。

白袍少年？黑色的小蛇？

我的脑子猛然疼了一下，像是很多年前的记忆被狠狠刺了一下，为什么这一幕看起来那么熟悉？

猛然想起了当年的往事，二十年前，我掉到黄河中，被一个白袍少年所救，后来他用秘术在我鼻子里取出来了一条黑色的小蛇，装在了一个竹筒里，说我是被人种了鳖宝。

这个白袍少年，这一条小黑蛇，难道他就是当年那个少年吗？

转过头看看他，他却不再理我，漫不经心地看着对面那只如临大敌的水怪。

倒是那只小猴子，一直歪着头看我，还不时给我做着鬼脸，让我忍俊不禁。

怔怔地站在那儿，当年的一幕仿佛电影一般，在我脑海里回放，我似乎回忆起了当年的事情，那一个孤独的少年，坐在黄河滩上，眼神明亮且坚定。

结结巴巴地开口，刚想问他点儿什么，那水中的怪物猛然咆哮起来，掀起了一个巨大的水花，巨大的水柱铺天盖地朝我们打了过来，把我狠狠打在了地上。

狼狈地爬起来，回过头看看，到处都是瓢泼般的大水，怪物愤怒地咆哮，整个湖面像是沸腾了一般，根本看不到任何人影。

在那吼了半天，才看见莫托扶着老毕，跌跌撞撞地跑过来，我也顾不上其他，跟莫托一起，架起老毕，冲着小蛇的方向跑了过去。

身后，大水滂沱，不断有大树被连根拔起，狠狠抛在远处，我们睁大了眼睛，也看不到那条小黑蛇到底去了哪里，只好凭着记忆，来回在那边摸索。

试了又试，突然我一伸手，感觉外面传来了一股巨大的吸力，一下子将我吸了出去，那种感觉非常特别，像是从水里钻出来一样，接着就狠狠摔在了地上。

紧接着，莫托和老毕也从里面掉了出来，老毕正好伤腿着地，疼得他龇牙咧嘴的。

我站起来，想看看那个白袍少年到底怎么样了，却不管怎么摸索，都再也找不到入口了。

茫然地站在那儿，看着周围熟悉的环境，不远处熟悉的营地，噼里啪啦燃烧的篝火，眼前的一幕温馨而舒适，我的心却还在那个秘境，久久不能回转。

搀扶着老毕，大家凭借着记忆，朝着营地走去。

好在，这一次没有遇到任何危险，我们一路上有惊无险地走回到了营地，莫日根他们正在找我们，在半路就发现了我们。大家做了一个简易担架，把老毕抬了回去。

回到营地，我们才知道，刚才不光是我们遇到了危险，莫日根他们也受到了来自水下怪物的袭击，就是那个传说中的“它”。

好在白袍少年出现后不久，围困住他们的神秘力量就消失了，他们也得以全身而退。

不过，在这次遇险中，除了老毕的小腿骨折外，还有一个年轻人也受了不大不小的伤，好在没有生命危险，但是也需要紧急下山治疗。

于是，我们做了两个担架，抬着他们连夜下山，到了山下，又雇了当地的村民，给我们套了辆驴车，把他们送回到了屯子。

在路上，我偷偷问了莫托，那个白袍少年是什么情况？怎么感觉你们都认识他一样？

莫托说，这个白袍少年很神秘，没有人知道他的来头，不过他却像是天生和水怪作对的，哪里有水怪，他就会出现在哪里，解决掉水怪就走，非常干脆。

我又问他，这次的水怪是不是威力太大了，他一个人能解决得掉吗？

莫托笑了，说：“放心吧，就没有他解决不掉的水怪！你忘了，他出现后没多久，他们几个人就被放出来了！这说明什么？这说明那个白袍少年干掉了水怪，水怪死了，困住人的力量消失了，人就被放出来了呗！”

我点点头，没有再说什么，一路上都回忆着白袍少年那条古怪的小蛇，他会不会就是当年救我的那个人呢？

这一次打猎，我们损失惨重，好在大家虽然多多少少受了点儿伤，但没有特别严重的，也算是不幸中的万幸了。

之后的日子，我们又恢复了平静，我和莫托每天继续查看水渠、喝酒、吹牛、回忆一下打猎的惊险，挺好。

偶尔，老毕也拄着拐，一瘸一拐地来我们这边蹭酒喝，只要有外人在，他就会跟别人吹嘘他受伤的经历，以及他如何临危不惧、足智多谋、忠肝义胆、不离不弃，把我们两个给救回来的。

我和莫托也不揭穿他，任他胡扯。

但是不管我灌了他多少酒，他喝得多么烂醉如泥，都始终没有透露我们遇到的那个怪物到底是什么，以及那个白袍人的身份。

只是有一次，他实在喝得太多了，模模糊糊说了一句，上次格老他们遇到怪物后，之所以能够全身而退，就是因为遇到了这个白袍少年。

有时候，我走到江边，看着浩浩荡荡的大水，以及远处层层叠叠的大山，回想着那个白袍少年，希望能够遇到他，问问他到底是不是当年救我的那个人。

他当年留下的“二十年后”，那句话到底是什么意思？

还有，我当年到底是被谁种下的憋宝？那憋宝又是怎么回事？

这事情也许会成为一个永远的谜了。

第五章　乌苏里江捕捉水怪

日子一天天过去，很快，冬天到了。

东北的冬天，没啥好说的，就是冷！

没有经历过东北寒冬的人，根本无法想象东北能冷到什么程度，那空气都被冻住了。早晨起来，玻璃上结了一层厚厚的冰花，用手去按，手指头弄不好会被粘住。

母亲也给我寄来了冬衣。在这边活儿少，运动量少，我都胖了十几斤，原来的棉衣有些穿不进去了。

天一冷起来，就要过年了。

我们这儿交通不便利，雪下得也大，我想了想，就给家里打了个电话，说今年春节不回家过了，在这边挺好，又用手机拍了一些当地的照片，用彩信发了过去，让她放心。

对于咱们中国人说，过春节可是件大事，我就一个人，周围的街坊都看不过去。

高站长左右放不下，一定要让我去他们家过年，老教师、朝鲜夫妻也都拉着我去他们家过年，连那个老光棍都叫了我好几次，说他那边弄了小半桶高粱酒，高价买了半拉猪头，那猪头肉下酒，再美不过了，让我跟他去过年得了！

逢年过节，水利站发了不少东西，米面豆油，还有半拉猪屁股，莫托也像老鼠搬家一样，成天往这里搬运东西。现在天冷了，那打来的野鸡、野兔，往雪里一埋，就冻得硬邦邦的，也坏不了。

朝鲜老夫妻又给我送了不少朝鲜冷面，老光棍送了我半盆猪皮冻，老教师送了我一大摞煎饼，水利站很快就堆满了吃的。

有了那么多丰盛的食物，加上上次在莫托家不愉快的经历，我就大手一挥，决定了今年春节哪里都不去，干脆就自己在水利站过年！

让我没想到的是，莫托也愿意在水利站陪我过年。我开始还觉得不好，后来想想他们家的情况，也没有多反对，就说只要他家里没意见，我也乐得有个人陪我。

果然，莫托回家说了说，他父亲也没说什么，只是让我们注意安全，别大年三十放炮时失了火，其他的就没说什么了。

倒是莫托非常兴奋，跟我去镇上赶集，早早贴上了对联，蒸好了馒头，又买了不少烟花爆竹，带着一堆孩子在雪地里疯玩，看着还像个长不大的孩子。

在山西的时候，我们那边过年虽然热闹，但是更多的是礼节性的，不像东北这边那么热闹，杀猪、洗澡、放鞭炮，天干冷干冷的，人们嘻嘻哈哈，热热闹闹。

快过年时，那对朝鲜夫妻家的大姑娘也回来了，人确实白白嫩嫩，热情开朗，就是年龄太大了，至少要大我二十岁。

她也确实热情奔放，明明年龄不小了，却还表现得像一个小姑娘，整天往我这边跑。

莫托很讨厌她，对她说话总是阴阳怪气的，让她待不了多久，就赶紧回去了。

与我们形成鲜明对比的是，莫托家并没有贴对联，甚至也没有放鞭炮，别人家门前都是炸裂的鞭炮，红红火火，落了满地红，他们家全是干干净净的，还是一片白雪。

我开始以为他们家没有买对联和鞭炮，让莫托给他们送过去一些，莫托却说，他们家就是这样，从来都不贴对联，也不放鞭炮。我开始以为这是他们民族的古怪风俗，后来莫托却说，是他母亲怕吵。

当时还想着，抽个时间还是要问问莫托他母亲的事情，我们打猎时遇到的那个蛇人是不是跟她有些关系，以及那个神秘的地窖，但是过年时事多，忙着忙着也就忘了。

过年那几天，大家都清闲起来，莫托在家里一会儿都待不住，成天往我这里跑。

偶尔莫日根来叫他，看见他在这里兴高采烈的，也就叹口气，摆摆手走了，我叫都叫不住。

乌苏里江每年有四个月是结冰期，河面结着厚厚的冰，上面能开汽车，孩子们在冰上打陀螺，玩狗拉爬犁，还有玩凿冰捉鱼的，玩冰雕的，大江上站满了人。

莫托戴着狗皮帽子，眉毛上都结了一层白霜，像个圣诞老人，搓着手说，这里人太多了，等有了时间，可以去黑瞎子岛那边凿冰捉鱼，那边有大鱼群，一网下去就是几十斤鱼。

说是去凿冰捉鱼，但是一直都没时间，乡里乡亲的，大家轮流叫我喝酒，整天喝得醉醺醺的，一口气睡到下午。

就这么，过完十五，就到了三月，大家全都摩拳擦掌，整个村子都沉浸在一股异常的亢奋中，准备着乌苏里江开江，捕捉开江鱼。

对于乌苏里江的人们来说，这可是一年中最重要的大事。

每年四月中下旬，乌苏里江上厚厚的冰壳渐渐融化，在江面上形成冰排，从上游浩浩荡荡顺流而下，仿佛千军万马过境一般，非常壮观。

往往是在深更半夜，就听见轰隆一声巨响，像是大江里引爆了一个炸弹，接着是像许多架轰炸机对着大江轰炸，轰轰隆隆，整条江全都炸开了。

我和莫托也做好了准备，早早准备了渔网、鱼叉，军大衣全都挂在墙上，莫托也开始住在水利站，两个人随时准备出发。

就这么熬了一个礼拜，终于有一天半夜，就听见轰隆一声，像是有炸弹猛然在大江上炸开了，我和莫托一跃而起，披上军大衣，拿着手电筒就往大江边上跑。

那一天，正好是十五，一轮圆月挂在天上，明晃晃的，照得地上的积雪亮堂堂的，连地上的落叶都看得清清楚楚。

我和莫托深一脚、浅一脚，赶紧往江边赶，远远看去，那江面仿佛炸开了一般，那咆哮的江水里夹带着冰排，从上游咆哮着冲了过来，狠狠撞在下游的冰块上，有的冲到了大冰块上，堆成了一座座冰山，冰山和冰山剧烈碰撞在一起，在江水中激起了更大的风浪。

我哪里见过这种壮观的开江场面，激动地站在那里，冻得满脸通红，也顾不得捂，就在那儿瞪着眼看着这一幕。

莫托在旁边也冻得嘶嘶哈哈的，边跺脚，边给我说："终于开江了，等这些大冰块裂开了，水底下的鱼也跟着出来了。这些鱼饿了一冬天，啥也没吃，肚子里的油都耗干了，那肉也结实，不肥也不烂，炖着吃尤其好！"

他说："这开江鱼叫作'四大鲜'，只有在开江那几天吃才好，过了那几天，鱼开始吃食，那肉就柴了，不好吃了。在古代的时候，皇上都要带着妃子来吃这头一道开江鱼呢！"

我问他："那开江鱼咋吃？"

莫托说："咋吃？那可多啦！你看哈，那江边有一个木头房子，那是我们家的，等天亮了，咱们就过去，在旁边钓鱼，那鱼在水底下都饿疯了，逮啥吃啥。咱们钓鱼的时候啊，就在小木屋里坐上炉子，弄一个大铁锅，放上黄酱，等咱们钓到鱼，直接开膛破肚，给扔到酱锅里炖着吃，那味道，别提有多美啦！"

听他这么一说，我也来了精神，说："那得拿几瓶酒过去，这鲜鱼还得配美酒，越喝越有味道！"

又说了几句，那大江边上，大风呜呜刮着，冻得我们眼泪鼻涕往下流，我们坚持了一会儿，实在坚持不住了，转身就要回去。

就在这个时候，那大江上突然就亮起了两盏红灯笼，红幽幽的，在江边飘飘荡荡，看起来分外诡异。

我吓了一跳，说："咳，这大晚上的，怎么还有人下水？"

说完后，我也觉得有些不对劲，这大江里全都是一米多厚的大米壳子，还有好多小屋子那么大的冰山，上面全是刀子一样锋利的冰碴子，别说下水，就算是被那冰山刮一下，都得皮开肉绽的，怎么可能有人下水呢？

这时候，莫托在旁边低声说了一句："小白哥，那可能不是灯笼……"

我问："那是啥？"

莫托说："是啥玩意儿的眼睛。"

我吓了一跳，仔细看看他，发现他的表情很严肃，一脸恐惧地看着江面，并不像是在开玩笑。

我赶紧问他："啥？啥眼睛？"

莫托说："我听人说过，有些水底下的东西，很少出来，所以眼睛都是血红色的，远远看着，就跟两盏红灯笼一样。"

我不敢相信，说："这怎么可能啊？！要是啥玩意儿的眼睛能有灯笼那么大，那它得有多大？！"

说到这里，猛然想起高站长说的当年黑瞎子岛的事情，他怀疑苏联人并不是为了和中国人抢地盘，而像是在攻击江水下的东西。

还有，那个卡车上严密保护的坦克，为啥有人看了一眼就要自杀，是不是都和乌苏里江里的水怪有关系？

这么说，那两盏红灯笼真的是水怪的两只眼睛？！

突然有些紧张，有些后悔没有按照高站长叮嘱我的，去江边要带枪，以及晚上千万不要去江边，万一那真是一个怪物，就冲那个头儿，我俩估计还不够给它塞牙缝的。

我不敢相信，也不敢全信，睁着眼睛往那红灯笼处看去，就看见那灯笼在水中摇曳，慢慢向江心荡去，还真看不出来到底是个啥玩意儿。

就在这时候，就听见梆梆两声响，一个粗犷的声音吼了起来：

"号角吹起我心头恨，我连把安王反贼骂几声。

想当年我常到边庭走，哪个闻名不心惊？

这几年我未到边庭地，尔好比那砖头瓦块可都敢成了精！

想当年破天门一百单八阵，走马又捎带了洪州城。

此一番到了辽东地，管叫尔不杀不战自收兵。”

莫托听不懂这是什么，我却听明白了，这是正正经经的河南梆子，经典的豫剧《穆桂英挂帅》，以前在家的时候，我爷爷特别爱听这段，那话匣子里反复放，自己时不时地还哼唧那么一段，我听得耳朵眼里都起了茧子。

我忙跟莫托说：“那不是怪物，是人！这人还会唱河南梆子，嘿，唱得还不错！”

没想到，莫托却更加紧张了，说：“小白哥，现在可是开江，那江水里到处都是大冰坨，他怎么能把船开到江里？”

我看了看他，他也看着我，眼睛里全都是话。

我一下子就明白了他的意思，在这种情况下，根本不可能有活人能将船开到江心，除非，那是个死人……

我瞪大了眼，看着莫托，他摇了摇头，没有说什么，只是朝着大江做了个手势。

想了半天，我才明白他的意思，他是说，这个唱河南梆子的人，根本就不是人，他就是曾经死在大江里的水鬼。

刚想问他点啥，莫托却给我做了一个噤声的手势，我才想起在江边又是在深夜里，很忌讳说这些。

看看黑黝黝的江面，听着远处不断传来的咔嚓咔嚓的声音，我也有些害怕，莫托缩了缩脖子，没有再说什么，拉着我急匆匆地走了。

走出去很远后，再回过头去，发现那两盏红灯笼已经不知道啥时候熄灭了，冷风吹在干枯的树枝上呜呜作响，再回想起那个粗犷的嗓音，让我心里咯噔一下，不知道那到底是人还是鬼。

回到水利站，我们两个又冷又困，也没再说什么，只是在炉子里添了几把柴火，把火炕烧得暖烘烘的，倒头便睡，一口气睡到上午，直到被一阵砰砰砰的敲门声给震醒了。

打开门，外面就露出了一张贼兮兮的老脸，他一把推开门，大步走进来，使劲一掀被子，露出来了莫托半个身子。

莫托揉揉眼，爬起来，头发像个鸟窝，迷迷瞪瞪地说：“毕叔，你干啥呀？”

老毕摆摆手，说：“没事，没事！我看小白那么晚还没起床，以为屋里藏了一个大姑娘呢，运动有些过量，谁承想是你们俩！”

我见他越说越没谱，赶紧给他冲了杯茉莉花，问他大清早……呃，大上午……来干啥。

老毕笑眯眯地说：“这不是开江了嘛！昨天晚上我听着开江了，心里就想，我的妈，这小白和小莫准会闲不住，得去捉鱼！这江水又深又冷，加上那大冰块又多，万一有个什么闪失，那可不好玩啦！我是左想右想睡不着啊，想了又想，才决定过来看看，给你们两个指点指点嘛！”

我一听就知道，这只老狐狸想把我和莫托当小工，想支使我们下水，自己在上面坐收渔翁之利呢！

莫托是个实心眼，说：“毕叔，这江水那么冷，你那条伤腿还没好利索，能下水吗？！”

老毕含含糊糊地答应着：“这个嘛……以毕老师的身手，下还是能下得的！不过嘛……”

听他这么一说，我马上截过他的话头：“哎呀，毕叔，你想得太周到啦！我刚才也想了，我嘛，没在大江里游过。小莫吧，水性还不错，可是还是太年轻！这年轻人嘛，嘴上没毛，办事不牢，靠不住，所以还得靠您来指点！”

老毕连连点头：“有道理，有道理！”

我转头跟莫托说：“小莫啊，你赶紧的，把你那套防水服拿出来！”

莫托不明白了：“拿那个干啥？”

我说：“咳，这不是专家毕老师来了嘛！毕老师这是啥级别，还用得着你下水？！赶紧给他换上，待会儿咱们俩啥也不用干，就直接在岸上捡鱼就成啦！”

老毕听我这么一说，一下子急了，张嘴要说什么，被我抢先开口，说：“毕老师，您放心，我们保证不拖您的后腿！我们俩啊，决定连一滴水都不沾，全都在岸上给您做后勤，确保您没有任何后顾之忧！”

莫托也傻乎乎地跟着说：“毕叔你放心，我俩就在上面捡柴火，保证给鱼炖得烂乎的！”

老毕没办法，把半张脸都埋进了茶碗里，气得脸都红了，在那咕咚咕咚喝着水，还要硬撑着面子，说：“好说！好说！这还不是手到擒来的事情！”

我在一旁偷着乐，指挥着莫托：“赶紧的啊，有毕老师这种专家在，咱们还等啥？赶紧拎着炉子去乌苏里江捡鱼去啊！”

老毕黑着脸，一声不吭，一瘸一拐地朝着江边走，也不让莫托搀扶。

我故意逗他，说：“嘿，莫托，你可别拖毕老师后腿啊！赶紧的，帮我拎炉子啊！待会儿再捡一些松树枝，我给你弄一个松木烤鱼！”

说话间，我们三人就来到了乌苏里江边上，那江边早就挤满了人，有人拿着渔网，有人拿着鱼叉，还有人拿着竹筐，都眼巴巴地守在江边，等着捕捉开江鱼。

我急着下去，却被莫托一把拉住了，他神色严肃地看着江边，说：“小白哥，昨天那个人像是要去黑瞎子岛！”

“黑瞎子岛？啥黑瞎子岛？”我有些不明白。

莫托急了：“你忘了？就昨天那个人！唱河南梆子的那个！”

我才想起昨天晚上的事情，左右看看，昨天晚上那个鬼眼一般的灯笼，好像还真是去的那个方向。

昨天晚上天太黑，我也没有仔细看，现在看来，那大江上全堆着小屋子般大的巨大冰凌，像小岛一般，浮浮沉沉的，顺着水流冲下来，不断与其他冰岛撞在一起，撞得冰山炸开，冰碴四溅，看起来非常过瘾。

冰山和冰山不停撞击着，发出轰隆隆的响声，两个人面对面说话，都几乎听不见，我大声朝着莫托吼着：“昨天晚上也是这样吗？”

莫托也朝我吼着：“昨天晚上更危险！那时候冰壳刚破开，船在水里走，一不小心，就被夹在冰壳子里，给活活挤死啦！”

我吼着：“那他不是找死吗？！”

莫托赞同：“他必须找死！”

说完后，他停顿了一下，说：“倒是还有一种可能。”

我问：“啥可能？”

他说了一句什么，但是声音太小，我没听见。

我又问了他一遍，他的声音还是不大，像是怕别人听见。

我也失去了耐性，朝他挥挥手，说：“去他娘的吧，不管他了，咱们先下去捉鱼再说！”

下到江边，莫托把那个小木屋打开了，里面不知道多久没住人了，一股子霉味，更可怕的是，床头还挂着一条大蛇皮，足足有胳膊那么粗。

莫托却不以为意，把蛇皮挑了下来，简单打扫了一下，迅速支起了炉子，红彤彤的炉火一烧起来，屋子里立刻暖和了。

我问莫托：“怎么个情况？啥时候开整啊！”

莫托说：“不急，等这波大冰凌过去，不然船一下子就给撞翻啦！”

这一次来得太急，没顾得上吃饭，我从床底下翻出来半袋子冻得硬邦邦的土豆，弄了几个在炉子上烤烤，抹上一点儿大酱，味道还不错。

老毕在旁边袖着手，冷冷地看着我们，对我们两个充耳不闻，脸色冷酷得堪比冰河。

我赶紧讨好他，说：“毕老师，来一个烤土豆呗！”

老毕鼻子里冷哼一声，厌弃地看着土豆。

我故意说：“哎呀，毕老师估计看不上咱们这土豆呢，等着吃鱼呢！怎么着？咱们赶紧恭请毕老师亲自下水捉鱼吧！你看，莫托这边的炉子都支起来了，铁锅也有，就等着炖你的铁锅开江鱼呢！”

老毕冷哼一声，不为所动，眼睛看着蓝天。

莫托在一旁傻笑，啥也不说。

我摊开手，说：“那没办法啦！莫托，走吧，毕老师今天身体有了点儿‘贵恙’，八成是吃不动鱼啦，还是咱们两个去捉鱼吃鱼吧！”

转身刚要走，就被老毕一把拽住了，问：“你说啥？待会儿谁下水？”

我说：“那必须是莫托啊！”

老毕说：“哦，哦，不是我啊！”

我说：“啊？毕老师你原来想下水啊！那好啊，莫托，赶紧回来，换毕老师顶上！”

毕老师连连摆手：“算了，算了！毛主席都说过，这个世界是我们的，也是你们的，但是归根到底是你们的。主席同志都不敢跟你们抢，我还跟你们抢啥！”

我说：“毕老师，您千万别谦虚！我看您是老当益壮，壮得像头牦牛啦！”

老毕连连谦让，说：“不行，不行，冲锋陷阵还是你们年轻人上，我就管好后厨就行啦！待会儿，我给你们露一手，‘贴大饼子熬小鱼，关东一绝’！”

既然不用下水，他的心情就好多了，在那哼着小曲，摇头晃脑地跟我们讲起来：“你们两个小兔崽子，知道啥叫开江鱼吗？！就知道吃，你们两个，跟猪就没啥区别！”

我顺嘴胡说：“毕老师，不要歧视猪！猪也是咱们无产阶级大家庭中的重要一员！”

老毕气得直哼哼，在那点了一根纸烟，舒舒服服地抽了一口，说：“哼，在咱们寨子，心眼最多最坏的就数你董小白了！小莫啊，你可得长点心，可别被小白这坏小子给你带沟里去喽！”

我一把抢过他的烟，自己拿了一根，丢给莫托一根，在炉子上点着了，说：“毕老师，您这是对我的无情污蔑！我这个人啊，没啥别的优点，就是诚恳、善良，表里如一，打小我就是个老实孩子！”

老毕挥挥手：“去去去！再说你还成了三好学生呢！”

我一下子蹦下床，唰地给他敬了个少先队队礼：“毕老师，我还是三道杠呢！”

这时候，外面一阵闹哄，大冰块终于过去得差不多了，大家划船的划船，下网的下网，都准备捞鱼了。

我也懒得跟他斗嘴，赶紧叫着莫托：“同学们，属于我们的时候到了，不怕死的跟我往前冲啊！”

我们两个一马当先，头上顶了个汽车轮胎，一口气冲到了最前面。

老毕瘸着腿跟了出去，大声喊着："别光整大的，小的也行！小的可以熬饼子啊！"

轮胎很沉，我们两个憋得脸通红，一口气冲到了江边，已经有人抢在我们前头下水了，回头看看，河滩上还有许多人往这里冲。

掏出一瓶白酒，咬牙灌了一大口，就觉得一股火油顺着喉管烧了起来，浑身都燥热了，我把酒瓶子丢给莫托，让他也喝了一口，就准备下水了。

莫托给我示范，把汽车轮胎放水里，在上面卡住一个大盆，人坐在盆里，捡两块木板当船桨，就可以当成皮筏子划着走。

这时候，江上已经平静了，大冰山已过，只有一些小冰碴子在水里沉沉浮浮的，构不成啥危胁。江上风挺大，波浪起伏，皮筏子顺着水波摇摇晃晃。

小心地坐上去，试着划了几下，却老是掌握不了平衡，差点儿栽倒在水里，赶紧用手扒拉了一下，江水冰冷又刺骨，热辣辣的，像握着一块冰在火上烤。

莫托见我这边摇摇欲坠，赶紧让我先上岸，他一个人就能在江里下网，我在江边捡鱼就行。

他下的网是一个网格状的丝网，十几米长，一二尺宽，上面绑着浮漂，下面坠着铅坠，渔网是用丝线织成的大网格，游鱼从江上游过，一头扎到网格里，就会卡住鱼鳃，挂在网上了。

我在岸上划着挂网的一头，莫托牵着另外一头，边往里划，边慢慢下网，挂网稳稳地下进了水里，几乎是刚一进水，网上的浮漂就猛烈颤动起来，明显是有鱼了。

我兴奋地喊起来："快回来！有鱼啦！"

莫托却不理我，像是没有看见一般，继续往江里下网，说这几条鱼算什么，还值得专门收一次?

我把挂网这一头压在了江边的大石头下，自己小心翼翼地撑着皮筏子下了水，好容易划到了挂网中间，就看见那挂网像是害了痢疾，从头到尾都在剧烈颤抖着。

深深吸了一口气，将挂网轻轻抬起来，网还没拉起来，我就感受到了鱼儿在水底下砰砰地跳跃，等到丝网拉出来小半截，就看见丝网上挂了七八条鱼，几乎都是一两斤的，脑袋卡在了网眼里，尾巴拼命甩动。

我的心怦怦直跳，小心翼翼地靠过去，两只手握住鱼身，把一条鲤鱼从网眼里取出来。那条鱼很老实，一动也不动，尾巴是赤红色的，金翅金鳞，非常好看。

我兴奋地举着给莫托看了一下，赶紧放进皮筏子上的木桶里，鱼一下子活泼起来，在木桶里砰砰乱跳，让我兴奋得几乎要叫起来了。

莫托也远远地给我竖起大拇指，示意我赶紧取鱼，这会儿过鱼，等这波鱼群过去，就不好捉了。

他说得不错，这江里的鱼群似乎疯了，一波一波猛烈撞在网上，把挂网撞得东倒西歪的，让人根本应接不暇。

几乎是刚把挂网放下，新一波鱼群就撞到了网上，活蹦乱跳着，冰冷的江水劈头打在我头上、身上，我也不觉得冷。

捉了几条鱼，我的速度就加快了，开始顺着丝网挨个捉鱼，有时候手一滑，鱼儿重新掉到江里，也顾不得了。

很快，半米多高的木桶就装满了鱼，我赶紧把皮筏子划到岸边，岸上全是人，有人用抄网网鱼，有人用鱼叉叉鱼，甚至还有人用箩筐在江水里捞鱼。

抱着木桶，我扯着嗓子喊老毕，喊了半天，老毕才乐颠颠地跑过来，掀开木桶看了一眼，就兴奋地叫了起来，抱着木桶就要走，被我一把拽住。

没办法，我只好把鱼倒在河滩上，不管那一堆活蹦乱跳的大鱼，也不管老毕着急地大喊大叫，赶紧拎着木桶回去装鱼。

莫托又扯着网，连续换了几个地方，又迎来了一波波大鱼潮。

又装了差不多两桶大鱼，那鱼群才慢慢过去了，往往过了几分钟，才有一条鱼撞到网上，鱼的个头儿也小了不少，好多时候会从网眼里漏过去。

忙完这些，也到了中午，捉鱼的人群也渐渐散去了，莫托也放弃了，和我一起把渔网收了回去。

折腾了一上午，我们两个浑身都湿透了，把渔网收回来后，才觉得又冷又累，身上软得像一摊烂泥。

喝了口酒，暖了暖身子，我和莫托根本没有力气把皮筏子搬回去，只好把它们绑在岸边，慢慢地往小木屋处走。

俗话说得好，好吃的人都好做，老毕这人虽然不着调，但是做菜确实是一把好手，他早就烧热了土炕，煮了一锅热茶，招呼我们两个洗洗手脚，赶紧上炕，剩下的就瞧他的好啦！

我们来之前，他就剥好了一辫子蒜，在铁锅底下铺了厚厚一层，白生生的，又倒了半瓶烧刀子酒，加上了半锅清冽的江水。大蒜是去腥的，烧刀子是入味的，江水炖鱼，那是乌苏里江一绝。

他选了几条最鲜活的鱼，开肠破肚，简单冲洗了一下，大刀划开，放进锅里，大锅猛炖。

剩下的鱼，他串成了一串，吊在了屋檐下，冻得硬邦邦，能当棍子用。

收拾好这些，他在火炉边架上了几个地瓜，烤得焦香扑鼻，又炸了一盘花生米，开了瓶酒，在炕上支了一张小桌子，全摆了上去，盘着腿在那和我们喝酒，边喝酒，边给我们大讲天南海北的美食，说得口水飞溅，口若悬河。

寒冬腊月，北风呼啸，一阵紧过一阵，吹得双层窗户嗡嗡作响，白霜簌簌地往下掉。

黄昏时，天上又下起了鹅毛大雪，大雪纷纷扬扬，地上很快白了，明晃晃的。屋里烧着炕，红泥炉上咕咕嘟嘟炖着鱼，空气中弥漫着鱼香、地瓜香、酒香，热乎乎，暖烘烘，香喷喷，别提多美了。

一杯酒下肚，老毕喝美了，摇头晃脑地说："哎呀妈呀，这开江又大雪，真是美啊！那古诗里怎么说的？'绿蚁新焙酒，红泥小火炉。晚来天欲雪，能饮一杯无'？"

我剥了一个花生，填嘴里，说："毕老师，你这诗不对啊！"

他眼一横："咋就不对啦？"

我说："人家这首诗是咋说的？'晚来天欲雪，能饮一杯无？'，这是劝别人喝酒的。这你倒是好了，自己小嘴吱溜一下，一杯就没了，这哪是劝人喝啊，这明显是抢酒喝！"

老毕摆摆手："去去去！别给我瞎捣乱！我是发现了，咱们整个屯子，就你小子最坏！打从你来了咱们村子，那鸡都不下蛋啦！"

我继续逗他："毕老师，那鸡不下蛋没事，那鸭子还下蛋呢！你给我们说说，那咸鸭蛋怎么腌才好吃啊！"

老毕气得浑身颤抖，不理我了，在那捅了半天炉子，过了好一会儿，才没话找话说："这时候，谁还吃咸鸭蛋？！现在啊，可着这条乌苏里江，就没有人不吃一口开江鱼的！"

我顺口问他："毕老师，为啥咱们乌苏里江的开江鱼最好吃，你给俺们说道说道呗！"

老毕一下子来了精神，他点了根烟，盘着腿，给我们大谈起来："这说起开江鱼啊，那得数咱们东三省！东三省嘛，主要看松江、嫩江，还有咱们乌苏里江！尤其是咱们乌苏里江，挨着中俄边界，没污染，没过度捕捞，大鱼最多！

"所以每年四月一到，大家都早早地来江边等着，就是为了等开江，吃到一口鲜鱼！我跟你们说，不光是咱们平头老百姓，在古时候，那可是连皇帝都要御驾亲征（我在旁边指出是'御驾亲临'，被他狠狠瞪了一眼）……那个亲临咱们这儿，就是为了吃一口咱们这里的开江鱼！"

莫托插嘴问："那皇帝还来过咱们这儿？"

老毕一脸不屑："咋没有？！你这个傻小子也不想想，这开江鱼最好的地方，不就是咱们这儿！"

"咱们乌苏里江吧，第一是山好水好，山清水秀，没人闹腾，鱼虾才长得肥；第二就是咱们这边天冷，鱼在江底下熬了一冬天，基本上不吃也不动，肚子里很干净；第三就是咱们这里炖鱼，是用江水直接炖，'江水煮江鱼'，讲究吃个原汁原味；第四嘛，就是鱼的种类多，号称三花、五罗、七十二杂鱼，那可是大大地有名气！"

莫托听得痴了，崇拜地说："毕老师，这三花五罗是个啥玩意儿？你给俺们说道说道呗！"

毕老师来了精神，让我让出火炕首席的位置，自己端坐炕头，给我们上了一课。

老毕这个人，打了大半辈子光棍，平时成天笑嘻嘻的，除了寻找他师父外，别的啥兴趣没有，就是好吃。

就这个好吃的习惯，也是跟他那个疯疯癫癫的师父学的。

说来也挺神，老毕那个师父，领着一个半大小孩，牵着一只小猴，走南闯北，浪迹天涯，一路憋宝盗墓，过手的银钱无数，也都随手花掉了，日子虽然落魄，却也洒脱，唯独在吃上非常讲究。

据说，老人家不仅会吃，爱吃，还特别讲究吃时令美食，每年都要掐算着时间，到了美食下来的日子，就天南海北地赶过去，绝不会误了那一口。

他吃东西可有讲究，开春去成都吃鲜笋红烧肉，清明去江阴扬中吃河豚，盛夏在苏州吃糟鹅，在杭州吃西湖醋鱼、喝黄酒，中秋去阳澄湖莲花岛吃最肥美的大闸蟹，去汕头吃对虾，去呼伦贝尔吃手抓羊肉（这羊肉只煮十五分钟，一刀下去，还往外流血，肥嫩无比），等天开始下雪，就去大兴安岭吃狍子（他吃狍子只吃狍子筋，说那才是天下至尊的美味），去哈尔滨吃杀猪菜，去福州吃佛跳墙！

用老头子的话说，人生不过百，何必瞎折腾，年轻人，想开点儿，大山大水多看看，山珍海味多尝尝，人生在世，别想不开，不要留啥遗憾！

据老毕说，他师父就是有一次来乌苏里江吃开江鱼，给他露了一手贴大饼子熬小鱼的绝活，给他吃得心服口服，才服服帖帖跟他走的。

他当年就问过师父，为啥这乌苏里江的开江鱼那么好吃，老头子就给他讲了一番，重点就是这鱼。

大家都知道，咱们乌苏里江号称"三花、五罗、十八子"，其实这些鱼到底是啥玩意儿，你就是问水产专家，都不一定能知道。

这三花，就是鳌花、鳊花、鲫花。鳌花，就是鳜鱼，这玩意儿南方也有，不过长不大，二三斤算大个的，咱们东北这边都要长到十斤以上。这玩意儿一般是清蒸，也有跟松子一起弄的，山珍加江鲜，叫“松子鳌花”，也是大名鼎鼎。

鳊花有点像武昌鱼，扁扁的，这鱼长不大，也就一斤左右，看着小，其实这鱼最肥，不过吃着不腻。那鳊花炖汤最下奶，比老母鸡汤还管用。

鲫花其实就是咱们说的鲫瓜子，哪里都有，不过咱们这里是江鲫鱼，又肥又大，白亮亮的，跟银子一样，而且比一般鲫鱼大得多。鲫鱼是越大越好吃，鲫花能长到五斤重，肉鲜汤清，清炖、红烧、烧汤都行！

咱们再说说这个五罗。五罗分别是“哲罗”“法罗”“雅罗”“胡罗”“铜罗”。

五罗里哲罗最大，这玩意儿能长到五六十斤、上百斤，爱吃鱼，性子猛。据说新疆也有这种鱼，比咱们这边要大得多，能长到二十米，一口能吞下去一匹马！

这种鱼大是大，鱼肉却细，以前咱们黑龙江这边，就喜欢用哲罗肉包饺子，比鲅鱼馅还好吃！烩鱼片、烧鱼块、汆丸子，也不错。

发罗也算大型鱼，不比哲罗小，十来斤的样子。这发罗和鳊花差不多，肉肥，适合吊汤，咱们一般做成酸辣口，喝多了后喝一碗，养胃又鲜美，好醒酒。

“雅罗”“胡罗”“铜罗”都不大，一两斤重吧，做酱焖、香酥都好，这三种鱼外地吃不到，只能在咱们黑龙江、乌苏里江边上才能吃到。

听他这么一说，我也对这开江鱼更加向往了，莫托更是听得直咽口水。

我问：“那十八子又是啥？”

老毕说，这十八子，只能说是传说了，就是江里的小杂鱼，个头儿都不大。也有人说，不止十八种，还有其他种类的。反正说啥的都有，没有一个定论。

这十八子，包括咱们经常吃的柳根子（拉氏鲅）、船丁子（蛇鮈）、岛子、鲤拐子（小鲤鱼）、草根棒子（小青鱼）、七里浮子（鲟鱼）、牛尾巴子（乌苏里鮠）、嘎牙子（黄鱼桑）、鲇鱼球子（咱们东北有句话，叫作鲇鱼炖茄子，撑死老爷子）、鲢子（白鲢）。

老毕最后说：“咱们乌苏里江的鱼多啊！除了咱们常说的三花五罗十八子，还有好多名贵鱼种，像鳇鱼、大马哈鱼，还有重唇鱼、怀头鲇，都是一顶一的好鱼，在古代都是要进贡给皇帝吃的！”

他咂巴着嘴，眯着眼回味着：“以前跟着师父，那好东西真是吃得没数！那冰河一开，师父就指挥着我去捉鱼，那鱼在水底下都闷疯了，啥也不怕，跟喷泉一样往外喷，人只要用网往外捞就行，捞出来就倒在冰上，天冷，小鱼蹦跶不了几下，就全冻上了。

“趁着新鲜，赶紧给鱼开膛破肚，在江水里洗净了，油盐都不用放，就在河边整点儿野花椒放里面，整一锅江水，再在铁锅上贴上一层玉米面饼子，用那松木炖开喽！那味道，哎呀呀，能给你吃哭喽！”

还别说，老毕说别的不行，说起来美食，倒还真是头头是道，把我们两个听得抓耳挠腮，恨不得现在就一头扎进冰河，整一大车三花、五罗、七十二杂鱼，让老毕弄着吃。

说完这些，我和莫托还都在回味，肚子饿得咕咕叫，那地瓜、花生米又不管饱，就催着他继续讲讲这时候还有啥好吃的。

他眯着眼想了想：“这时候啊，刚开春，咱们这边天冷，又没有竹笋，能有啥好吃的？哦哦，想起来了，这个时候啊，能跟开江鱼比的，就是老蜂窝烤兔子。”

莫托问：“毕叔，啥是老蜂窝烤兔子啊？”

老毕瞥了他一眼：“老蜂窝烤兔子，你都不知道啊？真是……没文化！小莫托啊，这真不是叔说你，你还真是没文化！”

他扭头问我：“小白，你知道不？”

我随口说：“有啥不知道的，不就是老蜂窝烤兔子嘛！这有啥难的，就是捅几个老蜂窝，然后用蜂蜜烤兔子嘛！”

老毕一拍大腿，说：“老蜂窝烤兔子，正是如此！不过嘛，还是有一点点不同的！”

他说：“在咱们乌苏里江这边，讲究吃个野味。这个老蜂窝烤兔子，讲究的也就是一个‘野’字。这玩意儿不好整，得先找到大山里的老蜂窝，那玩意儿可不容易，吊在老槐树顶上，往往有十几二十米高，那野蜂子也硬得很，这玩意儿毒性大，十几只就能要人命。不过老话说得好，‘富贵险中求，美食舍命夺’，要吃到美食，就得冒险，你们说，是这个道理不？！”

我连连称是，说：“毕老师，那鱼差不多了吧，要不然我先盛一碗，尝尝咸淡！”

老毕一筷子敲在我手上，说：“拿开你的脏手！这锅盖不能动，一掀开就跑味啦！”

他盘着腿，继续讲：“刚才我说到哪儿啦？啊，对，说的老蜂窝烤野兔子！这个，这个老蜂窝呀，不好整，但是这玩意儿要是整下来，好好弄弄，那还真好吃！”

莫托咧开嘴：“叔，你是说吃兔子呢，还是吃马蜂窝啊？”

老毕一副高深莫测的样子：“都吃！”

莫托吃惊了：“那马蜂窝也能吃？！”

老毕一拍桌子：“能啊！太能啦！”

他傲然说：“你们两个小王八犊子是不知道，这老蜂窝可是好东西！你们以为这老蜂窝里只有蜂蜜能吃？狗屁！那能吃的海了去啦！

“我嘛，年轻时跟师父走南闯北，哪儿没去过，有一年我们去秦岭，就吃了一窝老马蜂！”

莫托直撇嘴，说：“毕老师，你这个师父也不容易……连马蜂窝都吃……”

老毕敲了他一个爆栗子，说：“你懂个屁！老实听着！”

他说，在秦岭啊，这个老蜂窝可是当地著名的美食，外人根本不知道，也不可能吃到！也就是我师父，这么神一般的人物，才能每年七八月份赶过去，专门去吃一顿老蜂窝！

秦岭那边，跟咱们东北不一样，他们那边有两种蜂，一种是大黄蜂，一种是大黑蜂。大黄蜂这玩意儿，繁殖快，个头儿大，一只大蜂能长到手指肚儿那么大，还能反复蜇人，十几只大蜂子就能要人命！

秦岭那边，这玩意儿都多得成灾了，老百姓的房前屋后，核桃树、板栗树上，全都是它的蜂窝，像是吊挂的葫芦，一大嘟噜一大嘟噜的。

后来，我师父路过，就告诉他们，别看这蜂子蜇人厉害，其实给这玩意儿弄下来，那蜂窝里的蜂蛹，可是难得的美味！

弄这玩意儿，得在晚上，天一黑，大黄蜂就看不见了，老老实实地趴在窝里不动弹。

这时候，就弄一大把蒿子秆，绑在一根大竹竿上面，点着了，直接堵住蜂窝，那蜂子只要敢出来，就会被燎焦翅膀，掉下来。

等烧得差不多了，就把蜂窝捅下来，刮干净蜂蜜，然后把里面的蜂蛹全都摘下来，洗干净了，用纱布包着，把蜂蛹里的浓汁挤出来，和大白菜一起烧，那浓汁就像豆腐脑一样，结成一小块一小块的，鲜滑可口，滋味爽滑，别提多好吃了！

他眯着眼睛，似乎在回味着那蜂蛹的味道，露出了非常享受的表情。

我和莫托想着那白花花、黄澄澄的蜂蛹，相互苦笑着，几乎都要吐出来了。

我赶紧打断老毕，说：“毕老师，那个啊，你师父的口味确实与众不同，还有你……我觉得，可能我和小莫还太浅薄，目前还接受不了马蜂窝这种东西……要不然，你还是跟我们说说蜂蜜烤兔子的事情吧！”

老毕一副痛心疾首的样子，不住地摇头，说我们两个真心没有口福，就是两个囫囵吞掉人参果的猪八戒！

不过，他最后还是给我们讲了，这蜂蜜烤兔子，倒没有什么特别，主要就是料好，要用新鲜的野蜂蜜，以及三斤重的野兔子。

他师父说，只要这两味主料备好了，就是再矬的厨子，都能给你整出“满汉全席”啦！

这时候，我想起来一个问题，问他：“毕老师，你那个师父到底是做什么的？为啥那么厉害？”

莫托也跟着问：“对，对，还有他找宝贝那个事情，为啥看一看就知道哪里有宝贝？”

老毕这一次不装高人了，挠挠头说：“这个嘛，我师父倒是跟我说过一些。不过那时候我还小，都记不太清楚了。”

我看看有戏，赶紧给莫托使了个眼色，猛拍他的马屁，说毕老师是谁，那就是赵云重生，关云长转世，随随便便给我们指点那么几句，就够我们学习半辈子啦！

老毕这人，经不住夸，几杯小酒一下肚，再夸他这么几句，他早就把自己姓啥都忘了，啥事都敢夸下海口，天上地下，就没有他老毕不敢做的事情！

他说，当年他师父到底是做啥的，这个他确实不知道，也不敢瞎编乱造，他没事时也在琢磨，自己那个疯疯癫癫、神神道道的师父，到底是干啥的呢？

开始的时候，他觉得自己师父应该是个盗墓贼，经常装成打把式卖艺的，耍着猴子，走街串巷，更是经常深入田间地头，跟老头聊天论古，寥寥几句，就了解了当地有没有出过王侯，那古墓大概在什么地方。

他师父行动很快，寻找到地方后，基本上当天就动手，几个小时就挖出来墓道，然后带着他下去，该拿的就拿，不该拿的就放回去，但是贼不走空，好歹都会拿一点儿东西。

后来，他发现有些不对劲了，他师父不仅仅会盗墓，还会“憋”宝贝。

我感慨着：“毕老师，这么看，你师父应该是一个职业找宝贝的！”

老毕也嘿嘿一笑，说：“看起来还真是这样！”

我忍不住又挤对他：“毕老师啊，你师父那么厉害，你为啥啥本事都没学到啊！”

老毕嘴硬，说：“我咋没学到啦？！老子学到的东西多了！那啥玩意儿寻龙点穴、摸金脉、寻玉门、采银矿……我统统没有学会！”

我哈哈大笑：“原来是没有学会啊！我还以为你已经出师了呢，原来啥也没学会啊！”

猛然想起那个白袍少年，正好问问老毕：“毕老师，咱们上次遇到的那个白袍少年，你还记得不？”

莫托也兴奋了，一脸的崇拜：“对，那个白袍小哥，当时那家伙，嗷嗷猛啊！”

老毕没有说话，只是含含糊糊答应了一声。

我问他：“毕老师，那小伙子到底是啥来头，你给俺们说说呗！”

老毕含含糊糊地说："关于那个小伙子吧，倒不是我不愿意跟你们说……"

莫托急了："那是为啥呢？"

老毕说了实话："这个，这个……主要吧，我对他也不大了解……"

我们两个也泄气了，弄了半天，原来他也不知道！

老毕想找回场子，说："不过嘛，我以前也听格老他们说过，这个少年呀，很不简单，后面后台很大，有点儿像以前的白莲教啥的，神神道道的！"

我扑哧一声笑了："还白莲教呢？！他是不是还要反清复明！"

老毕却严肃了，说："你小子还别不信！我跟你说，这可不是说笑，好多玩意儿都跟这个有关系。"

他说，中国当年最牛逼的帮派是啥？《上海滩》你们都看过吧？上海滩最牛逼的是谁？是青帮！红帮！

民国时期，上海滩大流氓头子杜月笙、黄金荣都出自青帮，乃至蒋介石当年进驻上海，都得拜入青帮，希望得到他们的支持。

那青帮上面是啥，就是天地会，天地会在美国的分部老大是谁知道不？那就是孙中山，国父孙中山！

但是，大家可能不知道，所谓的青帮，其实是由一个帮派衍变而来的，那就是漕帮。这个漕帮是什么？其实就是跑船的。所以可想而知，那古代航运的地位是多么显赫。

所以我跟你们说，凡是能流传上千年的帮派，都是和漕帮有关，都和水有关。

这个白袍少年啊，就跟这种类似的帮派有关。

不过呢，他有点儿邪门，我听格老说过，他以前也听说过这种人，穿着一件白袍子，装神弄鬼的，但是手底下的功夫还真管用，别管水底下多大的家伙，他上去唰唰唰，几刀就给劈死了！

我问："除了这个白袍少年，还有其他人吗？"

老毕使劲点点头："有啊！那太有啦！格老今年都七十多岁了，他年轻时在蒙古额尔古纳河边上遇到过水怪，就是被一个白袍少年给救啦！你想想，那都是四五十年前的事情了，难不成那少年还能长生不老了？！"

回想起当年那一幕，再看看那个白袍少年还是那个少年模样，我心里想着，也许他还真的可以长生不老呢？

但是这句话，我并没有说出来。

莫托这时候问："毕老师，你师父那么牛，那他找的怪物到底是个啥玩意儿呢？像你说的，你师父其实是打不过那个怪物的，那他又为啥要去找怪物呢？"

老毕神色严肃地说，虽然他不知道他师父到底是在寻找些什么，但是他有一点可以肯定的是，那个东西一定喜欢在死人多的地方。

像他和师父在淮海战场上遇到那怪物，还有我们在万人坑旁也遇到了它，这应该不是偶然，而是它就喜欢死人多的地方，也许是喜欢尸气，也许是喜欢鬼气，那就不知道了。

说到这里，他坚定地望着窗外，目光炯炯有神，说：“早晚我都会找到那只怪物！给师父报仇！”

我见气氛有些悲壮，赶紧大叫一声：“毕老师，我怎么闻到一股子煳味，别是大鱼干锅了吧？！”

老毕猛然反应过来，说：“不会啊！我放的水不少啊！”

自己忍不住揭开锅盖看了看，那锅里热气腾腾，香味四溢，扇开热气，就看见一条大鱼炖得酥烂，静静地窝在锅里，我们哪还按捺得住，直接将那条大鱼抢出来，风卷残云一般，吃得飞快。

老毕比谁吃得都多，他一面吃，一面还不住地摇头，说这鱼可惜了，还差了一点儿火候！都怪我们两个小兔崽子，啊！

就着热辣辣的白酒，吃饱了鱼，我和莫托摸着肚皮，躺在炕上，一动也不动，啥也不想，就想着在这边凑合一夜得了。

哪知道老毕神色严肃，硬是说江边不能夜宿，死活赶着我们回去。

没办法，我们三个人弄了一个长长的桦树干，把那些冻得梆硬的鱼搭在上面，三个人扛着满满一树鱼回去了。

好在天上虽然下了大雪，不过并没有多大，地上堆了薄薄一层，走起来咯吱咯吱地响，雪亮雪亮的。

凑着亮光，老毕在路上捡了一捆废弃的电缆线，说是这东西回去烧烧，能做出来十几个套子，等他套到了野兔子，请我们去他家吃老蜂窝烤兔子肉去！

这一次，我们捉了上百斤开江鱼，送了老毕一些，又送了左右街坊一些，还剩下了好几十斤。

莫托出了个主意，在水利站的院子里建了一个小型的鱼楼子，里面挂上鱼披子，把鱼切成一大段一大段，用盐腌上，啥时候想吃就吃，倒也方便。

过了几天，我刚从外面回来，就看见莫托风风火火地冲过来，跟我说上面来了个啥中科院的老专家，要来请教我一些大问题！

我最看不得别人抓瞎，就教训他：“你急个啥？！先坐下，慢慢说！天塌下来，还有个儿高的顶着，怕啥？！说，到底是咋回事！”

莫托才说，刚才他在水利站值班，接到了站长的一个电话，说有一个北京下来的专家，专门研究啥鱼类的，要来咱们这边考察，让咱们酌情接待一下。

我想了想，觉得事情有些奇怪，按说这鱼类专家，肯定是要找渔政这边接待，找我一个水利站的干啥？八成是这个老专家事特别多，渔政那边根本不想搭理他，所以才推到了我们这里。

这么一想，我就撇撇嘴，跟莫托说：“小莫，这个事情咱们不能吃哑巴亏！这个老专家啊，一准是个老书呆子！这些老书呆子啊，我在北京见得多了，一个个都以为自己是爱因斯坦在世，说的那些话啊，就没一句是正常人能听懂的！又臭又硬，特别难搞！

“这个事情吧，咱们这么办，你呀，赶紧给渔政司那边打电话，就说咱们就是一个搞水利的，什么鱼啦虾啦的，全部一窍不通，让渔政司那边赶紧派人来，把那个什么老专家老夫子赶紧拎走！”

莫托被我说得脸通红，结结巴巴地想要插嘴，都被我给打断了，大手一挥，说：“对，那就这么办！你还愣着干啥，赶紧去办啊！”

他答应一声，转身就要去打电话，我想起来了一件事情，叫住了他：“对，小莫呀，那个老夫子，他现在在哪儿？”

莫托结结巴巴地说：“小白哥……她，她就在这里……”

“这里？”我吃惊了，“他在哪儿？！”

话音刚落，从水利站走出来一个年轻姑娘，朝我笑了笑，说：“董站长好，我就是那个老夫子……”

抬头一看，我顿时傻了眼，没想到，这鱼类专家并不是一个一本正经的老人，却是一个正正经经的姑娘，还是个很端庄的姑娘！

这姑娘穿着军装，戴着一条红色的围巾，斜背着一个挎包，身材很纤细，小脸红扑扑的，大大方方地看着我。

她抱歉地笑了笑：“要是不方便的话，那我还是去渔政司吧……”

我一下傻住了，这事情可如何是好？

这时候，木疙瘩一般的小莫托插嘴说：“嗯嗯，去渔政司最好！那边对鱼啥的最懂，那我就去打电话啦！”

我一把拽住他，咧嘴朝着姑娘傻笑，说：“误会，这绝对是一个误会！谁说渔政司对大鱼最了解。最了解大鱼的，当然是我们这些始终奔波在大江大河第一线的水利站工作人员啊！

“我看啊，这种事情就不麻烦渔政司了，那边事情也多，还是让我们亲自接待吧！关于鱼类这些，我们水利站其实一直有接触，而且一直冲在第一线，所以你找我们是最对口的！”

莫托有些吃惊，说：“小白哥，你不是说咱们对鱼类这些一窍不通吗？！”

我恨得直咬牙，一把把他拽进了旁边的屋子，低声问他："小莫，你现在有对象吗？"

他说："没有啊……"

我说："你们赫哲族有没有指腹为婚啥的规矩？还是得自己去谈？"

他有些不好意思，挠挠头，说："得自己谈……"

我随手从桌子上弄了本《金刚经》（这个还是那个老光棍忘在这里的，他屡婚不第，百炼成钢，决定修佛了），丢给他："好好读读吧！"

莫托拿起那本书，丈二和尚摸不着头脑，说："小白哥，我看这个干啥？"

拿起书，在他脑袋上敲了一下："我看你这辈子估计也就单着了，还是趁早读点佛经，清心养性吧！"

出去后，年轻的女专家小脸冻得红扑扑的，在外面等着我们，轻轻跺着脚。

我满脸堆笑，赶紧邀请她进来，说外面太冷，工作是国家的，身体可是自己的，要是冻坏了，那可没处报销去！

她进了屋子，做了一个简单的自我介绍，自己姓徐，叫徐雅丽，是中科院水下动物研究员。这次来这里，是专门为了研究乌苏里江的大鱼，希望我们可以提供一些这方面的资料。

我说："哎呀，原来是中科院的专家啊！这么年轻的专家，那真是，失敬，失敬！赶紧，坐，坐啊！莫托，赶紧给专家倒茶呀！您是研究哪方面的呢？"

她两只手捧着茶杯，认真地说："鱼，是大鱼！"

"大鱼？"我傻眼了，看了看莫托，他也是丈二和尚，摸不着头脑。

莫托也问："大鱼？那大鱼不是吃的吗？那有啥好研究的？是研究那大鱼咋吃吗？那这个，最好把毕老师找过来！"

我赶紧拽住这傻小子："闭嘴！先听听专家怎么说！"

徐雅丽说："我们研究的大鱼，其实是指的超大的巨型鱼类，和你们说的大鱼不大一样。"

她放下茶杯，打开了身上背着的挎包，取出来一些资料，拿给我们看，那是一些各种大鱼的照片，照片里还有一些外国人。

她说，在这个世界上，有许多水系，水系里也藏着各种各样的神秘生物，其实最神秘的，就是大鱼了。

根据吉尼斯世界纪录显示，目前世界上最大淡水鱼的纪录保持者是湄公河巨鲇，其次是来自柬埔寨的黄貂鱼，以及来自咱们中国的中华鲟，这些都是可以长到上千斤的巨型大鱼。

但是，咱们都知道，水底下不比陆地，各种水下生物也是非常神秘的，所以这项纪录并不能代表真实情况。也许，在某些水域，还生存着一些我们并不知道的物种，譬如英国著名的尼斯湖水怪、湄公河巨怪，以及咱们中国常提到的喀纳斯湖怪物、天山水怪等。

那么这些所谓的水怪，是不是就是我们未曾发现过的巨型水下生物，也就是大鱼呢？这就没有人知道了。

所以，世界野生动物基金（WWF）和美国国家地理学会共同资助了一项寻找水下巨型生物活动，由来自十七个国家的一百多位科学家组成，其中就包括她。

这些科学家将在全球范围内，对世界最大的水下生物进行研究，以寻求更好的淡水生物保护方法。这项活动从东南亚的湄公河为起点，持续到亚马孙河，并一直到蒙古草原流域，在全球范围内寻找巨型水下生物。

目前，他们已经寻找到的巨型水下生物包括巨鲇、黄貂鱼、雀鳝、鲤鱼、鲑鱼、鲟鱼等，这些大鱼全都是至少两米长、一百公斤以上的淡水鱼。他们在湄公河发现了大量巨型水生物，如湄公河巨鲇，体重甚至可以超过三百公斤。他们甚至发现了一条长达五米、重达五百公斤的黄貂鱼。

我忍不住问："咱们中国地大物博，还能干不过那泰国黑小子？！对，你们在中国发现了啥大鱼？"

她遗憾地摇了摇头，说："我们在中国长江、黄河、松花江都进行了搜寻，找到了一些大型鱼种，像白鳍豚、黑鱼、鲢鱼、青鱼，但是很遗憾，都没有超过三百公斤的。"

我遗憾地张大了嘴，这个不可能吧！我就经常听说咱们乌苏里江捕捉到了大鱼，那一条鱼有大卡车那么大！

徐雅丽说，我们也搜集了一些资料，有人说，他在黑龙江建设兵团服役时，曾经在建三江创业农场门口目睹过一条大鱼！一辆载重四吨重的解放卡车上绑着这条鱼，鱼头绑在了驾驶室上，巨大的鱼尾伸出车厢挡板，还要拖到地上，据说是从乌苏里江捕获的巨鱼。

但是很遗憾，那条巨鱼并没有留下任何影像资料，也没有明确的重量记载，所以并不能作为证据。

此外，还有人说，在沈阳浑河里，有人在干河时挖出来了一条巨型黑鱼。那条鱼实在是太大了，没法运送，后来用一根大木头杆子穿过了鱼鳃，然后找了四个壮小伙，大家伙儿一起用肩膀扛着，大半个身子还在地上拖着，折腾了半天才给弄出去，预计也会有五六百斤。但是也一样，没有留下任何确切的影像资料。

我忍不住说，不是说千岛湖有好多大鱼吗？每一条都有三四米长，在水底下游来游去，在桥上都能看得清清楚楚。

徐雅丽说，因为水的折射问题，看水里的东西，长度至少得减少一半。千岛湖确实有大鱼，但是绝大部分也就是一两米长、体重五六十斤的样子。草鱼长过一米很常见，超过两米的就不多了。长江最大的是白鳍豚，也很难超过三米。

我说，前段时间，我听收音机，说是新疆喀纳斯湖里发现了一个八米多长的大鱼影子吗？那玩意儿怎么也得几千斤了吧？

徐雅丽笑了，说她刚从新疆那边赶过来，当时就是因为这条新闻去的。她调查发现，喀纳斯湖确实有大鱼，当地的大红鱼，能长到一两米长，但是超过八米长的大鱼，确实是没有的。

我问：那那条八米长的大鱼又是怎么回事？

徐雅丽说，我们找到了当事人，重新模拟了当时的情况，唯一可以解释的理由就是，当时有许多条身长一两米的大鱼，在水下追逐、打闹，从远处看过去，就像是一条超巨型大鱼乘风破浪一样……

这时候，莫托问了她一句话："为啥有的鱼能长那么大呢？"

徐雅丽说："大鱼是一种终生生长的生物，它们的寿命又都比较长，像锦鲤的寿命，往往在七十年以上，只要有充足的食物，鱼类终生都在生长，所以理论上讲，多大的水下生物都有可能出现。不光是鱼类，许多水下生物都呈现这种情况。

"龟类和鳄鱼，它们也都是终生生长的生物。刚出壳的幼鳄，仅有20至25厘米长，前34年，它平均每年增长30厘米。4年后，鳄鱼的生长速度逐渐减慢，但是终生都在生长发育，只要气候和食物合适，它早晚会长成一头庞然大物。

"除此以外，恐龙也是这种情况。恐龙是由恐龙蛋孵化出来的，恐龙蛋并不大，只有仅仅50厘米，甚至让人很难相信，那么小的蛋，成年后怎么会长得如此大？其实，恐龙也是一类终生生长的动物，在合适的气候和食物充足的环境下，恐龙就会一步步成长成巨型生物。像湄公河，地处热带，雨水充沛，食物充足，就特别适合巨蟒、大鱼生存。"

我想起小时候遭遇过的那一头巨龟，使劲点了点头。又遗憾地搓着手说：唉，看来咱们还真干不过那个小黑子啦！

没想到，徐雅丽却摇了摇头，说："不一定。"

"不一定？"我问，"有啥不一定的？"

徐雅丽说："我这次之所以来，是因为拿到了一条大鱼的影像资料。如果那张照片是真的，那它就会大大超过湄公河水下巨怪。"

说完，她从挎包中拿出来一个密封的牛皮纸信封，小心翼翼地拿出来一张照片，那是一张黑白色的老照片，背景是在大河边的一块空地上，许多人围在一棵大树下，大树上吊着一艘很大的船。

这是什么东西？我看不懂了。

徐雅丽说："你仔细看看。"

又仔细看看，那确实是一帮人穿着古怪的衣服，围着一艘船载歌载舞，这和大鱼有什么关系。

没想到，莫托却在旁边说了一句："小白哥，那不是船。"

"不是船？不是船那是什么？"

莫托犹豫了一下，说："那是一条鱼……"

"鱼？我大吃一惊，从照片的比例上看，那棵树少说也有二三十米高，那条鱼在树上吊着，尾巴还都垂在了地上，那这条鱼能有多大？！"

但是，徐雅丽也点点头，说："是的，这是一条鱼，一条非常大的鱼！"

接着，她的眼神黯淡了："这条鱼是一个摄影师采风时无意中拍摄到的，当时像是有一些少数民族的人在围着大鱼狂欢，他在拍摄了照片后才知道，他们围的竟然是一条大鱼。

"但是很遗憾，后来我们联系上他之后，他却说自己是跟着当地渔民顺着大河一路直下，在船上随手抓拍的照片，所以他也说不清楚当时到底是在什么地方，又是什么人捕捉了那条大鱼，以及那条大鱼的命运。我们只知道，当时就是在乌苏里江下游，大概就是在这附近。"

莫托却在一旁淡淡地说："那些人是赫哲族人，他们在捕捉到大鱼后，都会全族人过去庆祝，做一个类似的仪式，然后全族人一起吃鱼。"

徐雅丽一副痛心疾首的样子，说："实在是太可惜了，这样大的鱼，应该放生才对！至少，至少也要放进博物馆里！"

莫托却冷冷地说："大鱼对于你们来说，也许是一件珍宝，但是对于我们来说，它只是一种食物而已。那条鱼，我们全族人整整吃了一星期。"

徐雅丽问："那鱼骨呢？鱼骨有没有留下？！"

莫托摇摇头："鱼骨被扔进了大江里。"

徐雅丽眼泪都要掉下来了，还要说什么，我突然想起了一件事情，忙问莫托："莫托，你也是赫哲族，这条大鱼……"

莫托点点头："当时我也在场……"

徐雅丽又一次震惊了，急切地问："你当时在场？！你原来是那个最著名的捕鱼民族，那条大鱼到底是什么鱼，是如何捕捉到的呢？！"

莫托对这个话题有些别扭，他勉强说："是鳇鱼吧。"

徐雅丽舒了一口气，说："我们当时猜测的就是鳇鱼，也只有鳇鱼，在乌苏里江，才能有如此大的体型。根据史料记载，这种鳇鱼在乌苏里江能长到一千斤，在古代都是作为贡品献给皇帝。这种鱼如此之大，只能套着龙头，用大船牵着，从水路运送到京城才行。”

我问她，为啥只有乌苏里江才能有那么大的鳇鱼？

她说：“乌苏里江是中国最北方的大江，这里水又深又冷，有数十米深。因为环境好，地处偏僻，所以没有人工养殖，也没有过度捕捞，乌苏里江大鱼的生命力非常惊人，而且全靠捕猎小鱼为生。

“在乌苏里江，最神秘的就是鳇鱼，这种鱼被誉为‘鱼中之鳇’，全身上下只靠一根脊骨运动，全身无刺，且皆为脆骨，属远古鱼科，水下活化石。它们的体重，轻易就能长到数百斤，甚至直达千斤，也被称为淡水鱼王。”

这时候，她兴奋地问：“对了，你能不能带我到那个捉到鱼的地方看看？”

莫托摇摇头。

她失望了，沮丧地问：“为啥呀？”

莫托别过脸，生硬地说：“我也不知道那是哪儿。”

徐雅丽说：“你不是去过吗，怎么还不知道在哪儿？要不然咱们弄一条小船，顺着乌苏里江走一圈，你仔细辨认一下，到底是在哪儿。”

莫托没理她。

我看莫托的神情有些不对劲，赶紧在旁边打圆场，说：“那个，小莫，你们当年还逮到过那么大的鱼，怎么没听你说起过啊？！对了，那条大鱼是谁捉到的，是你父亲吗？”

徐雅丽也来了兴趣，问：“对，对，是谁捕捉到的这条巨鱼？我能否采访他一下？！”

莫托低着头，硬是从牙缝里挤出来一句：“是我母亲……”

徐雅丽兴奋了：“啊？！原来是伯母！伯母果然是女中豪杰，我能否拜访——”她的话还没说完，我一把捂住她的嘴，硬是给她拖了出去。

徐雅丽拼命挣扎，两条腿踢踢踏踏的，我硬给她拖出去，松开手，她气得脸通红，使劲捶打我，不停地骂我是臭流氓！

我没办法，这种事情又不好说，只好编了个谎，说莫托母亲在一次捕鱼时去世了，所以莫托才会突然落寞起来。

徐雅丽才恍然大悟，表示自己绝对不会再问莫托母亲的事情了！所以她郑重拜托我问一下，那条大鱼到底是在哪里捕捉的，这件事情真的对她非常重要！

我想了想，先岔开话题，等缓和一下气氛再说，就招呼他们：“这个，这个工作事情啊，不急，不急！咱们先吃饭，吃饭！来，尝尝最正宗的乌苏里江开江鱼啊！”

我让莫托爬到鱼楼子上，拣了条上好的青鱼拿下来，大鱼冻得硬邦邦，刀子都砍不动，得用锯子锯开，然后下锅猛炖。

又指挥莫托砍一大块猪屁股，捞点儿酸菜，再放点儿粉条，整个东北的特色菜，东北乱炖，给北京姑娘尝尝。

徐雅丽连连摆手，说这次匆促过来，已经很打扰了，她自己带了干粮，不会麻烦我们，让我们先吃吧，她先出去待一会儿。

外面冰天雪地的，她要往哪里去？我赶紧拉住她，说她大老远过来，怎么也得一起吃个饭，要是她觉得我们的饭菜不合口味，那也没问题，我们两个可以陪她去冰河上吃干粮去！

她扑哧一声笑了，才重新坐下来。

炉子咕咚咕咚地响，屋子里烧着炕，徐雅丽还穿着厚厚的棉衣，围着一条红色围巾，鼻尖上都是汗。

我赶紧招呼她脱掉棉衣，别那么拘谨，先坐，坐下来慢慢说。

莫托也挺高兴，赶紧去鱼楼子上取鱼，准备炖条大鱼，再弄个小鸡炖蘑菇，我则倒了茶，和徐雅丽说话。

徐雅丽这个姑娘很特别，你和她聊家常，她会很害羞，低着头，你问一句，她才答一句，手心里都是汗，像个羞答答的小姑娘。

但是聊起大鱼，她的眼睛就亮了，旁征博引，妙语连珠，说起全国各地的各种大鱼，他们考察水道时的艰辛，显得单纯又可爱。

很快，饭菜就上来了，热气腾腾的，按照以往的习惯，莫托端来了一盘黏豆包、半瓶酒、一盒烟，摆在桌子上，招呼我们过去吃饭。

我看徐雅丽斯斯文文的，以为她肯定很讨厌那种吸烟喝酒的粗人，赶紧咳嗽一声，给莫托使眼色："这个，小莫呀，谁的烟酒怎么忘在咱们这儿了，抽空得给人家送回去啊！"

莫托惊讶地张开了嘴，大得简直能塞得进一头牛，他伸手摸了摸我的额头，说："小白哥，你没发烧啊！"

我拚命给他使眼色："我发啥烧？！我是说，这烟酒不是咱们的，是别人放在咱们这里的，你抽空给人家送回去啊！"

莫托笨得赛过驴子，直接说："不是啊，小白哥，这是咱们的烟酒啊！你忘了，这个还是咱们赊的门口小卖店的，老王头说咱们要是再不给他结钱，他以后就再也不赊给咱们烟酒啦！"

我猛一拍桌子，说："胡说！这种东西怎么会是咱们的，你忘了我滴酒不沾啊！"

莫托更加吃惊了，说："小白哥，你哪顿饭不得整二两！你不是说，有烟有酒才是人生嘛！"

徐雅丽也觉得不对劲，在那偷偷抿着嘴笑。

我骑虎难下，只好硬着头皮对她说："你看看，莫托这个小同志吧，啥都好，就是不能见酒，这没喝就醉了，满口胡话嘛！我这个人啊，别的优点没有，就是滴酒不沾！"

徐雅丽使劲点头："嗯嗯，不喝酒对身体好！"

我的眼睛都要眨瞎了，说："那个，小莫，你呀，也别说了，先坐下来吃饭吧。这个酒吧，也别喝了，先拿回去，是谁的就给谁送过去嘛！"

莫托傻得头上冒青烟，在那坐立不安，说："小白哥，你，你不会生病了吧？老年痴呆啥的……"

徐雅丽在旁边哈哈大笑，摆摆手说："没事的，没事的，我父亲平时也喜欢喝几杯的，你们喝吧！这么冷的天，不喝酒也受不了嘛！"

我才松了一口气，说："哎，小莫！还傻站着干啥，赶紧地，上酒啊！"

莫托才战战兢兢地坐下，给我倒了杯酒，还不时看看我，怕我又喝多了说胡话。

我也懒得理他，先敬了徐雅丽一杯，欢迎远道而来的北京同志。

徐雅丽也真给面子，要了浅浅的一杯酒，陪我喝了下去，辣得直吐舌头，小脸红扑扑的。

我和莫托哈哈大笑，气氛很快活跃了。

我说："那个，徐姑娘……"

徐雅丽说："您叫我小徐就行，或者叫我雅丽。"

我就说："好，雅丽，你作为一个女孩子，为啥喜欢捉大鱼呢？这不都是我们老爷们喜欢干的事儿嘛！"

莫托想了想，说："我觉得是不是因为你爱吃鱼？"

徐雅丽认真地说："我父母都是水生物研究学家，我从小就跟大鱼在一起。小时候，别人看连环画，我是看大鱼照片；别人抱着布娃娃，我抱着大鱼标本。有时候，我觉得大鱼就是我的亲人一样。"

我拍一下手，说："原来是家学渊源，难怪你喜欢研究大鱼。"

徐雅丽点了点头，又有些犹豫地说："其实，我研究大鱼，还有一个原因。"

我说："什么原因？"

她说："我寻找大鱼，也是在寻找我父母。"

我不明白了："你父母？你父母和大鱼有什么关系？"

她说："我父母都是中科院的水下生物研究专家，他们一年到头都在野外寻找大鱼，后来就在一次寻找大鱼时失踪了……我相信，他们还活着，应该还在这个世界上的某一个角落追寻大鱼……所以我坚持寻找，有一天一定会找到他们。"

她抬起头，坚定地看着我，眼睛里亮闪闪的，看得我一阵心酸。

莫托的眼角也有些湿润，拼命劝徐雅丽多吃菜，吃饱了才有力气寻找大鱼！

我问莫托："小莫，当哥的求你一件事情——"

莫托摆摆手，说："哥，你不用说了！我知道你要说啥，你放心，我一定带你们过去！"

徐雅丽高兴地放下筷子，站起来向莫托道谢，感谢了好几次，最后又给莫托鞠了一个躬，弄得他挺不好意思的。

我问莫托："小莫，那地方到底是哪儿？"

莫托犹豫了一下，说："就是黑瞎子岛那里。"

我点点头："黑瞎子岛……又是那里。"

徐雅丽问我："黑瞎子岛是什么地方？我们能过去不？"

我说："那里是中苏交界处，具体怎么过去，得问莫托了。"

莫托说："黑瞎子岛不光是中苏交界处，那边还有驻军，老百姓肯定去不了。不过，咱们要去的地方，还不是黑瞎子岛，是黑瞎子岛旁边的一个小岛，那边倒还好。"

我一拍桌子，说："那就没啥问题了，赶紧去呗！"

莫托却锁紧了眉头，说："那里也不大好去……"

我说："有啥不好去的？"

莫托却说："那是我们赫哲族的禁地……"

"禁地？"我吃惊了，"你们还有啥禁地？"

莫托有些不高兴，说："你们汉族能有禁地，我们为啥就不能有啦？"

我赶紧说："好，好，好！咱们汉族、赫哲族都是一家，一家人不说两家话！你就说说，那禁地又是咋回事？"

莫托说："我们赫哲族，是敬鬼神的，所以也有一些神秘的禁地，也是我们民族比较忌讳的地方。"

我问："是你们民族的坟地吗？"

莫托想了想："有点儿像，不过也不完全是。"

徐雅丽也问："那到底是什么地方呢？"

莫托说："那里怎么说呢，应该算是我们族人的坟地。"

我说："啊？你们那边是水葬吗？我记得西藏那边就有水葬！"

莫托摇摇头："不一样，西藏那边水葬，是把夭折的孩子葬在水里。我们这边夭折的孩子，要用桦树皮裹着，吊在树上。我们这边有一句话，叫作'猎人遇难放树杈，小孩死后挂树上'，就是说的这个事情。"

我问："'猎人遇难放树杈'又是啥意思？"

莫托说："那是说猎人要是在打猎时遇难了，就要用树葬。先砍下来一大段树干，给它剖开，里面挖空，把尸体放进里面，再合上，用树皮扎紧了，然后在大树上搭一个台子，将尸体放进去。"

徐雅丽有些奇怪："中国人不是都讲入土为安吗？为什么你们要树葬呢？"

莫托说："这是因为信仰不同。我们赫哲族认为，人是有灵魂的。人死后，魔鬼会收走人的灵魂，只要萨满将人的灵魂找回来，人就会复活。把孩子尸体挂在树上，是因为小孩子的灵魂太小，埋在土里钻不出来，会影响后期的投胎转世等。"

我点点头，表示理解他们的民族习惯。

又问他："这么说，那里是你们树葬的地方了？"

莫托还是摇摇头，有些犹豫地说："那个地方，其实我也不太明白……反正挺邪乎的……"

我想起来了一件事情："你上次走了半个月，是去的那里吗？"

莫托点点头。

我不说话了。

按照莫托上次说的，那个地方确实邪乎，他们在江边堆了一大堆贡品，突然就消失了。那么多食物，肯定是水里的东西给吃掉了，看来那东西可以上岸，而且食量惊人，应该是一个极度恐怖的东西。

我明白莫托的犹豫了，要去那种地方，而且又是他们赫哲族的禁地，确实让他为难了。

莫托看见我表情尴尬，明白我的担心，也安慰我："小白哥，没事的，那地方我也去过几次……"

我点点头，拍拍他的肩膀，倒了半杯酒，和他碰了一下，一口气全灌了下去，火辣辣的，呛得直咳嗽。

徐雅丽见气氛有些不对劲，也小心翼翼地说，要是那个地方不好去，那就算了，她可以再想想其他办法，给你们添麻烦了。

说完，她站起来，给我们鞠了个躬，转身就要走。

莫托赶紧叫住她，说没事，没事，不是这个意思，他刚才是在想，要怎么过去。

这件事情解决了，气氛就缓和了，我们几个继续吃饭、喝酒，我给徐雅丽大谈开江鱼，以及全国各地的美食，听得徐雅丽一愣一愣的，其实就是前几天从老毕那儿偷来的。

我心里想着，下次得多请老毕喝几次酒，他那些美食什么的，虽然没有什么大用，但是骗骗小姑娘还真行！

趁着雅丽去厕所，我赶紧踢了莫托一下，让他先别吃了，办正事要紧！

莫托使劲点头："小白哥，你放心吧！等我吃完饭，就去准备捉水怪的事情！"

我说："谁说捉水怪的事情啦！我是说另外的，另外的正事！"

莫托问："那是啥正事啊？"

我有些不好意思，支支吾吾地说："那个，待会儿雅丽……不对，是你雅丽姐过来了，你帮我问她个事情……"

莫托说："咳，我还以为啥事呢，不就是问个事嘛！她就在这里，你问也一样啊！"

我给了他一个爆栗子："傻！老子要是能问，还用得着巴巴地求你！我跟你说，这件事情你给我办好了，我送你一条烟！"

莫托嘴巴翘得能挂起三个油瓶："小白哥，你上次让我去小卖部赊酒时，还说给我一条烟呢！结果呢，结果你不给烟就算了，还抢了我半条！"

我说："去去去！瞧你那小气样儿！不就是半条烟嘛！我告诉你，这件事情你给我办妥了，我管你半年的酒，这行了吧？！"

莫托盘算了一下，说："那必须没问题啊！"

我说："那个，待会儿她来了啊，你就旁敲侧击地问一问她，主要意思就是，问问她有没有对象，就是男朋友。就是这个问题，你记住了哈，一定要给我办稳妥啦！"

莫托满不在乎地说："闹了半天，就是这个事啊！小白哥你放心吧，这个事情我妥妥地给你办好！"

说完，他又问我："可是小白哥，你问她这个事情干啥呀？"

我没说话，低着头想事情。

他吃惊地叫了起来："小白哥，你该不会是看上她了吧？！"

我嘴一撇："老子就是看上她了，怎么样！你吃醋啊！"

莫托一阵失落，说："你们……你们这也太快了吧？"

我得意了："快？！这年头讲究的就是速度，你晓得不？"

莫托老老实实地摇摇头："不晓得！"

我说："哎呀，自古才子配佳人、宝剑赠英雄这种事情，跟你这种小孩子说了也不懂！你就别管那么多了，让你问，你就问，知道不？”

他使劲点点头：“知道！”

我说：“那你可得用心点儿，要找准时机，旁敲侧击懂不！”

莫托拍拍胸脯，说：“小白哥，你放心吧，我向这盆小鸡炖蘑菇发誓，保证完成任务！”

我说：“还有，千万别说是我问的，知道不？！”

莫托有些不耐烦了，说：“知道啦——”

正说着，徐雅丽走了进来，顺口说：“要完成什么任务呀，还要保证？”

莫托一下子站了起来，说：“也不是啥大事，就是小白哥让我问问你，你有没有对象？”

我的脸唰一下红了，当时掐死莫托的心都有了，在那坐立不安，一下子碰倒了一个茶杯，赶紧去扶，结果又碰到了一盆鱼，弄得鸡飞狗跳的，差点儿把桌子给弄倒了。

雅丽的脸唰一下红了，她低下头，端了一杯水，没有喝，也没有说话，气氛非常尴尬。

偏偏莫托这死小子，像是唯恐天下不乱，又跟着问了一句：“雅丽姐，你到底有没有对象呢？你就快说吧，你再不说，小白哥都要一把火给水利站烧啦！”

我的脸直烫，上去就一把掐住莫托，让他赶紧给我闭嘴，不然我分分钟要了他的狗命！

徐雅丽的脸更红了，用手绞着衣角，低声说：“没有的……”

我才松了一口气，接着松了手，感觉整个世界都变得安静了，什么东西看起来都是那么温柔、那么可爱。

莫托被我掐得直翻白眼，捂着喉咙，一脸哀怨地看着我。

我狠狠瞪了他一眼，自己却忍不住咧嘴笑了，拍了拍他的脑袋。

莫托揉了揉喉咙，咳嗽了几声，说自己已经吃饱了，现在就去置办相关装备，晚上就不回来了，说完冲我直使眼色，动作很大地出去了。

他一出门，徐雅丽也欠了欠身子，起身要告辞。

我一下子慌了，赶紧站起来，一不小心碰倒了水杯，茶水洒了一地，我顾不上收拾，结结巴巴地问她：“那个，你要去哪儿？以后……还来不来了？”

徐雅丽扑哧一下笑了，说：“我当然要来啦！咱们不是说好了，还要一起捕捉大鱼嘛！”

我才反应过来，自己也挠挠头，嘿嘿地笑了，说：“我还以为你生气了，要回北京呢！吓了我一跳！”

徐雅丽红着脸，低声说：“我没有生气……我是想去镇上的旅社，东北天黑得快，怕待会儿看不见路了。”

我大包大揽地说：“没事，没事！住宿简单啊，你待会儿啊，可以在我这边住啊！”

她抬起头，瞪了我一眼，没有说话。

我赶紧解释，说：“那个，那个，我不是那个意思……我的意思是，你晚上可以和我住一起……啊，不是！不是！呸！呸！你看我这张嘴！那个，我的意思是，你可以一个人住在这儿，我和莫托出去住！”

她摇摇头：“不要这样。现在已经很麻烦你们了。再说了，我住在你们这里……别人看着也不像话……”

想想也是，我赶紧提出镇上的旅社不好找，干脆去送送她吧。

她同意了，我们两个人慢慢往镇上走，有一搭没一搭地说着话。

这时候，太阳要落山了，镇上很安静，没有几个人，踩在雪地上，咯吱咯吱地响，偶尔在远处传来几声狗叫，一缕炊烟悠悠地升上了天空。

徐雅丽走在前面，腰板挺得直直的，一步一步往前走。

我把手抄在裤兜里，迈开两条腿，一步步慢悠悠地往前走。

没有人说话。

夕阳下，一长一短两条淡淡的影子倒映在雪地里。

一直走到旅社，徐雅丽让我回去，我答应一声，还是站在那儿没动，眼睁睁地看着她消失在旅社里。

天渐渐黑了。

我在黑暗中站了很久，远远地看着她房间里的灯亮了，渴望看到她的影子，却什么也看不到。

周围干冷干冷的，我却丝毫不觉得冷，而且满心欢喜，像是心里藏着一个天大的喜悦，忍不住想要大声歌唱，想要找人倾诉一番。

不知道站了多久，她房间的灯终于熄灭了，我才感觉到周围异常寒冷，远处是灰蒙蒙的天空，远远低传过几声狗叫。

我裹紧大衣，踩在薄薄的积雪上，发出咯吱咯吱的响声，慢慢地回去了。

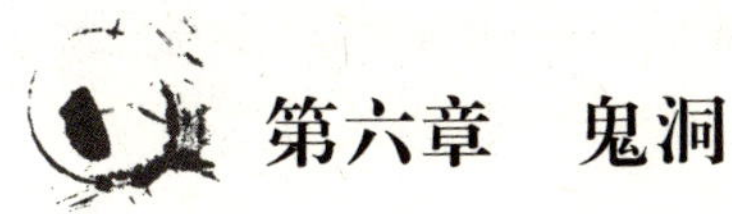

第六章 鬼洞

回到水利站，里面亮着灯，莫托正盘着腿在炕上喝酒，旁边还坐着老毕。

看见我来了，老毕在那挤眉弄眼，问我怎么那么早就回来了，还以为今天不回来了呢！

我怕他笑话我，装作无所谓地答应了一声，酒也没心情喝，脱了衣服准备睡觉。

老毕猛然一拍大腿，说："完了，完了！小莫啊，看来这一出《西厢记》没啥看头啦！这是崔莺莺爱上了鲁智深，戏路对不上啊！"

莫托傻乎乎地问："咋啦？"

老毕说："还咋啦？你看那夙蛋垂头丧气的样子，就知道没戏，肯定是被人家当场给拒绝啦！哎呀呀，这事情啊，最丢人了！哪像毕老师我当年，多的是花姑娘围着我转，甩都甩不掉！"

我忍不住回击他："就你那样，还有花姑娘围着你，是花猪婆围着你吧！"

莫托也哈哈大笑，气氛终于活跃了起来。

老毕盘坐在炕上，说了今天来的目的："那个，白小子！上次吃了你们的鱼，这次还你们两只老蜂窝烤兔子！"

他努了努嘴，示意门口有一大一小两只兔子，被捆住了后腿，在那儿徒劳地挣扎着。

我继续找事："那老蜂窝呢？咱们总不能干吃兔子吧！"

老毕大腿一拍，说："这不，那老蜂窝我都找好地方了，就在理发店后面那棵老槐树上！就等着你们两员大将，速速发兵理发店，将那老蜂窝叛贼拿下，立斩无赦！"

那理发店就在旅社后面，我心里一下子就动了，想着说不准待会儿能碰到徐雅丽。就算碰不到她，也可以邀请她吃野蜂窝烤兔子，跟她碰个面。

这么一想，我也来了精神，大叫道："事不宜迟！莫托小将，且备上快马、兵器，我们即刻发兵理发店！去将那马蜂窝速速擒来！"

那快马自然是没有的，兵器倒不能少，其实就是一根长竹竿，上面绑了一团破布，又浇了一些煤油，待会儿火烧马蜂窝，就靠它了。

又翻箱倒柜，把手套、围巾、眼镜全都找了出来，每个人都把身子裹得严严实实的。

可是我这边围巾不够，实在没办法，我就找了一条秋裤，给老毕缠在了脖子上，骗他说这是今年的最新款，我专门托人从北京买来的。

老毕满脑子想的都是蜂窝烤兔子，看都没看，就这么头上顶着一条大红色的秋裤出了门，我和莫托在后面想笑又不敢笑，憋得肚子都要炸开了。

小镇不大，我们没多久就赶了过去。

那棵老槐树，正好在理发店和旅社中间，我看了看，徐雅丽住的那间房子还关着灯，虽然看不见她，也觉得心情瞬间大好。

老毕绕着老槐树转了一圈，就找到了那个马蜂窝，指给我们看。

马蜂窝在一根大树杈上，像个倒挂的葫芦，篮球那么大，外面爬满了野蜂，在那慢慢蠕动，看起来异常恐怖。

我转头问老毕："毕司令，怎么个情况？"

老毕眯着眼，围着大树转了一圈："妈了个巴子的，好像有点儿高啊！竹竿估计打不到。"

莫托说："那咋办？"

我说："这个简单，我爬上去，从上面给它捅下来！"

老毕说："不行，你给它捅下来，那马蜂窝就炸啦，咱们三个谁也跑不了，都得进医院！这样，首先得把竹竿上的油布点着了，堵住马蜂窝，这样马蜂子只要敢出来，就把翅膀燎着了！等蜂子烧得差不多了，再给马蜂窝捅下来才行！"

莫托有些不放心："小白哥，要不然让我上去吧！"

我心里却打起了小九九，想着待会儿趴在树上，说不准能看到徐雅丽，赶紧连连保证："我没问题，没问题！你们几个啊，就瞧好儿吧！"

我搂住大树，连蹬带爬，好不容易才爬到了树上，偷偷朝窗子一看，窗子关得紧紧的，啥也看不到。

我低下头喊："快给我竹竿！"

老毕在竹竿上插上了点着的油布，倒着把竹竿递给我，然后迅速躲在了一边，让莫托用手电笼住马蜂窝，给我照亮。

我骑在大树杈上，尽量稳住重心，举起了竹竿，小心翼翼地朝着马蜂窝靠了过去，那马蜂顿时朝着火光扑了过去，就听见刺啦刺啦的连续爆响，那蜂窝上像是下起了雨，无数只被烧焦了翅膀的马蜂纷纷往下落。

老毕在底下说：“好小子！千万按住喽，咱们晚上的老蜂窝烤兔子有着落啦！”

我哈哈大笑，说：“放心吧，谁敢横刀立马，唯我董大将军！”

刚说完，在我身旁的窗户被人小心打开了，露出了徐雅丽慌张的面孔，冲我喊着：“小白哥……你？！”

“啊？！”我赶紧解释，“我……不，我不是……那个……”

我语无伦次地正跟她解释，这时候就听见老毕叫了声：“小心！”

猛一回头，就发现火把已经偏离了马蜂窝，有几只马蜂已经朝着我狠狠扑了过来。

说时迟，那时快，我在树上根本来不及躲避，就有一只马蜂径直冲到了我手背上，狠狠蜇了一下。

那种滋味，就像有人用一根烧红的钢针，狠狠扎进了手背里，又疼又烫，疼得我猛然跳了起来。

我刚一跳起来，心就凉了半截，我这可是在树上啊，还在想着，身体就猛然失去了重心，狠狠摔到了地上。

朦胧中，就听见徐雅丽尖叫了一声，接着有人朝我扑了过来，有人脱下衣服朝我身上扑打，有人扶着我起来，检查我身上的伤口。

朦朦胧胧中，闻到了一股淡淡的清香，挣扎着睁开眼睛，就看见徐雅丽只穿着一件毛衣，从楼上气喘吁吁地跑了下来，半跪在地上，抱着我的头，大声呼唤着我的名字。

那树并不高，我虽然摔得七荤八素的，却并不严重，周围的动静都听得清清楚楚，就是脑子里晕乎乎的，挣扎不起来。

缓了一会儿，我终于睁开眼，看着徐雅丽眼泪都流出来了，忍不住傻乎乎地笑了，说我没事没事，就要站起来，又被他们按住了。

徐雅丽破涕而笑，才发现自己穿着毛衣就下来了，唰一下脸红了，赶紧扔下我，跑回去穿衣服了。

老毕这时已经把马蜂窝捅了下来，在旁边收拾着，回头叫着：“哎，我说大妹子啊，待会儿下来吃蜂窝烤野兔子啊！”

又转头跟我说：“臭小子艳福不浅啊！这姑娘长得俊，人还好！”

我心里得意得要命，咧着嘴傻笑，挠了挠头，才发现手背已经肿了起来，疼得要命。

莫托赶紧给我挤出毒血，又找了几块青苔敷上，才感觉好多了。

老毕很快收拾好了蜂窝，足足有一个小石磨大，用几张大报纸囫囵包好了，就要走。

我赖在地上不肯走，眼睛时不时朝着旅馆那边看，希望徐雅丽还会出来。

老毕拍拍我的肩膀："大晚上的，人家肯定不会出来啦！要不然，你让小莫上去叫一下？"

莫托答应一声，马上就要跑过去叫人。

我赶紧叫住他，一骨碌爬了起来，说："咳，谁说要叫她了？我这是扭着脖子了，转转筋！"

回到水利站，老毕哼着小曲儿，在那抠蜂蛹，说要给我们露一手，弄一个马蜂糊糊吃！

听到这个糊糊，我和莫托脸都变成绿色了，赶紧拼命劝他，说大晚上的，就别那么折腾了！咱们还是简单点儿，给那两只兔子抹上野蜂蜜，烤熟了吃得了！

老毕想想也是，说："那行！咱们今晚上先吃烤兔子，明天再好好吃一顿糊糊！"

我赶紧说："那个，毕老师，今天您是劳苦功高啊，我们哪好再麻烦你，就今天这一顿就成啦！是不是啊，小莫？！"

莫托也上来对老毕一阵猛夸，说得老毕心满意足，高兴得直哼哼，让我们两个人赶紧把野蜂窝给刮出来，待会儿他好用，说完自己拎着两只兔子出去了。

我这也是第一次弄野蜂蜜，就凑过去看。

那老蜂窝灰扑扑的，里面还有一些未弄干净的蜂蛹，看起来脏兮兮的，不过给它掰开了，里面全是蜜黄色的纯净蜂蜜，直往下滴，接了小半桶。

老毕很快弄完了兔子，把兔子肉抹上野蜂蜜，又用树枝做了一个简易烤架，叉住兔子，在火上烤了起来。

我让莫托把上午吃剩的鱼也热了热，端了上去，又找了一包花生米、半瓶酒，统统摆上了炕。

老毕坐在小马扎上，不慌不忙地，将那两只兔子烤得焦香扑鼻，馋得我们两个直吸溜鼻子，就着这烤肉香味，连喝了几杯酒，才终于等来了那野蜂窝烤兔子。

老毕还真没吹，这野蜂窝烤兔子，蜂蜜香甜醇厚，野兔子香酥劲道，配上辛辣的老酒，那味道别提有多美啦！

老毕猛吃了几口，点上了一根烟，品了品味，皱紧了眉头："这兔子烤得不行，火不对！这火得用松木，野兔子吃松枝长大的，再用松木慢慢烤出来油，这肉里才能带一股松香味，哪能用炭火！”

我满嘴都是兔子肉，好容易咽了下去，说：“那个，毕老师，您要是嫌这个兔子肉不好吃啊，那没问题，我们今天全给包圆啦！你说是吧？小莫！”

莫托也使劲扯着兔子肉吃，拼命点头：“嗯嗯，小白哥说得太对啦！毕老师，你放心，这兔子肉正好不够呢，我们兄弟俩保证给吃得连渣滓都不剩！”

老毕原本说的客气话，见我们两个犹如秋风扫落叶一般，一人把住一只兔子，毫不留情，也顾不得再摆大师架子了，上去就跟我们抢，非得让我们一人匀给他一条兔子腿才罢休。

吃完兔子，大家肚子里有点儿食了，才舒坦起来，盘坐在火炕上，喝着小酒，慢悠悠地聊天。

老毕问我，徐雅丽是哪里人，为啥要来咱们这个穷乡僻壤？

我跟他简单说了一下徐雅丽追捕大鱼、寻找父母的事情，没想到老毕却捏着酒杯，愣在了那里。

“白小子，你说那个丫头是要找她爹妈？”

莫托接话说：“是啊！说是她父母都是北京啥院的研究生，后来捉大鱼时就失踪了。”

我说：“还研究生？！人家是正正经经中科院的院士，专门研究水下生物的。”

老毕眯着眼睛念叨着：“北京下来的院士，研究大鱼的……”又问我：“那丫头姓啥？”

我说：“姓徐，叫徐雅丽！”

他脸色一变，接着拍了一拍手，叫道：“还真是她啊！”

我们都不明白：“怎么了？”

老毕说：“那个丫头的爹妈啊，我见过！”

“啊？！”我吃惊了，“你见过？！你真见过他爹妈？！你在哪儿见到的？！”

“那一年啊……”老毕沉吟着，“我得好好想想。”

他掐着指头算了半天，说：“想起来了，应该是1969年。为啥我记得那么清楚，因为那年咱们跟老毛子开战了，抢黑瞎子岛！”

我说：“先别管是啥时候，你先说说，你是在哪儿遇到他们的，为啥说是她父母？”

老毕说：“那还有错！就咱们这地方，山高皇帝远的，一年到头也来不了几个生人！那老两口，说着一口北京话，戴着眼镜，说话文绉绉的，一看就是知识分子。当时啊，我正好在江边搭了个小棚子，在那钓鱼玩儿。他过来找我讨过水喝，说自己姓徐，从北京下来的研究员，又问我这乌苏里江有没有特别大的鱼。

“我当时跟他说，这乌苏里江啊，别的东西不多，就是大鱼多！那几百斤的大鳇鱼，在这边还真不稀奇！”

“那人就笑了，说：‘还没有比鳇鱼更大的鱼？’

“我有些恼火，就跟他说：‘这鳇鱼鳇鱼，就是鱼中之皇，这天底下还有比鳇鱼更大的鱼？’

“那人却认真了，跟我说：‘小伙子，这鳇鱼确实很大，不过比它大的鱼，可还有不少喽！湄公河里的巨鲇、黄貂鱼就不说了，就咱们长江里的鲟鱼，能长到上千斤，就比它大。’

“那鲟鱼到底有多大，我也搞不懂，也就没跟他犟。

“他又说了几句话，就顺着河道继续往前走了。

“等他走出去一段路，我才发现，他忘在了我这里一件东西，是一个信封。

“我赶紧追了出去，结果还没等靠近他身边，旁边的树林子里就突然蹿出来了五六个人，身板站得直直的，一下子就拦住了我，那眼神冷得啊，简直跟冰块一样。

“我没办法，只好扯着喉咙喊他：‘哎，老先生，你的东西掉啦！’

“那老先生傻乎乎的，也朝我直摆手，说再见，再见！还让我代他向我家人问好！”

我插嘴问他：“毕老师，你说的那几个人，又是干啥的？”

老毕说：“那些人不用看，肯定是当兵的，还不是一般的兵，应该是高级警务员啥的，在暗中保护他们。那河滩上就那么点儿地方，原本一个人都没有，我这边刚一过去，他们哗啦就出现了好几个人，把我吓了一跳！”

老毕问我：“你确定那丫头家就是普通的知识分子？我当时还以为是领导人微服私访呢！”

我说：“应该就是普通的知识分子，她说过，中科院那边穷得很，连研究费用都没有，好多时候都是自费去做的研究！”

老毕挠挠头：“那就搞不懂了，反正那阵势啊，看起来可不是一般人哪！”

我说：“先不管这些。毕老师，你还记得不，他们当时是去了哪里？”

老毕说：“我当时觉得不大对劲，也偷偷观察了一下，他们顺着河滩走了没多远，就上船了，看方向是朝着黑瞎子岛那边去的。”

说完后，他又嘀咕了一声：“好像他走了没几天，咱们就跟老毛子干起来啦！”

莫托也有些怀疑，说：“这个……当年打仗的事情，该不会是和他们有关吧？”

我心里不由得一惊，想起高站长说过，黑瞎子岛战役时在乌苏里江发生过的那件怪事，那个卡车里藏着的东西，以及那个神秘的白袍少年，这些又有什么关系呢?

想想，这事情有些棘手，又紧急，也顾不得其他了，赶紧让莫托连夜去一趟，让旅社服务员把徐雅丽赶紧叫下来，大家一起合计合计，说不准那人还真是她父亲。

徐雅丽很快赶来了。

我简单说了一下当年的事情，她焦急地问：“毕老师，您当年看到的那个人，是不是梳着偏分头，戴着黑框眼镜，走路爱背着手？他爱人……也是戴着黑框眼镜，戴着一条红围巾，斜挎着一个包。”

老毕点点头，说：“就是，就是！他走路喜欢背着手，看着像个大干部！”

徐雅丽眼圈都红了，声音也颤抖了：“毕……毕老师，您……是在哪儿看到他们的？”

老毕说：“就在咱们这儿，离这边没多远，江边上！”

徐雅丽的声音哽咽了，说：“他们……他们果然来过这里！”

老毕这时候说：“丫头，你先别哭！这个，这个时间对不上啊，我见到他们时，那是1969年，你那时候还没出生呢！”

徐雅丽说：“从20世纪60年代中期，他们就开始了一项新调查，那一次来乌苏里江，应该也是为了那件事情。后来，后来，他们就失踪了……”

莫托忍不住问：“那是啥调查，还那么神乎？”

徐雅丽摇摇头：“他们失踪后，就有人去我们家，收走了所有的工作笔记。我能知道这些，还是通过他们给我写的信。”

“给你写的信？”我奇怪了，“你那时候还没出生呢吧？他们就给你写信了？”

徐雅丽点点头，从挎包里拿出来了一个工作笔记本，打开，里面全是一封封按照日期排列的信件。

她说：“不知道为什么……也许是觉得他们从事的那项调查太危险，从开始那项调查后，他们就开始给我写信了。后来，我出生以后，他们也继续给我写信，信件交由组织上保存。一直到我上了初中以后，正式接到通知，宣布他们失踪了，才拿到这些信件……”

我说：“那……那些信里有没有说他们去了哪儿？”

徐雅丽摇摇头："这些信件，基本上都不谈工作，只是说他们对我的思念，对我生活、学习上的建议。我不知道你们有没有读过《傅雷家书》，那些信件就像是那个一样。"

我点点头："我读过，《傅雷家书》是大翻译家给在法国留学的儿子写的信，主要谈了一些艺术，以及美学的学习修养。不过，他们是因为距离太远，没有办法。可是你不一样啊，当时你还没出生，你父母为啥要用这种书信的方式教育你呢？"

徐雅丽的声音哽咽了："也许……他们在接受那个调查后，就知道……就知道，他们永远也回不来了……所以，所以他们提前通过书信和我沟通……"

老毕安慰她："姑娘，别哭啊！当时我看着老两口挺精神的，应该没啥事！"

莫托也想安慰她，又不知道该说啥好，结结巴巴了半天，结果啥也没说出来，倒闹了个大红脸。

这时候，我突然想起来一件事情："老毕，你说雅丽父亲有封信掉在你这里了？"

老毕端起酒杯，啜了口酒，答应了一声。

我说："那封信写的啥，你看了吗？"

老毕正色说："私拆别人信件是违法行为，我怎么可能拆？！"

徐雅丽也紧张起来："那……那封信……还在吗？"

老毕挠挠头："那封信啊！那我得好好想想！"

莫托也跟着着急："毕叔，那你可得好好想想！"

老毕歪着头，翻着白眼，想了一下，又想了一下，突然一拍大腿："有啦！"

我赶紧问："想起来啦？！"

老毕点点头："想起来啦！当时拿着信，我就给塞到柜子里啦！要是没被耗子拖走，那一准还在柜子里呢！"

我也兴奋了，猛然站了起来，说："那事不宜迟，咱们赶紧去拿信！"

老毕却冲我眨了眨眼："这黑灯瞎火的，你眼神不好，别磕破了脑袋！走，莫托，你陪我去！"

莫托思想单纯，睁着大眼睛说："毕叔，小白他眼睛没问题啊！我们俩夏天时去偷苞米，他那眼神比我的还好使呢！"

老毕叹息道："小莫呀，小莫，你小子是真傻啊！"搂着他的肩膀，硬给他拖走了。

屋子里就剩下了我们两个，房间一下子变得很大，远处还隐约传来莫托争辩的声音："毕叔，我哪里傻了？我真不傻的！"

徐雅丽也忍不住笑了，我也笑了，说莫托这小孩其实挺好的，就是思想单纟点儿。

徐雅丽说：“人家思想单纯，你可不准欺负人家！”

我说：“我哪敢啊，都是他欺负我！我可是十里八乡公认的老实人！”

徐雅丽伸出一个手指头，隔空点了我一下：“你还老实啊？你就没几句实话！”

我也乐了，想招呼她上炕，觉得又不大合适，就让她坐在我的藤椅上，给她倒了一杯茶水，坐在那儿聊天。

我问她：“你们下来做调查，就你一个人啊？”

她说：“还有一个。”

我问：“那一个呢？”

她说：“被水怪拖走了。”

我：“啊——？！”

她笑了，吐了吐舌头：“我骗你的……”

我：“……”

她说：“中科院比较清贫，尤其是下来做调查，经费都没有，大家都不愿意干。以前还有几个人，现在就我自己了。”

我故意逗她：“就你一个人下来，也不怕遇到坏人？”

她说：“不怕的。这个世界上还是好人多。”

我说：“那万一遇到坏人呢？”

她说：“那我就跑。”

我问：“那要是跑不了呢？”

她说：“那我就喊！”

我继续问：“那要是歹徒捂住你的嘴呢？”

她说：“那也不怕，我就把钱包给他，反正也没有多少钱。”

我故意逗她：“那人家要是想劫色呢？”

她仔细思考了一下，脸一下红了，说：“这个我还没想过……”

我忍不住哈哈大笑：“那你可得好好想想啊！”

刚说完，门就开了，老毕瓮声瓮气地说：“光看你这一脸淫笑，就知道那个想劫色的是谁啦！”又转向雅丽：“姑娘，别怕！白小子要是敢动坏心眼，毕叔第一个饶不了他！”

后面，莫托也进来了，手里还拎着一只兔子、一串干蘑菇，兔子在那使劲蹬着后腿。

我问："兔子？哪来的兔子？"

老毕说："我本来留了一只，想明天自己炖蘑菇吃，这不小徐来了嘛，也给她尝尝！"

徐雅丽赶紧站起来推辞，老毕却满不在乎地挥挥手，说："没事，没事，咱们爷儿俩投缘！给你吃，总好过给这两个坏小子吃！待会儿尝尝我的手艺，这野兔子炖蘑菇，正宗山里味道！"

说完，他从怀里掏出一封牛皮纸信封，递给了徐雅丽。

"那么多年了，我其实也一直惦记着这件事！这下子好了，总算找到正主喽！"

徐雅丽摩挲着信封，又看了看后封上的几个字，点点头，低声说："是我父亲的字迹！"

老毕倒提着兔子出去了："你先看吧，我收拾兔子去！"

莫托还傻乎乎地站在那儿，我赶紧把他拉了过来，借口出去抽烟，也躲开了。

在冷风里冻了快十分钟，约莫她终于看完了，才又进来，发现徐雅丽整个人完全呆住了，愣愣地捧着信封，站在那里。

我有些担心，小声喊了她几句，她才反应过来，第一时间把信纸塞到了书包里，捋了捋头发，勉强朝我们笑了一下。

莫托傻乎乎地问了一句："雅丽姐，那信上写的啥呀？"

徐雅丽愣了一下，才低声说："这封信，是父亲留给我的……"

我有些奇怪："你父亲怎么知道这封信会到你手里？"

徐雅丽笑了一下，笑得很勉强："也许一切都是天意吧。"

莫托又问："雅丽姐，那你父亲……他，他还好吧？"

徐雅丽点点头，坚定地说："他还活着。"

莫托也松了一口气，又问她："那雅丽姐，你现在拿到你父亲的信了，还要去找大鱼吗？"

这句话也是我一直想问却又不敢问的。

一直以来，我都以为，我和徐雅丽虽然刚刚认识，但是后面马上要一起去探险，还有很长的路要走，可是这样一封信的突然出现，可能会完全打乱我的预想。

好在徐雅丽很快说："不，还是要去那里。我父亲说，他在那里给我留下了一些东西……"

我也有些吃惊："那时候还没有你呢，你父亲就给你留下东西了？这……你父亲也太相信你了吧？！"

徐雅丽骄傲地仰起头："因为我是他的女儿嘛！"

我说："好吧，好吧，那就去！必须去！"

刚说完，老毕端着一锅菜进来了，坐在了炉子上，问："去哪儿啊？还必须去！"

莫托说："黑瞎子岛那边！"

老毕的脸色一下子变了："那边？！那边可不能去！"

我问他："为啥不能去？"

老毕脸色铁青，摸出了一支烟，在炉灶里点着了，使劲吸了几口，含糊不清地说："说不能去，就是不能去！没有为什么！"

我也乐了，跟他对着耍无赖："那我们就去，你能怎么着我们？"

老毕脸色严肃地说："那边啊，真不能去！"

莫托也正色问他："毕叔，那边到底有啥？"

老毕说："那边的水里……不干净……"

徐雅丽听不明白了，我却知道，东北这边说不干净，意思就是有鬼了。

我就问他："毕叔，你是说那水底下有水倒？"

这水倒说的就是水底下淹死的人，有时候阴魂不散，尸体会在水底下继续走路，扑倒木筏子，甚至把活人拉下去，是最可怕的水鬼了。

老毕却摇摇头："不是水倒。"

我奇怪了："那是啥玩意儿？还能比水倒更厉害？"

莫托也不明白了，连续猜了几个，都没对。

这时候，徐雅丽问了一句："毕老师，您指的是水怪吗？"

老毕猛然抬起头，不可思议地看着她，接着缓缓点了点头。

说起水怪，我和莫托脸色一下子变了，想起我们当时在丛林里遇到的那个似鬼似怪的怪物。

当时确实非常危险，可以说，要不是那个神秘莫测的白袍少年突然出现，我们几个肯定就死在那里了。

虽然事情已经过去了那么久，我依然对当时的事情心有余悸，除非是喝酒喝多了，否则我们几个人也都小心翼翼的，轻易不提这个话题。

没想到，徐雅丽却高兴了，她欢呼起来，说："我猜得果然不错，这乌苏里江果然有水怪！"

我看了看莫托，莫托看了看老毕，三个人都苦笑着，一时间不知道该说什么好。

最后，莫托结结巴巴地说："雅丽姐，你说水怪？啥水怪呀？"

徐雅丽兴奋得脸色通红，拍一下手，说："水怪啊！那就是水底下的怪物嘛！”

老毕也被她弄晕了，说：“姑娘……你说的是啥水怪？”

徐雅丽赶紧打开挎包，从里面掏出来了一大堆资料，拿给我们看。

那些资料有中文，也有英文，我也看不大懂，就拣了几张照片看。

那些照片有些是黑白照片，明显是以前的老照片翻拍的，一艘大船上吊着一个类似于鲸鱼的大家伙，以及一些剪报资料。

还有一些照片，是一些巨大的鳞片、爪子、头骨等，还有一片巨大的河滩、麦田、干涸的河床，上面标注出了一些巨大怪物爬行过的痕迹。

徐雅丽眉飞色舞，给我们介绍了一下水怪的情况。

她说，其实在咱们中国，关于水怪的传说很多，稍微有历史的大湖，都会有各种关于水怪的说法。像新疆的喀纳斯湖、长白山的天池、青海的青海湖，都是传言有水怪的地方。

但是事实上呢，经过我们调查后发现，绝大部分当地传言的水怪，其实就是一些大鱼，比如长江中的白鳍豚、巨型胡子鲇、潜伏在水潭中的巨鳄，往往都很容易被当成水怪。

其实真正存在的水怪还是很少的，特别是在人们大规模地围湖造田、滥捕滥捞后，那些潜伏在水中的怪物就更加少了。

莫托问她：“雅丽姐，到底啥样的地方才能出水怪呢？咱们乌苏里江有没有？”

徐雅丽推了推眼镜，说：“一个地方有没有水怪，首先要满足两个条件：第一，是这里有没有足够宽阔足够深的水域，便于水怪隐蔽生存；第二，就是这片水域是否水产丰富，给水怪提供大量食物。按照我们的研究来看，这两个是水怪存在的必要条件。如果一个水域连这两个基本条件都满足不了，就根本不可能产生体型巨大的水怪。”

老毕说：“那乌苏里江肯定没戏，水太浅！”

徐雅丽点点头：“是的，就是因为这个，所以水下生物调查专家一致认为，乌苏里江是不可能产生水怪的。这里的水太浅了，平均水深只有三米左右，根本不可能隐藏住水怪。但是我却坚持认为，乌苏里江一定有水怪！”

莫托忍不住问：“那是为啥？”

徐雅丽说：“就是因为大马哈鱼！你吃过大马哈鱼吧？”

莫托说：“那还用问？我们赫哲族最爱大马哈鱼！在以前，别人问我们多大了，都不问年龄，就问你吃过多少次大马哈鱼，就知道他多大了。因为大马哈鱼一年过一次鱼，家家户户都会吃大马哈鱼，跟你们汉族过年吃饺子一样。不过大马哈鱼长到十几斤都难，咋能长成水怪？”

徐雅丽说：“我并没有说大马哈鱼能长成水怪。我是说，大马哈鱼的习性，它其实一直生活在大海里，一直到成年后，才会回游到乌苏里江交配、繁殖，所以说乌苏里江是通着大海的。”

我说：“雅丽说得太对啦！但是，这个和水怪有啥关系？”

莫托也说：“对，对，这个和水怪有啥关系？”

徐雅丽却卖了个关子，说：“关于这个问题嘛，我就得给你们好好讲一下水怪的起源了。”

我带头鼓掌，说：“好，咱们欢迎徐老师给咱们上一课！”

老毕也提起了精神，让莫托把桌子赶紧收拾了，让这个徐姑娘上炕，给我们好好讲一讲，这个，这个水怪！尤其是，有没有啥习惯在死人堆里待着、神出鬼没的怪物。

徐雅丽有些不好意思，推辞了一下，还是上了火炕，弄了一个案板做黑板，用筷子蘸着酱油做粉笔，在上面写字、画图，用擀面杖给我们指着。

她说：“要说水怪，就得先说一下水怪到底是什么。按照比较权威的说法，水怪指的是生活在水下的未知生物，更确切地说，就是体长在18到20米的大型水下未知生物，像传说中的龙、海蛇、乌贼王、蛇颈龙等，都属于水怪。”

莫托举起手：“徐老师，我想问一下，这个水怪到底是咋来的呢？”

徐雅丽说：“关于水怪由来的问题，全世界都想知道……有人说，水怪是环境污染后基因变异的产物。也有人说，水怪是一种特殊生物，并不在我们发现的生物之列。还有人说，水怪其实就是侏罗纪时代侥幸存活的生物，在大变动中恰好找到了可以生存的环境，所以存活了下来。所以关于水怪的由来，并没有一个定论。”

我问她：“那你为啥觉得乌苏里江有水怪呢？”

徐雅丽用擀面杖点了点第三条，说：“乌苏里江比较符合第三点，就是海洋生物。我们已经确定，乌苏里江和大海是相通的，所以理论上有可能，一些生活在海洋里的神秘物种，在很远古的时代，顺着海洋进入了乌苏里江的某一段深水区。在这里，水产丰富，有各种大鱼，像鳇鱼、大马哈鱼等供它食用，所以它就在这里生存了下来。”

老毕有些怀疑：“这乌苏里江要是有水怪，为啥我们在这边年年打鱼，都没有见过呢？”

徐雅丽笑了：“长白山天池也说有水怪，青海湖也说有水怪，有谁见过呢？”

老毕想想也是，说：“对，它们肯定都藏起来了，晚上才露面！”

想起前几天晚上看到的乌苏里江翻江倒海那一幕，我插嘴说：“对，这玩意儿肯定是晚上才出来！”

莫托也若有所思地点点头：“嗯，我也听家人说过，乌苏里江里恐怕有大家伙！”

得到我们的认可，徐雅丽也更加有自信，说：“地球表面百分之七十一的地方，都是被水覆盖的，我们其实对水下世界的了解还非常浅薄，没有人敢说水下到底隐藏着什么秘密。

“在19世纪初，科学家还认为，水下550米是一个禁区，超过这个水深，氧气和水压都达到了非常恐怖的境地，所以认为这以下就是无生命地带。

“但是随着科技的发展，大家发现，在水下1000米的地方，不仅有生命，而且还生存着许多我们根本没有见过的神秘生物，这些生物也被叫作深海生物，非常神秘。在一些海啸中，往往也会有一些巨大的深海生物被冲出水面，让科学家们非常震惊。

“所以我怀疑，乌苏里江如果有怪物，那应该就是从大海中跑过来的怪物，也许来的时候还很小，后来慢慢长大了。”

我也来了兴趣，问她：“那乌苏里江里，有可能是啥怪物呢？”

徐雅丽摇了摇头：“那就不好说了，什么可能都有。从理论上来说，它甚至有可能是侏罗纪时代的生物。”

我有些吃惊：“侏罗纪时代，那是恐龙时代啊！这么说，那玩意儿岂不是活了上万年？”

徐雅丽摇摇头：“并不是说它从侏罗纪时代就活着，也可能是它的后代而已。”

莫托说：“不是说恐龙早就灭绝掉了吗？！俺还捡到过恐龙化石呢！”

徐雅丽说：“理论上说，确实是这样，不过也有一些特殊地形地貌，可以高度模拟当时的环境，所以也有可能会生长一些史前生物。

“像是中国西藏的当惹雍错，数百年来，当地就一直流传着水怪的传说。好多藏民不仅目击过‘浑身黑色，长脖子，房子那么大’的水怪，还亲眼看过那水怪冲出水面，将在湖边饮水的牦牛拖下水，乃至湖边到处都是牦牛巨大的骨骸。”

当惹雍错是什么，莫托他们就不知道了，我赶紧卖弄起了地理学知识。

当惹雍错，这是藏语，咱们汉语的意思就是文部湖。它是西藏苯教圣湖，也是一个非常古老的大湖，也有几千年的历史了。据记载，苯教祖师，古象雄王朝第一代王子敦巴辛绕，就曾制伏过湖中的魔鬼，受到了整个雪域高原的赞赏。

徐雅丽赞赏地点了点头，补充道：“不仅仅如此，这个还要涉及青藏高原的历史。其实在远古时代，青藏高原并不是高原，而是一片汪洋大海，生活着各种大型生物，像鱼龙、蛇颈龙等，都生活在这里。后来，地质变化，地壳隆起，形成了青藏高原，但仍然残留了很多湖泊，也生长了丰富的鱼类。

“我去过那里考察过，远远看去，当惹雍错面积巨大，很像一片被遗忘的大海，浪花很大，波涛汹涌，加上当地人的传统——不准下水，也不准捕捞鱼类，所以湖里的大鱼特别多，也给水怪生存提供了空间。

“根据我们的调查，那里自古就流传着湖中怪物的传说，说这个怪物浑身黝黑，脖子长长的，经常吞食湖边饮水的牦牛。按照这个体形和样子判断，当惹雍错很可能生存着蛇颈龙，甚至是克柔龙，就是从前大海中的生物。”

老毕眼睛一下子亮了，他捏紧了拳头：“果然其他地方也有水怪！”

徐雅丽点点头，继续说：“不光是西藏，在四川西部九龙县猎塔湖，也流传着克柔龙的传说。那个水怪体形也非常巨大，经常将牛马拖下湖去吞食，也在湖边发现了许多巨大的脚印。

“也因为这个，我们也很怀疑，当年这个大湖，也是一个残留的史前海洋，还有湖底暗河通到西藏和青海的其他大湖。在海水退却后，产生了高原断层湖，那么湖水中残留一些史前生物也是正常的。当然了，这些仅仅是猜测而已，还需要一些事实作为证据。”

我说：“那是不是说，水怪其实就是那些史前生物的后代？”

徐雅丽说：“水怪肯定和史前生物有一些关系，不过到底是不是它们的后代，也不好说。譬如说蛇颈龙，它的近亲其实就是龟和鳖。可能好多人都不知道，蛇颈龙和龟鳖，都是一个祖先，可以追溯到三叠纪年代，比一般的恐龙还要久远。只不过，鳖进化得比较完善，成为了唯一没有鳞片的爬行动物。如果从这个角度来说的话，只要鳖长得足够大，它就是传说中的水怪了。”

想起在家乡见到的那只大龟，我不由得说道：“还别说，要是说巨龟的话，那我还真见过！”

莫托赶紧问：“是啥样的？”

我说：“就是三叠纪年代的那个巨龟啊！”

莫托直咧嘴：“那你见到的是化石吧！”

我说：“你小子还别不信！我还真见过一只屋子那么大的龟！都说千年的王八万年的龟，说不准我见到的那只龟，就是上万年的大龟呢！”

徐雅丽听我这么一说，顿时感兴趣了，赶紧问我那只巨龟的细节。

那时候，我还小，哪里还记得那么多，但是我还是把小时候听别人讲的那些，添油加醋说给了他们，听得他们两个一惊一乍的。

徐雅丽叹息道：“小白哥，你见到的那个，还真是巨龟！”

我得意地给莫托眨了眨眼："你看，我说得对吧！"

徐雅丽却又说："不过，那东西并不叫龟。"

我急了："那叫啥？"

徐雅丽说："这个巨型生物，叫作铁头龙王，据说是只生长在黄河中的霸王。在黄河两岸，不拜海龙王，只拜黄河大王。这里的黄河大王，其实就是这巨龟，铁头龙王。"

她解释说，她以前也搜集过一些资料，这铁头龙王就是黄河中最神秘的怪物。它平时潜伏在黄河厚厚的淤泥里，等到黄河汛期时，它就顺着大水一路走，到了河堤处，它就伏在河堤下，死死扒着河泥，让那大水突然暴涨，从它身上漫过去，就给大堤冲垮了。

好多时候，河堤本来结结实实的，突然就垮掉了，就是因为这个。

等到黄河水退下去后，大家找到那河堤处，仔细看看，就发现河堤下赫然出现了一个巨大的深坑，那深坑就是铁头龙王扒河堤时弄出来的。

老毕也忍不住问："啥？铁头龙王？那玩意儿还真有？"

徐雅丽说："我以前在黄河下游那边做过调查，解放前，关于黄河大王的说法很多，那时候常常发洪水，黄河泛滥，黄河里的怪物也多。后来随着三门峡水坝建好，黄河经常断流，连黄河鲤鱼都很少见，水怪就很少听说了。"

老毕点点头："这么说，还是不好说。"

说到这里，夜已经很深了，莫托也是哈欠连连，眼泪都要掉下来了。

徐雅丽赶紧抱歉地说耽误大家休息了，收拾东西要走，老毕赶紧给我使了个眼色，让我赶紧去送送她！

我故作矜持，推说让莫托去送，本来是想做做姿态，没想到莫托这小子傻得冒泡，当时就满口答应了，戴上帽子就送她出了门，让我后悔不已。

老毕在旁边看着，忍不住哈哈大笑，让我更加恼火，硬是给他推了出去。

……

第二天一早晨，我们还没起床，就听见老毕在那边哐哐哐砸门。

莫托过去开了门，老毕就像旋风一般冲了进来，死活要跟我们一起去黑瞎子岛。说是他昨天晚上想了半宿，就凭他这点儿本事，这辈子八成是找不到师父了，还是先跟着徐雅丽吧，她那么懂怪物，他得多跟她请教请教，以后好找那只喜欢扎在死人堆里的怪物！

再说了，上次在打猎时，他就感觉到了那只怪物的影子，说不准那怪物就在乌苏里江藏着呢，他这次好歹也得过去看看！

"不过，"老毕眉毛锁紧了，说："我之前也说过，那个地方比较邪门，要是去那里的话，我要跟你们约法三章。”

我问：“是哪三章？”

老毕说：“到了那儿，你们就得听我的，我说走就走，我说留就留。”

我说：“那肯定没问题。”

老毕又说：“那还有最后一条。”

我问：“啥？”

老毕说：“无论如何，都不能抓那里的鱼。”

这一条，就有些奇怪了。

按说这时候，正好是吃开江鱼的时候，老毕又是著名的美食家，整天怂恿我们搞点儿野味吃，怎么这次突然转了性，不杀生了？

我再三询问，老毕也不说原因，就是含含糊糊地说，让我们别管那么多了，反正听他的没错就好啦！

转头看看莫托，他欲言又止，像是也知道老毕说的那件事情，不过终究没有说出来。

我寻思了一下，老毕这人枪法好，野外生存技能丰富，而且还烧得一口好饭菜，带着他去，别的且不说，好歹这一路上肚子肯定不会吃亏，当时就批准了他的加入。

至于那件事情嘛，其他人不敢说，只要我略施小计，就莫托那傻小子，还不得乖乖地告诉我！

正想着，徐雅丽也过来了，得知老毕也要加入我们的水怪调查小组，也非常高兴，说：“那太好了，咱们也给这个水怪调查小组取一个代号吧！”

老毕冷哼一声：“那还用问，直接叫‘毕姥爷勇擒水怪小组’咋样？”

我说：“还咋样？！都土得掉了渣，一看就是农村机构，绝对不行！”

徐雅丽说：“国际上最权威的两大水怪调查组织，也都是民间自己组织的，一个叫作Global Underwater Search Team，缩写字母为‘GUST’，中文叫‘全球水下搜索队’，是一家总部在挪威的追踪不明水生动物的民间组织。还有一家是加拿大一个水怪调查组织，叫作British Columbia Scientific Crytozoology Club，缩写字母是‘BCSCC’，中文名叫‘不列颠哥伦比亚隐秘动物科学协会’，咱们这个水怪调查组织也可以用咱们几个名字的开头字母来命名！”

她的这个提议，得到了大家的一致认可，于是取了大家姓的第一个字母，组成了我们的组织代号，叫作“BDXM水怪调查组”！

有了老毕的加入，后面的事情就好办多了。

他原本担心我们去那边，也是担心莫托说的那块水域。

据他说，他师父当年也跟他说过，那水底下有好东西，就是有大东西看着，太危险，犹豫再三，最终还是没有出手。

他这么一说，莫托也有些担心，老毕师父那种逆天的神人都惧怕那水下怪物三分，就我们几个人，还不是白白去送死！

我赶紧给他打气，说："同学们，大家别怕啊！毕老师的师父，确实厉害，但是当时是啥年代，那时候还是小米加步枪呢！咱们现在啊，早就是飞机大炮啦，咱们要用科学来武装自己，干掉水怪！"

老毕也摩拳擦掌，说："白小子说得对啊！咱们要不畏艰险，排除万难，踏着我师父血的足迹向前！"

只有莫托还比较清醒，说："可是，可是……咱们也没有飞机大炮啊！"

老毕拍拍他的肩膀，说："小莫托，你不用怕！咱们是没有飞机大炮，那水怪也没有长翅膀嘛！你就放心吧，这几十年来，为了给师父报仇，我也准备了不少好东西，回头给你们看看就知道啦！"

我们几个人计划了一下，赶早不赶迟，大家这两天就准备好，请好假，在第三天出发。

老毕又提议，这冰天雪地的，我们几个人步行过去，肯定不靠谱，他这边出面多借几条狗，到时候整一个大爬犁，狗拉爬犁，差不多两三天就能赶到地方。

第三天清早，老毕赶着十几只大狗，拉着几只雪橇过来了。他把狗群分成了两队，他和莫托一架，我和徐雅丽一架。

我开始还有些担心，怕驾驭不了，后来发现，这狗拉雪橇比骑马容易多了，狗比马还听使唤，而且每一个雪橇都由一个领头的大狗带着，它非常聪明，很容易指挥。

临行前，老毕从商店专门买了几副简易墨镜，让我们戴上，说这会儿我们感觉不到，等在雪地里待久了，就会得雪盲症，到时候眼睛都睁不开！

莫托还有些担心，问老毕有没有带啥家伙防身，老毕拍了拍他身后那个鼓鼓囊囊的麻袋，一下就给莫托拽上了爬犁，接着大声吆喝了一声："走你！"

狗群立刻撒开欢，在雪地上奔跑起来，扬起了一层层雪末。

我也兴奋起来，学着老毕的样子坐在上面，让徐雅丽赶紧坐好，赶着狗群追赶他们。

这是我第一次坐狗拉爬犁，开始还有点儿担心，后来就慢慢习惯了。

这种爬犁视线较低，人坐在上面，会形成一种错觉，感觉爬犁的速度是平时速度的好几倍，非常刺激。

爬犁在雪地上飞驰，冷风呜呜地吹着，人一下子就被吹透了，好在老毕提前准备了军大衣，还有皮帽子、围巾，我和徐雅丽围成了大包子，浑身上下暖烘烘的。

回头看看，徐雅丽整个身子都包裹在军大衣里，围巾围住了头脸，只露出了一双眼睛，像小鹿一般，扑闪扑闪地看着我。

张嘴想说点儿什么，声音刚一出口，就被大风给吹散了，试了几次，都发不出声音，只好冲着她傻笑。

皑皑的白雪地上，两群大狗拉着爬犁拼命往前跑，远处是连绵不断的大雪山，弯弯曲曲的乌苏里江，小路上全是厚厚的积雪，爬犁飞速驶过，溅起成堆的雪沫，像是在云彩里穿行。

过了好久，我渐渐麻木了，感觉身子都僵住了，又不敢伸腿，怕碰到徐雅丽，只好拼命把身子往边上靠。

好在没过多久，老毕就大声吆喝着狗，用铁耙子勾着地面，刺啦刺啦地响，那领头的大狗才缓缓停了下来。

他们一停，我们也跟着停了下来。伸出头看看，我们已经到了大江边上，大江中间已经开江了，江水缓缓流淌，边上还是结着厚厚的冰壳子，河滩上到处都是大片大片未解冻的积雪，举目望去，荒草萋萋，一片荒芜。

在爬犁上窝了那么久，腿脚都麻木了，我踉跄着走出来，使劲揉着小腿，朝老毕喊着："毕老师，到哪儿了？"

老毕指挥着莫托，把狗从爬犁上解下来，说："到了鬼耙子啦！太累了，在这边歇会儿，吃点儿东西再走！"

莫托揉揉腿说："我还能坚持，咱们要不再走一会儿！"

老毕骂道："谁管你小子累不累！老子是说狗太累啦！"

我们哈哈大笑。

老毕招呼我，把爬犁上的东西卸下来，先整点儿吃的再说。

我问老毕吃啥，是不是还要搞点儿野味。

老毕说："吃啥？狗皮帽子头上戴，冬包豆包讲鬼怪！今个儿，吃豆包！"

他从爬犁上拽下来一个面袋子，取出来了不少豆包，冻得像石头，敲起来梆梆响，说在火上烤一烤，味道妙得很！

我们在河滩上搂了不少干草，又砍断了一棵枯死的小松树，在河边生了一堆火，搭上几根大木棍，准备烤豆包吃。

老毕见我垂头丧气，骂道："看你那熊样，吃个窝头就丧气！我以前跟着师父，吃雪喝风的日子多啦！这里不行，冰太厚了，鱼都在江中间，过不去，等过了磨道石，那边的江全开了，管你个饱！"

我反驳："你不是说这次出来不能吃鱼吗？！"

老毕说："狗屁！老子是说，到了那里就不能吃鱼了！在这里吃，谁管你！"

风呼呼地挂着，我们坐在河滩上，避着风，吃着热乎乎的烤豆包，喝了壶热水，歇了歇，就继续上路了。

上路前，老毕弄了大半桶剁碎的鸡鱼碎肉，在火上化了冻，给狗喂饱了，又给它们喝了不少温水，才又一次上路。

这一次，我们是顺着江边的小路往前走，路上坑坑洼洼的，爬犁在上面直蹦，颠得我七荤八素的，庆幸自己幸好上午没吃多，不然全都得吐出来。

老毕吆喝着头狗，把速度也降下来了，慢慢顺着小路走。

越往后走，路越陡，有时候还要从江边的大冰涯上跑过去，连我都捏着一把汗。就这样，一直走到太阳偏西，才终于走到了老毕所说的魔道石。

下了车，左右看看，这里已经非常像北大荒了，举目望去，全都是大江流水，起伏的小山，连一点儿人烟都看不到。

按照老毕的说法，这里已经属于非常荒芜的地界了，平常基本上没什么人过来，所以也容易遇到各种野兽，让我们都警觉着点儿。

莫托也说，这些年里，老虎、豺狼确实见不到了，但是那野猪却又泛滥起来了，甚至在大白天都敢冲到村子里，让我们千万小心，要紧紧跟着他们走。

徐雅丽有些紧张，小心翼翼地看着周围，不敢乱走。

莫托递给她一杆叉枪（类似梭镖），让她别怕，要是野猪来了，就照它身上比画，它就不敢上来了。

老毕四处转悠了一圈，在江边一块凹下去的山坡下找了个地方，说我们晚上就在这儿扎营了，第二天早晨再出发。

徐雅丽虽然经常去野外考察，可是都是借宿在老乡家，从未在野外露宿过，这时候就兴奋起来，拉着我砍树、搬石头，忙着搭建营房。

老毕扛着枪，左右转了一圈，就吹了个呼哨，召唤了狗群，说是去前面看看，要是能打几只兔子就好喽！

河边没有风，干冷干冷的，到处都是积雪，走起来咯吱咯吱响。

徐雅丽头上戴着一顶火车头帽子，围着一条鲜红色的围巾，抱着一捆干柴，还冲我们挥手，一不留神就摔了一跤，跌了一身雪，引得我们哈哈大笑。

没多久，老毕就拎着几只兔子回来，得意地说，待会儿让我们尝尝他的手艺，给我们好好露一手！

天黑了，我们裹上了军大衣，点起了篝火，盘坐在窝棚旁，看着老毕烤肉。

天上繁星点点，墨绿色的夜空高远而干净，月亮温柔地看着我们，一切显得温柔极了，也温馨极了。

篝火中偶尔蹦出来几个火星，周围很安静，江水安静地流淌着，狗群也都老老实实地趴在旁边，一声也不吭。

远处，偶尔传来几声低低的吠叫声，如诉如泣，非常凄凉，莫托说是狼嚎。

老毕专心致志地烤着兔子肉，莫托在一旁磨着刀子，我看着附近的江水发呆。

回头看看，徐雅丽仰着头看着满天繁星，脸庞被篝火映得通红，不知道在想些什么。

在这种近乎原生态的荒蛮地方露营，充满了各种刺激，也让我兴奋不已，又有一种淡淡的疲惫，想感慨些什么，又不知道该如何说起，只好裹紧了大衣，细细感受着这种静谧又温暖的气氛。

老毕烤了一会儿，从爬犁上取出来一塑料桶白酒，又掏出来了几只碗（他恨不得把一个厨房都搬到了爬犁上），说是今天“晓风残月，正是饮酒的好时光”，待会儿我们要大块吃肉，大碗喝酒，莫要辜负了这大好时光！

我心情不错，任由他胡说，还鼓励了他几句文采好，让他非常得意。

徐雅丽问莫托要了几只碗，在每个碗各倒上了一些酒，有的多点儿，有的少点儿，摆成了一排。

她歪着头，把头发拢在了后面，蹲在地上，用一个铁勺子挨个敲打了一下酒碗，试了试音色，然后问我：“喜欢听什么音乐？”

我没反应过来，说：“啊？啥音乐？”

她歪着头想了想：“你是山西人，那就弹一个你们山西的曲子吧！”

她两只手各持一把勺子，有节奏地敲打在瓷碗上，竟然真的出现了“走西口”的调子。

声音清脆，错落有致，真的是一个酒碗版的《走西口》，把我们几个都听得呆住了。

莫托惊叹不已，连声赞叹：“雅丽姐，你还会对碗弹琴呀！”

她微微一笑：“略懂！”

我敲了莫托脑袋一下，说：“你傻啊，这是对碗弹琴啊？我看给你听这个，才对牛弹琴呢！”

莫托连连点头：“嗯嗯，雅丽姐，你真厉害！”

我得意了：“那不是废话嘛！”又贴着他的耳朵小声说，“小子，看我们家雅丽厉害吧！”

莫托嘿嘿笑了，朝我竖起来大拇指：“对，对！小白哥，你们家雅丽真是厉害！”

我恨得直咬牙，莫托这小子啥都好，就是脑子缺了根弦，这种话也就是我跟他私下里吹吹牛还行，怎么能说出来！

雅丽的脸就红了，手上的动作也不自然起来，出现了几个破音，调整了几下才回来。

我也不敢看她，赶紧站起来，扭扭脖子，说这天气还真是不错啊，这大太阳出得多好！

徐雅丽扑哧一下笑了。

老毕也忍不住了，说："都闭嘴吧！还太阳呢，你咋不说下冰雹呢！肉好了，赶紧的！都尝尝！"

那香喷喷的兔子肉，外焦里嫩，又撒上了一层辣椒面，别提味道有多美了。

不过那一顿兔子肉，我并没有吃到什么特别的滋味，或者说我已经忘了烤肉的滋味，只是觉得肉好、酒好、人好，风景也好。

在这样美好的日子，有徐雅丽在身边，有兄弟在身边，有酒，有肉，有燃烧的篝火，可以什么都不想，就这样随心所欲地打猎、露营，这种浪漫生活让我神魂颠倒，没喝酒都要醉了。

老毕也很兴奋，他和我们对着划拳，我输了一次又一次，喝了一碗又一碗，只觉得自己脸上像是发烧，滚烫滚烫的，尽说些傻话，后来终于躺倒在地上，就迷迷糊糊地睡过去了。

第二天醒来，天已经大亮了。

老毕也没有了做菜的兴致，就着篝火的残炙，热了热昨天的烤肉，几个人对付吃了一些，开始讨论下一步的行动。

按照老毕的说法，我们明天下午就会到瞎子岛附近。

不过瞎子岛是军事禁地，我们当然不能硬闯，只好通过迂回战术从乌苏里江旁的大山里绕过去。老毕知道一条密道，可以通过那条密道，到达我们要去的地方。

他说，现在是枯水期，好多地方水位比较浅，我们只能从山上走，路是难走一些，好在没有啥危险。

走过山路以后，就是乌苏里江的深水区，那里全都是几十米深的大水潭，旁边全是悬崖峭壁，山体上到处是巨大的溶洞，如果说要寻找大鱼，那大鱼应该就在那里了。

这一次，为了节省时间，我们一路奔波，只是在行驶了半天后，停下来半个小时，给狗喂了碎肉、水，大家简单吃了一些昨天的烤肉，就又一次上路了。

老毕说，东北天黑得早，我们下午三点前就得赶到那边，不然等到了晚上，黑灯瞎火的，啥玩意儿都能撞上，可不是闹着玩的。

徐雅丽问："不是有狗吗？"

老毕低声说了一句："那地方，狗不敢进去。"

我吓了一跳，就我们这次带来的，全都是百里挑一的獒犬，或者是身经百战的猎犬，还有它们不敢去的地方？！

莫托也表示认可，跟我们解释，猎狗虽然勇猛，但是也不是什么时候都敢往上冲。要是遇上花豹子，再勇猛的獒犬都㞞了，会吓得瘫倒在地上，任花豹子吃。

徐雅丽问："那是为什么？"

老毕哼了一声："为啥？打又打不过，跑又跑不掉，还不如趴在地上等死！"

我问："这么说，那里有花豹子？"

老毕才闷哼一声："要是花豹子，那就容易喽！"

我问："不是花豹子？那又是啥？"

莫托说："像是咱们上次遇到的怪物……"

老毕打了一个呼哨，召唤着狗群过来，叫着："别吃啦！别吃啦！都他娘的开路啦！"

这一次，我们一直跑到太阳偏西，才终于停下来。

从爬犁上再次走下来，手脚都麻了，腿上像有成千上万只小蚂蚁在爬动，又疼又痒，难受得要命。

好容易缓过来，抬头看看，才发现我们来到了一个巨大的峡谷处。

我们周围，全是一座座小山包，一座挨着一座，大江顺着小山包一路流过去，又在山谷中打了个转，形成了一个大峡谷。

峡谷弯弯曲曲，环绕着山峰绕了一圈，在群山中间形成了一个巨大的深潭，远远看去，古松纵横，峭壁林立，江水从上游冲下来，猛烈地冲刷在巨大的山石上，显得分外深邃。

峡谷中，有一只不知名的小兽凄厉地嚎叫着，像是在垂死挣扎，叫了没几声，声音渐渐低了下去，最后彻底消失了。

我不由得有些怀疑，这还是那个温和的乌苏里江吗？

这看起来明明就是长江三峡！

莫托眯着眼望着这里，一句话也不说。

原本骁勇善战的猎狗们，也敬畏地望着这个大峡谷，畏首畏尾的，不敢往前走。

老毕松开了狗群身上的绳子，打了个呼哨，它们像是受到了大赦，赶紧夹着尾巴跑向了荒野。

老毕说，这些猎狗可以自己捕猎，在这里等我们一星期。一星期后，咱们要是还不出来，它们就会自己跑回家了。

大家都没有说话，我和莫托一起，背上背包，跟着老毕往前走。

峡谷很大，岸边到处都是冰碴子，走起来咔嚓咔嚓地响，墨绿色的江水迅速流淌着，能看出来江水很深。

峡谷的石壁上，到处都是蛇蜕的皮，小的有一米来长，大的有三五米长，一条一条，像是破布一样。

莫托用树枝挑起一条大蛇皮，感慨着：“幸好是冬天，要不是这些蛇就够咱们受的！”

老毕嘟囔了一声：“有蛇才好，晚上正好炖一锅蛇羹暖身子！”

走了一会儿，江水两边的山峰开始逐渐往里靠拢，峡谷开始变得狭小，我们开始还小心翼翼地踩在河边的碎冰上走，后来就只能侧着身子贴着岩石过去。

越往里，路越难走，后来老毕带着我们往上走，越往上走，峡谷就越狭小，最后几乎成为了一线天，感觉自己像是被两座山峰给夹成了人肉馅饼，只能小心挪动着身子。

老毕让我们千万别往下看，不然手脚一软，就会摔倒在水里，立刻就会被江水卷走，连骨头渣子都留不下。

他不说还好，他这么一说，我心里像是有一百只小兽在挠痒，忍不住往下看了看，下面墨绿色的河水，黑色的石头，仿佛巨兽一般虎视眈眈地盯着我，河水弯弯曲曲，下面像是有什么东西，顺着江水浮浮沉沉的。

低头看着墨绿色的河流，下面一个灰白色的东西在水里浮浮沉沉，看起来非常诡异。

正看着，脚下一滑，失去了重心，差点儿摔下去，好在前面就到了尽头，老毕见我不对劲，一把给我拽了过去。

我一屁股坐在地上，大口大口喘着粗气，感觉自己真是死里逃生，从鬼门关里走了一遭，后背都被汗水浸湿了。

扭过头看看徐雅丽，她倒是没事，蹲在旁边，一脸焦急地看着我。

我有些吃惊，问她：“你怎么没事？”

老毕在旁边骂了起来：“你个王八犊子！做事情毛毛糙糙的，差点儿掉下去喂了王八你知道不？！人家咋没事？人家压根儿没往下看，能有个屁事！”

我有些愧疚，结结巴巴地说：“那底下……底下像是有啥东西？！”

莫托递给我水壶，说：“小白哥，你别急，慢慢说！”

拧开水壶，咕咚咕咚喝了几口，我继续给他们比画：“那水底下，像是有啥东西！还是活的！”

老毕没说话。

莫托也没说话。

徐雅丽担忧地看着我，像是在看一个病人。

我急了，猛然站起来，说："那水底下真有东西！"

徐雅丽安慰我："好，好！有东西，有东西，估计是一条鱼吧！"

我使劲摇头："不是鱼！那东西顺着水流在底下一沉一浮的，看不清楚。"

徐雅丽还要说什么，老毕却摆摆手，说："他说得没错，水底下确实有东西。"

我眼睛一下亮了，问："啥东西？"

老毕看了看下面奔腾的江水，抽出来一根烟点着了，吸了一口，慢慢吐出烟圈，说了一个字："人。"

"人？！"

仔细回想一下，那在水里浮浮沉沉的东西，顺着水流慢慢行走的，还真像是一个人。

可是，人又怎么会在水底下行走？！那岂不是成了死人！死人又怎么能行走？！

老毕却一脸无所谓，说这又算什么，大山大水，你们没听说过的东西多了，不该问的甭问，老老实实的就行啦！

老毕说，翻过前面这座小山，就是一个浅水湾，我们晚上在岸上休息，离水远点儿，等到第二天早晨再进洞。

还在那休息，就听见江心猛然传来一声低吼，像是有人在唱歌，又像是在号叫，歌词被风带着，断断续续地传了过来：

"我算你七岁文来八岁武，
九岁上兵法武艺都学全，
十岁北平探过父，
十一岁你领兵在燕山，
十二岁你夜打过登州府，
一杆枪战杨林兵万千。"

在那苍苍茫茫的大江面上，猛然传来这么一阵破锣嗓子一般的吼声，一时间吓了我们一跳。

急匆匆登上岸上的岩石，朝江心看看，大江上空荡荡的，连个影子都没有，哪来的人？

老毕眯着眼说："上游飘过来的声音，离咱们这儿还远着呢！"

我问："上游？上游又是哪儿？"

老毕说："就是咱们要去的那里。"

我心里不由得一紧，看来要去那里的，并不是我们几个人，还有其他人。

他们又是什么人呢？

老毕没说话，扛着枪开始慢慢往回走，边走还边哼哼了几句，和那个人唱的差不多。

我问他："毕老师，那个人唱的是啥？"

老毕嘟囔了一声："是河南坠子，《罗成算卦》！嗓子还不错！"

猛然想起，在开江的那个晚上，我和莫托深夜去江边看破冰，也在江上看到了一个唱戏的神秘人，他们是同一个人吗？

晚上，老毕指挥莫托砸开冰河，捞了不少雪蛤，在锅里焖熟了，就着热辣辣的白酒，蘸着大酱吃，篝火熊熊，偶尔吹过来一阵风，火堆里蹦出几个火星，嘭一声爆响。

移开几个篝火堆，篝火下烧得暖烘烘的，在上面铺了层干草，舒舒服服地躺在上面，枕着双手仰望着星空。

天空像是一块巨大的黑色绸缎，繁星点点，点缀在上面，映在远处的乌苏里江里，远处传来几声动物的嚎叫，显得格外宁静。

老毕抱着枪，坐在篝火旁，眯着眼看了看天，说："今天天气不错。"又说，"都早点儿睡吧，我守夜！"

这一天的折腾，身体实在是太乏了，一躺下去，才觉得浑身的骨头都要散架了，再睁开眼天已经亮了。

醒来后，老毕和莫托早就醒来了，正在那儿熬粥。

徐雅丽也打了一盆水，在那儿洗漱，又把头发束在了一起，显得干练又青春。

我有些不好意思，走过去想要说点什么，老毕却直接递给我一碗粥，让我别说废话了，赶紧吃，今天就要真正进入禁区了。

临走前，老毕重新整理了行李，将炊具、行李、渔网等全都留下了，每个人只带了两天的干粮以及武器。

老毕说，那里的路非常艰辛，每个人都要尽量减轻负重，不然肯定坚持不了。

徐雅丽问："要不要多带几天的口粮呢？万一耽搁了，也有吃的。"

老毕摇摇头："那地方两天就足够了。如果两天还不出来，那就出不来了。"

在路上，老毕给我们指点，说乌苏里江其实是属于比较浅的江，但是江里净出大鱼，像几百斤的鳇鱼，时不时就出来了。

好多人都奇怪，这鳇鱼是哪来的，咋能长那么大的个儿？

其实呢，这乌苏里江并不是所有水段都很浅，也有深水区，咱们要去的地方，就是乌苏里江最凶险的深水区，两岸都是悬崖、岩洞，水深浪急，加上水底下到处都是暗礁，所以成为了一个大鱼栖息的天堂，我们要找的水怪，只有可能在这个地方。

徐雅丽也赞同，说水怪生存的条件，第一要有足够开阔的空间，第二就是要有充足的食物。这条水域满足了水怪生存的两个条件，而且人迹罕至，所以真的很有可能会有。

他们两个很兴奋，我倒是无所谓。

啥水怪不水怪的，说破天，那不就是一条大鱼嘛，还能出邪了。

再说了，那水怪再厉害，我就不下水，它还能爬到岸上把我吃了？

顺着岸边没走多远，就没有路了，前面是一个巨大的山崖，巨大的岩石被江水冲刷得非常光滑，连个下脚的地方都没有。

没想到，老毕四下里看了看，就找到了一个被乱草遮住的山洞，并从山洞里拖出来了一条小船。

仔细打量了一下，这船比较特别，小船有四五米长，一米多宽，船身狭窄细长，船头船尾很尖，像一片柳叶。

莫托的眼睛亮了："嗬，好大的桦皮船！"

我才明白，这就是大名鼎鼎的桦皮船。

莫托说："我也是忙糊涂了，都忘了桦皮船的事情了。咱们要去的地方，到处都是大鱼，所以不能用普通船，不然大鱼会给撞翻。当时我还跟小白哥说呢，结果也忘了，幸好毕叔在这里藏了一只。"

莫托给我介绍，这船是用松木作架，桦皮包裹住船帮，用木钉钉住，接口处还要用松香涂抹，防止漏水。

徐雅丽问："这个桦皮船和普通船有啥区别吗？"

莫托说："你们摸摸就知道了。"

试着摸了摸，这船很软，摸起来还挺有弹性，船舱里还串着两溜缆绳。

抓着船头，手下一使劲，我竟然轻松地把这只小船给提了起来！

莫托得意地说："这船轻巧吧！也就几十斤，一个人就可以拎起来！而且你仔细看，桦皮船不分船头、船尾，前后都能划。别看它不大，装咱们几个人一点儿问题也没有，而且速度快，比一般的船要快得多！"

我点点头，这桦皮船确实方便，要是搞一艘大船，我们还真弄不动。

莫托说："桦皮船现在太少啦，在我们赫哲族都不多见了，这玩意儿都是以前我们打四不像的时候用的。四不像喜欢藏在水里，露个脑袋，所以撑着桦皮船慢慢靠近它，一下子就把它逮住了。这船结实，也不怕磕磕碰碰的，在礁石湾里，乱草棵子里也能走。”

他扭头问：“毕叔，这好东西你咋给藏这里了呢？”

老毕没吭声，继续从那个山洞里往外掏东西，又掏出来了一个桦皮筐，一个桦皮桶，一个桦皮篓子，甚至还有一个桦树皮做的烟盒。

他说：“把你们的背包啥的都放这儿吧，换上这些。你们那些东西，都带不过去。”

我也吃惊了，说：“毕老师，看来您才是高人啊，深藏不露啊！”

老毕淡淡地说：“这是我师父以前藏在这里的。”

我有些吃惊，老毕以前倒是说过，他师父说过这江水里有宝贝，没想到还真的来过这儿。

不过他师父到底在这里做了什么，有没有憋到宝，不管我怎么问，老毕都一言不发了。

上船前，老毕专门拿出来了一个密封的小罐子，从里面抠出来了一些像乳膏一样的东西，让我们抹在手上、脸上，说这些是草药膏，能遮住我们身上的人味，不然小船到了江里，会被水下的大鱼打沉的。

老毕又在山洞里翻了翻，找了一个暖壶那么大的白色塑料桶，神神秘秘的，也不让我们看，让莫托小心地收在了背包里。

几人上了小船，小心翼翼地坐在船里，一声都不敢吭。

墨绿色的江水下，不时泛起一个巨大的水花，激荡得小船都左右晃动。

老毕也是一脸严肃，自己坐在船尾，亲自摇动船桨，小船划破水面，开始顺着江水逐渐往下游驶去。

江面上很开阔，风很大，没多大一会儿，我就觉得浑身都被风给吹透了，冷得要命，后悔没有把军大衣穿上。

徐雅丽也冻得脸色煞白，却坚定地注视着水面，手一直攥得紧紧的，不知道在想些什么。

我怀疑，徐雅丽这次坚持要来这里，一定是和她父亲留下的信有关，老毕应该也知道些什么内情，但是他们不说，我也不好问。

回头看看，莫托也是一脸紧张，手里握着他们赫哲族的护身符，满脸严肃，见到我看他，勉强挤出了一个笑容，笑得比哭还难看。

我心里暗暗叹了一口气，现在想法最单纯的恐怕就是莫托了，他并没有想那么多，我让他来，他就不顾一切地来了。

这样单纯的人，也更容易得到快乐吧。

一路上，我闷闷地想着，做人像莫托这样实在，究竟是好，还是不好呢？

说话间，小船已经游游荡荡地驶到了江心，顺着浩浩荡荡的江水往下游冲去。

江面上，风越来越大，水流也越来越大，船借水势，水借风势，小船也在水面上越驶越快，像一支离弦的箭，顺着下游冲去。

我紧张得要命，这一路全是险滩，暗礁密布，水下还全是大鱼，万一一个不小心撞上去，我们几个的小命可就玩完了。

好在这段水流虽急，但是还算平稳，我们一路上有惊无险，顺利走完了一程。

又走了没多远，就听见前面哗哗的流水声，水声很急，我怕有瀑布，赶紧给老毕示警。

他却摇摇头，让我们几个都坐好，前面的水道变窄了，小心待会儿被甩下去。

说话间，我们的小船一路飞驶，就到了前方的水道。

莫托站起来看了看，脸色一下子变了，说了声："要过龙门啦！"

我跟着站起来看看，江水两边，全是高高低低的悬崖，中间一条大江，江水是碧绿色的，大山是青灰色的，高山流水，鸟兽成群，真有些"两岸猿声啼不住，轻舟已过万重山"的意思。

徐雅丽也赞叹："这里看起来有点儿像长江三峡了，没想到乌苏里江也有这样的地段。"

莫托确实神色严肃，让我们赶紧坐下，坐到船舱里，紧紧拽着船舷，待会儿千万别起身，最好一动也不动。

我们刚才那段，只算是游山玩水，马上就要进入到危险的河段了。

他解释，乌苏里江这边的河段，其实就是被两座大山卡住了，顺着大山的夹缝走过去。我们一路过来，顺着江水，也是顺着大山走势行走，弯弯曲曲的，虽然风高浪急，也是水势平缓，没什么危险。

到了这里，大江两岸的群山开始慢慢收紧，江水也从宽阔的河岸变成了汹涌的洪流，顺着山涧呼啸而过。

而且更要命的是，在这些汹涌的江水里，还有不少暗礁，尤其是在枯水季，好多暗礁像是虎牙一般，纵横交错，饶是你有再好的水性，被撞一下，也得魂飞魄散。

"这段水路，对大鱼来说也很关键。大鱼要能冲过前面的暗礁堆，才能到达下面的深水区，真正长成鱼中之鳇，所以被称为龙门。跳过去才叫鳇鱼，跳不过去就是死鱼喽！"

老毕也很慎重，他丢下木桨，从船舱底下抽出来一根五六米长的大竹篙，两只手握住竹篙中间，独自立在船头，掌握着小船的方向。

巷道变窄，水流变急，老毕随时用竹篙点一下左右山崖，调整着小船的方向，小心翼翼地驾驶着小船继续前进。

说起来容易，其实当时是非常危险的，水里暗礁密布，有些只在水面上露出来一个小尖角，万一一个不慎，撞在上面，立刻就会船毁人亡。

大水猛烈地撞在一个个礁石上，水花飞溅，冲到了我们身上、脸上，比冰还冷。

旁边的礁石堆里，卡着不少死鱼，有些的尺把长，还有一些足足有一米长，遍体鳞伤，显然是闯“龙门”失败的大鱼。

老毕站在船头，双手紧握着竹篙，仿佛战神一般，威武无比，让我敬佩极了，决定这次回去后，一定要对他好一点。

我缩着脖子坐在船舱里，死死把着船舷，一动也不敢动，生怕影响到老毕。

徐雅丽紧紧咬着嘴唇，坚定地看着远方。

莫托死死盯着老毕的一举一动，拳头握得紧紧的，作为渔猎民族，他对这种乘风破浪的经历显然非常看重，也非常激动。

在险滩上穿行了好久，我们已经习惯了这种颠簸，老毕突然吼了一声：“全都抓好喽！”

我一个激灵，想也没想，两只手赶紧死死抓住了船舷。

这时候，就看见水流在前面拐了一个弯，小船也顺着水道开始拐弯。

本来以为，老毕提醒我们，就是因为前面的弯流，我也没有在意，却没有想到，我完全错了！

就在小船即将顺着水流拐弯的一瞬间，老毕突然大吼一声，间不容发地将手中的竹篙狠狠地插进了山崖上的一个裂缝中，然后两只手狠狠扳住了竹篙，把竹篙卡在了山崖裂缝中。

由于惯性，小船还是继续顺着水流往前走，但是又被竹篙生生拦住，巨大的冲击力一下子将竹篙绷成了一个半圆，咯吱咯吱地响，像是随时会断开。

老毕站在船头，硬生生受了几乎全部的力，他几乎用尽了全身的力量，青筋暴出，眼睛通红，死死抵住竹篙，不让小船继续往前走。

我以为老毕是不是疯了，现在小船已经失去了平衡，在水中开始缓缓绕圈，只要他一松手，或者那竹篙崩断，小船立刻就会翻倒在水里。

老毕没疯，他忍着巨大的压力，又吼了一声：“快，十点钟方向！”

还没听懂这句话的意思，莫托猛然扑向了船尾，伸出去半个身子，拼命撕扯着山崖上干枯的藤蔓，那干枯的藤蔓很快被撕扯开，竟然露出来一个不大不小的山洞。

莫托喊了声：“找到啦！”

我激动得一下子站了起来，原来这山崖下隐藏着一个山洞！

这个山洞竟然隐藏在暗礁密布的激流当中，难怪老毕拼着船毁人亡，也要用竹篙稳住小船，竟然是为了这个！

我也有些激动，这样一个隐藏在大山大水中间的秘洞，肯定不简单，看着老毕和莫托严肃的样子，我也暗暗紧张起来，这里面又藏着什么秘密呢？

小船在激流中被短暂固定住，竹篙绷成了一张弓，吱呀吱呀响着，随时都会崩断。

莫托大半个身子趴在船舷上，拼命撕扯着山洞外的藤蔓，那山洞露出的地方越来越大，但是距离我们还是有点儿远。

他回头喊着："毕叔，够不到！"

老毕低吼一声，猛然发力，将全身的力气全都用在了竹篙上，憋得满脸通红，那竹篙在山洞和小船前僵持了一会儿后，又继续绷紧了，伴随着咯吱咯吱的响声，小船终于在江水中慢慢调转了船头，朝着山洞那边缓缓滑了过去。

小船掉头，船身横在了江水间，承受了水流更大的冲击力，老毕首当其冲，脚下滑了一下，险些摔倒，竹篙也咯吱咯吱乱响，随时会崩断。

莫托很快冲了过去，和老毕站在了一起，两个人一起死死扳住竹篙，好容易才稳住了小船。

老毕喘着粗气："小……小白……船头到了山……山洞，就把船……把船……拽进去……"

我明白他的意思，使劲点点头，让他放心，死死盯住山崖处那个山洞。

老毕的意思是，他们要合力让小船在江水中掉个头，把船头朝向山洞，等船头到了山洞时，我需要把船给拽进山洞里。

他的意思很明确，我也答应得很爽快，但是心里其实还是没底。

我此刻还在船上，船还在如此汹涌的江水中，我又怎么能把小船给"拽"进山洞里呢？

但是当时那种情况，也由不得你多想，别说是把船给拽进山洞，就算是他让我把白宫给炸了，我也得顶上！

只是短短的几秒钟，在我心里却像是过了漫长的一年，小船终于缓缓地掉过头来了，船头靠近了，更靠近了，已经挨着山洞了。

我想都没想，一下子就扑到了山洞上，想要拽着山洞上的石头，或者藤蔓，好把小船给拽过去！

但是根本没用，那山洞不知道修建了多少年，早就被江水冲刷得非常平滑，简直就像鹅卵石一样，抓都抓不住。

那藤藤蔓蔓更不用说，要是有那么结实，刚才也不至于被莫托几把就抓下来了。

老毕和莫托死死抵住竹篙，身子绷得像一张弓，眼睛都憋成了血红色，连气都喘不出来，更不要说话了。

老毕狠狠瞪着我，莫托一脸焦急，挣扎着想对我说什么，却又开不了口。

我当时眼泪都要下来了，想着老毕和莫托耗尽了全力，就差我这最后一击了，我却没有完成好，实在是辜负了他们。

比起来这些，即将到来的死亡，反而没有多少害怕。

就在这时，一直冷静观察山洞的徐雅丽突然叫了一声："山洞里有条铁链子！"

我心里咯噔一声，赶紧爬起来，使劲看看，那山洞里还真的有一条铁链子，差不多有小孩手腕粗细，拖着大半截尾巴，在江水里飘荡，不仔细看的话，还真是看不清楚。

我上去一把捞起铁链子，试着拽了拽，那铁链子一下子绷紧了，牢牢伸向山洞。

我心里一阵狂喜，大叫着："有救啦！"

上去死死拽住铁链子，猛然一发力，小船一下子绷紧了，竹篙也跟着咯吱一声响，小船在水里彻底不动了。

老毕和莫托死死扳住竹篙，和江水奔腾的力量正好抵消了，双方就这么僵持着，正好保持了一个平衡。

在这种微妙的平衡下，我这里的力量就显得尤为重要，而且因为是一个完全不同的朝向，所以并不需要特别大的力量。

我一下又一下，使劲拽着，小船终于被我拽动了，开始一点一点地进了山洞，老毕他们也开始松了一口气。

等到小船大半个身子进入山洞后，就像一枚钉子一般，楔进了山体，为老毕他们分担了好多力量。

老毕的压力减轻，终于可以说话了，他先说了句"还行，总算活过来啦"，又让我把小船卡在山洞口。

接着，他开始慢慢卸掉竹篙上的力量，先让莫托松开竹篙，帮我拽住铁链子，将小船牢牢固定在山洞里，然后自己也慢慢松开竹篙。

最后，小船终于全部进入了山洞，老毕也将竹篙慢慢松开，并没有拿到船上，任凭它继续插在山崖缝隙上，然后瘫坐在了船上。

山洞里黑黢黢的，只有几个人粗重的呼吸声。

休息了好一会儿，老毕才瓮声瓮气地说了句：“今天差点儿被小白害死！”

又说了一句：“咋不点灯？”

莫托从船舱里摸出来了一支火把，用打火机点着了，插在船头，周围终于出现了一道亮光。

老毕掏出一盒烟，拿出一根，在火把上点着了，又给了我和莫托各一根。

见我闷着头，他拍拍我的肩膀，说：“想啥呢？吓着了？”

我有些不好意思，说：“刚才……刚才差点儿坏事！”

老毕哈哈大笑：“这个不怪你！你做得挺好啦！这个怪我，之前没跟你交代，本来这个活是小莫干的，谁知道今天江水太大了，自己没扛住！幸好今天有你们两个，不然咱们几个啊，就都得死在这个鬼门关了。”

莫托也跟着说：“今天幸亏了小白哥啦！”

听他这么一说，我也兴奋了，也点了一根烟，缓解一下刚才紧张的情绪。

徐雅丽这时候问：“毕老师，我们不是要去找大鱼吗？怎么要来这个山洞呢？”

老毕没说话，闷头在那儿抽烟，一口气抽掉了小半截，烟灰簌簌地往下落。

抽完半支烟，他才瓮声瓮气地说：“丫头，你知道这是啥地方？”

徐雅丽摇摇头。

老毕说：“刚才那段叫老虎嘴，这段叫鬼门关。”

徐雅丽说：“鬼门关？”

老毕点点头：“那大鱼水怪啥的玩意儿，都是鬼怪，都在阎王殿里养着呢！要找到它们啊，可不是要走过鬼门关才能看到！”

说完这段半真半假的话，老毕顺手把烟头弹进水里，叫了声：“走！”

老毕又抄起船桨，开始在山洞里慢慢划起船来。

莫托也没有说话，从船舱里也抄起一个船桨，慢慢地划着水。

没有人说话了，耳边只有一声声单调的划船声。

山洞里显得很闷，手电的光线刺进前方，只能大概看到一个轮廓，到处都是巨兽一般黑黝黝的岩石，以及黑黝黝的水面，再往远处去，就像是完全陷入到了虚空中，显得格外的神秘和空旷。

在山洞里划船，是一种很怪异的感觉，周围全是黑漆漆的山洞，黑色的山顶，黑色的岩壁，连水都是黑色的，没有人说话，只能听见船桨划水的声音。

在这种地方，说话声也变得瓮声瓮气的，四处都是回音，显得格外古怪。

我有些担心，想活跃一下气氛，试着说了几句，却发现声音在这里直接走了，听起来格外怪异，索性老老实实地闭上了嘴，不再说话。

就这样，我们在山洞里走了好一会儿，这里的水流并不大，小船可以缓缓行驶，并没有什么危险。

老毕让我关上手电，说这里什么邪乎玩意儿都有，不要开手电，要用火把这种自然光源照明。

火把只能照亮一小片地方，其他地方都是黑黢黢的，偶尔传来几声窸窸窣窣的响动，也不知道是什么。

徐雅丽实在忍不住了，征求了一下老毕的意见，要了一支火把，点着了，站在小船上，往四处照了照，我们才第一次看到这里的全貌。

本来我以为，这里是一个典型的喀斯特地貌，是江水冲击石灰岩形成的大溶洞，到处都是被腐蚀严重的山洞，倒挂着大大小小的钟乳石。

或者，这里就是一道巨大的山体裂缝，被千百年来的江水冲击成了一个天然山洞。

没想到，徐雅丽将火把在周围照了一遍，我才发现自己完完全全想错了。

在我们面前，根本不是什么所谓的喀斯特地貌，或者什么山体裂缝，而是一个让人完全无法想到的人造石窟。

这个石窟非常大，火把的光照有限，看不出来有多深远，只能依稀辨认出山洞很深，十几米高，弯弯曲曲的，像是个巨大山洞。

抬头看看，上面是巨大的粗糙的穹顶，坑坑洼洼的岩壁，以及被江水淹没了大半截的巨大石阶，远处还依稀能看见一根根巨大的石柱子，支撑着山洞。

那一根根大石柱子，足足有几米粗，沉默地站在水里，远远看去，像是蹲在水里的巨兽，虎视眈眈地看着我们。

这时候，小船一个拐弯，波动了一下，徐雅丽有些慌张，手抖了一下，火苗四处乱窜，远处的巨石倒映在大水上，远远看去，像是活了一般。

我暗暗咋舌，在这乌苏里江深处，群山大水间，怎么还隐藏了这样一个山洞。看这山洞明显是古人开凿的，古人又为何在这里修建如此巨大的工程呢?

刚想问老毕，徐雅丽惊叫了一声："有人！"

我吓了一跳，回过头去，就看见那一块巨大的石壁上，有一个人站在那儿，正低着头，冷冷地看着我们。

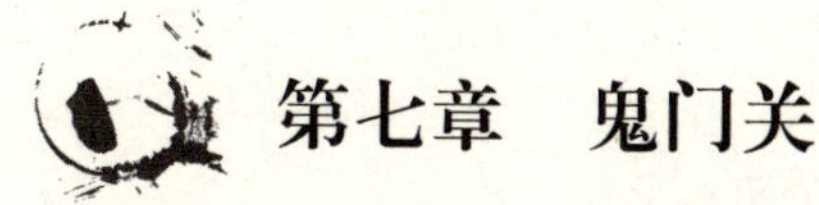

第七章 鬼门关

我们几个一下子绷住了，在这种地方，怎么会有人？！

而且，那个人的样子明显不对，看起来要比正常比例的人大了好几倍，完全是一个巨人。

“操！”老毕猛然站了起来，身子一晃，背上那杆猎枪就荡到了身前，被他一把抄在了手里。

莫托也退后一步，从船舱里迅速抽出一根鱼叉，小心戒备着。

我抢过徐雅丽的火把，让她退后，自己冲上去，给他们两个人照着。

那个人并没有动，还是保持着那种藐视的姿态，居高临下地看着我们。

我鼓足勇气，颤巍巍地叫了一声：“什……什么人？！”

没有人说话。

声音在巨大的山洞里回荡着，声音经过各种反射，显得非常可笑。

我咳嗽了一声，又叫了一声，这一次响亮多了。

但是跟刚才一样，没有人笑，也没有人说话。

莫托低声说：“毕叔，要不然我过去看看！”

老毕摇摇头，让莫托把小船顺着那边划过去，自己端着枪，站在船头，眯着眼看着那个人。

小船离那个人越来越近，那个人依旧一动也不动，仿佛根本没有把我们几个放在眼里。

徐雅丽紧张得要命，紧紧握住我的手，小声说：“咱们别过去了……反正山洞那么大……”

莫托却摇摇头，坚定地说：“这江水里的东西很古怪。遇上了，就逃不掉。你这次要是解决不掉它，它下次就会弄翻你的船，那就完了。”

我也安慰她："别怕！咱们那么多人了，一人一枪也给它干死啦！"

小船渐渐靠近了，老毕挥挥手，让我们都躲在他身后，任凭小船缓缓漂过去。

过了一会儿，就听见老毕低声骂了一句："操！"

莫托问："毕叔，那是什么人？"

老毕没好气地说："什么人！鸟人！"

"鸟？！什么鸟？！"

我搞不明白了。

老毕放下枪，说："都起来吧，起来吧！屁事也没有！"

我们才直起腰来，抬头看看，那个沉默的人还在，就在我们不远处的石壁上，还是那种似笑非笑地看着我们。

"毕老师，那个人……？"

老毕顺手扔了一个石头过去："你看看，这是个啥鸟人！"

石头扔过去，黑暗中猛然传来一阵尖锐的叫声，像是老鼠一般，叽叽喳喳的刺耳。

几乎是同时，那个怪异的人脸也起了变化，原本怪异的人脸突然就少了一块，显得非常滑稽。

徐雅丽还没搞清楚是什么情况，吃惊地叫着："那……那人脸怎么变啦？！"

旁边莫托已经发现了其中的关键，说道："那不是人脸，是蝙蝠！"

他说，在这种大山洞里，藏着成千上万的蝙蝠。蝙蝠是冬眠的。冬眠时，蝙蝠都是紧紧挨在一起，倒挂在石壁上。

这些蝙蝠身上，都有着黑白色的条纹，成千上万只组合在一起，条纹就会组成各种怪异的图案，尤其在这种昏暗的山洞里，火把上下窜动，我们的心情又十分紧张，很容易就会出现错觉，觉得是张巨大的人脸，或者鬼怪什么的。

我们才恍然大悟，难怪老毕要说这是个鸟人，那蝙蝠也算半个鸟，那蝙蝠组成的人形可不就是个鸟人！

虚惊一场，大家终于松了一口气，也放松起来。

徐雅丽问："毕老师，这里是什么地方呢？"

老毕说："这里的事情啊，那就说来话长了。你们看这里像是古时候的建筑吧？没错，这个的确是古时候的建筑，女真族建的，有上千年的历史了。"

我有些好奇："老毕，你咋知道这里是女真人建的呢？"

老毕指了指旁边的石壁："你看看这些！"

徐雅丽举起火把，仔细照了照附近的石壁，上面显示出了一些简单的壁画，壁画下面是一些简单的文字，线条很简单，与其说是文字，倒不如说是一些怪异的图画更合适。

老毕说：“别看了，看也看不懂！都是上千年前的古文字，你就能看懂了？！”

我不服气：“那你能看懂？”

老毕说：“我当然看不懂，不过我知道这是女真族的文字。”

我：“为啥？”

老毕骄傲地说：“我师父说的！女真族的文字比较有特点。他们是渔猎民族，文字是啥象形文字，老爱带条鱼啥的，像是两个娃娃踩在鱼背上，或者人身上挂着鱼形的玉佩啥的，这些都是女真人留下的。”

举着火把，我们也仔细辨认了一下那些文字。

壁画腐蚀得很严重，石片大片大片脱落，不过从残留的一些文字里，还是能看出来各种鱼的符号。

只不过这些鱼显得非常狰狞，并不是人踩在鱼背上什么，而是几个人抬着轿子，那轿子里坐着一条巨大的鱼。

更古怪的是，那条鱼的模样非常诡异，看起来像人又像鱼，眼神也非常古怪冷漠，总之就是让人觉得各种不舒服。

在这种怪异的地方，看着这种怪异的壁画，让我心里涌起了一种不好的感觉。

这时候，徐雅丽问：“毕老师，女真人为什么要在这里修建山洞呢？”

老毕说：“关于这个问题嘛，说法就多了。有人说，这里是女真族古时候建造的屯兵基地，秘密训练新兵的地方。”

我说：“啊，乌苏里江这边，到处都是土地，为啥还钻到这个山洞里练兵？”

老毕点点头：“我也这么想的，就算是秘密屯兵吧，这老林子里秘密的地方多了，也不至于在这里开那么大一个山洞来练兵吧？”

莫托说：“我们那边说，这里是女真人藏宝贝的地方。以前也有不少人来这里找过宝贝，后来都失踪了，就没有人来了。”

听到宝贝，我来了兴趣，赶紧问：“什么宝贝？”

老毕接过话头，说：“咱们东北这边啊，出金矿！尤其是漠河那边，溪水里流的都是金砂。老人们都说，砍柴人穿着一双烂草鞋，从溪水里蹚过来，只要上了岸，马上就能换一双新鞋。为啥？因为那溪水里全是金砂，把那双草鞋放火里烧化了，能烧出来金子！”

徐雅丽也感慨：“东北这里真是一块福地啊！”

老毕说：“可不咋地！要不然日本鬼子咋就对咱们这里那么上心呢！小日本占领了咱们东三省后，派了好多人过来，勘察地形，寻找矿产，就是想在咱们这儿找宝贝呢！”

想到高站长也说过，苏联人当年也在这条江上老打探，像是也在寻找江里的宝贝，说不准这里还真有宝贝！

我赶紧问：“那这里到底有啥宝贝？”

老毕倒踧起来了，说：“这个要是说起来，那可就话长了。”

这山洞里阴暗潮湿，大家心情也都很压抑，听老毕这么说，赶紧催着他讲，哪怕消磨消磨时间也好。

老毕就说起来：“关于女真人的事情啊，也是我师父上次带我们来时跟我们说的。”

我插嘴：“‘你们’？当时除了你们师徒俩，还有其他人？”

老毕说：“哦，那个啊，上次还带了一个人，不过那个人是个傻子，不用管他。”

我说：“好，好，你继续说！”

老毕说：“我师父说啊，女真人可不简单，要是算起来，他们也是有几千年历史的。最开始呀，女真族叫肃慎，汉朝时叫挹娄，到了唐朝时期又叫黑水靺鞨，一直到辽代才开始叫‘女真族’。再后面，你们就知道了，就是金朝，满族，咱们大清朝啦！”

徐雅丽也感慨：“没想到女真族有那么长的历史。”

老毕说：“那是当然了，你们仔细看看这个山洞，这个可不是一代人就能建起来的，搞不好都建了几百年呢！”

我忍不住问：“毕老师，你就别卖关子了，这里面到底是啥宝藏啊？！”

老毕说：“好多人说，这里是女真族啊，藏黄金的地方！你想啊，元朝时，蒙古人打垮了大金朝，但是完颜老王爷还是想着有一天能复国，就把财宝秘密转移到了这里，准备复国用！据说啊，那宝库里全是狗头金，怎么花都花不完，谁要是找到它，那可就发财喽！”

我赞叹着：“敢情这底下还是一座金矿呢！”

莫托插嘴说：“不光黄金，还有大珍珠、夜明珠呢！”

我说：“那大珍珠又是哪儿来的？”

莫托说：“小白哥，这你就不知道了。女真族啊，跟我们赫哲族差不多，都是渔猎民族，他们自古就有一个弄大珍珠的法子。女真族善于驯鹰，尤其是海东青，他们训练海东青捉天鹅。”

徐雅丽搞不懂了：“这个天鹅和珍珠有什么关系呢？”

莫托说：“那当然有关系啦！咱们东北这边吧，挨着俄罗斯远东那边，也有海。到了10月份，那大海里的珍珠蚌就熟透了，里面结的都是大珍珠！但是珍珠都在海里，咱们根本捉不到，第一那边是人家老毛子的地盘，咱们过不去；第二海水太深了，根本下不去。”

“这天鹅啊，最喜欢吃珍珠蚌，它能潜到水底下捉到珍珠蚌！吃完蚌肉后，它就把珍珠存在自己的嗉子里，所以捉到一只天鹅，就能弄到不少大珍珠，还都是最好的珠子！这海东青啊，最喜欢吃天鹅脑子，所以女真人就训练海东青去捉天鹅，就弄了不少大珠子！”

老毕也点头：“当年慈禧太后凤冠上有九只凤凰嘴，每只凤凰嘴里都含着一颗夜明珠，这九颗珠子啊，就是女真人在清朝应该叫满族献上的！所以说，谁要是找到这女真人的宝藏啊，那可就发大喽！”

徐雅丽也心生憧憬，问他：“毕老师，那您找到了吗？”

老毕点了点头，严肃地说：“还真是找到了。”

我们几个大吃一惊，老毕却呵呵地笑了：“我要是找到了，还能在这里跟你们喝西北风！我早就去北京、深圳享大福去喽！”

我说：“毕老师，您现在其实也可以去北京、深圳享大福啊！”

老毕一瞪眼：“你给我钱啊？”

我说：“毕老师，这还用得着我给钱？！您随便去北京饭店露那么几手，那边还不得八抬大轿求着你过去掌勺啊！”

老毕哈哈大笑。

气氛活跃起来，大家也都放松了，莫托驾着小船，顺着山洞往里走。

没走多远，小船后方猛然泛起一个巨大的水花，接着一个巨大的东西浮出水面，侧着身体，擦着我们的小船迅速游了过去。

那水下的东西特别大，虽然只是轻轻蹭了我们一下，小船也猛然晃动了一下，险些翻倒，我们几个坐立不稳，险些摔进水里。

莫托叫起来：“都抓住啦！”

好在桦皮船内缝了两道麻绳，这时候起了作用，我们几个全都牢牢拽着麻绳，好在不险，没有人被甩下去。

我叫着：“水底下是什么鬼玩意儿？！”

还没弄明白状况，那水下的怪物又一次朝着我们冲了过来，水花四溅，震荡得小船在水里乱晃。

老毕闷声叫了一句：“快关灯！”

莫托一把拽掉了火把，扔到了水里，就听见刺啦一声响，火把在水里淹灭了。

我们猛然陷入到了彻底的黑暗中。

周围很安静，能听见大家粗重的呼吸声，以及水下不断响起的巨大水花声。

徐雅丽有些慌张，想要问什么，我赶紧拽住她，使劲握了一下她的手，让她别说话。

水下像是有不少巨大的东西，不时擦过我们的小船，小船被撞得晃晃悠悠的，顺着水流缓缓往前走，好在它们并没有对我们发起攻击。

老毕也没有再管那艘船，任由小船在黑暗中自己走。小船慢慢走了一会儿，猛然定住了，稳稳地停在了水面上。

我以为没事了，刚放松了一下，就觉得船身猛然摇晃了一下，接着开始缓缓往上走。

我的脸色一下变了。

这水底下有东西，而且是一个大得惊人的东西！

更要命的是，那玩意儿此刻钻到了我们船底下，并且把我们的小船给顶了起来！

这船并不小，而且上面还坐着四个人，这得多大的力气，才能硬生生将小船给顶起来？

现在想想，当时的事情确实非常诡异，简直就像是天方夜谭。要是我当故事讲给别人，别人一准会觉得我在扯淡，一个跳蚤能说成马大，吹得没边没沿的！

但是在当时，事情的的确确就是那样发生了。

我死死拽住船舷的麻绳，拼命稳住身子，生怕自己一个不小心，摔到在水里。

抽空看了看徐雅丽，她的位置还好，靠在老毕身后，倒是没什么危险，让我稍微放了一下心。

这时候，就听见老毕不慌不忙地说："小莫，倒猪血！"

莫托终于打开了船舱里那个神秘的白色塑料桶，朝水里呼噜呼噜下倒，水下立刻翻起了几个大浪，一股股浪花朝着我们劈头盖脸打了过来。

老毕又叫道："把水桶扔远点儿！"

莫托扛着水桶拼命往外一扔，就觉得我们身下猛然一震，小船从半空中掉回到了水里，啪啦一声响，在水里剧烈晃动着，终于恢复了平静。

老毕镇定地说："快走！"

又对我说："小白，用手电照路！"

我赶紧打亮手电，给他们照路。他和莫托一左一右，拼命划动船桨，朝着前方迅速驶去。

回头看看，那白塑料桶几乎像是炸了锅，在水面上来回跳动，显然是被什么东西争抢得厉害。

水下不时掀起几股巨浪，几股巨大的水波迅速朝着猪血块游去，甚至在水下发生了激烈的争抢，打得周围水花四溅。

这才想起来老毕当时神秘兮兮地拿出这个白塑料桶，原来是预备着这个，也幸好他提前有准备，不然就刚才那阵势，我们恐怕都得留在这里了。

老毕低声说："还看，再看就把你留下来！给我照着前边点儿！"

我忍不住问："那水底下的是鱼？"

老毕闷声说："不一定。"

徐雅丽问："不一定？"

老毕闷声说："没跟你们说吗？这里是鬼门关，鬼门关里的东西，谁知道到底是啥玩意儿？"

这已经是老毕第二次这样说了，我们也搞不懂他到底是开玩笑还是认真的。

这时候，徐雅丽问："要不要点着火把？"

老毕摇了摇头，让我关上手电筒，改用打火机照亮。

我有些吃惊，这好好的手电不用，改用打火机，是不是吃饱了撑的？

莫托在旁边解释，用打火机是对的，这山洞里终年都是暗的，我们打开火把，会惊扰到水底下的东西，容易被大鱼打翻小船。

另外，这水下确实有不少邪门东西，像一摞摞的人骨头架子、红毛僵尸、被铁链子吊在半空中的死人，这些东西到处都是，还是看不到为好。

他有些犹豫地说："而且……而且这水底下还有不少邪门东西！"

徐雅丽傻乎乎地问："水底下有什么邪门东西？"

莫托沉吟了一下，说："上次我们来这里，有个小兄弟偏说这里有蜘蛛网，老缠着他的脖子。大家不让他开灯，他偏不听，非要打着打火机烧掉蜘蛛网。结果……"

"结果怎么样？"

"结果打着打火机后，发现根本不是啥蜘蛛网，而是死人头发！不知道为啥，山洞上面吊死了好多人，尸体用铁链子吊在了上面。人是死了，但是尸体却变成了干尸，没有腐烂，而且指甲和头发还不断长出来，老碰到他脸上的，就是那些长头发……"

徐雅丽不说话了。

脑补了一下那个场面，我心里也是一阵恶寒，忍不住问莫托："那些……蜘蛛网，啥时候会遇到？"

莫托摇摇头："碰不到啦！那人看见这些，都要疯掉了，后来大家也觉得太邪门，就在尸体上浇上汽油，都给烧掉了。"

我庆幸着："那还好。"

莫托说："不过他还是死了。"

徐雅丽问："为啥？"

莫托说："不知道，回去后不久，就死了，说是被勒死的。"

他停顿了一下说："后来我父亲见过他……他的尸体，说是被什么东西给勒死的……后来，给他穿衣服时，发现脖子上缠着不少头发丝，都勒进了肉里……"

我心里一阵恶寒。

我自认自己不是个胆小的人，要不然也不会跟队长下井里探险，以及带徐雅丽过来寻找水怪。

但是那种变态又狰狞的死法，还是让人想起来就真真不舒服。

莫托不说还好，他这么一说，我总觉得脖子里痒痒的，像是有头发丝在我脖子上扎。

使劲挠了一下，又挠了一下，越挠越不舒服，又不敢开灯看，别提多难受了。

老毕见我老挠脖子，故意吓唬我："小白啊，是不是有头发扎你啊！可千万别开灯啊！"

我热血上涌，当时就打亮了打火机，往上一照，顿时愣住了。

在我们头上，七八米高的地方，果然吊着几行手腕粗的铁链子，上面挂着一些类似镣铐一样的东西，像是以前吊着什么，后来又不见了。

也有几根铁链子，吊着一具风干的骷髅架子，至于那骷髅有没有长头发什么的，我就没敢多看了。

老毕说："你看，没骗你吧？还不信！"

我说："这……这到底是什么鬼玩意儿？"

老毕说："这个啊，我当年也问过我师父。他说，这个应该是古代女真人搞的祭祀啥的玩意儿，有点儿类似人祭啥的。据说女真人相信，这人死后，被铁链子锁住脖子，倒吊在山顶上，就会化成恶鬼，永世不能超生。这些小鬼跑又跑不出去，投胎又投不了，只好在这里来回游荡，要是有生人进来，就会害死生人。"

莫托最怕这些神神道道的东西，这时候就问："毕叔，这些都是假的吧？"

老毕故意吓唬他："都是真的！"

莫托吓得一缩脖子，不敢再看。

我也觉得周围阴风阵阵，风吹过山洞，呜呜地响，让人联想起小鬼光着脚丫子四处乱跑。

我赶紧没话找话："那个，老毕，为啥这里要弄那么多铁链子呢？"

老毕悠悠哉哉地说："这个啊，你得去问古人喽！"

看着他那嚣张的样子，我就想刺激刺激他，故意说：“对，老毕，乌苏里江旁边那个古庙你知道吧？上次那个古庙塌了，底下镇着一口井，后来我下到井底下了，你们猜那底下有啥？”

老毕没好气地说：“有铁链子！”

我惊讶了：“你怎么知道？！”

莫托也说：“小白哥，你这么问，傻子也知道那底下是铁链子啊！”

我挥挥手，说：“行吧，算我说漏嘴了。那我问你们，你们知道那铁链子底下吊着啥东西不？”

老毕说：“啥？死人还是大石头？”

我冷哼一声：“幼稚！谁家铁链子都跟这一样，吊着一堆死人啊！”

老毕不服气了：“不吊着死人，难不成还吊着一个活人！”

我得意扬扬地说：“还别说，真被你给说对了！那底下吊着的，还真就是个活人！”

老毕嗤笑着：“你们家活人被铁链子拴着，还能活？你是不是看走眼了，那吊的不是人，是一只大王八吧？”

我冷笑着：“大王八也有，人也有，还都是活的！怎么样，没见过吧？”

没想到，老毕却严肃了，坐正了身子问我：“小白，你仔细说说那人是什么样的？”

见他神色严肃，我也不敢再开玩笑，赶紧把当时的事情一五一十告诉了他。

本来是想跟他们炫耀炫耀，没想到，老毕听我说完后，人仿佛被雷击中了一样，半天没有说话，连动都没有动一下。

我觉得有些不对劲，赶紧拽他，小声喊着：“老毕？”

拽了一下，没有拽动，又拽了一下，他却像一截干木头一样，一下子顺着小船倒了下去。

我吓了一跳，也顾不上其他了，赶紧叫莫托点上火把。

两个人扶起老毕，就看见他脸色苍白、胡子拉碴、浑身软绵绵的，仿佛一瞬间就老了十岁。

莫托也吓坏了，叫着：“毕叔！毕叔！”

老毕牙关紧闭，脸色苍白，豆大的汗珠不断从脸上落下来，像是在忍受着巨大的痛苦。

我说：“完了，会不会是中邪了？这可怎么办？”

莫托也急了，说：“小白哥，都说童子尿辟邪，要不然给毕叔来点儿！”

我挥挥手，让他别捣乱，这老毕是什么情况还不知道呢，要是他没事，你给他灌了一泡尿，他还不得跟你拼命啊！

莫托挠挠头，说："那怎么办？"

我说："雅丽，你看看还有没有酒？"

雅丽赶紧摇晃了一下酒壶，说："有的，还有半壶！"

我说："白酒能驱邪，也能驱寒，试试这个吧！"

老毕牙关紧闭，根本灌不进去酒，我和莫托一个人托头，一个人掰嘴，好容易才给他灌进去。

烈酒从他嘴里进去，很快又流了出来，完全没有什么反应。

我搓着手，问莫托："小莫，老毕该不会是羊角风吧？我记得羊角风就是这症状，牙口一闭，两眼一瞪的，要是两腿再一蹬，人可就挂啦！"

徐雅丽推了我一把，不准我这么说老毕。

她掏出手帕，仔仔细细地擦去老毕嘴角边溢出的酒水，又扶着他躺在船舱里。

莫托眉头紧锁，又要使出他那个绝招："小白哥，毕叔这样子有点儿像是撞邪啊！我还是觉得，要不然咱们试试童子尿？"

我推了他一把："试个屁啊试！再挺好的人，也都给你熏晕啦！"

莫托欲言又止："可是……可是……这里……"

看看周围怪异的石壁、诡异的铁链子，风呼呼吹过来，火把火苗乱窜，铁链子也发出咯吱咯吱的响声，在黑暗中听起来格外古怪，让人浑身起鸡皮疙瘩。

我明白莫托的想法，他是觉得这里阴风阵阵的，搞不好真是小鬼作祟，让老毕中了招。

说实话，在这种情况下，我心里也直发毛。

但是在这个时候，人千万不能认㞞，一旦认了㞞，那谁也出不去了。

即便是真有鬼，哪怕那鬼玩意儿就趴在你背上，朝着你脖子呼呼吹气呢，你也只能当它压根儿不存在，就是个屁，这样才能走出去。

要不然，就我们两个人，还拖着一个伤员，还有一个女人，这样手忙脚乱地往外跑，估计要不了一会儿，就得船毁人亡。

我灌了一口酒下肚，又把酒壶递给莫托，让他也喝了一口。

热辣辣的白酒下肚，浑身像是流过了一道火油，像是打进去了一针兴奋剂，整个人都兴奋起来，再看着阴森森的石窟，也没那么可怕了。

我跟莫托说："没事，老毕估计是兴奋过头，一激动，抽过去了，过一会儿就没事了。我看干脆这样，雅丽，既然老毕身体不合适，咱们也不好硬去找水怪，要不然咱们就先回去休整休整，等老毕身体没事了，咱们再战水怪怎么样？"

两个人一致同意，我们很快决定了先回去，可是真到了回去的时候，却又犯了难。

莫托从前来是来过这里，却都是跟在别人屁股后面，压根就不认识回去的路。

我想了想，说："有了！你们忘了，咱们进来时，是拽着一根铁链子进来的，所以跟着铁链子那不就得了！"

莫托眼前一亮，拍着手说："还是小白哥厉害！"

接着，他又犹豫了："小白哥，咱们是顺着铁链子往前走，还是往后走呢？"

关于这个问题，我也搞不清楚了。而且那铁链子那么长，在山顶上纠缠在一起，还吊着不少干尸，根本分不出来是前还是后。

还是徐雅丽心细，她说："咱们进洞时，我仔细看了，山洞的水是朝着外面流淌的，咱们跟着水流走就行！"

莫托点点头，就要把手扔到水里："好，那我试试水流的方向！"

徐雅丽说："不用那么麻烦。"

她从背包里翻出了半截蜡烛，点着了，放在一只空碗里，然后把空碗放在水面上。空碗带着蜡烛，顺着水流晃晃悠悠地往前走，形成了一个清晰的指引。

莫托兴奋了，朝徐雅丽竖起了大拇指："还是雅丽姐有办法！"

我也跟着得意："好好学着点儿吧！别干啥都先想到童子尿！那童子尿不管用还好，要是管用了，老毕挣扎起来了，也得给你气死过去！"

莫托嘿嘿笑着，划起船桨，跟着蜡烛碗慢慢往前走。

幸好这里风浪不大，小碗虽然晃晃悠悠的，火苗也不大，却走得很稳，并没有翻倒在水里。

老毕这时候依旧脸色苍白，不过气色好了一些，牙关也没咬得那么紧了，呼吸也挺均匀。

我也放了心，为了保险起见，又给他灌了一点儿酒，他也老老实实地喝下去了。

老辈人常说，酒是粮食精，驱寒，也驱邪，在这种情况下，他突然昏倒，总不会是什么好事，驱驱邪总不会错。

为了保险起见，我和莫托也喝了一口酒，让徐雅丽也喝了半口，别再有什么情况，给我们几个也撂倒了。

既然决定出去，我们也什么都不怕了，我让莫托点上火把，让徐雅丽打开手电筒，又把鱼叉、猎枪都准备好，回头再出现什么，我们就干他娘的！

火把点上，周围就亮了，巨大的山洞又一次出现在我们眼前。

抬头看看，上面盘绕的手腕粗的大铁链子，一根根巨大的石柱子，以及石壁上大片大片剥落的图案，都显得无比怪异。

在这样巨大的空间里，火把根本照不了多远，只能看清楚周围一小块儿东西，更显得周围空洞而压抑。

在这种情况下，显然不适合聊天，我们几个各怀心事，谁也没有说话。

小船在黑暗中行驶着，周围很安静，那是一种难以压抑的安静，几乎让人无法忍受。又走了一会儿，徐雅丽突然说了一句："快停下来！这路有鬼！"

莫托吓了一跳，赶紧停下，问："雅丽姐，怎么了？"

徐雅丽站起来，仔细看了看周围，说："你们没有发现吗？咱们进来的时候，没用那么长时间。而且，也从来没有来过这里……"

她这么一说，我们也抬起头看看。

不知道什么时候，这里已经变成了另一番样子。

刚才，我们分明是在一个巨大的石窟里，虽然石窟很大，由许多巨大的石柱子支撑，但是那也就是一个大石窟而已，周围的石壁、穹顶也很粗糙，虽然开始时感觉很震撼，但是看久了，也就那样了。

但是在此刻，我们却像是来到了一条巨大的"走廊"上。

"走廊"有三四十米宽，一直通往前方，两边很匀称，岩石也很平整，仔细看看，岩壁上的壁画也很精致，跟我们来时候粗劣的石窟风格完全不一致。

而且，山洞上面那些狰狞的铁链子，这时候也不知道去了哪里，根本看不见了。

往前看看，走廊应该还很长，那盏碗灯还在继续往前漂。

我问："小莫，你以前来过这里吗？"

莫托摇摇头，颜色严肃地看着这些："从来没来过这里。"

我也有些拿不准："这是怎么个情况？走岔路了？咱们不是跟着碗灯走的吗？"

莫托挠挠头，拿起火把，往水下照了照，顿时脸色变了，结结巴巴地说："小……小白，咱们好像被骗了！"

"被骗了？！被谁骗了？"

莫托指着那盏碗灯："被，被那盏灯骗了！"

我气极反笑："被灯给骗了？！那是啥灯啊，还能骗了你？阿拉丁神灯啊！"

徐雅丽也朝着水面看了看，说："小莫说得不错，咱们确实被那盏灯给骗了。"

我搞不明白了："到底是咋回事？"

徐雅丽说："你自己看看，这水根本就不是流动的，那盏灯为啥还能往前走？"

用火把照了照，黑色的水面纹丝不动，确实像是一潭死水，压根儿连波纹都没有一个，为啥那碗灯还能嗖嗖地往前走？

看了看雅丽，她也看了看我，脸上没有任何表情。

莫托咳嗽了一声，压低声音说：“它，它像是故意引咱们过来的。”

我也有些紧张。

从我们进入山洞以来，短短的几个小时，竟然发生了这么多事情。

先是我们最大的依仗老毕昏倒，接着我们又被一盏碗灯带到了这个鬼地方，而且这碗灯还有鬼，真不知道接下来还会发生什么事。

在这条古怪的“走廊”里，远处漆黑一片，不知道有多深，周围的壁画都是一些狰狞的鬼怪，看上去也格外瘆人。

远远看去，那盏灯已经变成了幽幽的绿色，像是鬼火一般，在水面上轻轻打着旋。

在我们停下来的这一瞬间，它也像是感知到了一样，并没有继续往前走，而是在原地打着旋，像是在等着我们一样。

莫托也紧张起来，问我：“小白哥，怎么办？这……这水下有鬼！”

我心里也发毛，但是只能硬撑着，说：“怎么办？凉拌！还等啥？咱们赶紧的！调转船头，找咱们的路去！”

莫托答应一声，刚要去划船，就看见那盏幽幽的碗灯，好死不死的，竟然朝着我们这边悠悠地漂了过来。

莫托一下子不动了，接着扔下船桨，抄起了一把直刀，死死盯着它。

徐雅丽也着了慌，颤巍巍地说：“小白哥，那碗……那碗过来了……”

我满不在乎地说：“不怕！不就是一只破碗嘛，还能吃了咱们？！”

说是这么说，我心里也一阵发毛，想着他娘的，十年玩鹰，一朝被鹰啄瞎眼，难不成我董小白在黄河大难不死，反而要死在这样一个鬼都不知道的大石窟里？

越想越恼火，看着老毕身上挂着的猎枪，我赶紧解下来，抄在了手里。

猎枪沉甸甸的，枪筒用各种兽血涂抹过，杀生无数，枪上都带着一股杀气。

我小时候也摆弄过一阵子气枪，大概知道这东西怎么弄，当时见那碗灯优哉游哉地漂过来，心里一阵恼火，直接拉上了扳机，瞄都没瞄，就朝着它开了一枪。

这老猎枪的后坐力很大，贸然开了一枪，枪身猛然一震，后坐力顶得枪托狠狠砸在我的肩膀上，生疼生疼的。

枪声刚落下，就看见水下猛然炸开了，接着一个一米多长的东西猛然从水底下蹿了起来，又摔倒在水里，在水里猛烈扑腾着。

火把光线有限，看不出来水下扑腾的到底是啥玩意儿。那玩意儿折腾的动静很大，水花四溅，打得小船在水里乱转，扬了我一身一脸的水。

使劲抹了一把水，我稳住身子，大声问莫托：“怎么个情况？！”

莫托说：“小白哥，水底下有东西，被你打中啦！”

我说：“是吗？是啥玩意儿，大鱼吗？”

莫托说：“是大鱼，沉底了，看不出来是啥鱼！小白哥，还没看出来，你还是个神枪手啊！这大鱼可不好打，得一枪打在后脑，才能打死，而且这里那么暗！你可真是真人不露相啊！”

我打了个哈哈过去，说自己谦虚惯了，人嘛，还是低调点儿好！

心里想着，老子才不会承认，是想射那盏碗灯，接着射偏了，才误打误撞打死了一条大鱼。

抬头看看，那盏碗灯还在，好死不死地浮在水面上，一动也不动。

莫托用刀子拨了拨碗灯，那灯动弹了两下，又不动了，跟寻常灯没有任何区别。

莫托乐了：“小白哥，老话说‘鬼怕恶人’，看来你刚才露了那么一手，把鬼都给吓跑了！”

我得意了：“扯淡！老子像是恶人吗？老子才是正正经经的好人呢，少先队员，红领巾，小学时候还是三道杠呢！”

这时，徐雅丽却淡淡说了一句：“我终于知道这碗是怎么回事了。”

莫托问：“怎么回事？”

她说：“这里根本没有鬼，也没有超自然现象，之所以这只碗能在水上走，就是因为它！”

说完，她指了指黑黢黢的水面。

我和莫托面面相觑，因为“它”，这个“它”又是啥玩意儿？

徐雅丽说：“这个‘它’，就是刚才那条大鱼！”

莫托问：“那大鱼在水底下顶着碗走？”

徐雅丽点点头。

他问：“那是为啥？”

徐雅丽说：“我是研究水下生物的。水下生物有个特点，就是喜欢追逐光闪闪的东西，像是江南一些地方有放河灯的风俗。好多大鱼就喜欢顶着河灯走，看起来像是河灯自己在水里走一样。”

我们几个才恍然大悟，接着又放轻松了。

原来搞了半天，就是这条大鱼在作怪，吓了我们半天，看来挨了我一记枪子也不亏。

想通了这一节，大家轻松起来，看着这条长廊也没那么害怕了。

莫托问：“小白哥，那咱们现在怎么办？”

我说：“现在嘛，当然还是原路返回！”

莫托点点头，甩开膀子，使劲划着小船往回走。

斩杀掉大鱼后，我心情好了许多，点了一根烟，扭头看了看徐雅丽。

她还在照顾老毕，拿着手帕给他擦汗，又用手试着他额头的温度。

我说：“没事，毕老师呀，命最硬！人家打小跟着师父走南闯北，那万人坑、死人堆都蹚过，这点小事算啥？”

徐雅丽没理我，继续给老毕擦汗。

小船顺着走廊飞快走着，两边的石壁雕刻着古怪的狰狞壁画，在我眼前飞快闪过。

开始是一些巨兽在大江里兴风作浪的场景，后来又出现了一些人物，像是在祭祀，又像是在搏杀巨兽，不过周围光线实在太暗，小船又走得飞快，也看不多清楚。

这时候，徐雅丽抬头看了看前方，失声叫了起来。

我正专心致志地看着壁画，莫托低着头使劲划船，她猛然叫了一声，把我们两个都吓得够呛。

我一个激灵，烟头落在了水里，刺啦一声响。

莫托吓得差点儿跳起来，几乎把船桨丢在了水里。

这时候，就看见徐雅丽一脸惊讶，用手指着前方，说：“那……那是什么？！”

顺着她的视线看去，昏暗的火光下，那陪伴了我们一路的长廊竟然到了尽头。

在长廊尽头，是一个非常巨大的山体截面，在那道山体截面上，赫然出现了两扇巨大的黑色石门。

那扇石门有十几米高，七八米宽，由两块巨大的石板组成，石门上雕刻着许多古怪的花纹，石头不知道是什么材质的，远远看去，漆黑漆黑的，上面纵横着白色图案，显得格外诡异。

关键是，在这样的大江大水中，我们又是一直顺着水流往下走了那么久，应该已经到了地下很深处，那这扇石门又是通向哪里呢？

难道说，它是通往地狱吗？

我们几个人一下子震惊了。

在这个隐秘的大江深处，神秘的大石窟中，诡异的长廊尽头，竟然出现了这样一扇巨大的石门，实在让人震惊。

莫托也吓了一跳，结结巴巴地说："这……这不对呀！我明明是朝着外面划的，怎么来到了这里？"

我也不知道怎么回事，做了个噤声的手势，让他赶紧停船，靠在岸边。

自己迅速拎着那把猎枪，瞄准了黑色石门，看看并没有什么动静，又给徐雅丽做了个开灯的手势。

徐雅丽打开手电，往前照了照，手电光线穿透了黑暗，终于还原了黑暗中的那两扇巨大石门。

在我们前方不远处，就到了山洞的尽头，尽头处豁然开朗，在一处巨大的石壁上，确实矗立着两扇巨大的黑色石门，依稀能看到石门上满是青苔，锈迹斑斑，看起来像是巨大的铁门一样，应该是古时候就修建好的。

徐雅丽判断着："应该是方向出了问题。我们都忘了，当时小白击毙大鱼时，大鱼差点儿撞到咱们船上，那时候小船可能就在水里转了一个圈，只不过咱们并没有发现。所以后来往回划时，其实是往前走。"

莫托也支持她的提法，说："也对，桦皮船不分船头、船尾，两头都能划，的确有可能是刚才弄错了方向。"

我忍不住打断他们的猜想："那个，两位侦探先生，我觉得咱们是不是先中断一下猜想，先回到现在，看看那扇门到底是怎么回事呢？"

两个人不说话了，看着那两扇巨大的石门，努力思索着。

我问莫托："莫托，你以前来过这里，有没有见过这两扇石门？"

莫托摇摇头："从没见过。"

我不死心，继续问："那你有没有听其他人说过，这里有一扇石门的事情？"

莫托还是摇摇头："这里也是我们赫哲族的禁地，我们进来这里，连火把都不敢点，都是摸着黑走，所以啥也看不到。"

我叹息着："终于知道为啥你们要摸黑走了，这里面竟然有这样邪门的东西，还真不如不知道。"

莫托这时候说了一句话："小白哥，你还记得刚才那条大鱼不？"

我点点头："记得啊，不是被我一枪打死了吗？"

莫托说："是打死了。我是想说，刚才那条大鱼，它是不是就想引咱们来这儿……你忘了，当时咱们在山上时……"

我脸色大变，猛然想起几个月前，在大兴安岭经历的那一幕。

在当时，豺群撵着一头黑瞎子，到了一个神秘的洞穴前，给一个不知名的神秘怪物献祭，后来才引发了一系列诡异事件。老毕也在那次事件中伤了腿，养了大半年才好。

我说："你的意思是，咱们也跟那头黑瞎子一样，是祭品？"

徐雅丽听不明白了："啥祭品？"

莫托没时间解释，说："小白哥，真的是这样！其实刚才见到那条大鱼时，我就想过，它为啥要费劲地推那只灯碗呢？"

徐雅丽说："鱼类有趋光性，也许是光源吸引了它？"

莫托摇摇头："在暗洞里生活久的鱼，视力都退化了，有的鱼连眼睛都没有，它要光干啥？"

我说："那条大鱼也许并不喜欢亮光，而是把这个能发亮的东西当成了宝贝，想藏起来，或者献给谁！"

莫托阴着脸，看着那两扇巨大的石门，说："我倒是想，它也许是想把那只灯碗带到那里。"

我心里也咯噔一声响，那大鱼费了牛劲，在水底下小心翼翼地顶着灯，不让它熄灭，难道就是为了给它带过去？

那石门后面又是啥呢？

莫托这时也有些惊慌，问我："小白哥，咋办？"

我随口说："咋办？凉拌！"

其实心里也没了主意，但是还得硬撑着，说："不管那么多，咱们先调转船头，出去再说！"

徐雅丽也点点头："还是先出去吧！"

莫托点点头，两只船桨在水里摇动起来，小船在水里轻轻转动了一下，眼看着转了半个圈，却突然又转了回去。

莫托换了一个位置，又重新摇动起船桨，结果还是跟刚才一样，小船刚转了半个身子，就又迅速转了回来。

我问："没劲啦？要不要我帮你？"

莫托摇摇头，死死盯着水底下，低声说："小白哥，有点儿不对劲！"

我问："怎么了？"

莫托说："水底下像有什么东西，我把船掉了一个个儿，那东西又把小船给推回来了。"

我赶紧点着了一个火把，朝水底下照照，那底下的水不知道有多深，黑黝黝的，水里一个浪花都没有，根本看不到什么。

徐雅丽出了个主意："桦皮船不是不分前后吗？要不然咱们换个位置，你来这边划船试试？"

这个主意不错，我们三人迅速调换了位置。

莫托先掏出了脖子上的护身符，小声念了一句什么，才郑重地抓起船桨，开始慢慢划船。

我们三个人的心猛然绷紧了。

船桨拨开了水面，巨大的后坐力推动着小船冲破了流水的阻隔，开始慢慢滑行。

徐雅丽欢呼一声："终于开动了！"

我也松了一口气，从桦树皮烟盒里掏出一支烟，刚想点，就听见莫托颤抖地说了一句话。

他说："小白哥，咱们这次真的遇到……遇到不干净的东西了……"

我赶紧放下烟，问他："怎么了？"

莫托声音颤抖地说："小白哥，你仔细看看，这船不是朝前走的，而是后退着走的。"

这句话我吓了一跳。

刚才，我只注意到小船确实走了，还真没有注意到小船的方向。

经过莫托提醒后，我和雅丽迅速参照了一下两旁的石壁，发现小船果然是往后缓缓地退着走，也就是越来越靠近那座巨大的黑色石门了。

我也是一阵头皮发麻，胡乱猜测着："那个，会不会是你换了方向，结果给船摇后面去了呢？"

莫托急了，说："小白哥，我们赫哲族生下来就在船上！我都摇十几年的船了，这个怎么会弄错！"

徐雅丽也冷静地说："莫托摇船的方向没有错。你看，他是把船桨从后往前拨，水里是一股向后的力量作用在船上，所以船会逆着这个力量往前走。"

我说："那……那他娘的又是怎么回事？！"

徐雅丽犹豫了一下，咬着嘴唇说："这水底下，可能真有什么东西……"

莫托死死盯着水下，低声说："小白哥，这水底下真有鬼！"

我有些紧张，呵斥他："别胡说！"

徐雅丽仔细观察了一下，冷静地说："下面确实有东西，它要把咱们拖到石门！"

徐雅丽这么一说，我也有些担心。

仔细看看，小船确实缓缓朝着石门方向走去，真像是下面有什么东西在拖着小船走一样。

给莫托做了个手势，让他保护好老毕，我抄起猎枪，绕着小船走了一圈，就朝着船下轰了一枪。

枪声响起，在水下溅起了一个浪花，我赶紧缩回船里，抓紧缆绳，生怕那发狂的大鱼会蹿起来，把小船打翻。

没想到，这一枪之后，水下并没有蹿上来大鱼，或者激起巨大的漩涡，什么动静也没有，像是水底下根本啥都没有。

我不死心，换了一个方向，朝水底下又打了一枪，依旧没有什么动静。

我索性沿着船头、船尾，各放了几枪，那玩意儿既然能推动小船，个头肯定很大，我就不信打不中它!

可是，事情就是这么邪门!

连续放了几枪后，仍没有任何动静，我让莫托又试了试，小船还是继续往后走。

黑暗中，没有人说话，大家都眼睁睁地看着小船渐渐往后划去，朝着那扇巨大的石门越来越近，却一点办法也没有。

莫托举着火把，贴着船边朝着水底下看，希望能看到一些血迹等，以证明水底下确实有什么东西推着船走。

我的头皮也一阵发麻，这事情越来越邪门了，如果说船底下有什么东西，我还能理解。

在山洞时，我们的小船也被什么东西顶起来过，后来是老毕往水里倒了一桶猪血，才堪堪过去，但是现在水底下什么都没有，就太邪门了。

回头问莫托："船上还有猪血吗？"

莫托一时间没反应过来："啥？猪血？"

我："对，就是刚才在山洞里，你们倒到水里的那些！"

莫托摇摇头："那个没有了，就那一桶！"

又捡起鱼叉："小白哥，要不然我用鱼叉试试？"

这时候，徐雅丽说："我来试试吧！"

她拿起一个桦树皮烟盒，轻轻放在了水面上，桦树皮烟盒漂浮在水面上，一动也不动。

她又拿起烟盒，在里面灌了一些水，烟盒半沉半浮地悬浮在水里，慢慢转了一个圈，开始朝着石门方向缓缓漂了过去。

莫托说："小白哥，这水底下确实有东西！连烟盒子都给撵过去啦！"

徐雅丽却说："不对！水底下没东西，是水！是水流推着小船走。"

莫托说："不对啊，雅丽姐！这水是死水，不会动啊！"

徐雅丽说："这水表面上看着像死水，其实不是。你们看，烟盒漂在水面上时，并不动。我给它灌了点儿水，它沉到水下一部分，就能动了。”

我说：“这是为什么？”

徐雅丽说：“这说明这水底下有暗流！暗流能推着烟盒子走，同样也能推着咱们的小船走。”

她说的合情合理，而且有事实证明，我们几个也松了一口气。

尤其是莫托，刚才一头的冷汗都出来了。

小莫托这人，平时非常勇猛，但就是非常惧怕鬼怪，一旦出现这种东西，他自己就先尿了，我都遇见过好多次了。

听到水下没鬼，他浑身的勇气都回来了，这时候拍着胸脯说：“要是暗流的话，那就不怕了！咱们这船轻，使使劲，就能冲过去。”

他索性脱掉皮袄，甩开膀子，使劲摇动起船桨，啪啪地打在水面上。

小船很快止住了向后的滑动，僵持了几秒钟后，开始缓缓往前走去。

徐雅丽欢呼一声，和我击了一下掌。

又过了一会儿，莫托突然叫了一声：“小白哥！”

我赶紧问：“怎么了？”

莫托有些犹豫地说：“水流好像变大了，有点儿摇不动了。”

我也大吃一惊：“这水流怎么会变大了？！又不是有瀑布。”

徐雅丽也是神色严肃，她把手伸到水里，试了试，说：“水流还真变大了！”

我也急了，问：“怎么办？”

徐雅丽说：“没办法，水流太大了，咱们也会被冲过去的。”

莫托拼命摇动船桨，那水流却越来越大，根本弄不动，小船开始缓缓往后走去。

徐雅丽说：“莫托，别摇了，没用的。”

莫托徒劳地试了试，沮丧地坐在了船里，任由小船缓缓向后走。

我安慰他们：“没事，船到桥头自然直，咱们走一步算一步嘛！”

徐雅丽却说了一句：“这一次，恐怕没那么简单了。”

莫托问：“为啥？”

徐雅丽说：“你们觉得为什么水流会突然变大呢？”

这个问题，莫托就搞不懂了。

我是学水利专业的，这时候突然明白了她的意思，脱口而出：“你说的是‘暗河’？！”

徐雅丽点点头：“我怀疑这底下还有一条暗河，而且暗河和这条走廊是相通的。”

莫托更不明白了，我跟他解释："暗河指的是地面以下的河，一般是由地下水汇集而成的地下河道，你可以把它想象成地底下藏着一条河，有点儿像……像是地下埋了一根很大的下水管！"

莫托点点头，又问："那这条暗河又和水流突然增加有什么关系呢？"

我赶紧继续掉书袋，努力回想着大学里学过的暗河知识，说："这条暗河嘛，它虽然在地下，其实规模并不小，像是长江冬天为什么不会干涸，就是因为地下有暗河。暗河经常产生在深切峡谷，以及深切河谷上，这种暗河也被称为'伏流'。"

莫托还是不明白："那这个'伏流'又跟咱们有啥关系？咱们是在地上，又不是在地下？"

其实这个问题，我也不明白了，正想着怎么敷衍过去，徐雅丽却回答了这个问题。

她说："小白哥说得很对，不过他忘了说暗河最大的一个特点。"

我忍不住问："啥特点？"

徐雅丽定定地看着我，说："那就是，暗河一般只有出口，没有入口。"

莫托还在傻乎乎地问："这个有出口和没出口，有啥关系吗？"

我的脑子里却轰一声响，猛然明白了徐雅丽的意思。

我缓缓地说："一般来说，暗河是没有入口的，只有出口。换句话说，暗河和地下河一般没有任何联系。但是在某种情况下，也有关系……"

徐雅丽点点头："我怀疑，这里就是地上河和地下河之间的入口。"

莫托终于明白了，说："你们是说……咱们，咱们马上就要掉到暗河里了……"

徐雅丽点点头："这里的水流突然变大，只有一种可能，就是连接暗河和地上河的大门打开了。"

莫托说："大门？哪扇大门？"

徐雅丽说："我只是打一个比方，这里怎么会有大门呢？也可能是地下河上面塌方了，也可能是地下河下面河道变化，反正不管什么原因，导致下面的水流需求增强了，导致咱们上面的流速也变大了。"

我的心里乱糟糟的，迅速回忆着一切，我们这里跟长江三峡两岸的地形差不多，都是深山峡谷，两岸就有许多伏流，那里上下落差大，有的看起来没多远，落差可能有两三百米，简直就像是一个大型瀑布，威力非常大。

我们这里，也出现了这样一条巨大的暗河，这说明什么呢？

又听见徐雅丽和莫托的对话，我觉得脑子里猛然出现了一个东西，却又怎么也想不起来了。

头疼得厉害，我索性又拿起烟，在火把上点着了，使劲吸了一口。

抬头看看，周围还是那条阴森森的走廊，狰狞的壁画随着火光的摇动时隐时现，一条小船往后退着行走，三个人坐在船上，一个人躺在船里，整个画面有种说不出的神秘感。

又回头看了看走廊尽头，那里像一个巨大的黑洞，像是要把所有的东西给吸进去，还有那座恐怖的巨大的石门。

石门？

石头！

我猛然想通了这一切，忍不住大声叫着："我终于知道那座通往暗河的大门在哪里了！"

他们一起问："在哪里？！"

我指着走廊尽头，说："就在那里，就是那座大石门！"

其实我早该想到，古人在这样危险的大峡谷中，耗费了那么大的人力、物力，建造了这样一个巨大的山洞，又打造了这样一个诡异的石门，肯定是有原因的。

这石门背后，显然连接了一个暗河，只有这样，才能说明为何这下面的流水会突然变大。

只是这石门背后究竟隐藏着什么，我就说不上来了。

这时候，那水下的力量越来越大，水流推着小船，在水中打着转，迅速将我们带向石门那边。

莫托牢牢扒着船板，焦急地问我："小白哥，怎么办？！"

我说："先尽量稳住船，看看情况再说！"

徐雅丽守着老毕，我和莫托各撑着一支船桨，努力支撑着，尽可能抵挡着水流的冲击，尽力将小船停在石壁边，勉强挺住了。

水流越来越大，不时冲过一些东西，借着火把，能看到一些漂过来的朽烂的老树桩子，朽烂的船板，还有一些白乎乎的东西，离近一看，才知道是鼓着大肚子的马鹿尸体。

那马鹿在水里不知道泡了多久，早就腐烂了，肚子胀了气，鼓得像一面大鼓，看起来特别恶心。

除了这只马鹿，还有一些其他尸体漂过来，有兔子、有野猪，还有野鸡，什么都有，一具具尸体不断在水面上浮起，看起来特别瘆人，好多尸体只剩下半截，应该是被水下大鱼撕咬烂了，在水里半沉半浮，看起来更恶心。

我和莫托使劲撑开船，尽量将小船靠着石壁，别撞上这些尸体。

就在这时，就听见莫托猛然叫道："那是什么？！"

回过头去，就看见原本漆黑漆黑的通道深处，不知道什么时候多了两盏猩红色的红灯笼，正在朝着我们缓缓地漂过来。

那两盏猩红色的红灯笼，大约有碗口大小，顺着水流朝我们漂了过来，吓了我们一跳。

这种地方，怎么会有红灯笼？！

我一下子紧张起来，一把抄起猎枪，莫托也抓住鱼叉站了起来。

来之前，老毕就叮嘱过我们，要是在山洞里，或者大江深处看到这种红灯笼，一定要远远避开。

因为，在这种大江大水之中根本不可能有红灯笼，如果有，那其实就是水下巨怪的两只眼睛！

那水怪长期待在巨大的石窟下、深水区，久不见阳光，久而久之，那眼睛就会蜕化，变成猩红色，十分可怖。

这种怪异的水下生物一般不会出现，万一惊动了它，那就一定是不死不休的局面了。

我们几个顿时如临大敌，我和莫托赶紧拿起武器，让徐雅丽照顾好老毕，死死盯着水怪那双眼睛，准备和它拼命。

我们两个一起来，小船顿时失去了平衡，水流越来越急，小船在激流中跌跌撞撞地后退。

那一双猩红色的眼睛，在翻滚的波浪中沉沉浮浮，裹挟在杂草、烂木头中，朝着我们飞快地游了过来。

这次我没敢逞能，把猎枪让给了莫托，他从小打猎，枪法比我靠谱得多。

莫托把鱼叉递给我，我双手紧握着，随时准备给那巨怪狠狠一击。

转眼间，那两只猩红色的眼睛就朝着我们这里冲了过来，莫托发一声喊，一枪朝着那怪物两眼之间开了火。

轰的一声，巨大的枪声震得山洞嗡嗡作响，但是那怪物却丝毫没有受到影响，甚至连动都没有动一下，继续朝着我们迅速游过来。

莫托失声叫起来："小白哥！它根本打不动！"

我咬着牙说："别怕！朝着眼睛打！"

莫托迅速填上子弹，略微瞄了一下，就听见轰的一声，水下顿时溅起了一串水花，再看过去，那两盏灯笼只剩下了一盏，在水波间浮浮沉沉的。

我叫道："打得好！那怪物已经瞎了一只眼！"

徐雅丽说："小心它的反扑！"

我们两个赶紧蹲下身子，仔细看着，那怪物失去一只眼睛后，并没有发疯，依旧静静地潜伏在水中。

莫托一击即中，顿时信心大增，迅速装上子弹，迅速瞄准了那怪物第二只眼，刚想开火，又迟疑地放下了枪。

我急了："赶紧打啊！你还等着它来吃咱们啊！"

莫托说："小白哥，这个有点儿不对劲！"

我说："啥不对劲？！"

莫托说："要是这底下真是一头水怪，或者大鱼，刚才那一枪打坏了它一只眼，它应该早就蹦起来啦！现在你看，它还跟没事人一样，这不对劲啊！"

想想也是，我刚才无意中打死的那条大鱼，那阵势，差点儿把我们的小船打翻了，那还是一枪毙命的。

以这头怪物的大小，要是被打瞎了一只眼，那还不得跟我们拼到死啊！

我说："也对，先别急，那咱们先看看！"

那猩红色的眼睛在水中浮浮沉沉，缓缓朝着我们过来，确实看不清楚。

我们几个爹着胆，小心戒备着，好容易熬到它到了跟前，几个人顿时松了一口气。

原来这根本不是什么水怪的眼睛，而是一盏用红色油纸做成的灯笼！那红色油纸密封得很好，里面有一小根蜡烛，漂在水面上，原本有两个红灯笼挨在一起，远远看去，还真像是水怪的两只眼睛！

又是虚惊一场，我擦了擦额头上的汗水，才感觉背脊里一阵冰冷，应该是刚才的冷汗浸湿了内衣。

莫托也如释重负，放下了手里的猎枪，直擦额头上的汗水。

徐雅丽也好奇地看着红灯笼："这灯笼是哪里来的呢？"

莫托说："会不会是从外面大江上漂过来的？"

我说："应该不会。你们又不是没来过，那地方跟个瀑布一样，啥灯笼能漂进来？除非它长了翅膀了会飞！"

莫托点点头，回过头去，吃惊地叫起来："小白哥，我真是服气啦！你可真是啥都知道啊！"

我得意地说："那废话！要不然怎么是我领导你，不是你领导我啊！"

徐雅丽回头看了看，也忍不住叫起来："小白……那灯笼，那灯笼真的飞起来啦！"

徐雅丽猛然叫起来，声音尖锐又颤抖，在这个阴森封闭的空间显得分外恐怖，也吓了我一跳。

赶紧回过头去，就发现那走廊尽头，幽深的山洞里，不知道啥时候，飘起了几盏猩红色的灯笼，在山洞中悠悠地飘浮着，朝着我们这里飞了过来。

莫托却没害怕，反而一脸敬佩地对我说："还是小白哥说得对……这灯笼……真的长翅膀了……"

我怔怔地看着这些迎面飞过来的红灯笼，一时间也有些拿不准。

说实话，在这样黑暗古怪的环境下，猛然看到这样一群灯笼，幽幽地朝你飞过来，还真是让人浑身发毛。那一盏盏红灯笼，飘飘荡荡的，就像老版《聊斋》电视剧的片头，那一盏在风中飘荡的纸灯笼，别提多瘆人了。

我当时像过了电，头发都竖起来了，使劲摩挲了几下，才给压下去。

莫托还在傻乎乎地问我："小白哥，你说，这灯笼为啥会飞呢？！"

我恼火地骂道："因为他娘的有鬼！"

莫托吓了一跳，自己挠了挠头，也觉得事情有点儿不对劲。

他想了想，开始坐在船上，捧着自己那个护身符，用赫哲语喃喃地说些什么。

徐雅丽还算冷静，她仔细看了一会儿红灯笼，问我："小白，你能打下来一个吗？"

我硬着头皮说："就我的枪法……那肯定没问题！不过……咱们打它干啥呢？"

徐雅丽捡起莫托丢下的枪，递给我："你先打下来一个再说！"

看着漫天鬼火一样的红灯笼，我咬了咬牙，瞄准了一下，就要开枪。

那灯笼其实并不高，离我也很近，但是我的手抖动得厉害，根本没法瞄准，更不要说开枪了。

这时候，徐雅丽走上前，站在我身前，说："你把枪筒放在我肩膀上，用它做支架，就能瞄准了。"

我使劲呼了一口气，稳定了一下身心。其实我倒不是害怕，主要是怕大话吹了出去，万一打偏了丢人。

把枪筒放在徐雅丽肩膀上，我还有些不好意思，她倒站得笔直笔直的，丝毫不颤抖。

我也冷静下来，仔细瞄准了一个离我们最近的灯笼，就听见轰的一声枪响，徐雅丽的肩膀猛然一抖，接着又稳稳地站住了。

抬起头看看，那只灯笼还在天上好好地挂着，悠悠地飘浮着。

我的脸红了，骂了声："卧槽！"

徐雅丽坚定地站在那儿："别紧张！再来一次！"

又瞄准了一次，这次运气还不错，灯笼被我应声击中了，掉在了水里，里面的火光也消失了。

徐雅丽用鱼叉把灯笼挑上来，仔细检查了一下。

那灯笼挺大的，差不多有一个小瓮那么大，用轻竹篾做的骨架，外面用红油纸糊得严严实实的，最里面吊着一个沾满了煤油的小棉花团。

这东西我一看就认识，这就是我们小学手工课做的孔明灯！

那沾满了煤油的棉球烧着后，能烧很久，空气受热后膨胀，热气充满了灯笼，就让灯笼飞起来了。

难怪这玩意儿能飞在天上，原来就是这么个小玩意儿！

看着莫托还在那儿虔诚地祈祷，我一把给他拽了起来，跟他简单说了一下孔明灯的原理，他才恍然大悟。

他挠挠头，有些不好意思，讪讪地说："小白哥，我……我还以为是江神的真身出来了呢！不过，还是你厉害，连孔明灯都知道！"

我气得给了他一下："还江神！我看你倒是像个神经病！"

这时候，徐雅丽却神色严肃地说："这个并不是普通的孔明灯。"

这时候，身后传来了一个声音："小丫头眼光不错嘛！这的确不是普通的孔明灯。"

我们几个人一下子愣住了。

接着，又是一阵狂喜：这个神神道道又带着点儿自恋的声音……是老毕！

回过头去，就看见老毕枕着双手，懒洋洋地躺在船舱里，还打了个哈欠，笑眯眯地看着我们。

"毕叔……你，你不是昏过去了吗？！"莫托吃惊地问。

老毕得意地笑了："狗屁！老子那是累了，随便在船舱里眯一觉！"

我旋风一般冲上去，照着脑袋就给了他一下，疼得他抱着脑袋求饶。

我毫不留情，边打边骂："你个老家伙！老子在这边出生入死，还要保护你，你竟然在那里睡觉！你他娘的！你这个老不死的你！早知道给你丢到水里喂王八啦，看你还敢不敢睡！"

老毕抱着头叫道："白小子，你敢打老子？！"

我又使劲给了他一下："老子就是打你啦！怎么样？！"

老毕叫起来："莫托！莫托！快拉架啊！"

莫托小声说："毕叔……我不敢啊！"

老毕骂道："小王八蛋，你五岁就敢下江，七岁就敢上树掏老鸹窝，这世界上还有你不敢做的事情！"

莫托说："毕叔啊，那是我年轻不懂事啊！现在可不行了，小白哥可是我的领导！我要是打了领导，那以后还有我的好啊？你也知道，现在找个工作多难啊！再说了，小白哥还让我写入党申请书呢，我怎么能打人呢？！我最多啊，我最多就是在旁边看看热闹，然后精神上支持支持你啊！毕叔，你一定要挺住啊！"

我在一旁直乐，莫托这小子，平时傻乎乎的，没想到关键时刻还行，还知道装傻。

老毕惨叫着："哎哟，我这一把老骨头啊，当年跟师父走南闯北生擒人参娃娃、勇斗野猪王时都没挨过几下，结果着了你这个奶娃娃的道啦！我的千古英明，可是毁于一旦喽！"

徐雅丽也乐了，说："好了，好了，打几下消消气就好了，别真把毕叔给打坏了！"

我冷哼一声，终于停下手，说："没事，我就是吓唬吓唬他！"

老毕双手捂着脑袋，一骨碌爬了起来，先跟我说："君子动口不动手！"

又得意地大笑起来："年轻人，关键时刻还得靠我这个老将出马吧！"

莫托使劲点点头："毕叔，你没事吧？要是没被打坏，就赶紧看看怎么整吧！"

老毕大怒："你个死小莫，赶紧滚一边去！等我回去后，看我不让你爹揍死你！"

小莫托吐了吐舌头，赶紧退到了一边去。

我说："不怕！我罩着你！"

老毕这才伸了个懒腰，说："姑娘，那灯笼给我看一下。"

徐雅丽把灯笼递给他，他用手摸了摸，又用鼻子闻了闻，说："果然是这东西！"

莫托问："毕叔，这是啥东西啊？"

老毕把灯笼递给他："你仔细看看，那灯笼是用啥糊的？"

莫托接过去闻了闻，又摸了一下，脸色有些凝重："这个灯笼……是用，是用鱼皮糊的！"

老毕赞许地点点头："还行，还算是赫哲族人，一下子就闻出来了！确实，这灯笼不是用油纸糊的，而是用鱼皮糊的。你们仔细看看，这里面的棉条，也不是泡的煤油，这泡的是鱼油。"

莫托不说话了，翻来覆去地看着这个鱼皮灯笼。

我越听越糊涂，敢情是有人用鱼皮、鱼油扎了一个鱼灯笼，这玩意儿为啥又要放进山洞里呢？这个又跟我们有啥关系呢？

徐雅丽问："毕老师，这个鱼皮灯笼有什么讲究吗？"

老毕的脸色却凝重了，眯着眼睛看着远处的红灯笼："这个灯笼，可是大有门道喽！"

我有些不服气："这几个破灯笼，能有啥门道？"

老毕大怒："你懂个屁！你知道在古时候，那灯笼是干啥的？！"

我问："干啥的？"

老毕说："在古时候啊，这灯笼都是招鬼的！"

徐雅丽问："这灯笼和鬼有什么关系吗？"

老毕说："这么说吧，人和鬼嘛，阴阳相隔，人有人道，鬼有鬼道，两个走的不是一条路，看见的也不是一个东西！但是有一些东西啊，是人和鬼都能看见的，譬如这个灯笼！所以有时候小孩在外面撞邪了，或者玩疯了、魂丢了，都要打着灯笼去叫魂，就是这个意思！"

我一下子紧张了，说："那……那咱们这边那么多灯笼，得招来多少鬼啊！"

老毕恨得直咬牙："老子说灯笼是招鬼的，没说这鱼皮灯笼也是招鬼的啊！"

我问："那鱼皮灯笼是招啥的？！"

老毕说："这个鱼皮灯笼啊，可不是个普通玩意儿！这玩意儿啊，差不多有几十年没有出来过了！怎么说呢，我师父以前说过，这算是一个找宝贝的东西，是用来憋宝的！"

我吃惊了："憋宝？！这灯笼还能憋宝？！憋啥宝！"

老毕眼睛一瞪："咋不能？！"

莫托也好奇了："毕叔，这灯笼咋憋宝呢？"

老毕得意扬扬地掏出老烟袋，吸了一口，说："我师父说过，这万物都有灵性，跟宝贝一样。憋宝，憋宝，憋说的是手法，宝就是藏在大山大水里的宝贝。佛家说，凡是有七窍的，都能修炼，其实也没那么简单，这东西也得讲机缘，并不是活的年头长就行。要不然你看看，那深山老林里那么多狐狸，为啥就没有一只能修成精怪的呢？那就是机缘不够！"

见他又长篇大论起来，我忍不住插嘴："毕老师，咱们不是说憋宝吗？你怎么又说起来动物修炼了？能不能先不分心，先给我们讲讲怎么用红灯笼憋宝啊！"

老毕撇撇嘴："去，一边儿待着去！毕叔这是给你们年轻人上一课，这祖辈们留下来的好东西，都没人知道了！"

我赶紧说："行，行，您继续，您继续！"

老毕说："刚才说到哪儿了？对，就说动物要是想修炼成精，还得靠机缘。"

"这机缘是啥？其实没那么玄乎，好多动物就是因为找到了一些宝贝，才成为了精怪！你们都听说过一句话吧，叫‘蛇大必有宝’，说的就是蛇要是长得非常大，把它打死了，剖开看看，那蛇肚子里一准就会有宝珠啥的。

“这宝珠啊，就是蛇的机缘，被它不知道在啥地方发现的，给吞到了肚子里，所以才能活了几百年不死，才能长那么大。说起来啊，我小时候还真打死过一条大长虫！那段时间一直阴天，我跟一帮人出去玩，就看见村头老槐树上盘着一条大长虫，那长虫可真是够粗，差不多有胳膊那么粗，得有五六米长，从老槐树上一直盘下来……”

老毕说话时，小船还在朝着石门方向漂，我跟他提了几次石门，他却毫不关心，挥挥手让我别打断他。

看着他镇定的样子，我也放下心，觉得那个石门估计也就那样，没什么好可怕的。

老毕回头看了看石门，让我和莫托先坚持一会儿，撑住小船，别让小船滑到石门那边，待会儿等他给我们讲完这段，亲自去对付石门。

我和莫托用船桨撑着两边的石壁，一阵阵波浪打过来，小船在水中漂漂荡荡，随时可能被大水冲走。

莫托憋得脸通红，也忍不住说：“毕……毕叔，要撑不住啦！”

老毕正讲在兴头上，被莫托打算，恼火地用烟袋敲了敲莫托的脑袋，说：“急个啥？！毛毛糙糙的，以后怎么跟我做大事！”

徐雅丽忍不住说：“毕老师，不急不行啊，那后面有一座大石门！”

老毕冷哼一声：“我当然知道那后面有一座石门！”

徐雅丽也吃惊了：“毕老师，您进入过？”

老毕有些不好意思：“进去嘛，这个倒是没有！”

我说：“你都没进去过，那有啥好吹的？！”

老毕急了：“老子虽然没进去过，但是知道那里面有啥！”

我问：“有啥？”

老毕傲然说：“有啥？哼，这个老子自然知道！可是呢，老子偏不告诉你！”

两个人正在斗嘴，这时候水下猛然翻起了一个巨浪，水浪翻滚，接着水底下有一个大东西分开水浪，一路横冲直撞，朝着我们这里径直游了过来。

条件反射，我一下扔下船桨，抄起枪就要打，却被老毕按住了。

我急了：“你干啥？！”

老毕却反问我：“你要干啥？！”

我说：“打那条鱼啊！”

老毕冷哼一声：“你知道这水底下有多少鱼，你打得过来吗？！况且，谁告诉你的，那底下的是鱼？！”

我不服气：“那不是鱼是啥？！”

老毕说：“那是鬼！”

我吓了一跳：“这水里哪来的鬼？！”

莫托也结结巴巴地说：“毕叔，你，你可别吓唬我啊！”

老毕没解释什么，只是要过那个鱼皮灯笼，用火把点着了里面的棉条，等那热气充满灯笼，随手往天上一扔。

接着，他低声说：“都蹲下来，扶住了！”

莫托还有些犹豫，怕小船撑不住，会被冲到石门那里。

老毕一把按住他：“别管这船了，撑不住的，早晚都得被冲过去！”

灯笼被我打破了一个大口子，虽然勉强能飞，但是飞得很低，跌跌荡荡在水面上飘荡，随时可能会跌到水里。

几乎是在同时，水下猛然炸开了锅，一条接一条的大鱼，猛然从水下翻腾起来，跳起来争抢那只灯笼，简直就像饿虎争食。

原本黑黝黝的水面上，全是白花花的鱼肚子，以及乌青色的大鱼脊背，用火把照照，原本平静的水下全挤满了鱼，巨大的鱼嘴一张一合，拼命撕咬着灯笼，灯笼瞬间就被几条大鱼撕扯成了碎片。

其他大鱼还有些不甘心，又继续追逐其他的灯笼，但是那些灯笼飞得较高，根本跳不上去，又狠狠摔回到水里。

我们几个人都被吓呆了，没想到，这样一个大石窟里，竟然藏着那么多大鱼。

老毕看着河面，低声说：“看见了吧，这些鱼，你打得过来吗？”

老毕不让我和莫托撑着船，任小船随着水流跌跌荡荡往前走，也越来越靠近那扇神秘的石门。

我忍不住提醒老毕，他却毫不在意，说：“过了黄泉路，就是鬼门关。这鬼门好不容易才打开一次，还能不进入看看？”

他坚持要过去，我们也不好说什么。

莫托有些迟疑地说：“毕叔，我父亲说过……那里面有……有怪物！”

老毕冷哼一声：“怪物？！那怪物到底是个啥，他还不知道！”

莫托脸色一变，像是被雷击中了，身子摇摆了几下，几乎要摔倒在地上。

我想起莫托那个后妈，以及他咬牙切齿说的后妈还是自己母亲的事情，也不知道该说什么好。

想了想，还是赶紧扶住他，让他先坐下，又给他喝了口白酒，让他缓缓劲儿。

老毕有些怜悯地看了看他，想要说什么，到底什么也没有说，只是叹了一口气。

没有人说话了。

小船在黑暗中慢慢漂着，距离大石门越来越近。

火把也变成了诡异的幽绿色，冷风阵阵吹过来，火苗乱窜，偶尔爆出一朵火花，更显得周围寂静。

气氛实在太压抑，老毕又点了一根烟，也递给我一支。

莫托还是低着脑袋，一句话也不说。

大口大口抽着烟，我渐渐冷静下来，老毕那句话明显意有所指，看来他是知道莫托母亲的事情的。

莫托那句话又是什么意思呢？难道说莫日根曾经进入过大铁门？甚至……甚至莫托母亲就是从这个大石门背后出来的？

再想想我们在打猎时遇到的“鬼藏人”，那里也出现了一个类似莫托母亲的“人蛇怪物”，那里和这里有什么联系吗？

当时迷惑住我们的那个巨怪，又和这里有关系吗？

抬起头看看，巨大的石门已经出现在了我们眼前。

刚才离得远，我们远远看过去，还不觉得什么。

现在才发现，那巨大的石门有十几米高，并不是由许多石板拼凑起来的，而是两块完整的巨石整个打磨出来的。

它几乎像是矗立在我们面前的一座小山，牢牢镶嵌在巨大的山体上，石门非常厚重，上面雕刻着各种花纹，看上去古朴又庄严。

我有些吃惊，我们这一路走过来，这里的山洞虽然很大，可是却根本不可能通过那么大的石门。

这么看，那两扇石门只可能是就地取材，就在山洞里直接打造出来的。

不过左右看看，这里的长廊也就七八米宽，应该也容纳不了两扇那么大的石门。

那石门又是怎么出来的呢？

仔细看看，这两扇石门和一路走过来的洞窟明显不大一样。

我们来的石窟，虽然工程量很大，但是做得比较粗糙，好多壁画也都是断断续续的，周围的石壁也坑坑洼洼的，并没有那么精细。

而这两扇巨大的石门，造型非常古朴，明显和整个山体相辅相成，几乎和山体融为了一体，明显跟石窟不是一个量级的。

我心里猛然打了一个寒战，会不会是……这扇门是在更久远的时候就存在的呢？

后来，后来女真人无意中发现了山洞中藏着的这两扇石门，觉得是神迹，才修建了这座山洞呢？

那么……这两扇巨大的石门后，又是什么呢？

会不会……会不会就是传说中的地狱？

第八章 通往地狱深处的巨大石门

这时候，风更加大了，冷风一阵胜过一阵，将火把吹得火星四射，在我耳边爆开，吓了我一跳。

老毕用船桨将船靠在了石门旁的石壁上，那里有一个凹口，正好把我们固定住，不至于被越来越大的水浪给冲走。

抬头看去，这时候，山洞里的水流从外面的走廊上不断冲过来，在石门前方形成了一个巨大的漩涡，呼呼往上涌。

看来，那暗河的入口应该就在石门上面了。

风越来越大，几乎要把火把给吹灭了。

我也有些奇怪，这一路走来，都是在山洞里，根本没有风，为何这会儿风那么大?

老毕没有理会这些，他抬头看了看，神色凝重地说了一句："不大对劲儿，大家都小心一点儿。"

接着，他又低声补充了一句："鬼门关要开了。"

这一路上，老毕都一直念叨着"鬼门关"，开始我以为他是在故意逗我们尤其是徐雅丽玩，后来发现，他并不是开玩笑，而是意有所指。

他指的"鬼门关"，应该就是这两扇大门。

这时候，我也发现了不对劲，那一阵阵阴冷的大风，吹得我全身都凉透了，那大风……竟然是从那两扇石门里吹出来的。

看着两扇黝黑的大门，我心里不由得涌过一阵恐慌，那两扇大门背后，莫非真的连接着地狱吗?

老毕简单解释了一下，徐雅丽猜测的不错，石门下有一个机关，只要机关启动，那条暗河就会打开，巨大的水流会冲到暗河里，只要暗河被灌满水，机关就会自动启动，通过水流巨大的力量，一步步开启那两扇石门。

而这个时候，机关已经被开启了，这个隐藏在巨大洞窟里的鬼门，已经缓缓地打开了。

只是，这两扇巨大的鬼门后面，又隐藏着什么怪物呢?

水流越来越大，巨大的水流冲到石门前，又重新卷回去，汹涌的水流汇聚在漩涡里，形成了一个越来越大的漩涡。

到了最后，不仅是水面上漂浮的东西，甚至连一些大鱼，也都逃脱不了，被漩涡裹挟了进去。

老毕冷静地看着这些，指挥莫托把小船开到了一个石壁旁的凹陷处，前面有一块凸起的山石，正好挡住漩涡和浪花，生生救了我们。

我不由得赞赏他，说幸好他临危睡醒，不然我们几个搞不好就被卷到漩涡里了。

老毕表情很严肃，难得没有开玩笑，只是淡淡地说，这个凹陷的地方并不是天然形成的，而是上次他师父过来时，研究了整个山洞环境后，专门用炸药给炸出来的。

我问老毕，他师父有没有进去过鬼门。

老毕没有理我，只是严肃地盯着巨大的石门，脸色越来越严肃。

漩涡越来越大，地下水汹涌澎湃，石门也以一种肉眼看得见的方式，吱呀吱呀地响着，渐渐地裂开了一道大口子。

我瞪大了眼睛，可是石门背后都是黑漆漆的，根本看不到任何东西。

用手电照照，光线打进去，就像是被吸收了，还是什么都看不清楚。

石门的裂缝越来越大，终于开启了一道足够大的口子，已经可以将小船开进去了。

我有些惊慌，老毕该不会是真想进入“鬼门关”，硬闯十八层地狱吧?

好在他虽然口口声说要去鬼门关看看，却并没有行动，只是表现得很淡定，根本不去看石门。

但是从他拿着烟袋拼命吸的动作，以及颤抖的双手，都能看出来他非常紧张。

莫托也忍不住问了一声：“毕叔，我们进去吗？”

老毕摇摇头：“再等等。”

我也有些着急：“老毕，你还等啥？”

老毕低声说：“等一个人。”

徐雅丽吃惊了：“人？什么人？！”

老毕低声说：“一个仇人。”

莫托吃惊了："毕叔，你还有仇人？！"

老毕点点头："毕叔这辈子就两个心愿：找到师父，还有给师父报仇。"

他这话有些自我矛盾，师父要是能找到，当然就还活着。

只有师父去世了，那才能报仇。

但是在那种情况下，我们谁也没有说什么。

莫托问了一句："毕叔，那他这次能来吗？"

老毕低声说："肯定会来。"

接着，他又补充了一句："鬼门开了，他一定会过来的。"

这时，我们身后突然传来了一阵啪啪的打水声，像是有人拍打着水面。

回过头去，在火把朦胧的火光下，就看见一个浑身挂满了矿泉水瓶子的怪人，骑在一个巨大的轮胎上，被水流推着，迅速往我们这里漂。

那人的速度很快，几乎是一瞬间，就冲到了我们跟前，但是却丝毫没有停留，就被卷入到了漩涡里。

那人非常狼狈，他原本是骑在轮胎上的，可是后来估计因为风浪大，轮胎翻了，而且掉了个位置，变成了轮胎骑在他身上。

那轮胎估计是重型卡车的轮胎，要比普通轮胎大许多，看起来还真像是一条船，可惜现在船翻了，把他卡在底下，上不来，也下不去，简直就像是受刑一样。

他上也不是，下也不是，被半吊在轮胎上，一条腿在上，一条腿在下，幸好他浑身上下都拴着矿泉水瓶子，才勉强让他上半身浮出水面，不至于呛死。

徐雅丽忍不住叫了一声："喂？！"

那人费力地扭过头，看见了我们，顿时大喜，叫着："啊——"

一个浪头打来，把他后面的话生生堵住了。

好容易吐出来满嘴的河水，他两只手拼命拍打着水面，朝我们叫着："救——救命……英雄……"

我和莫托猛然站了起来，刚想着怎么救他，他就被漩涡卷了进去，在里面盘旋两圈后，就消失不见了。

我急了，大声喊着："毕老师，有人掉水里啦！"

没想到，老毕却冷哼一声："就这点儿水，还能淹死他？"

莫托也神色严肃地说："这人不会水！"

说完，他就要下水，却被老毕拉住了。

他说："你们不用担心，这个王八蛋死不了的……哼！等咱们都死了，他都不一定会死！"

虽然搞不懂老毕为啥不让我们救他，但是听他的意思，那个人不会有危险，我们也放心了。

看来，老毕等的那个仇人，应该就是他了。

果然，那人随着漩涡漂了很久，那轮胎始终在漩涡中心一遍遍盘旋，圈子越来越小，速度也越来越快，好在轮胎浮力很大，始终没有被卷下去。

只是这样，可苦了那个骑着轮胎的人，短短几分钟，他就在漩涡里转了十几圈，估计连苦水都给转出来了。

他找准机会，等轮胎稍微稳定一些，就拼命叫着："救——命！救！命！救……英雄！"

这时候，老毕终于走了出来，冲着他冷冷地说："黄老三，好久不见啊！"

那个人吃惊地说："你！是你——！"

说了几个字，轮胎又被漩涡甩得飞了出去，把剩下的话又截断了。

老毕冷笑着："没有想到吧！"

那人沉默了，后来我们才发现，他并不是沉默，而是只有旋转到了某一个角度，他才能勉强说一句话。

他的第二句话是："你……还活着！"

可以想象，老毕还活着这件事情，对他的震撼有多大，连自己的命都顾不得了。

老毕冷笑着："我的命硬，我师父的命更硬！我们都还活着！"

那人又转了一圈，再一次取得了开口的机会，说："救我——"

老毕冷笑着："给我一个救你的理由！不救你，这是本分，你应该也没啥好说的吧？"

那人又转了一圈，明显越来越衰弱，说："我……找到了它……"

老毕问："你具体说！"

那人声音更加小了，还伴随着剧烈的咳嗽："就是……师父……找的……那个！"

老毕顿时怔住了，眼睛里精光四射，果断对我们说："把他弄出来！"

莫托答应一声，脱了衣服就要下水，被老毕喝住了。

"你疯了！这水底下都是鱼蛊，被咬一口就完了！你别和那个王八斗嘴！他的肉是臭的！鱼都不吃！"

断断续续的声音传了过来："我的肉……不，不……臭……"

那人都要被淹死了，竟然还坚持和老毕斗嘴，把我和徐雅丽也逗乐了。

我忍不住叫了一声："老哥，先别管肉臭不臭，要是再不救你，你可就要淹死了啊！"

那人猛烈咳嗽着，虚弱地叫着："救……救我……"

徐雅丽也恳求地看着老毕："毕老师，还是先救人吧？"

老毕冷哼了一声："老子这次是给这几个年轻人面子，不然就让你在那儿喂王八！"

他挥挥手："把这个老王八拉上来吧！"

莫托早就准备好了，用麻绳做了一个活套，在手里甩了几下，朝着那人甩了出去，不偏不倚，正好套在那人身上。

接着，我们两人一起使劲，费了九牛二虎之力，终于给他拉上了船。

这人是个老头，很胖，长着一张很圆、很红润的娃娃脸，看起来非常喜庆，让人看着就想乐。

老毕也长了一张娃娃脸，但是他看起来比老毕还可爱，两个人站在一起，活像是一对活宝。

这个活宝浑身挂满了矿泉水瓶子，看起来像是绑了满身的炸弹，浑身上下都湿透了，瘫倒在船上，猛烈地咳嗽着，非常狼狈。

石门背后的冷风呼呼地吹过来，冷得要命，冻得他直哆嗦。

徐雅丽看不下去，脱了大衣就要给他披上，却被老毕喝住了。

老毕踢了他一脚，从怀里拿出来一个扁扁的不锈钢酒壶，递给他："喝点儿吧！"

那人哆哆嗦嗦地接过酒壶，拧了几下，才拧开，赶紧喝了几口，又被呛了几下，使劲咳嗽了一阵子，终于缓过劲儿来，长长地吸了一口气，满意地躺在了船舱上。

胖老头说："老毕，咱们差不多有七八年没见过面了吧？"

老毕闷声说了句："九年零三个月。"

胖老头说："嘿，记得这么清楚，看来你还挺想我！"

老毕咬牙切齿地说："我是想你，我想着逮住你后，要怎么收拾你！"

胖老头猛然坐了起来，感慨了一声："一转眼，师父都走了有四十年了。"

老毕怒道："不准你提师父！你这个欺师灭祖的畜生！"

胖老头有些迷茫地说："那件事情，真的不是我干的。我跟你解释那么多遍了……"

老毕问："不是你，那还有谁！上次在这里，一共就咱们三个人！"

胖老头说："恐怕不是吧！要是就咱们三个人，那又是谁放开的它？"

老毕不说话了，低着头思考胖老头的话。

胖老头站起来，拍拍他的肩膀，把酒壶递给他。

老毕接过去，喝了一口，又还给了他。

老毕问："你又回来做什么？"

胖老头反问他："那你又来这里干啥？"

老毕冷笑着："老子来这里，就是为了抓住你这个王八蛋！为了给师父报仇！"

胖老头很激动，他的手猛然抬起来，拿着酒壶就想砸，但是又没舍得，气得他狠狠喝了一口酒，骂道："老毕啊老毕，都那么多年了，你怎么还是那么蠢！你也不动动猪脑袋想想，要是老子害了师父，老子还会每年都来这边！还要跟你这个蠢货打！"

他把矿泉水瓶子拽起来，露出来里面一层黑色的东西，说："老子费了那么大的劲儿，才弄出来那么多鱼皮灯笼，想把它引出来！桦皮船都没有，游泳都不会，老子就在自己身上包了一层树皮，顶着矿泉水就下来啦！老子是图什么？！你他娘的蠢货！"

我们才明白，原来他身上那层黑色的东西是桦树皮，而且这老头连游泳都不会，就敢闯到这里，这可真够胆大的。

老毕不说话了，看着胖老头一身水淋淋的，心里也有一些愧疚。

他脱下自己身上的大衣，让胖老头换上。

胖老头也没客气，他三两下扯下身上的矿泉水瓶，又扯开了桦树皮，赶紧将大衣裹上了。

见我在旁边抽烟，又问我要了一根，自己狠狠抽了几口，才终于暖和了过来。

老毕也给我们介绍，说这个胖老头是他不靠谱的师弟，也是他师父收的最后一个徒弟，让我们叫他胖子就行。

我们哪敢叫胖子，老老实实给他鞠了一躬，称呼他"胖叔"。

胖叔喜笑颜开，坦坦荡荡受了我们这一鞠躬，冲我们嘿嘿一笑，说他跟老毕那死抠门不一样，可不会白领我们这一个"叔"字。

他从怀里掏了掏，摸出来一个老式的褡裢，从里面掏出了几块玲珑剔透的古玉，给我们三人一人一块，说玉这东西最好，男女都相宜，滋阴补阳，辟邪挡灾，让我们贴身戴着。

老毕冷哼一声："别听这胖子忽悠你们，这些玉还不知道是他从哪个古墓里倒腾出来的呢！这些啊，都是赃物！"

胖老头倒是不辩驳，说："人是死的，玉是活的，老哥我是废物利用，让这些宝玉焕发第二春。"

老毕很看不上他，说："师父只把憋宝术教了你，你倒好，用它盗墓！"

胖老头委屈地说："我倒是想跟师父学憋宝术，可惜师父没教过我啊！他就说我性了太浮，随便教了我几手三脚猫的功夫，怎么看风水，怎么看山脉走势，怎么怎么看流水走向，这玩意儿能顶啥用，我也只能给土夫子盘个活、指个路，赚点儿酒钱！你还说我！你自己不也是一样，就知道吃！”

老毕说：“我可跟你不一样！我嘛……我虽然不会憋宝，也没啥大本事，但是我是一个有理想、有道德的人！盗墓那种有损阴德的事情我可不干！”

我在旁边听得心痒，忍不住问：“两位叔，那个‘憋宝术’又是什么？”

胖老头上下打量了我一下，笑眯眯地说：“这位小兄弟，也对憋宝术感兴趣？”

我使劲点点头：“太感兴趣啦！”

胖老头问我：“小兄弟，你是什么情况？”

我说：“我嘛，叫董小白，山西人，从小在黄河边上长大，后来去北京念了大学，现在在水利站工作。”

胖老头说：“好啊，还是个大学生呢！那个，小白，你的胆子大不大？”

我傲然道：“胆子要是不大，我就不来这儿啦！”

胖老头笑得更开心了：“好！好！不错，不错！那你的水性怎么样？”

我拍拍胸脯：“水性没的说！从小在黄河边上长大，三岁时就下过黄河大峡谷！我还遇到过水怪呢！”

胖老头顿时来了兴趣，仔仔细细问了我当年遭遇水怪的事情，尤其对那个白袍少年很感兴趣，问了又问，最后眉开眼笑。

他搂着我就往船尾去：“啊呀呀，这小白兄弟啊，真是跟我投缘！那句老话怎么讲的，酒逢知己千杯少啊，虽然没酒，也得好好聊聊！那个，要不然咱们借一步说话——”

老毕从后面一把拽住了他：“你个黄胖子，要去哪儿？”

胖叔正色说：“老毕，咱们熟归熟，还得按江湖规矩办啊！凡事讲究个先来后到，可不能抢我的徒弟，毁了咱们这一脉的师承！”

老毕怒道：“师承你奶奶个腿！你那叫啥师承啊！你就是个盗墓贼好不好？！”

胖叔傲然道：“盗墓贼也分三六九等，我这可是技术活，不用下地的，好歹也算是个师爷！”

老毕冷笑着：“那是！你这个师爷去了局子，还能比人家多判几年呢！”

我看着有些不对劲，赶紧解释：“那个，胖叔，我不是想跟你学盗墓，我就是想问问，那‘憋宝术’到底是个啥情况？”

胖老头笑眯眯地说：“乖徒儿！你别听老毕在那儿胡扯，咱们这一脉啊，最讲究师承，技术地道，正经手艺人，行得正，坐得端，谁来都不怕！你要是跟了胖叔我啊，胖叔保证把一身手艺都传给你，让你吃香的，喝辣的——"

他转头看看徐雅丽，给我眨了眨眼："包你要钱有钱，要人有人，分分钟买房置地娶媳妇！"

莫托在旁边傻乎乎地说："小白哥，你可别去，盗墓可是犯法的！被抓到了，可是要吃枪子的！"

胖老头勃然大怒："胡说！谁说盗墓要吃枪子，最多关个几十年！"

我苦了脸："几十年……"

胖老头也觉得自己说漏了嘴，赶紧解释："那个，小白啊，虽然说现阶段这个，这个……倒斗啊，就是盗墓，不是特别符合咱们国家的法律！其实呢，其实这个嘛……倒斗也不是一件坏事。古代好多名人都倒过斗，像曹操啦，孙殿英啦，也不都过得好好的，其实没啥。咱们中华文明上下五千年，有多少好东西啊，都被埋没在地底下了，咱们相当于给它发掘出来，让它们重见天日，这相当于动劫富济贫，跟古代的好汉一样啊！"

他拍拍我的肩膀："再说了，你师父我啊，技术高超，根本不用下地，只要随便看看风水，给他们指点一下位置就行啦，就当是旅游啦！"

我想了想，这胖师父说的也挺有道理，要不然真跟他谈谈，像老毕师父一样，做一个云游四方的手艺人，想想倒也不错。

我咂巴咂巴嘴说："听起来还不错嘛！咱们这个明显就是为民除害，杀富济贫，跟梁山好汉一样嘛！"

胖叔笑开了花，使劲点头："就是这样，就是这样！好儿郎当然要志在四方，四海为家，这才是大丈夫要做的！"

徐雅丽脸色也变了，在后面轻轻咳嗽了一声。

我猛然想起来徐雅丽，想着这胖叔不是把我往沟里带吗？

我倒是可以四海为家，那徐雅丽怎么办？

难不成她要跟着我去盗墓，搞一个盗墓双侠，给江湖留下一段不朽的传说？

想到这里，我立刻斩钉截铁地打断他："胖叔，你不要说了，我是不会跟你盗墓去的！"

胖老头傻眼了，讪讪地问："为啥？"

我看了看徐雅丽，一字一句严肃地说："因为，我和毕叔一样，都是一个有理想、有道德的人。"

老毕几乎要笑喷了，捂着肚子蹲在地上大笑。

徐雅丽和莫托也忍不住捂着嘴笑了起来。

胖老头还不死心，继续忽悠我："那个，小白同学，我这边也不是光倒斗。跟你说句实话吧，我这边倒了半辈子斗，也是倒烦了，以后嘛，也不打算下地了。除了倒斗嘛，我这边还会采金术！这个嘛，可是不犯法的！"

我有些好奇："采金？什么采金？是弄一个平底锅啥的，淘金砂吗？"

胖老头傲然道："淘金砂那是啥？那就是干苦力，你在水底下巴巴干大半夜，都不一定能弄出来几粒砂！咱们这边啊，用的是一种秘法采金，这可是传自金门的一种古法。"

"金门？哪个金门？！"我一愣，又出现了金门。

白袍少年说他来自金门，那个死在井下的民兵队长也对金门非常敬畏，这个金门到底是什么呢？

胖老头见我感兴趣，立刻卖弄起来："这个金门嘛，你们可不知道了，要是算起来，它可算得上是中国最大、最神秘的民间组织喽！"

徐雅丽问："教科书上不是说，中国最大的民间组织是青帮吗？"

莫托说："不对，金庸的书里说了，中国第一大帮派是丐帮！"

我说："去去去，都听胖叔说！"

胖老头卖弄起来："这个事情要是说起来，那话就长了。这样，我简单给你们说几句吧。大家都知道，明朝后期，满兵入关，明朝灭亡，好多明朝爱国志士开始反清复明，创造了一个组织，叫作'洪门'。这个'洪'字，就是为了纪念明太祖朱元璋的'洪武'年号。

"洪门后来就演变成了好多组织，像是白莲教、红花会、大刀会、小刀会这些，其实都是源自洪门。后来，清政府也觉得这个组织太大，就买通了洪门几个关键人物，另立门户，成立了一个叫'安清帮'的组织。这个组织，不再宣传'反清复明'，而是开始宣传'安清保清'，成为了洪门的对立面。

"也因为这个，洪门也被人称为红帮，安清帮被人成为青帮，这个就是两个帮派的由来。"

我恍然大悟："原来青帮、红帮，都是由洪门演变来的，看来洪门才是第一大组织啊！"

胖老头却摇摇头："还是不对。"

我问："那是什么？"

胖老头淡淡地说："洪门也是由另外一个大帮派演变而来的。"

徐雅丽问："是金门吗？"

胖老头说："不是，是漕帮。"

徐雅丽问："漕帮又是什么呢？"

胖老头说："其实所有的事情，都跟漕帮有关系。从明朝开始，官府就开始通过大运河运送粮草等，拱卫京师，巩固边防。你想想，每天从运河要过那么多大船，有官船，也有民船，这一路上有多少个码头，码头上有多少家饭店、旅店、烟花场所，这得是多么大的利润！

"而且，因为这个漕运涉及各个不同的省份，所以不管是谁，都没办法吃下来，大家相互钳制，最后就出现了一个民间组织，对整个漕运进行管理。这个组织就是漕帮。漕帮的势力很大，基本上只要是运河两岸，到处都是他们的人，甚至可以和政府抗衡。

"明朝后期，国库亏空严重，有一个原因就是整个运河都不给朝廷缴税，而是选择直接把钱交给漕帮，换得漕帮的保护。后来满人入关，清政府当然不愿意让漕帮继续控制漕运，开始插手这一块。

"那漕帮当然不愿意，所以他们才成立了'洪门'，跟政府对抗。但是跟政府抢漕运的口号不够响亮，所以才借了'反清复明'的口号。再后来，清政府开始和他们商谈，允许他们瓜分一小块利润，重新把持漕运，那些和清政府合作的人，就叫作青帮。其实，这才是洪门分为红帮、青帮真正的原因。"

我们才恍然大悟："原来最牛逼的是漕帮啊！"

徐雅丽也感慨："看来中国历史，就是一部官和民斗的斗争史啊！"

这时候，胖老头却又点了一根烟，悠悠地吐出来了一个烟圈，淡淡地说："你们都错了，漕帮并不是中国第一大帮派。"

我震惊了："难道还有比漕帮更牛逼的帮派？！"

胖老头说："我早说了啊，就是金门！"

这话题终于又绕了回来。

我赶紧问："胖叔，那金门到底是做什么的呢？"

胖老头说："漕帮你们总知道了吧？这个漕帮，只是金门底下的一个机构。"

我们几个人全都震惊了。

这势力遍布运河南北、天下无人不知、富可敌国的漕帮，竟然只是金门底下的一个机构。

这金门，到底是一个多么恐怖的存在啊！

胖老头也很得意，他使劲吸了几口烟，感慨着："你们都没有听说过金门吧？你看，中国的事情就是这样，越是牛逼的东西，大家越不知道。在外面耀武扬威的，其实都是拎包的马仔啊！

"这个金门到底有多大呢？没有人能说得清楚。我也是听我师父说过，金门创建在明朝，它的势力遍布整个中国，号称有水的地方，必有金门之人，是一个大到不可想象的神秘组织。这个组织不仅仅控制住了漕帮，它其实控制了整个中国。

“据说，明朝最富有的人沈万三，明朝最有权势的人朱元璋，明朝最有智慧的人刘伯温，以及好多著名的武将，都是出自金门。

“据说啊，当年的乞丐皇帝朱元璋，也是因为当年答应了金门一个条件，才得到了金门的大力支持，派了好多人去辅佐他，让他从一个叫花子成为了皇帝。可是等他登上了皇位后，又开始后悔，不愿意履行和金门的协议。晚年大肆杀戮功臣，就是为了杀掉金门的人。

“当然了，金门也对他进行了报复，先是害死了他最喜欢的太子，又联合朱棣篡夺王位，搞得天下大乱，最后事实上控制住了明朝。

“你们都知道锦衣卫吧？锦衣卫无所不能，直接听命于皇帝。其实这个锦衣卫，并不是皇帝的人，而是金门的人，是金门派来监视整个国家的。后来朱元璋撕毁和金门的协议后，把锦衣卫全部关押了起来，但是等他一死，朱棣继位后，立刻又恢复了锦衣卫，就是这个原因。”

我有些不敢相信，在中国古代这种高度中央集权的国家，竟然曾经出现过这样一个恐怖的组织，也实在是太不可思议了。

胖老头得意地拍拍我的肩膀：“要是论起来，咱们也算是金门传人，所以你看，咱们是不是最正经的手艺人？”

这番话的信息量实在太大，我有些接受不了。

徐雅丽他们也是一脸迷惑，瞪大了眼睛思索着。

只有老毕悠然自得，自己盘坐在小船上抽烟，根本不管胖老头在讲什么。

抬头看看，巨大的漩涡依旧在石壁前盘旋，巨大的水流不断注入进去，那道石门还在缓缓开启，这时候已经露出来很大一块地方，但是小船明显还是通不过。

这时候，徐雅丽抬起头，问了一个大家都想问的问题：“胖叔，那金门到底是做什么的呢？”

胖老头傲然道：“金门，当然是采金子的。”

这个回答，让我们几个都很无语，这金门那么神秘强大，我们当然觉得它的存在是为了维护世界和平，再不济也得是维护中华民族和平啥的，却没有想到，它就是一个采金子的。

胖老头见我们不服气，赶紧说：“怎么？你们还看不起采金子的？！告诉你们，金子自古就是财富的象征，金门控制了金子，也就是控制了国家。中国金子七分，二分在国库，一分在民间，四分在金门。说金门富可敌国，都是说小了，实际上它才是这个国家的掌控者。”

我们才明白金门的强大和可怕。

徐雅丽这时候问："胖叔，那金门怎么会拥有那么多黄金呢？"

胖老头说："这个问题问得好！金门怎么会拥有那么多金子，是因为他们有一套采金的秘术，主要是从水底下采金子。关于怎么采金子啊，这个话题就大了，太大喽！简单说吧，你们知道不知道这金子是从哪里来的？"

我说："这金子嘛，当然是从金矿里挖来的。"

胖老头点点头："说得对！金子很多是从金矿里，也就是从大山里，从地底下挖出来的。这些叫作山金。还有一些，是从水里捞出来的，像漠河那边，好多溪水里就有金砂。这些水里的金子，叫作水金。"

我忍不住问："那金门是采山金还是水金呢？"

胖老头抬头看了看那扇巨大的石门，说："眼下还有点儿时间，我就凑着给你讲讲吧，让你也知道知道师承，知道咱们金门的力量！"

我虽然心里想着，老子还不一定认你这个便宜师父呢，但是确实想知道金门的事情，于是含含糊糊地答应了下来。

胖老头靠在石壁上，叼着烟，狠狠吸了一口，眯着眼睛说："要说起金门，首先要说这金子的由来。中国有句古话，叫作'山水生金'，意思就是，这个金子嘛，是从山水里出来的，也就是咱们常说的山金和水金。

"为啥这么说呢？这是因为古人认为，金子是大山的精华，只有最好的山脉，才会结出金子。那产金子的山，都是风水上好的大山脉，那外面会有一些金线，叫作金脉，按照金脉，就能找到夹金层，根据金层走向，最后就能找到大金矿。这个嘛，都有一套专门的秘法，非常专业，就是山金。

"再说水金。按说这金子都是在大山深处长出来的，为啥会跑到水里呢？那是因为，金子虽然藏在大山深处，但是风吹日晒，地震山崩，大山就开裂了，暴露出里面的金矿。这些金矿被日晒雨淋，好多金砂粒就顺着雨水，被冲到了山下的河流里，叫作水金。这些，就是'山水生金'的由来。"

我才恍然大悟，以前只知道这金子值钱，还真不知道它是从哪里来的，这回可算是开了眼了。

这时候，徐雅丽问："胖叔，那金门和金子又有什么关系呢？"

胖老头说："金门嘛，简单来说，就是他们拥有一套采金的秘术，可以从山水里寻找到金子。换句话说，全中国的金子都是他们的，只要他们想，随时可以把藏在大山里的、隐藏在大水里的金子给起出来。"

我有些吃惊："他们能找到金子，那岂不是相当于拥有了一个国库？"

胖老头点点头："的确是这样。在古代，金子就是钱，钱就是金子，没啥好说的。反正在当时，金门不仅仅是富可敌国，可以说它绝对比国家还要有钱。所以在明朝后期，国库空虚，就是因为金门实在是太有钱了，控制住了国家的各个部分导致的。”

徐雅丽问：“那漕帮也是他们建的了？”

胖老头点点头：“金子有一半都在水里，他们需要找人维持水上秩序，所以建立了漕帮。”

我们几个人纷纷感慨，没想到传说中的漕帮、洪门、青红帮，以及电影里经常看到的红花会、白莲教等，都和这个金门有关，这个金门也真够神秘的了。

莫托这时候问：“金门那么有钱，那金门的老大为啥不当皇帝？”

老毕忍不住接过话说：“你以为皇帝就那么好当的？那皇帝看着三宫六院挺好，那管理那么大的国家容易啊？！每天天不亮就得上朝，一会儿边关打仗，一会儿流民造反，一会儿宫廷政变，哪有做一个民间的土皇帝来得舒服？”

我点点头：“也是！我记得古老就说过，做一个侠客，可比做一个皇帝还要舒服，无拘无束，来去自由，还受人敬仰，又不用管那么多破事，那不是比做皇帝还舒服？！”

徐雅丽这时候问了一句话：“胖叔，那金门有钱又有人，它到底想要做什么呢？”

胖叔赞许地点点头：“还是这个丫头想得远啊！这金门又有钱，又有人，按说它要是愿意造反当皇帝，也就是分分钟的事情。但是它好几百年来，却从来没有涉足过政治，只是在研究一件事情。”

我们几个异口同声地问：“研究什么？”

胖叔抬起手臂，指了指那座巨大的石门：“就是这个。”

“这个？！”

我们几个搞不懂了：“这个又是什么？”

胖叔解释说：“就是研究水底下的怪物。”

“水底下的怪物？”徐雅丽最先反应过来，“您说的是水怪？！”

胖叔严肃地点点头：“水怪，还有其他的一些东西。”

我问：“其他的一些东西是什么？”

胖叔没有回答，却问了我们一句话：“你们说，古代的皇帝都在研究什么呢？”

徐雅丽说：“研究如何国富民强，振兴朝纲！”

胖叔笑了：“你说的那是课本上的皇帝。真实的皇帝吃喝玩乐还顾不上呢，哪管你国富民强？”

莫托说：“那研究什么？”

胖叔说："那皇帝要啥有啥，整个天下都是他的，他还要研究什么，你们就自己想去吧！"

这胖老头说话和老毕一样，总爱留个扣子，让我浑身直痒痒，刚想问他，老毕却说话了。

他把烟头弹到水里，说："胖子，你这后事也交代得差不多了吧，咱们也该算算总账了吧？"

胖老头朝他抱了抱拳："毕老头，黄胖子欠你一个人情！你也知道，这次来这里是九死一生，有些该说的话，再不说就没机会了。要是这次能收一个好徒弟，把我这点儿本事传下去，也算是给师父留下点儿香火！"

老毕冷哼一声："你还有脸提师父！"

胖老头有些尴尬："你是不是脑子有问题，老子都说了，当年的事情是个误会，老子还想知道到底是怎么回事呢！"

老毕不冷不热地说："当年到底是怎么回事，只有你自己清楚！"

胖老头说："老毕，你能不能听我说一句话？"

老毕不置可否："你说！"

胖老头推心置腹地说："老毕，咱们师兄弟这么多年了，我的为人，你也清楚。其实当年到底是怎么回事，我也不知道。当年咱们三人进了石门，我和师父在里面，你在外面。后来师父出事了，你怪我，我也没解释啥。我本来以为，师父肯定会跟你说清楚，没想到他……"

老毕冷哼一声："师父断了一只胳膊，还有你……不过，他确实啥也没说，当天就带着我走了。后来，他每天都喝得烂醉如泥，说胡话……最后我们到了徐州，师父就被……被带走了……"

说到这里，他猛然冲过来，死死揪住黄胖子的衣领，瞪着血红的眼睛："说！你说！当年为啥要害师父？！"

胖老头拼命挣开了他，说："老毕，你小子都多大了，怎么还像小时候那么爱冲动！我跟你说，当年的事情别说你，老子还想知道呢！"

老毕还是瞪着他："当时就你们两个进去了，你不知道，还有谁知道？！"

胖老头说："其实这么多年来，我也一直想着当年发生过的事情。后来我发现，咱们当年犯了一个错误。"

老毕问："啥错误？！"

胖老头说："你还记得师父最后说的那句话不？"

老毕说："当然记得！当时我在洞口，听见师父拼命喊了一句：'怎么是你？！他在哪儿？！'"

胖老头点点头："这么多年来，我也一直想着师父这句话。你有没有想过，这句话有点儿不对劲。"

老毕问："有啥不对劲的？师父就是遭到了你的暗算，才忍不住喊出声的！"

胖老头说："你这个蠢货！你又不是不了解师父的脾气，他这个人，平时蔫不拉唧的，就算是天塌下来，他都不会眨一下眼睛。你想想，咱们跟了师父那么多年，啥时候见他激动过？"

老毕点点头："这个确实是！"

胖老头说："我后来分析了一下，师父当时那么说，有几种可能。"

老毕问："哪几种可能？"

胖老头说："你仔细想想，师父当时说'你？！怎么是你？'，你觉得，这个'你'是谁？"

老毕说："当时那里面就三个人，除了你还有谁？"

胖老头勃然大怒："那老子还说是你呢！"

老毕怒了，青筋爆出："怎么可能是老子？"

胖老头也怒了，梗着脖子和他针锋相对："那你为啥一口咬定是老子？"

见这两个人像斗牛犬一样，针锋相对，我赶紧在一旁打圆场："两位叔……大家先别吵了。依我看啊，你们两个都不是坏人！"

没想到，两个人却一起扭过头来反问我："那你说！到底谁才是坏人？"

我只好顺嘴说："既然你们两个都不是，那肯定是其他人呗！"

胖老头赞许地说："还是这个年轻人说得对！这么多年来，我也想了，那山洞里应该有第四个人！"

老毕却连连摇头："不可能！这石门几年才打开一次，你又不是不知道，咱们三个进去后，就把石门给关上了，肯定不可能进去第四个人。"

这时候，胖老头却说："老毕，其实还有一种可能。"

老毕不服气地说："确实还有一种可能，那就是你背叛了师父！"

胖老头立刻怒了，当时就要支起架子，要和老毕单挑。

我也被这两个老人的孩子气给逗乐了，赶紧劝开他们，让他们先别急，等胖叔先把猜测说完。

胖老头说："还有一种可能，那就是，那第四个人并不是跟我们一起进去的。"

老毕听不懂了："不是跟咱们一起进去的，那是跟谁进去的？"

胖老头说："他谁也没有跟着进去。"

老毕问："那他又是怎么进去的？"

这时候，徐雅丽在后面接了一句话："第四个人，他并没有跟任何人进入山洞，而是一直都藏在山洞里。"

胖老头两手一拍，赞许地说："还是这个女娃娃聪明，我就是这个意思！那第四个人，他其实一直藏在山洞里。就是他，把那头巨兽放了出来，才让师父受了伤！"

老毕连连摇头："这绝不可能！这石门几十年才打开一次，那山洞里啥都没有，饿都给他饿死了，怎么可能有人！"

胖老头却冷笑着："要是里面啥也没有，那巨兽又是吃啥玩意儿活的！"

老毕一下子愣住了，目瞪口呆地看着石门，拼命思索着什么。

看了好一会儿，他又转过头，不可思议地看着胖老头，满脸都是惊讶。

胖老头叹了一口气，点点头："想不到吧？其实我也想不到，但是确实只有那一种可能。你想想，山洞里要是只有咱们三个人，那又是谁打伤了师父，谁又放出了那怪物？那么多年了，你老怀疑是我，我也没跟你解释。其实你也不想想，我那时候才多大，我就能打伤师父？老毕，那个人，他肯定还在里面！你问我为啥来老这里，我就是要去找他，问问当年到底是怎么回事！为啥师父出来后，就不认我，要带着你远走徐州？！"

胖老头很激动，一口气说完这些。

越说，他的语气越激动，最后声音都几乎带着些哭腔了。

老毕仔细想了想，又和胖老头反复确认了几个问题，两个人挨个核对了一下，才发现确实是错怪他了。

老毕也叹息了一口气，拍了拍胖老头的肩膀："老伙计，这么多年，是我错怪你了。"

他转过头，望着远处的长廊喃喃自语："师父，不是胖子干的……真不是胖子干的！师父，你当年为啥什么都不说呢？！"

胖老头的眼睛也湿润了，说："师父，是徒弟不孝，没有找到你啊！"

他问老毕："师父最后……到底是怎么回事？"

老毕摇摇头："这个我也搞不清楚……师父当年的事情，我想了那么多年，都想不清楚。我始终觉得，还是和石门里发生的事情有关系。"

顿了顿，他又补充了一句："我觉得，师父还活着。"

胖老头使劲点点头，看着石门，说："老毕，不管怎么样，我还得进去一次。"

老毕有些迟疑："师父不在，你能进得去？"

胖老头坚定地点了点头："进不去也得进！不管怎么样，我都得弄清楚，到底是谁打伤的师父！还有，我得问清楚，为啥师父后来不认我！”

他回头看看我：“我要是出不来，你就帮我带着我这个好徒弟！”

老毕说：“扯淡！你让我教他做菜还行，教他金门的本事，我哪儿会！”

胖老头说：“你不用教他啥，你就成天跟他吹吹我当年的英雄往事就行！”

老毕啐了一口，说：“操，那我还是跟你进去吧！”

胖老头笑了：“有你跟我去，那就好办啦！你也知道，我嘛，水性不行！”

老毕也笑了，骂了一句：“他奶奶的，你个死胖子，成天就会算计我！”

这两个人，一会儿剑拔弩张，一会儿又甜言蜜语，跟演话剧一样，把我们几个都看呆了。

老毕说：“对，你啥时候去河南了？”

胖老头说：“没有啊，我一直在北京那边呢！”

老毕说：“那你咋还换了口味，改听豫剧了？我记得你以前说过，去哪儿，就得好好听哪儿的戏，才能算当地人。”

胖老头有些迷茫：“豫剧？啥豫剧？我一直都是听京剧啊！”

老毕一愣，转过身仔细看着他：“真的不是你？你没在江上唱豫剧？！”

胖老头肯定地说：“肯定不是我！还有，我也就是听听，你啥时候见我唱过？！”

老毕脸色一变：“不对，这里面还有其他人！”

我和莫托也是脸色一寒，猛然想起了一个人。

那个人，在乌苏里江开江第一天就出现过，也是唱的豫剧。

后来在这里，我们又遇到了一次，他也唱的是豫剧。

那个人，我们一直以为是胖老头，没想到却是另外一个人！

他又是什么人呢？！

我忍不住问：“毕老师，那个唱豫剧的人，到底是谁呀？”

老毕正色说：“我估摸着，那应该是一个河南人，而且还很爱听豫剧。”

这话等于没说。

我再问他，他却挥挥手，让我别打扰他，他要和胖子商量一下如何进去石门。

徐雅丽问：“你们要进石门？”

老毕豪气干云：“去啊！当然要去！我们师兄弟联手，走遍天下都不怕，还怕这两扇破门！”

我被他的气势感染，当场表态：“那我也进去！”

莫托马上跟着说：“我也进去！”

紧接着，徐雅丽也坚定地说：“还有我！”

胖老头哈哈大笑，对老毕说："看看，老毕，你这个就不如我了吧？你看，我这徒弟，刚收了不到一分钟，就愿意跟师父我闯阴城，你就没有了吧？！"

他拍拍我的肩膀："好徒儿！你这样让为师很欣慰啊！不过呢，这底下可不是你现在就能闯的，你还是先回去，等着师父的好消息吧！"

说完，他从怀里掏出来一个密封得很好的黄铜匣子，递给我。

"这里是为师多年来行走江湖的一些笔记，还有一些是看风水寻金脉的法子，你先帮师父收好，等师父回来了，再还给师父。"

旁边，老毕也拉着莫托，跟他说了一下自己的情况，门口的菜园子底下还埋着十瓮好酒，地窖里还有半条野猪腿，鱼楼子里还有十几条风干鱼。

这两人明显是在交代后事了，让我们完全接受不了。

我和莫托立刻拒绝了他们的托孤，并且再三表示，不管那山洞里有多么危险，我们都会跟着他们一起进去。

没想到，两个人压根儿不给我们机会，几下子就制伏了我和莫托，再唰唰几下，用缆绳将我们两个牢牢绑住，然后扔到了船舱里。

再抬起头看看，石门旁的漩涡已经明显小了，水流也小了许多，在那儿轻轻打着旋，这时候那石门基本上已经打开了大半，裂开了一道阴森森的大口子。

老毕抄起船桨，在石壁上轻轻一推，小船就顺着水流到了巨大的石门前。

胖叔将小船拴在了石门前的一块大石头上，打开狼眼手电，朝山洞里照了照，然后嘱咐徐雅丽千万别放开我们，接着身子一猫，就消失在了石门中。

我大叫着，让徐雅丽赶紧放开我们！

徐雅丽赶紧扑过去，想解开绑在我们身上的缆绳，却发现那缆绳被系上了一个死扣，而且勒得特别死，完全解不开。

我和莫托的刀子，又都被两位老人给没收了，实在没办法，徐雅丽只得拽着绳子在石壁上磨，磨了大概十几分钟，才给绳子磨开。

解下绳子，我的手腕被勒得生疼，才明白他们为啥没有绑徐雅丽。

三两下给莫托弄开，三个人顿时犯了难，本来说好来这里帮徐雅丽找水怪的，没想到却被老毕摆了一道，跟什么不靠谱的师兄去山洞寻找神秘人去了。

说是这么说，我心里还是挺担心那个便宜师父的。

从我出生到长那么大以来，除了父母以外，还真没有人对我这么好过。

莫托也担心老毕，大家简单商量了一下，决定还是先杀过去看看，万一里面情况不对，就赶紧撤回来。

我们原本打算留下徐雅丽在外面望风，万一有个什么情况，还好照应一下，没想到她却斩钉截铁地要跟我们去。

她说："小白哥，不管怎么样，你们都是为了我而来的！现在毕老师、胖叔生死未卜，你们也要跟着进去，那么于情于理，我都得跟你们进去！再说了，说不准能在里面找到我父亲的线索呢！"

她这么坚决，我们也不好说什么，只好让她跟在后面，让她千万警惕一些，一有什么不对的地方，就赶紧往外跑。

说实话，第一次进入这样古老深邃的山洞，还是第一次。

尤其是这种近乎神迹一般的巨大石门，那背后到底隐藏着什么秘密，让我都无法想象，心脏也无法抑制地剧烈跳动起来。

抬头看看，那十几米高的巨大石门，仿佛巨兽一般冷冷地看着我，那门槛就有半米高，上面被水流冲刷得很光滑，一看就是有几百年的历史了。

我和莫托两人一起，费了牛劲，好歹才把徐雅丽给托了进去，有点儿"出师未捷身先死"的意思。

山洞里阴冷潮湿，里面全是水，往外渗着阴冷的雾气，用手电往里面照照，只能看到附近一小块地方，再往远处看，就什么都看不到了。

莫托试了试，桦皮船太大，肯定扛不过来，只好作罢。

好在我小心地试了试，山洞里的积水并不深，也就刚到小腿肚，莫托一手拿着直刀，一手举着火把，走在最前面。

我举着手电，拿着一把鱼叉，和徐雅丽走在后面。

山洞里阴暗潮湿，不时有冰冷的水滴从石壁上落下来，滴到脖子里，冰冷冰冷的，冷得扎人。

举起手电到处照照，却只照到一片虚空，到处都是黑乎乎的，什么都看不到。

我还以为是手电坏了，确认了几次，才发现手电没问题，因为这里的空间特别大，手电光根本达不到。

更古怪的是，这里的岩石和外面完全不一样，这里的石壁、岩石全都是黑黢黢的，好像可以吸收光线一样，手电光照在上面，只有微弱的光芒。

周围腥臭无比，脚底下全是滑溜溜的，一不小心就要滑倒，走起来特别费劲儿。

我更加担心，这里看起来非常像一个怪物巢穴，我们这次进来，岂不是成了送上门的食物？！

我低声问莫托："小莫，你知道老毕他们要去哪里吗？"

莫托摇摇头："这个真不知道。"

我不死心，又问他："那个，你们那边有没有关于这里的说法？"

莫托面色凝重地说："倒是有一些说法。"

我赶紧问："都是怎么说的？"

莫托说："小白哥，你也知道，这里其实是我们赫哲族的禁地。"

我点点头："我知道。"

莫托说："那你知道，为啥这里是我们的禁地不？"

我说："不是说你小时候发生过一件怪事嘛，就是钓龙那件事情？"

徐雅丽这时候插嘴说："钓龙那地方，应该是江边吧，应该不是在山洞里才对。"

莫托点点头，低声说："那个地方确实不在这里。"

我好奇了："那你为啥说这里才是你们的禁地？"

莫托低声说："小白哥，你记不记得，在那个故事结尾的地方，老道士看见牛毛绳尽头，拴着一根铁链子……"

我心里猛然咯噔一声响，目瞪口呆地看着他："你是说……你是说……"

莫托点点头："是的，那根牛毛绳拴着的铁链子，就是洞口那一根……后来，我们族人从水里找到了那根牛毛绳，然后顺着铁链子摸到了这里……后来发生了许多事情，这里才被列为我们族的禁地！"

我一下子震惊了。

说实话，莫托当时给我讲的那个故事，因为太过玄幻，我其实是不信的，尤其是涉及他那个半人半蛇的后妈，我觉得肯定加入了许多玄幻元素，当不得真，却没有想到，那个故事竟然是真的！

当时老毕指挥我从岩壁里寻找铁链子时，我就问过他，这铁链子隐藏得如此深，他是怎么找到的，他只是含含糊糊地说，是赫哲族的朋友告诉他的，却没有想到出自这里。

我结结巴巴地问他："那……那这里到底有什么东西？"

莫托摇摇头："来过这里的人，基本上都死了。有几个没死的，也都从来不提这里的事情。别说提，哪怕有人稍微提到，他们都要突然发怒，然后拼命喝酒，乱吼乱叫的，有时候甚至当场拔出刀子拼命！虽然他们看起来什么都不怕，我却始终觉得，他们这样做，是为了掩饰心里的害怕……"

徐雅丽问："小莫，那这里到底有什么，有人提过吗？"

莫托想了想说："有一次，有人喝多了，嘟囔了几句，好像是说这里藏着什么吃人的怪物。"

我问："怪物？！什么怪物？！"

莫托摇摇头："那人就说了一句，就被人给按住了，不让他继续说了。"

我点点头，怀疑这怪物也许就是我们遇到的那头，搞不好它的巢穴就隐藏在这里。

徐雅丽左右看了看，又问："小莫，那你们又是在哪里捉到那条大鱼的呢？"

莫托没说话，过了一会儿，才低声说："那鱼不是我们捉到的。"

徐雅丽吃惊了："不是你们捉到的？那是怎么捉到的？"

莫托说："是被什么东西给赶出来的……"

徐雅丽还要问什么，我使劲咳嗽了一下，打断了她。

莫托跟我私下里说过，那条大鱼和他后妈有关系，是他后妈捉到的。

联想到这些，我有些怀疑，他那个后妈是不是就是从这个神秘石门里出来的，但是这种话也不好问，所以只好装傻。

我故意问："小莫，这里是你们赫哲族的禁地，那你怕不怕？"

莫托挺起胸膛："跟小白哥在一起，我就不怕！"

我拍拍他的肩膀，没说话，心里却非常感动。

莫托这人，对于鬼神等事，一向非常相信的，这次却为了我，愿意进入到他们族的禁地，这份情谊，确实能让我铭记终生了。

大声咳嗽了一下，我说："那个，莫托同学，还是要对我们有信心啊！你想啊，老毕、胖叔还有他师父，不都来过这里，也都好好地出来了！所以说，这里也不是啥龙潭虎穴，大家只要小心点儿，实在不行就赶紧退出去，没事的！"

莫托使劲点头："嗯嗯，我对小白哥超级有信心！"

徐雅丽也扑哧一下笑了，说："既然这样，那我也对你小白哥有信心！"

我也得意了："嘿！关键时刻啊，还得跟着我这个领导走！其实啊，大家也不用太担心！我觉得吧，这里不一定就那么危险，搞不好啊，还能憋到宝贝呢！"

莫托不明白了："憋宝？这怎么憋宝？！"

我说："憋宝啊，就像老毕的师父一样，憋着劲儿找宝贝呗！"

莫托说："小白哥，人家都是带功夫的，咱们可不行！"

我说："没吃过猪肉，还没见过猪跑啊？咱们确实没憋过宝，不过咱们只要跟着老毕师父的路子走，还愁找不到宝贝？你想啊，老毕那师父是什么人？正正经经金门出来的高人，天南海北可着全中国憋宝贝！就他那功夫，吃个驴肉火烧都能憋出来一个蟹和尚，那啥玩意儿搞不定？！就他这号人，雁过拔毛，鱼过刮鳞，他当年都专门来到这里憋宝贝，咱们搞不好也能找到！"

莫托想了想，说："也对，说不准这里还真有宝贝！"

我说："是吧？肯定有！那啥玩意儿女真族宝藏啥的，指不定就是在这里！"

莫托还有些犹豫："可是小白哥，毕叔也说了，他师父那么牛逼的人，还在里面折了一只胳膊，就咱们几个进去，那还不得把小命都留下啊？！"

我赶紧给他洗脑："话不能这么说啊！你想啊，是老毕厉害，还是他师父厉害？肯定是他师父厉害吧！那为啥老毕师父出事了，他就没出事，胖叔也没出事？这就说明啊，你不惹事，事也不会惹你。咱们在这里啊，就老老实实的，该吃吃，该拿拿，别惹事，那就没事啦！"

莫托还有些怀疑："小白哥，毕叔不是说，这里还藏着一个人嘛！那咱们要是拿人家的东西，人家不打咱们啊？"

我说："怕啥？这里面好东西多着呢，咱们又不拿完，跟他商量商量呗，随便拿几个出来得了！"

莫托性格单纯，很快被我糊弄过去了，还喜滋滋地在那幻想："小白哥，咱们是不是要发财啦？！咱们要是发财了，那你做什么？"

我说："我啊，我估计先买辆车吧，买一辆悍马！那车猛，能一口气开到山上！"

徐雅丽在旁边也忍不住笑了，问他："小莫，你有了钱想干什么？"

莫托说："我想盖一座大房子，很大很大的房子！"

徐雅丽笑了："你盖那么大的房子干什么？你要和谁一起住呀？"

莫托说："我盖一座大房子，谁也不跟，就跟小白哥一起住！嗯，还要养一大堆狗！"

我一个踉跄，差点儿摔倒，说："你可别跟我住——你呀，还是多养几条狗，跟狗一起住吧！"

转头问徐雅丽，"雅丽，你要是有钱了，想做什么？"

徐雅丽说："我要是有钱了，那就组建一个水怪调查组，在全国各地寻找水怪，寻找我父母。"

我点点头："行吧，既然大家都有目标了，咱们就赶紧去寻找宝贝吧！"

气氛轻松了许多，大家继续往前走。

说是这么说，但是我知道，这里绝对不是啥正经地方。

这里要是正经地方，老毕那么牛逼的师父，也不至于丢掉一只胳膊，最后落寞地死在徐州了。

而且按照胖叔的说法，这里面可能不仅藏着一头怪物，还很有可能藏着一个神秘人，那个人恐怕才是最恐怖的。

大家继续往前走，前面的积水越来越浅，又走了一会儿，终于踏上了潮湿的地面，拧干了裤子上的水，用火把烤了烤，立刻感觉浑身暖和多了。

我也稍稍放下一些心，为了节省电源，我把手电关了，递给徐雅丽保管。

借着火把的亮光，我们仔细看了看地面，地面铺的全是巨大的条石，整整齐齐的，看起来像一个巨大的广场。

但是这又不是一个普通的广场，整个造型显得格外怪异。

首先，铺建广场的条石，并不是常见的青色，或者白色，而是鲜血般的暗红色岩，在火把的照耀下，周围的石壁是漆黑色，地板是暗红色，感觉非常怪异。

而且，山洞到了这里，感觉豁然开朗，广场四周有许多通道通向四面八方，四通八达，一直往前延伸着。

地上散落着一些朽烂的东西，仔细辨认了一下，有些是古代的盔甲，以及折断的刀剑什么的，像是个古战场。

我们几个面面相觑，原本以为，这里会是一个巨大的怪物巢穴，或者是一个类似地狱的存在，却怎么也没有想到，这里竟然修建了一个巨大的地下广场。

这个广场上，并没有什么巨大的雕像、石柱子，甚至是骨头架子，全是空荡荡的，用火把照过去，周围全是虚空，干净得明显不大正常。

这正是这里怪异的地方。

在外面那个山洞，我们已经经历了种种怪异的一幕，神秘的铁链子，悬空的尸体，恐怖的水倒、骷髅鱼，进入到了这里，我们都做好了迎接各种怪物的准备，却没想到，迎接我们的却是一个空荡荡的广场。

这个怎么也说不过去。

莫托他们也有些吃惊，站在了那里，不敢继续往前走。

我赶紧给他们打气："看来咱们运气不错啊！"

莫托苦着脸问："小白哥，这运气还好啊，这地方明显不对劲啊！"

我说："你还看不出来啊，这里肯定有宝贝！"

徐雅丽皱紧了眉头："为什么这么说？"

我说："我给它相过面了，这里八成是一个地下宫殿！你们想啊，这宫殿是做什么的，不就是装宝贝的地方！搞不好啊，就是女真族藏宝贝的地方，咱们这下子可发财啦！"

徐雅丽皱了皱眉头："不可能是宫殿，宫殿哪有修在大山里的。"

我随口胡说："这个啊，就是地下宫殿，所以要修在地下嘛！"

莫托也有些迟疑："小白哥，这里会不会是一个古墓？"

我开始也想过这个问题，按说深山大水里藏着一个古墓，也说得过去。

不过，古墓全都是密封好的，开一个盗洞都费劲儿，哪有像这种，直接在石壁上打开了一个大门迎客的？

徐雅丽也说："这个不可能是古墓，古墓会有墓室、墓道，这个……看起来还真像是一个宫殿……"

莫托说：“难道真是女真族藏宝贝的地方？”

徐雅丽比较谨慎：“先过去看看再说吧。总之，大家还是小心点儿。”

开始时，我们还担心这里会不会有什么机关，用刀子使劲磕了磕石板，全都是结结实实的实心石板，并没有任何异常。

又捡了一块石头，顺着石板骨碌了过去，小石块咕隆咕隆滚了过去，也没有什么异常。

再用手电照了照，顶很高，照不到顶，不过看起来并没有吊着铁链子，或者什么稀奇古怪的东西。

这里越是正常，我们就越加担心。

这一路上，我们遇到了那么多怪异的东西，这里竟然如此平静，明显不大对劲，就像是平静的水下，隐藏着无限的杀气。

但是已经走到了这一步，不管遇到什么，也只能硬着头皮往前走。

我给他们打气：“同学们，我们两万五千里长征已经走了两万四千九百九十九里了，大家再鼓鼓劲儿，走完这最后一里路，就顺利到延安会师啦！”

莫托却说：“小白哥，你这么一说，我怎么这么紧张了。”

我说：“你紧张个啥？”

莫托说：“你看那些电视剧啊，大家都是熬到了最后一关，就要胜利时才死掉的。而且小白哥啊，一般你这种台词，都是同志们要牺牲前才会说的！”

我照头给了他一个爆栗子，说：“不说话能憋死你啊！”

说话间，我们已经走了好一段路，地上平平坦坦的，简直可以跑马，一点儿危险也没有，大家也渐渐放松了警惕。

刚抬起头，想要看看前面的路，就听见徐雅丽低声说了句：“都别动！”

接着，她又很急地说了一句：“快关灯！有人！”

徐雅丽猛然说了这段话，吓了我们一跳。

条件反射，我猛然把手里的火把丢在了地上，火把摔在地上，火星四溅，依然燃烧着。

莫托招呼我们隐蔽，自己一个箭步上去，几下就把火把踩灭了。

火把立刻熄灭了，周围陷入到了彻底的黑暗中。

所谓隐蔽，其实没啥好隐蔽的，周围全都是空荡荡的广场，只能狼狈地就地趴下，也不知道能不能管用。

没有人说话，周围安静得能听到粗重的呼吸声，以及自己的心跳声。

小心翼翼地抬起头，朝前方看看，周围漆黑一片，什么都看不清楚，根本不知道徐雅丽说的人在哪儿。

但是以我对她的了解，她是一个十分谨慎的人，既然那么严肃地发出警报，一定会看到了什么。

使劲揉了揉眼睛，再抬起头看看，眼睛已经适应了周围的环境，就发现前方不远处，站着一个散发着绿色荧光的人。

一个散发着绿色荧光的人？！

使劲揉了揉眼，再仔细看看，在我们左前方不远处，确确实实站着一个会发光的人！

那个人浑身上下都被包裹在一件荧光绿色的冲锋衣下，看不清样子，不知道到底是什么人。

看来徐雅丽说得不错，这里果然有人！

我的脑子飞快转动着，这个穿冲锋衣的人肯定不会是老毕或者胖叔，大门打开时，又没有其他人进来，搞不好就是那个隐藏在山洞里的人！

正想着，我左边突然传来一阵窸窸窣窣的响动，我以为是莫托，赶紧轻声咳嗽了一下，暗示他别动！

但是没用，那声音越来越响，看起来是莫托按捺不住了，我赶紧又咳嗽了一声，那声音依旧在响。

没办法，我只好在黑暗中把手伸过去，摸到了他的方位，狠狠掐了一下他，他才终于醒悟，一动不动了。

黑暗中，窸窸窣窣的声音终于消失了，我才松了一口气。

再抬头看去，那个穿着冲锋衣的人，已经消失了，应该是已经离开了。

又过了一会儿，周围依旧静悄悄的，我才松了一口气，低声喊着："小莫？雅丽？"

"小白哥！"我右边很快传来了莫托的声音。

我有些不好意思。

莫托既然在我右边，那刚才我掐的人应该就是徐雅丽了。

没想到，在我前方很快传来了徐雅丽的声音："我在。"

我先是一愣，徐雅丽在我前方，莫托在我右边，那刚才我掐的人是谁？！

忍不住从地上跳了起来，叫道："快开手电！快他娘的打开手电！"

莫托他们不知道怎么回事，但是还是很顺从地打开了手电。

雪亮的光柱照了过来，刺得人眼生疼，我一把抢过手电，朝着我左边一照，发现那里空荡荡的，什么都没有。

再用手电照了照周围，发现周围空荡荡的，并没有什么人。

我的头皮一阵发麻，刚才到底是怎么回事？

那窸窸窣窣的声音，以及我狠狠掐了他一下，那真切的皮肉感，分明不是幻觉，那到底是什么鬼？！

徐雅丽见我不对劲，赶紧问我怎么回事。

我把刚才的情况说了一下，大家也都有些紧张。

徐雅丽用手电在我左边仔细照了照，说："地上有一些水印，刚才这里真的有……什么存在过。"

"啥？啥玩意儿？！"

莫托顿时紧张了起来，迅速拿起来猎枪，在黑暗中瞄着。

听她这么说，我心里才好受一些。

不管那玩意儿到底是什么，只要他确实是存在的，不是鬼魂幻觉就好。

这时候，我想起了一件事情："雅丽，你刚才看到的，是一个穿绿色冲锋衣的人？！"

徐雅丽点点头："他刚才就在咱们前方不远处，我怕咱们暴露目标，所以让你们赶紧熄灭灯。"

莫托在一旁嘟囔着："我怎么就没看见——"

他话还没说完，突然叫了一声——"啊？！"

我们顺着莫托的方向转过头去，就看见在我们前方不远处，一个浑身散发着绿色荧光色的人，正在冷冷地看着我们。

我们几个人一下子愣住了。

莫托当时正举着猎枪，精神处于高度紧张中，这时候几乎迎面撞上了这个人，条件反射一般，不由自主地就扣动了扳机。

黑暗中，就听见轰隆一声，莫托手里的枪响了，子弹呼啸着冲到了那人身上。

我的脸色一下子变了，这人是敌是友还不知道，就这样先给了人家一枪，要是误伤了无辜，可就糟了。

这么近的距离，子弹毫无任何悬念地轰到了那个人的身上，就听见哗啦一声响，像是什么东西碎了一地。

莫托也吓坏了，说："小……小白哥，我，我杀人啦！"

还不知道怎么安慰他，就听见徐雅丽冷静地说了一声："先别急！他……不一定是人……"

徐雅丽这句话，让我们两个人听不懂了。

他不一定是人，那他是什么？

莫托更加害怕了，声音颤抖地说："雅丽姐，你不要吓唬我……他要不是人，那他是什么？"

徐雅丽冷静地说："这个世界上，像人而不是人的东西还有许多。"

我听她意有所指，问她："你发现了什么？"

她甩了一下头发，要过手电："跟我来！"

握紧了刀子，我紧跟在她身后，慢慢走到了那个"人"的跟前。

不知道为什么，徐雅丽一路上不断照着山顶、石壁，甚至石板，就是不照倒在地下的那个人。

到了跟前，她慢慢将手电筒的光照在了那人身上，说："你们看看，他到底是不是人？"

徐雅丽这句话，让我心里咯噔一下。

低下头看看，手电光笼罩住的，并不是一个人，而是一大块散发着绿莹莹光芒的人形石雕。

这个人形石雕，已经裂开了一道大口子，断成了几块，躺在了地上。

难怪徐雅丽说，莫托击中的并不一定是人，原来只是一个人形雕像而已！

莫托才松了一口气，心里的一块石头终于落了地，额头上的冷汗都下来了。

我有些奇怪，这人形雕像很常见，可是为何这个雕像能发出绿莹莹的光芒？

更为怪异的是，这个雕像身上的光芒持续不了多久，就越来越淡，最后消失不见了。

徐雅丽解释着："这雕像是用萤石雕刻的。"

我问："萤石？萤石又是什么？"

徐雅丽说："萤石是一种特殊的石头，在紫外线照射下，会发出像萤火虫一样的荧光。还有一些更特殊的萤石，含有一些稀土元素，能发出磷光。这些萤石在黑暗中接触到光源后，也能发出绿莹莹的光芒。古人常说的夜明珠，就是含有稀土的萤石。不过萤石的光并不持久，一旦失去了光源，很快就会消失。"

我点点头，刚才熄灭火把后，先出现了一个绿莹莹的人，没过多久，那"人"就消失了，估计就是这个原因。

莫托在旁边问："是谁把萤石雕像放在这里的？"

徐雅丽说："萤石在中国分布得很多，并不是很珍贵的矿石，所以这里出现一个，也不算多奇怪。不过萤石硬度较低，而且很脆，所以很少用来雕刻大型石雕，这个确实有些奇怪了。"

她转头看了看周围："而且这里终年黑暗，根本没有什么光源进来，再多的萤石也没用啊！"

我也觉得这东西挺邪门，又担心刚才掐到的那个腻腻歪歪的玩意儿，不愿意在这儿长待，催着徐雅丽赶紧继续往前走，赶紧找到老毕他们会合就好了。

说来也怪，这里看起来一马平川，我们几个又打着手电、火把，老毕他们应该一眼就能看见我们，但是走到现在，别说人，连个鬼影子都没见到，也确实让人感觉奇怪。

大家继续往前走，又在路上遇到了几个人形的萤石雕像。

这次我们仔细看了看，那雕像只是大概雕出了一个人形，并没有雕刻五官等，没有我们想象的那么精致。

也有几尊雕像摔倒在了地上，不知道是自然摔倒的，还是被以前进来的人打坏的。

只不过，周围的石壁全是漆黑漆黑的，地板是猩红色的，再配上这绿莹莹的人形雕像，营造出了一种非常鬼魅的气氛，确实让人毛骨悚然。

提心吊胆地又走了一会儿，走在最前面的莫托猛然停下来了，接着用一种颤抖的声音说了句："小白哥……咱们不能再往前走了……"

我硬着头皮问："为啥？"

他的声音带着哭腔："小白哥，咱们来错地方了……这里不是啥宫殿，是一座阴宅啊！"

徐雅丽也停下脚步，用火把仔细照了照周围，也说："小白，这里确实不大对劲儿！"

我心想，在这种邪门地方，鬼都知道不对劲儿，还有啥好说的！

但是在这个时候，切记不能着慌，一旦着慌，军心一乱，那谁都出不去了。

我只好硬着头皮说："莫托，你胡扯些什么？！这里怎么就是阴宅啦？"

没想到，莫托却说："小白哥，你仔细看看，正常的宫殿都是汉白玉的墙，青色的地砖。这里倒好，是黑色的墙，白色的地砖，哪有人会用这种颜色？！这根本不是给人修的！"

徐雅丽反问他："不是给人修的，那是给什么修的？"

莫托说："这些……这些就是给那些'老了的人'修的！"

徐雅丽还不明白，什么是"老了的人"，我给她比画了一下，她才明白过来，也有些紧张。

我虽然觉得莫托说的有道理，但是这时候也只能糊弄一下，说："那可不一定，说不准修建这个宫殿的人品位独特，就喜欢这种暗黑风格呢！"

莫托见我不信，打开手电，照亮了前方："小白哥，你看看前面是什么？"

手电的光柱穿过黑暗，朝着前方射去，最后笼罩在前方不远处的一张石桌子上。

在那张石桌子上，密密麻麻赫然摆放了一大堆黑色的灵牌，令牌依次排开，分为好几层，显得格外压抑。

在灵堂后面，隐约还能看到一些横着放的大棺材，离我们太远，也看不清楚。

莫托说得不错，那巨大的石桌上，摆放的全是灵位。

这地方，果然是一个祠堂，而且是一个大得不可思议的祠堂。

可是，谁家的祠堂会修在地底下，还是这样怪异的神秘风格呢？

猛然看到这么多灵位，我也有些头皮发麻，连腿脚都发软了，想着要不要学习电影里，赶紧跪下去，砰砰磕几个响头，然后大家恭恭敬敬地退出去，就当是从未来过。

这时候，徐雅丽却说："这里应该不会是祠堂，哪里会有这么大的祠堂！"

想想也是，祠堂这东西，我在电视里可没少见，一般也就是一间偏房，大家族也就是两间房，哪有那么大的。

我赶紧给大家打气："什么祠堂不祠堂的，都是胡扯！谁家的祠堂会修在这里？！这不是胡闹嘛！"

这时候，莫托又苦兮兮地说："小白哥，你说这里会不会是一个古墓，搞了啥人祭的东西，这些牌位都是他们的？"

还别说，莫托这次说的，还真是很有可能。

徐雅丽刚才还说过，中国自古就有人祭人殉的传统，一直到康熙年间才彻底废除。

我记得很清楚，这人祭的少数民族，就包括女真族。

搞不好，这里还真是女真族的皇族墓地，这些密密麻麻的牌位都是祭祀的妃子仆人们的。

想到这里，我的头皮一阵发麻，这么多人活生生死在了这里，这得是多大的仇，多大的怨，那些人要是都变成了冤魂厉鬼，那就算是有八百个我，也不够他们害的啊！

就在这时候，我就觉得后脊梁凉丝丝的，从尾巴骨一直凉到脖颈子，就像是有人站在我身后，轻轻朝着我脖子里吹了一口气一样。

接着，我就觉得脸庞上有些发痒，就像是……就像是有一缕长长的头发丝垂在了我脸旁。

条件反射，我顺着脖子使劲一拍，发现脖子上什么都没有，才松了一口气。

不过脖子总还是痒痒的，使劲挠了挠，那痒非但没有止住，反而有股热辣辣的刺疼。

更要命的是，感觉后脊梁里像是掉进去一个东西，够也够不到，难受得要命。

联想起莫托讲的那个头发勒人的故事，我有些担心，小声叫莫托过来给我看看。

莫托打着手电，仔细照了照，忍不住叫了声："小白哥，谁……谁掐你了？！"

我吓了一跳，赶紧问他："怎么个情况？！"

莫托有些紧张，扭头叫着："雅丽姐，你快过来！"

徐雅丽正拿着火把照着桌子上的灵牌，见莫托着急，赶紧赶了过来："怎么了？"

莫托结结巴巴地说："雅丽姐……小白哥的脖子……你看看！"

徐雅丽仔细检查了一下，也是倒吸了一口冷气，冷静地问我："小白，你刚才有没有碰到什么东西？"

"碰到什么东西？"仔细回想了一下，"也没什么特别的，还是刚才那个……那个东西……"

忍不住又问："我脖子上到底是什么东西？"

莫托看了看徐雅丽，张了张嘴，不过还是什么都没说。

我急了："到底是什么？！你们就说啊，大不了是头发嘛！老子又不怕！"

莫托结结巴巴地说："小白哥……不，不是头发……"

我才松了一口气："嘿，我还以为是恶鬼附身呢！那是什么？"

莫托更加紧张了，哆哆嗦嗦地说："是……是……"

他"是"了几声，始终没有"是"出来到底是什么。

这时，徐雅丽在旁边镇定地说："小白，你脖子上挂了一根水草。"

"水草？！"我不明白了，"什么水草？"

莫托结结巴巴地说："就是……就是水里的那种……水草！"

我吃惊了，用手使劲去摸，根本摸不到，就让莫托赶紧给我拿出来。

莫托拿出来，我抢过来看了看，还真是一根水草，用手指轻轻一掐，就断了一截，嫩得直出水。

这不光是一根真真正正的水草，而且还是一根非常新鲜的水草！

虽然我已经预想过各种可能，什么血红色的人头发，长指甲划出的血道子，甚至是脖子上出现一个小孩掌印，这都可以理解，但是说脖子是被水草勒坏了，确实让我没办法接受！

徐雅丽让我们赶紧退后，自己拿着手电，谨慎地朝着上面照着。

莫托也如临大敌，迅速将猎枪装好子弹，朝着上空瞄准。

我猛然明白过来，这水草绝不会是凭空出现的，那个弄掉水草的东西，应该就藏在我们头顶上。

在这条漆黑的甬道里，我们几个人站在那里，远处一片漆黑，借着火把跳跃的火光，可以隐约看到旁边黑色的大石桌，密密麻麻的令牌，阴风阵阵，吹在我们身上显得格外阴冷。

徐雅丽冷静地站在那里，用手电筒照着上空，这山洞的穹顶极高，手电光无法完全穿透黑暗，只能照出来一个模糊的轮廓。

莫托使劲举高火把，也没有什么用处，只能依稀看出来，那穹顶下像是垂着一些东西，类似于一些秋千，密密麻麻的，还真看不出来上面到底有什么。

我有些紧张，一路上走来，只觉得地上平平整整的，没有什么问题，倒还真是忽略了头上。

要是这上面真是藏着什么怪物，我们又看不清楚，还不是随时可能中招。

这时候，徐雅丽问我："小白，你刚才在什么地方觉得脖子发痒的？"

我明白她的意思，她是想模拟当时的情况，推断出那个怪物隐藏的位置。

凭着回忆，我重新回到一个位置："应该就是这里，我记得是在石桌子后面一点。"

徐雅丽点点头，朝着我脑袋正上方照过去。

手电光穿透了层层黑暗，朝着头顶上的穹顶笼罩过去，昏黄的灯光在上面投射出一个巨大的光晕，还是看不大清楚。

不过朦胧中，可以看出来，那上面垂挂着一个巨大的黑色的东西，上面坑坑洼洼的，看起来像是一个巨大的蜂巢。

使劲揉了揉眼睛，还是看不太清楚，搞不懂这东西到底是什么。

我干脆说："要不要让莫托朝它开一枪试试？"

徐雅丽摇了摇头："先别轻举妄动，还是先观察观察再说。"

又用手电筒朝着附近的穹顶照了照，发现附近只有这一个，才稍微松了一口气。

看她那么紧张，我也安慰她："应该没事！你想啊，也就是一个吃水草的家伙，又不是食肉动物，怕啥！"

我又问莫托："小莫，有啥动物吃水草？"

莫托说："牛、羊、兔子，还有鱼！"

我说："看吧，就这些玩意儿，别说它们吃咱们，咱们吃它们还差不多！"

徐雅丽才稍微放下心，回头看了看不远处的灵牌，说："我刚才看了看那些灵牌，发现了一个问题。"

我问："什么问题？"

徐雅丽说："那些牌位上，都没有文字。"

“没文字？”我听不懂了，“难道说是空的？”

徐雅丽说：“不是这个意思。我是说，这些牌位上，并没有写文字，而是画的图。”

走过去看看，发现那些牌位上果然没有文字，而是画着一幅幅古怪的图案。

那些图案看起来非常古怪，有点儿像是一条条弯弯曲曲的小蛇，堆在一起，中间还有些一些扭曲的人脸之类的，既狰狞又充满邪气，看起来让人就不舒服。

莫托说：“这个会不会是女真人？毕叔说过，女真族的文字都跟鱼有些关系。”

我说：“女真族的文字是跟鱼有关系，可不是跟蛇有关系。你看看，这些是鱼吗？”

莫托挠了挠头：“那我就不知道了。”

徐雅丽说：“我觉得莫托说的有点儿道理，这些牌位应该是某一个少数民族的。不过，这个少数民族可能不信仰鱼，而是信仰蛇。中国古代有好多民族都信仰蛇，像女娲、伏羲等最原始的形象，就是人头蛇身。”

她回过头认真地说：“不过这些图案看起来有些怪异。你们看，这些象形文字的样子，下面都是一团团的蛇，里面有时候还会有一些人的面孔，感觉非常怪异。我觉得，这个民族可能是信仰蛇，但是又不是完全的蛇，应该像是一种似人又似蛇的东西。”

莫托猛然退后了几步，手里的猎枪啪嗒一下掉在了地上，声音在黑暗中很响。

莫托明显怪异的表现，马上引起了徐雅丽的注意。

她猛然记起来我跟她说过的莫托母亲的事情，赶紧连连道歉，又不知道该说什么好。

莫托使劲咬着嘴唇，低声说：“雅丽姐，我不怪你……”

我想安慰安慰他，又不知道从何说起，只好叹了一口气，使劲拍了拍他的肩膀。

莫托抬起头，勉强笑了一下：“小白哥，我没事的……”

他使劲呼吸了一下，捡起猎枪，说：“那个，咱们还是继续往前走吧，我估计毕叔他们就在前面。”

徐雅丽点点头，大家继续往前走。

这一次，是徐雅丽走在前面，我和莫托一左一右，拿好武器，随时戒备。

有了刚才的经历，我对头顶上留心了许多，时不时举着火把朝着上面照着，虽然看不清什么，好歹也是一种安慰。

莫托也警惕地抱紧了猎枪，时不时对着头上瞄准着，随时准备应对突发情况。

好在一路上有惊无险，我们又走了很长一段路，并没有发生什么怪事。

这时候，徐雅丽猛然停了下来，说了声："等一等！"

我一时间反应不过来，一头撞在了徐雅丽身上，接着莫托也一头撞在了我身上，火把差点儿给我们几个人点着了，狼狈不堪。

顾不上其他，我赶紧问："怎么了？"

徐雅丽呆呆地站在那里，迟疑不定地说："前面，出现了一堵墙。"

"墙？！"

我吓了一跳，几步赶过去，用火把照了照，发现在我们前方，果然出现了一堵墙。

确切地说，在我们面前出现了一个用青石板砌成的围墙，那围墙只有一人多高，但是非常长，顺着手电筒的光看过去，根本看不到头。

在这样一个山水之间的神秘洞穴中，两扇古怪的大石门内，突然出现了这样一座明显是人工砌成的围墙，让人忍不住有一种恍惚感，这里……到底是什么地方?

莫托拿着火把，顺着围墙往前走，走了好久，他叫着："小白哥，这围墙走不到头！"

刚想说什么，这时候，身后突然刮过一阵风，阴风阵阵，我们几个身上还湿漉漉的，瞬间就给吹透了，浑身冷得要命。两个火把被风一吹，火星四溅，差点儿要熄灭，我们赶紧用身体挡住风。

我忍不住骂道："这破风，早不刮晚不刮，偏偏这时候刮！"

说完这句话，我猛然愣住了，觉得怎么有点儿不对劲。

莫托声音有些颤抖地说："小白哥……咱们在地底下……不应该有风吧？"

徐雅丽用手电仔细照了照，说："小白，围墙这里有一个小门，风就是从这里面刮出来的！"

仔细看了看，那围墙上还真的有一扇小门，那小门只有一米高，小巧玲珑，漆色和围墙都是同一个色调，要不仔细看，还真看不出来。

我有些纳闷，先是一个望不到头的围墙，接着又出现了这么一扇隐蔽的小门，确实有些古怪。

仔细看了看那扇小门，试着用手轻轻推了推，没想到那扇小门吱呀一声就打开了，就像是在迎接我们一样。

小门里，阴风阵阵，吹得火苗四处乱跑，火星直蹦，吓得徐雅丽连连后退。

咬咬牙，我走到门口，用手电往里照照，前面黑乎乎的，像是放着什么东西。

小心翼翼地跨进去，试了试，里面也很正常，不过在稍远处，看到里面放着一些黑乎乎的东西。

继续往前走了几步，才发现原来那些黑乎乎的东西，竟然是一口口巨大的棺材！

那些棺材隐藏在黑暗中，仿佛一只只潜伏的巨兽，死死盯着我，让人备感压抑，连呼吸都不顺畅起来。

莫托到底不放心我，咬着牙跟着进来了，看着这些狰狞的黑色棺材，也有些头皮发麻。

他拽了拽我："小白哥，咱们还是回去吧……"

我这人天生傻大胆，天不怕，地不怕，但是在这种环境下，地上躺着几口漆黑漆黑的大棺材，还真是由不得人不害怕。

不过我这人好奇心也特别强，忍不住还是走近了一些，就发现这些棺材根本不对劲儿！

因为，这些棺材上面，全都缠绕着密密麻麻的铁链子，而且所有铁链子还都缠绕在了一起，一直往前延伸着，不知道伸向了哪里。

看着熟悉的一幕，我猛然想起了当年民兵队长说的一句话："玄武镇尸棺！"

回想起民兵队长浑身捆满炸药的决绝，我心里也是一阵感慨，这样一个铁骨铮铮的汉子，就这样静悄悄地死去了，而且还根本没有人知道他所做的事情！

徐雅丽在门口轻声呼唤我们，见我们老不出来，也索性进来找我们。

看到满地棺材，她也吃了一惊："这里怎么会有那么多棺材？"

我说："还不止！这些全都是铁棺材！而且全都被铁链子捆住了！"

莫托凑近了看看，吃惊地说："这棺材上还有洞！"

我大吼一声："都别动！"

又低声解释了一句："我见过这种棺材！这棺材挺邪乎的，都别碰它！"

徐雅丽和莫托一起看着我。

莫托说："小白哥，你在哪儿见过这样的铁棺材？"

我低声说："来山洞时，我给你们讲过民兵连长的事情，当时他从井下捞出来的，就是这样一口棺材！"

莫托说："可是小白哥，你不是说，铁链子底下拴着一个人吗？"

我大怒："铁链子上怎么拴人？给系在脖子上吗？我说的就是铁链子绑在棺材上，棺材里有人！而且，那个人好像还活着……"

莫托也倒吸了一口冷气："这人被封在棺材里，又沉到水里那么多年，怎么还能活？！"

我也摇了摇头，想不明白到底是怎么回事，但是当时那一幕，确实就这样在我眼皮子底下发生了。

徐雅丽这次突然问："小白，你还记不记得，你当时说了什么，让毕老师直接晕过去了？"

这我哪还记得？

使劲回忆了一下，说："我好像说了，在井底下发现了一只大王八，还有一口棺材，被铁链子缠着……"

徐雅丽一拍手："对，就是这样！是铁链子！"

莫托也说："小白哥当时说了，那口棺材下面，还连着一根铁链子，那根铁链子底下像是绑着什么东西，然后毕叔就晕过去啦！"

徐雅丽点点头，说："是的，我也怀疑，毕老师是听到这个才昏过去的。"

我还有些摸不清状况，说："老毕不是说，他是睡着了吗？"

这次连莫托都直摇头，说："小白哥，这你也信啊！毕叔那明显是为了掩饰，随便编的一个借口！"

我当然不肯认输，赶紧说："我当然知道他那是借口，我是故意试探你们，看看你们是不是知道到底是怎么回事！"

又问雅丽："对，你说这根铁链子有什么问题？"

徐雅丽正色说："你们以前在哪里听说过，在古井下、水底下发现铁链子的事情吗？"

我说："在北京念书的时候，我经常去北新桥卤煮总店吃卤煮，那边据说有口井，据说里面有一条大铁链子，说是那条铁链子通着海眼，千万不能动，只要一动，北京城就给淹了。

徐雅丽说："我们在全国各地调查水怪时，也经常发现一些水底下藏着一些铁链子，铁链子直通向河堤下，有时候甚至是深埋到淤泥里，挖都挖不出来，不知道是做什么用的。"

她继续说："后来我们向当地人打听，好多人都说，铁链子已经有了几百年，甚至上千年了，就是铁锁，锁龙的。开始的时候，我们觉得这个就是当地的传言，没想到后来在全国好多个地方都发现了这种东西，几乎全国每一个省都有这样的铁锁古井。"

我一下子愣住了，我以为只有北京那座闹得沸沸扬扬的北新桥才有这个传说呢，没想到还有那么多地方有。

徐雅丽回忆着："辽宁本溪平顶山的锁龙井，吉林四平伊通县的困龙井，云南昆明古幢经帏的古井，广东佛山岗山的'虫雷'，河北省秦皇岛卢龙县的铁井，山东济南的瞬井，浙江杭州的龙井，这些地方的古井里，都带着铁链子。我怀疑，这些只是冰山一角，好多古井都在时代的变迁中永远掩埋在废墟中了，挖掘不出来了。”

莫托也愣了：“怎么会有那么多？难道说，那铁链子底下都锁着龙？难怪以前古人老说遇见龙，咱们就看不见，敢情都给锁在井底下啦！”

我见徐雅丽眉头紧锁，问她：“雅丽，你怎么看？老毕他们，会不会跟这些铁链子有关系？”

徐雅丽点点头：“毕老师既然对这些铁链子反应那么大，这山洞里的秘密，肯定就和这些铁链子有关系。你们有没有发现，不管多么古老的井下、水下，竟然都是铁链子，而不是青铜链子。”

我们不明白她的意思了。

徐雅丽解释：“你要知道，铁是会生锈的，那些铁锁好多都有几百年甚至上千年的历史，但是看起来却依然没有生锈的迹象。而且铁器要比铜器运用的时间晚，古人最早运用的铁，其实是铁陨石，像是古代一些名剑，说是百炼钢什么的，其实都是用铁陨石打造的。人类自己学会锻造铁的时间，要远远晚于青铜器。

“后来，我专门请教过一些专业，他告诉我，河南安阳发现的一口古井，竟然是上古时期，在那个时代，还根本没有发现铁器，更不要说锻造出手腕般粗细的铁链了！”

我也吃惊了：“那……那个铁链子又是怎么出来的？”

徐雅丽摇摇头：“那就不知道了。”

莫托听我们在那儿讨论铁链子，有些不耐烦，说：“你们考虑那么多有啥用，这铁链子底下到底是啥，直接拽上来看看不就得了！”

我点了点头，示意莫托倒是可以试试，把铁链子拉出来看看，反正我们这里到处都是水，也不怕它会水淹七军，把我们全给淹死。

没想到，莫托才刚拉了一些，顿时出来了一种古怪的机械齿轮触动的声音，咯吱咯吱的，听得非常瘆人。

这时候，徐雅丽猛然叫了一声：“快住手！这底下有怪物！”

徐雅丽猛然说出底下有怪物，吓了我们一跳。

不过，虽然莫托火速停手，那咯吱咯吱的齿轮响并没有停下，反而继续转动着，尖锐的摩擦声在黑暗中显得特别刺耳。

莫托惊慌地说：“小白哥，这铁链子自己在动！”

顾不上这个，我赶紧问徐雅丽：“雅丽，这底下真有的怪物？”

徐雅丽眉头紧皱，环顾了一下四周，低声说：“你们有没有闻到什么味道？”

她这么一说，我们仔细闻了闻，才发现空气中弥漫着一股淡淡的腥臭味，有点儿像臭鱼烂虾的味道。

莫托捏紧了鼻子：“谁把死鱼扔这里了？”

徐雅丽摇摇头：“味道是从铁链子上传出来的。”

我凑过去闻了闻，那铁链子上果然弥漫着浓重的腥臭味，那味道，几乎给我熏一个跟头！

莫托分析这铁链子下估计是一口井，底下一定有不少死鱼，所以才那么臭。

但是徐雅丽却说，那铁链子上黏糊糊的，像是鱼身上的黏液。

用手电照了照，那铁链子上像是糊了一层黏糊糊的鼻涕，看起来很恶心，还真像是徐雅丽说的那样。

我也有些紧张，这么看，这铁链子下还真像是锁了一条龙，才糊上了那么多黏液。

莫托也很紧张，说：“小白哥……要不然，咱们还是先回去吧？”

我强撑着说：“怕什么？！”又问徐雅丽：“那个，雅丽，敌人势大，要不然我们暂避一下锋芒？”

徐雅丽却说：“小白，我有一个担心……”

我：“担心什么？”

她看着那些漆黑的棺材，自己不断转动的铁链子，低声说：“我怕……已经晚了！”

我：“……”

徐雅丽说：“我总觉得，这里像是一个设计好的机关。你们想过没有，那两扇石门为什么会打开？”

我想了想：“是因为河水暴涨，倒灌进山洞里，山洞下有一个暗河。暗河底下应该有一个什么机关之类的东西，被暗河里的水推动了，于是石门就打开了。”

徐雅丽点点头：“是的。你们看，这个山洞，暗河，还有暗河下的机关，以及那两扇石门，还有咱们现在看到的围墙，这些东西，明显耗费了大量的人力物力。你们有没有想过，古人费了那么大的工夫，到底是想做什么呢？”

莫托问：“想做什么？”

徐雅丽摇摇头：“他们到底想做什么，我也想知道。我觉得，要是咱们找不到原因，恐怕也会像毕老师的师父一样，遭遇很大的麻烦。”

她说的也挺有道理，我干脆心一横，现在伸头是一刀，缩头也是一刀，索性有种一些！

我说：“既然这样，大家还不如继续往前走，索性揭开这个秘密，看看他娘的到底是怎么回事！就算是挂了，好歹也值了！”

莫托也狠下心，说：“就看这铁链子的动静，底下应该也是个大家伙！咱们已经走出来那么远了，连回去的路估计都找不到了。它要是追出来，咱们估计也跑不了，还不如跟它拼了！”

徐雅丽说：“大家也不用那么悲观，古人既然设计了这么一个复杂的机关，可以持续几百年，一定有它的巧妙之处。只要我们能分析出它的原理，一切问题就会迎刃而解了。”

徐雅丽让我们分散开来，沿着不同的方向走，看看有没有什么特别的东西。

大家继续往前走，每个人都仔细照着周围的环境，生怕会遗漏任何东西。

徐雅丽分析得不错，在东西南北四个方位，都出现了一模一样的黑色棺材，以及古怪的铁链子。

不过这一次，我们谁也没敢碰铁链子，只是安静地退了出来。

徐雅丽咬紧嘴唇：“只好继续往前走了。”

走过棺材，前方是一片空地，用手电照照，不知道有多深远，只能看到一片无尽的虚空。

我们都有些紧张，那铁链子咯吱咯吱的声音还在，莫托已经将猎枪拿在了手里，啪嗒一下打开了保险。我也紧紧握住那把直刀，手心里全是汗。

大家小心翼翼地往前走，走了十几步，徐雅丽猛然停下了，说了声：“这路不对！”

仔细感受着脚下，也感觉出来了，脚下的石板确实是高低不平的，总体来说，是呈现一个渐渐向下的趋势。

莫托低声说：“这石阶是往下走的。”

徐雅丽点了点头：“往下走的话，结合周围的环境来看，下面可能会是一个祭坛。”

第九章　整个山洞都是神秘祭坛的一部分

我也暗暗吃惊，古人先是在大山大江里修建了一条密道，接着凿开了大山，修建了一个巨大的山洞，里面挂满了铁链子，上面全是干尸，又费劲巴力将滔滔江水引过来，在山洞下弄了一条暗河做机关，来开启这个古老的大石门。

现在，在这座大石门里又出现了许多萤石雕刻的人像、长得看不到尽头的围墙、浑身缠满了铁链子的黑色棺材，现在这围墙里又出现了一个神秘的祭坛，这祭坛底下又隐藏着什么秘密呢？

我有些怀疑，一般来说，祭坛都是往上走的，类似一个烽火台。

可是这个祭坛却是在往下走，给我的感觉，像是前面有一个天坑，我们要走到天坑里一样。

又走了一会儿，道路开始越来越陡，我们开始像下楼梯一样往下走，几个人异常小心，生怕一不小心就会摔下去。

用手电照照，前面黑黢黢的，什么都看不出来，只剩下一阵虚空，里面不断渗出来阴冷的雾气，寒气逼人，真像是地狱一样。

雾气弥漫，脚下巨大的石板上全是一幅幅狰狞的壁画，全是血腥的人祭，挖心、挖眼、活剥、斩断四肢，还有把人活生生烧死的画面，壁画不知道用的什么颜料，在火把下显得异常艳丽，随着火苗的跳跃，那一个个惨死的人物仿佛活了过来。

我的心怦怦跳着，仿佛看到当年行刑时惨烈的一幕幕，甚至像听到了他们惨烈的号叫声，让我几次都站立不稳，几乎要掉下去。

这时候，我们几个人呈现出一种古怪的状态，大家一个个晕乎乎的，像是喝醉了，也像是被壁画吸引住了，情不自禁地顺着石阶往下走，越走越快，越走越近，就像是入魔了一样。

莫托一个踉跄，差点儿摔倒在地上，他好容易刹住了身子，浑身大汗淋漓，一把拉住我："小白哥！"

我脑子里一个激灵，才反应过来，生生刹住了身子。

我看见徐雅丽还在机械地往下走，脸上浮现出一种古怪的微笑，眼神里全是狂热，赶紧一把拽住了她。

她木呆呆地看了我一会儿，眼睛里才恢复了神采，自己也吓了一跳。

虽然站住了，但是脑子里还是晕乎乎的，像是什么东西在呼唤我，到处都是艳丽狰狞的人祭场景，以及凄厉的号叫声。

我第一个反应过来："是壁画！赶紧熄灭火把！全熄灭！"

莫托把火把踩灭，再关上手电筒，大家坐在石板上，大口大口呼吸着冷冽的空气，脑子里的迷雾终于渐渐散开了，大家重新恢复了清醒。

徐雅丽喃喃地说："好厉害的壁画……"

莫托问："雅丽姐，刚才到底是怎么回事？"

徐雅丽说："就是咱们脚底下的壁画。这些壁画不简单，它看着像壁画，其实更像是巫术，可以给人催眠，让人逐渐迷失自我，最后走上自我毁灭的道路。"

她叹了一口气，说："这个祭坛还真可怕……"

我也摇摇头："这里确实不大对劲儿。你们有没有感觉到，下面像是有什么不祥的东西……"

莫托点点头："这下面给我的感觉，就像是一个地狱……"

徐雅丽也提议："要不然，咱们还是回去吧？那口棺材虽然危险，好歹还是可以看到的危险，比这种完全未知的危险要好。"

她低声说："我也有一种不好的预感，像是底下有什么东西在蛊惑我们，引诱咱们走下去……"

我果断地站起来："那咱们就赶紧回去吧！"

徐雅丽说："别开灯！这些壁画有问题，咱们只能凭着感觉往回走！"

我点点头，为了以防万一，大家站成一排，手牵着手，开始慢慢往前走。

走了一会儿，莫托问："雅丽姐，你说这个是祭坛，好像有啥不对啊？"

我问："有啥不对？"

他说："你看，这祭坛不都是往高处去的吗？怎么咱们是往下走啊？"

徐雅丽猛然停住了，接着，她用一种恐惧的语气说："我终于明白了……"

我赶紧问："怎么了？"

她说："小白，你说得不错，祭坛的确是逐步升高的，只不过咱们都没有发现。咱们以为，这个祭坛只有围墙里那么大，其实并不是。这个祭坛并不是只有那么点儿大，而是整个山洞就是一个巨大的祭坛。”

我有些吃惊：“整个山洞都是一个祭坛，那咱们现在在哪儿？”

“恐怕从咱们进入石门的那一刻，就进入到了这个祭坛里。我们当时从水里走出来时，觉得地势逐步升高，那就是在逐步接近祭坛边缘。而现在，恐怕我们已经进入了祭坛内部……”

我心里也咯噔了一下，说：“你的意思是……”

徐雅丽点点头：“小白、莫托，恐怕……咱们目前已经成为了这个祭坛的祭品……”

莫托一下子急了，说：“那还等什么，咱们赶紧跑啊！”

徐雅丽叹了一口气：“莫托，你忘了这里的装置了吗？这是一个布了几百年的局，咱们一旦闯进来了，就不可能那么容易出去了。”

莫托不信邪，他发了狠，拿起猎枪，朝着下面的虚空处轰地放了一枪。

枪声震得祭坛嗡嗡作响，轰隆隆的枪声不断回荡着，一直传到下面才渐渐消失。

我开始还有一些紧张，怕莫托的鲁莽会惊到怪物之类的，几个人在黑暗中往下看了许久，并没有发现那虚空下出现什么异常，才松了一口气。

刚回过头，就发现在我们前方不远处，蓦地出现了一双血红色的眼睛，直勾勾地盯着我们。

那血红色的眼睛，足足有铜铃大小，死死地盯着我们，分明就是一只巨大的怪物。

紧接着，在它背后又出现了几只血红色的眼球，一声不发地，蹲在它身后。

那领头的怪物冲着我们咆哮了一声，声音带有强烈的穿透力，震得祭坛嗡嗡作响，接着朝着我们慢慢走了过来。

随着它一步步走过来，身后传来了一阵叮叮当当的声音。

我猛然醒悟过来，它应该就是铁棺材下绑着的怪物，那身后叮叮当当的声音，就是铁链子拖在石壁上的声音。

我开始紧张起来，这只怪物，应该就是我和队长在枯井下遇到的那种，当时队长浑身绑满了炸药，宁愿粉身碎骨，也要与它同归于尽，说明了它有多么可怕。

而现在，我们三个人又被困在这石阶上，又怎么能和它抗衡呢？

我们一时间腿脚发软，不知道该怎么办才好。

莫托有些紧张，在手忙脚乱地填子弹，小声问我：“小……小白哥，怎么办？”

我也发了狠，猛然抽出腰刀，说：“怎么办？！凉拌！”

徐雅丽却拦住了我们，低声说："先别急，它好像不是在看我们。"

莫托问："那是在看什么？"

徐雅丽冷静地说："先别急，我们先避一避再说！"

说话间，她拉着我们避到了一边，警惕地看着那怪物。

那怪物盯着我们看了一会儿，开始慢慢往下走，走到我们旁边时，停下了脚步，开始朝着我们的方向咆哮。

我有点儿沉不住气，觉得太窝囊，伸头是一刀，缩头也是一刀，还不如跟它拼了！

我摸出腰刀，就想冲出去和它拼命，却被徐雅丽死死按住了。

那怪物越来越近，我的心也越跳越快，已经可以清晰地闻到它身上的腐肉味，以及那一股浓烈的腥膻味。

那怪物慢吞吞地走了过来，在我们旁边停都没有停下，继续往前走，目标竟然是那个神秘祭坛。

我有些吃惊，没想到那个怪物竟然下到了神秘的祭坛里，这又是为了什么呢？

不过，不管怎么样，这样的几头怪兽自己愿意走下祭坛，我们还巴不得呢。

没想到，就在这几头怪物自己主动走下祭坛时，突然横遭变故，身后猛然有人大叫了一声："招！"

接着，一道绚丽的火光从祭坛上空直飞过来，划出一道耀眼的光芒，直冲着祭坛飞去。

借着这道火光，我们也看到，慢慢走下祭坛的是几个类似牛头人一样的怪物，它们身体像牛，却又后肢直立行走，显得特别古怪。

莫托兴奋了，扯着我说："小白哥，这才是真正的高人呢！他那是什么武器？！是不是传说中的激光炮？！"

我也有些拿不准，激光炮这种武器现在已经发明出来了吗？

说话间，那"激光炮"还在不停发射，一道道绚丽的光芒，不断打在几头牛头怪身上，吓得它们伏在地上，一动也不敢动。

但是……

奇怪的是，那激光炮虽然声势浩大，简直像彗星一样闪耀，但是效果好像并不佳，那激光炮连续打在牛头怪身上，好像并没有什么实质性的伤害。

莫托吃惊了："完了！小白哥，那牛头怪真的是钢筋铁骨，子弹完全打不透呢！"

我也有些摸不清那人的路数，就听见他在外面不停骂骂咧咧，不断发射"炮弹"。

这时候，徐雅丽说了一句话：“小白……我怎么觉得，他那个武器有点儿像是烟花呢？”

我才反应过来，确实，那人手里挥舞的那东西，花花绿绿的棍子，一个个喷火一般的绚丽火球，那不是别的，分明就是我们过年时放的烟花！

我几乎要崩溃了，这人是来搞怪的吗？！

他娘的，他竟然想用烟花来对付这些深渊怪物！

烟花很快放完了，就看见那人扭亮了一个探照灯，雪亮的灯光投射到了这里，一时间把周围照得雪亮。

我们看到，一个穿的像是茅山道士的人，背后背着两把宝剑，手里握着一把柴刀，大声号叫着，旋风一般朝着怪物冲了过去，嘴里还念念有词，像是在施法年念咒。

在他跑过我们身边时，我终于听明白了，他念叨的是：“它奶奶个腿！还想跑？！”

我乐了，敢情是个山东人！

山东人骂人，尤其是年长一些的，张口就是“他奶奶个腿”，当时我们大学军训时，带我们的教官是个山东人，一天要说上几百遍，威风极了。

莫托的眼睛都直了，大声叫着：“小白哥，你看！这才是高人呢！”

不过这个高人并没有“高”多久，他握着那把柴刀还没冲过去多远，脚下一滑，就摔了个狗啃屎，四仰八叉地趴在了地上，柴刀也不知道摔在哪里去了。

我和莫托赶紧过去扶他，他却一下子挣脱开，叫道：“别管老夫！保护国粹要紧！”

这是什么话？

我和莫托一下子愣在了那儿，完全听不懂啥“老夫”“国粹”的，还以为是清朝的绿毛僵尸又复活了呢！

那人气得直咳嗽，指着那几个怪物，说：“跟上它们，有好东西！国粹……”见我们还不明白，他一副痛心疾首的样子，又补充了几句，“这底下有宝贝！很值钱的！”

我们两个终于明白了，敢情那祭坛下还藏着宝贝，这下子不用他再解释什么，我们两个迅速冲了过去。

不过就这短短的几秒钟，那几只长毛怪物已经消失得无影无踪，不知道是被烟花吓破了胆，还是怎么回事，反正怎么也找不到。

那“高人”气得胡子乱颤，直说我们两个太没用，这好大一笔财富，就这么泡汤啦！

我有些不解，问他："这底下到底是什么地方？怎么还会有宝贝？"

那老头傲然冷哼了一声说："这种大事，你等怎么可能知晓？"

我赶紧虚心请教，他才傲然说："这底下嘛，是祭坛，同时也是一个怪物的巢穴。"

那人一副公鸭嗓子，说起话来半文不白，让我实在搞不懂他的路数。

"怪物？什么怪物？"徐雅丽感兴趣了，跟过来问。

没想到，那人却头一昂，冷哼了一声，斜着头看着天，不再说话。

我追问他："大仙儿，那些怪物是怎么个情况啊？"

没想到，他却咳嗽一声，低声对我说："快让那个妇人走开！"

"妇人？啥妇人？"我一时间没有理解。

他压低声音说："就你旁边那个——咳，红颜祸水！赶紧让她走开！"

这人脾气古怪，没办法，我只好给徐雅丽挥挥手，劝她先离开。

再问他，他就老老实实地说了，说这下面本是一个古代的祭坛，但是后来却被一头水怪给占了，所以就成了这个样子。

我越看他越像个神棍，尤其是他用烟花轰怪物那段，总觉得不大靠谱，就怀疑地问他怎么会知道这些。

他当时便勃然大怒，大骂了我一顿，说我真是"混账透顶"，"有眼不识泰山"，竟敢怀疑他，简直就是"混蛋"！

莫托看着有些不对，提着枪就冲了过来，把我护在身后："小白哥，咋地啦？！"

那人有些惊慌，说："这个……误会，完全都是误会！"

莫托一把揪住了他的衣领："你这个老匹夫，有啥好误会的！我看啊，你就是欠收拾！"

那人被揪住了衣领，气都喘不过来，费劲地说着："君子……动口……不，不动手……"

我也乐了，让莫托放开他，看他有什么话说。

那人使劲揉着脖子，猛烈咳嗽了一阵子，才回过气来，说："两位好汉，有话好好说，刀枪无眼，不要伤了和气！"

莫托看着我，也是一脸惊奇，搞不懂这个人的路数。

这时候，就听见旁边嗷呜一声响，就看见原本消失在黑暗中的怪物，猛然蹿了出来，朝着我们冲了过来。

说时迟，那时快，莫托在关键时刻，猛然操起猎枪，朝着那怪物迎头就是一枪，那一枪正好打中那怪物右眼，疼得它大吼一声，身子一下子摔倒在石阶上，咕咚咕咚一路滚下了祭坛。

那公鸭嗓子叫起来："还有一个！"

说话间，又有一头怪物朝着我们冲了过来。

我心一横，两手握着直刀，朝着它劈头砍了过去，却像是砍在了一根坚硬的大木头上，非但没有砍下去，反而震得虎口生疼。

那怪物吃疼，咆哮起来，朝着我就冲了过来。

那人叫了声："小心！"

他冲上去，又没有什么武器，只好伸手就抓住了那怪物的尾巴，想要尽力拖住它，却被它轻轻一甩，就摔出去跌一个大跟头。

回头看看，莫托正手忙脚乱地往猎枪里填弹。

这种自制的猎枪威力倒是大，就是有一个问题，一次只能开一枪，然后就要再装一次子弹，关键时刻特别要命。

没办法，我只好尽量给他争取时间，大叫一声，吸引了那怪物的注意。那怪物朝我冲了过来，我转身就跑，却忘了这里是一级级的石阶，脚下一滑，身子一下子摔倒在了地上，哧哧往下滑。

好不容易我才拼命扒住石阶，止住了向下滑行的趋势，那怪物没想到我会突然摔倒，一时间愣在了那里，倒是让我堪堪躲过一劫。

那怪物一击未中，更加恼火，自己也跟着往下冲，还想继续攻击我。

我狼狈地爬起身，一瘸一拐地往下跑，没跑几步，就被那怪物给追上了，脑后是它响亮的打鼻声和浓烈的腥膻气，几乎能感觉到死神已经箍住了我的脖子，就要把我收走了。这时候，眼前猛然传来刺眼的亮光，让我忍不住闭上了眼。

接着，就听见莫托大叫一声："小白哥，快趴下！"

条件反射一般，我也顾不得身下是不是深渊，猛然往下一趴，紧接着就听见枪声响起了，我身后的怪物痛苦地嘶叫了一声，不一会儿又是一枪，它惨叫起来，在我身边挣扎了几下，终于不动了。

徐雅丽赶紧跑过来，焦急地问我："小白，你没事吧？"

我狼狈地爬起来，腿上摔了一下，火辣辣地疼，试着站起来，走了几步，应该没事。

莫托也背着枪跑了过来，说："小白哥，你没事吧？！刚才多亏了雅丽姐！关键时刻，她急中生智，用手电光晃住了那怪物的眼睛，要不然——要不然……"

我哈哈大笑，顺手给了他脑袋一下："要不然就见不着老子了是吧？！去你的蛋吧！"

莫托揉了揉脑袋，嘿嘿地笑了。

那个人一直在旁边躲着，这时候看见怪物都被消灭了，就大步流星地走过来，给我们抱了抱拳，说了声：“好手段，原来两位还是个练家子！敢问两位好汉尊姓大名！”

我和莫托迅速对视了一眼，搞不懂这个人的来路。

这时候徐雅丽已经打开了手电，也第一次看到那个人的样子。

本来我们都以为这个人一定是一个老气横秋的老头子，却没想到，他其实挺年轻，却留了一把不长不短的山羊胡子，身上穿着一件老式的中山装，说话也拿腔拿调的，看起来像是电视剧里的遗老遗少。

刚才那怪物朝我冲过去时，这人奋不顾身冲过去，拽住了怪物的尾巴，虽然没有拽住，但是这份诚意还是要感谢的。

我学着他的样子，朝他抱了抱拳，报了我和莫托的大名。

那人捋着胡须，说：“原来是小白和莫托两位好汉，久仰，久仰！在下山东候子，幸会两位！”

莫托吃惊了：“啥？猴子？！你看着也不像猴啊！”

那人不高兴了，严肃地说：“是‘等候’的‘候’，发第四声的音！那个“子”，是‘孔子’的‘子’，第三声！叫‘候子’！”

莫托小声嘀咕着：“扯了那么多，还不就是猴子！”

我赶紧扯了扯莫托，学着他说话的强调，字正腔圆地说：“好，原来是‘候子’大侠，真是久仰，久仰！”

这本来是一句客套话，没想到话音刚落，他就急得抓耳挠腮，追问着：“啊，久仰？莫非两位在山西和东北也听过兄弟的名号？！”

我没办法，只好硬着头皮说：“听过！听过！这个……候子兄的名字，如雷贯耳，怎么可能没听过！”

没想到，那人还真像个候，顺杆就爬，又一片声地催问我是在哪儿听到的他的事情，具体是哪一件，是由谁传出来的？！

没办法，我只好随口敷衍他几句，然后推说现在情况紧急，我们且先去祭坛下取了宝贝，再计较这些名声之事！

候子连连点头，说惭愧惭愧，还是小白贤弟提醒得好，险些为这些虚名误了大事！

说完，他便一马当先，带着我们直朝那祭坛下走去。

开始的时候，我们还有些担心，路过那头怪物时，我还专门点着火把照了照，那怪物浑身长着一尺多长的红毛，长着一个巨大的牛头，面目狰狞，下肢非常粗壮，上肢却短小细弱，看起来非常古怪。

候子说，这些都是守护祭坛的虾兵蟹将，不值一提！这些红毛小贼，皮厚肉糙，但是有一个弱点，就是身上的毛太厚，而且极易着火，所以他本来打算略施小计，用烟火之法破之，让它们浑身起火，坐以待毙。

但是所谓智者千虑，必有一失，他没有料到，自己买的烟花是去年的旧货，早就受潮了，关键时刻老出哑炮，导致刚才遭遇了红毛小贼偷袭，幸好有两位好汉搭救，不然搞不好阴沟里翻船，这一条老命却是罢了！

这候子说话半文不白，而且十分严肃，其实仔细听听，也挺有趣。

他虽然仍旧不愿意跟徐雅丽说话，但是得知她是我的“伉俪”后，态度也好了许多，但是面对她的时候，依然是眼观鼻，鼻观心，一派古人作风。

莫托才不管那么多，直接叫道：“那个，猴子哥——”

候子勉强答应了一声。

莫托继续说：“啊，候子哥，你身手那么差，咋就能活着来到这里的？”

候子更加恼火了，说：“老夫并不是身手差，只是不愿意使蛮力而已！”

莫托说：“啥叫不愿意使蛮力？”

候子说：“就是君子动口不动手！”

莫托说：“那你能打过我不？”

候子：“……不能……”

莫托说：“那不就是身手差嘛！”

候子大怒：“……老夫只是不愿意出手而已！”

莫托：“出手你也打不过我……”

候子：“……”

我哈哈大笑。

有了候子加入，我们的气氛变了很多，莫托和他不断逗着嘴，我们的压力也变小了。

候子还真不是吹，他虽然身手不行，但是各种八卦机关知识非常丰富，面对我们之前遇到的古怪壁画，他一句话就给解决了。

他说，面对这些壁画，其实很简单，就是不去看它，不按照它的路子走，那就没事了。

这些东西，花纹里都隐藏着一些玄机，说白了，就是容易在这种压抑的环境中给人催眠，不光是一个壁画，包括了周围压抑黑暗的空间，漆黑的石壁，甚至是有规律的滴水声，这些都交织在一起，让人不知不觉中就会被催眠，从而陷入到一种暴怒的情绪中，很容易失控。

最后，他补充了一句：“其实在这时候，最好的办法就是不去看，仰着头唱歌，绝对保你没事！”

说完，他仰头吼了一句：“想当年破天门一百单八阵，走马又捎带了洪州城，此一番到了辽东地，管叫尔不杀不战自收兵。”

我和莫托一下子惊住了，结结巴巴地说：“你……你，你就是那个冰河上唱歌的那个……”

候子有些摸不着头脑，问：“怎么了？我没唱错词啊？”

莫托说：“你，你，乌苏里江开冰河那天，你是不是在江里？”

他无所谓地点了点头：“是啊！”

莫托更加吃惊了：“开冰河那么危险，你也敢下水？！”

候子淡淡地说：“那有什么危险的，就顺着大冰块走就行了。”

我和莫托对视了一眼，有些摸不清这人的路数，又问他：“大晚上的，你下江干啥？”

那人瞥了一下祭坛下面，说：“还不是它出去了，我把它捉回来。”

淡淡的几句话，把我和莫托全都给镇住了。

莫托结结巴巴地说：“候……候子哥，你还能把它捉回来？”

候子一昂头：“这等孽畜下水，人人得以诛之，又有何不可！”

我以为这候子是高人，那可不能得罪，连那翻江倒海的水怪，他都能轻飘飘说给捉回去，就我和莫托这两个肉身凡胎，还不是被秒杀的命！

说不准，他还真是深藏不露，别惹得他一时性起，真的那道袍一甩，翻出几个掌心雷之类的，还不得分分钟把我们灭掉了。

这么想着，我赶紧拉住莫托：“您说得对，您说得对！这没啥不可，没啥不可！”

候子点点头，淡然道：“不过，要是那孽畜愿意改悔，老老实实待在这底下，倒是也可以给它留下一条生路！毕竟修行到现在，也不容易！”

我连连点头：“候兄果然慈悲心肠，高人果然和我们不一般！”

莫托不服气，张嘴想说点儿什么，被我一把捂住嘴巴，死死拖住。

候子有些奇怪：“莫托老弟想要说什么呢？”

我顺口胡说：“他说他很仰慕你，希望能拜你为师！”

候子点点头，傲然道：“收徒这种事情，倒是也急不得，还是待我好好考量一番，再做计较！”

莫托拼命挣扎，终于挣扎开来，指着候子，刚想说些什么，却突然指着候子头上，叫道：“小心！有蛇！”

抬起头，就看见一条手臂般粗的大蛇倒盘着身子，在房梁上死死盯着我们，接着身子弓起，猛然一跃，就朝候子射了过来。

莫托大叫一声：“候子哥，就看你的啦！”

我也叫道：“快放掌心雷！”

在那一瞬间，任谁也想不到的一幕，竟然活生生地发生在了我们眼前。

在当时，山洞上盘着一条大蛇，朝着候大师蹿了过来。

本以为，这大师既然能够只身来到这里，再加上那股睥睨天下的态度，杀灭这条小蛇，还不是分分钟的事情。

却没有想到，那个战无不胜、攻无不克，冰河上大战水怪的大师候子，就这么张着大嘴，一脸吃惊地看着那条飞过来的大蛇，不仅没有果断出手，放个把掌心雷之类的，反而吓得手足无措，蹲在地上，接着尖叫了起来。

这大师的瞬间反转，让我们一时间有些接受不了，就这么傻乎乎地看着那条大蛇朝着大师奔去。

还是徐雅丽率先反应了过来，拽起背包，抡圆了就朝那蹿过来的大蛇砸去，将它从空中砸到了地上，在地下哧溜溜乱窜。

我也反应过来，拿着那把直刀，就朝那条大蛇就砍了下去。

一时间，火星四射，那大蛇的半截尾巴被我砍掉，身子疼得在地上乱窜。

大蛇吃疼，朝着我冲了过来，被莫托从后面死死拖住了身子，一动也不能动，又想回头咬他。

莫托一下下拽起那大蛇身子，不断变换着方向，那大蛇虽然恼火，却也始终咬不到他。

我几步抢上去，手起刀落，将那条大蛇从中间砍成两段，那大蛇在地上抽搐了几下，鲜血流了一地，终于被杀死了。

候子睁着眼看着这一切，才大叫一声：“好手段！”

我也有些恼火，回头骂道：“你个死猴子！老子还以为你是啥高人呢，没想到这么不经打！”

候子恼火了，叫道：“谁说我不是高人？！我分明就是高人！很高很高的人！”

莫托在旁边奚落他：“别的且不说，就你这个头儿，还能高到哪儿去！”

候子猛然站起来，挺直胸脯：“我个子就比你高！”

莫托嗤笑着：“个子高有啥用？！还不是分分钟撂倒你！”

这时候，徐雅丽低头仔细看了看那条大蛇，说道：“你们别吵了，这蛇有问题！”

我赶紧问她：“有什么问题？”

徐雅丽用手电光仔细照着它，说："你仔细看看！"

用刀挑起那条蛇，仔细看了看，我那一刀挥得很有气势，将它从中斩断，刀口齐齐整整，露出了里面白花花的蛇肉，并没有什么问题啊！

莫托也跟过来，翻来覆去看了许久，也看不出啥问题。

这时候，候子走了过来，只看了一眼，就发现了问题："这蛇没血！"

"蛇没血？！"

仔细看了看，也是，断口处全是白莹莹的蛇肉，别说流血，连一丝血色都没有，确实不太正常。

莫托说："会不会是血都流干了？"

候子冷哼道："一条蛇砍一刀就没血了，你以为你是什么刀啊？血饮狂刀啊！简直可笑！"

莫托说："那又是怎么回事？"

候子说："这里的动物，都没有血。不光是这条小蛇，刚才打死的那几个怪物也一样。"

莫托有些不信，他要过刀子，噔噔噔跑上石阶，又返回去找那两头怪物。

过了一会儿，他的声音传来了，声音苦涩又懊恼，说他又捅了那两头红毛怪几刀，确实没有血流出来。

徐雅丽问："候……候先生，请问这些……这些生物为什么没有血呢？"

候子冷哼一声，仰头看着头顶的石壁。

我知道他的脾气，朝他抱一抱拳，说："候大师，还望给我们指点指点！"

他这次冷哼一声："看你小子还算是'孺子可教'，老夫就指点你记下！要知道，咱们现在可是在一个祭坛里。这个祭坛里的，都是几百年上千年的老东西，怎么可能会有什么大蛇、红毛怪？它们吃什么，喝什么？！明显都不对！"

徐雅丽忍不住问："那这些生物又是什么？"

候子冷哼着："这些嘛，当然也都不是啥正经玩意儿！"

莫托这时候也走回来了，听他这么说，忍不住讥笑他："就这些不正经的玩意儿，怎么还把你给吓住了？！"

候子勃然大怒，叫道："老夫那是怕吗？！那根本不叫怕！那叫……那叫……暂避锋芒……做有步骤有规划的战略转移！"

我有些不明白，让莫托先闭嘴，然后诚心请教："候大师，那你能不能说说，这些大蛇啥的到底是什么东西？"

候子说："这些东西嘛，其实并不是真的蛇，都是假的。"

"假的？"我吃惊了，"你是说，这些都是幻觉，其实它们都是不存在的？"

侯子摇摇头："老夫并不是这个意思。老夫的意思是，这些东西看起来像蛇，其实并不是蛇。你也可以认为它是蛇，只不过跟蛇相比，还是有一些区别。"

徐雅丽问："什么区别呢？"

侯子解释："这些东西吧，有点儿像尸傀，就是行尸走肉。看起来像蛇，其实只有蛇的身体，并没有蛇的意识，看见什么都会不顾一切去攻击，所以就跟木偶一样。"

莫托问："那它要是跟木偶差不多，是不是被它咬一口也不会死？"

侯子反问他："木偶拿着一把真剑刺中你，你会不会流血？"

莫托点点头："那当然会。"

侯子说："所以，那毒蛇要是咬中你，那不管它是真蛇还是傀儡蛇，你都一样会死。"

我有些担心："这下子可难办了。现在才遇到了第一条蛇，后面还不知道有多少呢，这可怎么过去！"

没想到，侯子却胸有成竹，说："这些许小事，还值得发愁？且看老夫的手段！"

说完，他给我们露了一手。

他从怀里掏出一个大竹筒，在我们身上撒了一些药粉。

那药粉味道很刺激，据说是用硫黄、雄黄还有烟叶研磨成，大蛇、毒虫最怕这些味道，只要闻到，就会溜得远远的。

弄完这些，他大踏步带着我们往前走，用手电到处照。石梁上明显还盘握着不少大蛇，却一个个见到我们后，主动退缩，没有一条胆敢过来攻击我们。

侯子得意扬扬地说："这些大蛇虽然都跟傀儡差不多，但是本能惧怕的一些东西，是不会变的。"

我们深以为然，紧紧跟在他身后，很快走完了这段路。

闯完大蛇阵，那祭坛的坡度渐渐降低下来，路也越来越好走，他的速度也渐渐慢了下来。

他严肃地说，马上就到了祭坛的核心区，这里遍布着各种机关，让我们紧跟在他身后，千万不要走错半步，不然就会万劫不复。

果然，台阶下出现了一条普普通通的青石板路，看起来没有任何问题。

他却叫住我们，自己捡了一块石头丢过去，石头在青石板上滴溜溜滚了过去，就发现中间一块青石板突然就翻了过去，将那块石头翻了下去。

原来，有人在路上动了手脚，那些青石板中有一些做成了活板，这些活板非常灵敏，只要重量不对，就会自动翻转，把东西给翻下去。

我们哪里经历过这些，目瞪口呆地看着他。他像是变戏法一样，瞬间就破了几个机关，背着手骄傲地走了过去。

莫托佩服得要命，结结巴巴地说：“那，那个，候子——”

他怒目而视：“我叫候子！”

莫托赶紧改口：“那个，候子大神，你咋知道这底下有机关的？你，你是不是盗墓的啊？！”

胖子仰头看天：“盗墓那些伎俩，还不放在老夫眼里！”

莫托肃然起敬：“那候老先生是研究哪一块的？”

候子冷哼了一声，傲然说了一句话：“不告诉你们！”

我和莫托顿时石化。

不过那候子虽然不着调，手底下的活计还是很好的，就这样，我们很快破了几个机关，迅速朝着祭坛下奔去。

我发现，越往下，候子表现得越急躁，不时催着我们赶紧往下走。

催得烦了，莫托也质问他，急着跑下去干啥，又不是去投胎？！

他开始一言不发，最后被骂得急了，才回复了一句话：“得赶紧过去，不然就来不及了。”

我问他：“有啥来不及的？”

他斟酌了一下，才小心翼翼地说：“再不过去，它就要出来了……”

“它要出来了，时间不够了？”

这句话我已经听到了好多次。

最开始的时候，是在那一口枯井下，浑身绑满炸药包的队长充满绝望地说。

后来，在我跟随莫托一行人上山打猎时，格老神秘兮兮地说出这句话。

在这次前来赫哲族禁地时，老毕也曾含含糊糊地表达过几次这种意思，却始终没有明白地告诉过我们，这个“它”到底是什么，又是什么“时间”不够了。

我问了一下候子，也做好了他不会告诉我的准备。

没想到，他却丝毫不把这东西当成一回事，跟我侃侃而谈，说所谓的“它”，当然就是乌苏里江那头翻江倒海的水怪了。

这个“时间”不够了，说的是祭坛下的水怪并不是自己愿意待在底下的，而是在几百年前被高人封印在这里的。但是这个封印每过多少年，就会渐渐松动，所以机关会开启一次，让后人前来加固。

我吃惊了：“还有人能封印了水怪？”

再想想枯井里的一幕，也有些相信了，那东西明显是用来封印什么的。

莫托的关注点明显不在这里，他也吃惊了：“这次来加固封印的人不会是你吧？！就凭你，还能封印了水怪？”

候子含含糊糊答应了一声，随口说了几句“人不可貌相”“海水不可斗量”的场面话混了过去，和他平时大吹大擂的风格不大一致，我们也没有深究。

边说边走，我们已经走到了祭坛最深处。

这个祭坛的内部结构有点儿像是一个漏斗，开始挺大，越往下越小，到了最里面，差不多只有半间房子大小，地面也不再是青石板，而是像沥青一样焦黑色的东西。

这里虽然地方不大，却是寒气逼人，感觉像是进入了冰窖里，我们呵出的气都变成了白色。

徐雅丽皱着眉头：“那么小的地方，怎么封印水怪呢？”

候子没理他，让我们把两支火把都插在了石壁上，又示意我们让开一些，留下中间的位置。

他从怀里掏出一个火折子，吹着了，接着蹲在地下，用这点儿微弱的火苗去烘烤地面。

火折子的热度太小，烘烤了半天，

徐雅丽忍不住提醒他：“候老师，要不要用火把？”

候子摇了摇头，嘟囔了一句什么，空间太小，说话瓮声瓮气的，我们都没听清楚。

莫托忍不住拿下来一个火把，说：“还是用火把吧！就你那个烟头火，烤一年也烤不开！”

候子骂道：“混蛋！赶紧拿开火把，你想死啊？！”

我赶紧让莫托拿开火把，问他：“候子，这东西为啥不能用火把？”

候子怒道：“你们以为这些是什么？这些黑色的，一团团的，全是炸药！这里是封印怪物的阵眼，里面全用炸药填满了，你这个火把下去了不要紧，轰一声，怪物是给炸死啦，咱们几个也给它陪葬啦！”

莫托赶紧把火把塞回去，手忙脚乱的，弄了一头冷汗。

徐雅丽耐心地问：“候老师，这些炸药上怎么会有水呢？”

候子冷笑了：“水？！这可不是水！”

看着那些坚冰渐渐融化了，我也有疑问：“这不是水，怎么就能结冰了？”

候子冷哼一声：“能结冰的东西多了？都是水啊！那煤油还能结冰呢！”

莫托蹲下身子，用手沾了一点儿液体，闻了闻，顿时脸色大变：“小白哥，是血！”

我有些惊讶：“血？！哪来的血？！”

候子闷声说："你们以为这里的动物为啥没有血？那些血，不都到了这里！"

我更加吃惊了："难道说这个祭坛会吸血？"

候子低着头，聚精会神地用火折子烘烤坚冰，慢悠悠地说："不是这个祭坛会吸血，而是祭坛里的东西会吸血。"

徐雅丽在旁边说："您是说，祭坛里的怪物通过祭坛去吸血？"

候子反问她："要不然它在底下待了那么多年，怎么还没被饿死？"

我有些震惊："这个……这个吸血怪物到底是什么？"

候子乐了："我怎么知道？搞不好是一只大蚂蟥吧！"

我也乐了："我看八成是！要不然咋能吸血呢！"

莫托却当真了，说："哎呀，我滴妈！早知道是大蚂蟥，那死活得带一包盐下来啦！蚂蟥那玩意儿一身皮，简直刀枪不入，不过只要给它撒一把盐，哪怕是蚂蟥精来了，都蹦跶不了几下！"

我们几个哈哈大笑。

候子费了半天劲儿，终于烤化了第一层坚冰，他累得腰酸背痛，赶紧站起身，说要活动活动。又指挥莫托用刀子撬进去，说坚冰下有一层铁板，那铁板可以撬下来，弄下来这个再说。

莫托试了试，下面果然有一层铁板，差不多有手掌厚。我和他费了半天劲儿，才给铁板弄出来，发现下面软绵绵的，像是堆了一层棉花。

候子却说："这不是棉花，是兽皮！"

"兽皮？！这里怎么会有兽皮？！"

候子不以为然，淡淡地说："把野兽身上的皮活剥下来，趁着热气腾腾的，赶紧贴在铁板上。那兽皮受冷收缩，加上上面全是一层血，就会把铁板彻底封住了，比现在的万能胶还结实，一点儿空气都渗不进去。"

徐雅丽低声说："这里面没有吃的，没有喝的，连空气都没有，它还能继续活那么多年……"

莫托搬出铁板，累得满头是汗，一屁股坐在地上："那个，候子，这铁板也搬开了，兽皮也拽出来了，怎么底下还没打开？"

候子傲然道："现在的年轻人啊，真是吃不得苦！这才哪儿到哪儿呢，这才刚开始呢，底下起码还得有七八道呢！"

我和莫托惨叫一声，坐在了地上。

这时候，莫托鼻子抽动了一下，说："好像有一股煳味！"

我说："不可能吧，这冰又不能烧着！"

说着，我也觉得头顶上传来了一股煳味，抬头一看，候子正叼着一个大烟斗，在那儿吞云吐雾，完全不顾脚底下全都是一个个炸药疙瘩。

我一下子炸了，蹦起来叫道：“他娘的！这里全是炸药，你还敢抽烟斗！你是不是疯了？！”

候子轻蔑地看了我一眼，从怀里掏出了一根烟，问：“你要不要来一根？”

我勃然大怒：“你几乎把我们给干死，就这样一根烟就想给我们打发了？！”

莫托在旁边接过话，说：“就是！就是！候子这人太没人性了，做了这样伤天害理的事情，竟然想一根烟就给咱们打发了！简直疯了！起码……起码要两根！”

徐雅丽：“……”

三个人倚在石洞里，舒舒服服地抽着烟。

候子也真是个奇人，他那一身道袍里，也不知道装了多少好东西，不光有烟，还有酒，甚至还搞了几片干肉，让我们抽烟喝酒吃肉，距离一下子拉近了许多。

我们就是不敢抬头，因为徐雅丽在旁边怒视着我们，眼睛中简直可以飞出来刀子。

我尝试着给徐雅丽一片干肉，被她冷酷拒绝，气鼓鼓地站在了另外一边。

候子劝我：“女人嘛，就这样，红颜祸水！别理她，待会儿就好啦！”

吃饱喝足，身上暖洋洋的，三个人继续发力，费了九牛二虎之力，终于把那封印全部撬开了，露出了里面一个水缸般大的黑洞。

黑洞里阴森森的，一打通，就往外吹着冷风，阴风阵阵，鬼哭狼嚎，让人听着就觉得害怕。

候子倒是挺高兴，他拍拍身上的土，说：“好，大功告成！”

我有些紧张，问：“候大师，这底下到底是什么情况？”

候子沉吟了一下，做出一副思考的样子，然后严肃地说：“我不知道。”

“啊？！”莫托吃惊了，“你不知道？！你不知道还让我们进去？！”

候子也有些不好意思，他叼着那个烟斗，说：“所以说，要让你们先进去看看情况嘛！你们进去看看，不就知道啦！人生总有第一次的，不是吗？！”

我勃然大怒：“那你怎么不进去？！”

候子想了想说：“这个问题其实我也有想过。我觉得，像我这种国粹，还是先留在后面的好！你们年轻人不是经常说嘛，主角总是最后才出场！所以我还是先等等吧！”

说完，他轻轻一下，就把我推了下去。

几乎是毫无准备，我瞬间就跌到了那个大洞里，就觉得像是跌进了一个无底洞，耳边全是嗖嗖的风声，接着猛然撞到了什么上，身子一下子弹了起来，接着脑袋碰到了什么东西上，昏倒了过去。

再醒来时，觉得脑袋疼得厉害，无意识地睁开眼，发现眼前红扑扑的，回忆了一下，猛然坐起身，觉得一阵眩晕，差点儿摔倒在地上。

这时候，身后一个人赶紧扶住了我："小白，你没事吧？"

是徐雅丽！

我才放下心，猛然心里又绷紧了，问她："你怎么也掉下来了？！"

徐雅丽轻轻地说："我不是掉下来的，是自己跳下来的！"

我更加吃惊了："你为啥要自己跳下来？！"

徐雅丽说："你掉下来后，莫托就跟那个人打起来了，两个人一起掉了下去。那里就剩下我一个人了，所以我也跟着跳下来了！"

我赶紧问她："那你没摔伤吧？"

徐雅丽摇摇头："没有，我正好摔在了一个土堆上，一点事都没有。跳下来之前，我拿了几支火把，还有那个人的火折子，在下面找了一会儿，就找到了你。"

我点点头："那莫托他们呢？"

徐雅丽摇摇头："我没有找到他们。"

我有些吃惊："他们不也掉下来了吗？怎么会找不到？"

徐雅丽说："洞口下面有一条暗河，他们有可能掉到暗河里，被水冲到下面了。"她犹豫了一下，说，"我怕你出事，没敢离开。"

我也挺感动，四下里看看，周围漆黑一片，不过确实能听到附近哗哗的流水声，应该就是徐雅丽说的那条暗河。

事不宜迟，得赶紧找到莫托才行！

我挣扎着起来，拿过一个火把，说："先去找莫托吧！侯子那个王八蛋，竟敢黑老子！回头非得给他好看！"

徐雅丽也笑了，说："我倒觉得侯老师……"看见我愤怒的表情，她赶紧改口，"哦，侯子，其实人不坏，就是有点儿开玩笑过了……"

我咬牙切齿地说："他这人就是不着调！这玩笑有这样开的吗？！"

用火把环视了一圈，周围全是荒芜的灌木丛、低矮的山石，旁边一条黑色的河流，看起来完全像是一个荒蛮的荒原。

我有些奇怪，我们分明是进入了一个巨大的祭坛，那祭坛下全是无尽的虚空，按说里面应该是一个大岩洞，或者全是水，怎么会是一片荒蛮的森林呢？

徐雅丽也搞不明白，按说照这里的生态系统，最多也就是溶洞环境，有一些苔藓、水草等，不可能有野草和灌木的，因为这里没有阳光。

这些生态系统，几乎颠覆了她的常识，让她完全不能理解。

我苦笑着，自从咱们进入了那座石门，又有哪个东西不是颠覆常识的？先不管那么多，还是先找到莫托他们再说。

说是这么说，我其实非常紧张。

按那个不着调的候子的说法，这底下可不是什么好地方，而是封印着一头嗜血的怪物。

而且从这座巨大石门的布置，层层机关，以及那八九层铁板、兽皮加人血的封印来看，这个怪物恐怕会非常恐怖。

我们这样几乎是赤手空拳，就举着火把，漫山遍野去寻找莫托，搞不好人还没找到，先让它一口吞掉了。

但是没办法，莫托是我的兄弟，也是因为我才掉进这个洞窟里，不管怎么样，我都得救他。

地上坑坑洼洼，杂草丛生，非常难走，我和徐雅丽相互搀挽着，好容易才走到了水边，早就弄了一头汗。

这时候见到这清冽的河水，当然要赶紧洗干净手脸，消除一下疲惫。

没想到，我刚弯下身子，还没碰到河水，就听见徐雅丽在身后猛然叫了一声："别动！"

我吓了一跳，还搞不懂什么情况，就看见徐雅丽把火把缓缓伸了过来，照在了水面上。

在那个暗黑色的河水上，水下一尺多深的地方，漂浮着一丛丛的水草，并没有什么异常。

徐雅丽让我仔细看，我眯着眼仔细看了看水草下，才发现，原来那水草下藏着一个个人脑袋！

在那一瞬间，我才猛然醒悟，那根本不是什么漂浮的水草，而人脑袋上的长头发浮在了水面上，顺着河水缓缓地漂浮着。

黑色的河水中，飘荡着黑色的长发，还隐约露出几颗白生生的骷髅头，实在吓了我一跳。

我噔噔噔连退几步，又害怕又恶心，又有些庆幸自己好在没有碰到那死水，不然还不得把肠胃给吐出来。

我骂道："这是什么鬼地方？！河里全都是死人！"

徐雅丽却用手电筒仔细照着周围，说："这些都是什么人呢？"

我也有些奇怪，按说这里这样隐蔽，又是被严密封住的祭坛下，怎么会有那么多死人呢？

我问："这里会不会就是那条暗河？死在乌苏里江的人，都被冲到这里了？"

徐雅丽摇摇头："这里应该就是那条暗河。不过，暗河跟地上河不同，它经常渗到石头缝里，再从另外一个石头缝里出来，盘根错节的，所以水里不可能有那么多杂物。”

我点点头：“看来这些死人都是从上面下来的。”

徐雅丽点点头：“看来这个祭坛没那么简单，以前也有人下来调查过。”

我问：“会不会是古时候人祭的死人？”

徐雅丽说：“不会。那时候的人，头发早就腐烂掉了，这个一看就是现代人。”

她继续在河边的草丛里搜索着，找了好一会儿，突然站住了，说：“小白，你看！”

我几步赶过去，就发现河边的石堆旁出现了一个破旧的人造革的皮包，那包明显有年头了，外面裂开了一道道大口子，上面还写着“北京旅游”四个字。

我说：“嘿！这个一看就是20世纪90年代的包，那时候去北京旅游都会买一个做纪念品！”

徐雅丽点点头，蹲下身去，打开了那个皮包。

皮包好在没有沾水，还没有腐烂，但是用手一摸，那外面的人造革就大片大片往下掉，很容易就撕开了一个大口子。

打开皮包，里面有一些票据，全都糟了，用手一捻，就成了粉末，没办法辨认上面的字迹。

再扯开看看，里面就出现了一个牛皮纸袋，上面写着“档案”两个字，上面用绳子紧紧箍住了，看起来像是文件。

我心里一震，赶紧把牛皮纸袋拿了出来。

那牛皮纸袋也发霉了，好在这个牛皮纸袋密封性还不错，里面的文件保存得还好，虽然也有些潮湿了，但是用手小心拈起来，还能勉强辨认出来上面的字。

徐雅丽小心翼翼地打开文件，念出了上面的字：

东北三省超自然水下生物综合类分类号01WS.0

乌苏里江双鸭山市饶河第七十三号01WS

乌苏里江超自然水下生物调查报告

我开始还有些头晕，什么“综合分类号，什么七十三号”的鬼玩意儿，后来听到超自然水下生物调查报告，才眼前一亮，想着终于找到有用的东西了，敢情这个人是调查水怪的专家，这里面就是调查报告。

我们先看看报告，知道那水怪是啥样的，到时候也好提前做准备。

没想到，我在那伸着脑袋等着徐雅丽继续念，她却不作声了。

我问她：“你继续念啊！”

徐雅丽却无奈地说："念不了了。"

我说："为啥？"

她说："后面的被水浸湿了，看不清楚了。"

我丧气了："唉，你说它早不湿，晚不湿，偏偏到了关键的地方才湿，真是！"

徐雅丽安慰我："还好，后面还有一些能看到一些图形，以及一点儿文字，大概能猜出来一些。"

我赶紧问她："那里面讲的什么？"

徐雅丽说："跟我手里的资料差不多，主要是一些专业性的东西，关于水怪的分析调查什么的，大部分都是一些史料和猜想，你不会感兴趣的。"

我怒了："你瞧不起我们工人阶级啊！你说说，我肯定感兴趣！"

徐雅丽说："这些年来，我也没闲着，父母留下了许多关于水怪的资料，我也经常翻阅，历史上确实有不少捕捉到水怪的说法。这些资料，在这本日记里也提到了，说是苏联对水怪研究最为专业。但是在上世纪90年代，由于苏联解体，许多机密档案流失到西方国家，被一个叫作爱德华·史密斯的美国人高价买走了。"

我问："那个啥爱德华……他为啥要买这些资料？"

徐雅丽摇摇头："那就不知道了。这个人非常神秘，从来没有露过面，不过他非常有钱，控制着几只基金，在全球范围内收购有关水怪的各种资料。对，上次我参加的那个全球水下生物搜索，也是他赞助的。"

我忍不住感慨："果然有钱就能任性啊！"又小声嘀咕，"这老外还真是吃饱了撑的。"

徐雅丽犹豫了一下，说："其实我有些怀疑，我父亲失踪也和他有些关系。"

我吃惊了："你父亲还跟这个土豪有关系？"

徐雅丽说："当年资助他研究水下生物的那只基金，就是他旗下的……"

我有些吃惊："那么，后来你父亲的失踪也和他有关吗？"

徐雅丽摇摇头："那就不知道了。不过从我后来收到的父亲的信件来看，他很避讳谈这只基金，但是在言语间，偶尔也流露出来对于这只基金的警惕。"

我说："嗯，这些帝国主义竟然愿意拿钱资助咱们中国人研究水怪，肯定没安啥好心！"

徐雅丽明显不愿意提这个话题，心情失落了，我赶紧转移话题，劝她还是起来走走，和她随便聊着天。

走了很久后，徐雅丽环顾了一下周围，突然停下，说："小白，我觉得有点儿不对劲！"

我问："什么不对劲？"

她说："你有没有想过，咱们已经走了那么远，但是这条河还是跟以前一样，像是没有什么变化？"

我说不会吧，用火把朝着周围照了照，周围还是那样黑压压的灌木丛，荒凉的河滩，没有什么不对劲的地方啊。

徐雅丽却说，这就是这里最不对劲的地方，因为我们是在一个地下空间里，相当于山体裂缝，或者地下断层之类的，怎么会有那么大的空间？

想想也是，我举着火把顺着河坡仔细看了看，就发现河坡里出现了一个黑色的人造革皮包！

我赶紧呼喊徐雅丽："这里又有了一个皮包！"

没想到，徐雅丽只看了一眼，就斩钉截铁地说："小白，咱们果然遇到大麻烦了！这个皮包，就是刚才我们看到的那一个！咱们走了那么久，其实，还是一直在原地打转……"

徐雅丽的话，吓了我一跳。

几步赶过去，捡起那个皮包看了看，皮包上还有新撕裂的口子，拉链拉开，确确实实是我们刚才看到的那个包。

回头看看，周围还是黑黝黝的灌木丛，旁边那条暗黑色的河流哗啦哗啦流淌着，我也有些紧张，难不成，又是遇到了什么鬼打墙？

硬着头皮，我跟徐雅丽说："是不是咱们走错方向了？"

徐雅丽斩钉截铁地说："不可能！我们是顺着这条河往下走的，怎么也不可能走回来。"

她回身看了看那条河流，低声说："小白，你说，咱们会不会是遇到了什么不干净的东西……"

我也浑身发毛，说："这……这，应该不会吧！"

刚说完，眼角处觉得有什么东西一晃，转过头去，就看见河岸旁不知道什么时候突然多了一个人。

在这种阴森可怖的地方，尤其是那个诡异的河滩上，猛然多了一个"人"，确实让人心惊不已。

我吓得条件反射的"哎呀"一声叫，猛然转过身，差点儿摔倒在地上。

在地上胡乱摸了块石头，死死攥在手里，叫着："谁？！是谁？！"

那个"人"没有说话。

我又强撑着喊了一声，声音都发颤了。

过了几秒钟，我却觉得仿佛有一个世纪那么长，终于传来了一个微弱的声音：

“……小……小白哥？！”

那个人是莫托！

原来，徐雅丽猜得不错，莫托从上面摔下来后，滚到了水里，被水流冲到了下游。

好在他水性不错，很快稳住了身子，终于爬了上来，浑身水淋淋的，顺着河岸往前走，走了没多远，看到了我们火把的亮光，这才跟了过来，没想到是我们。

这一次死里逃生，大家都很感慨，我招呼莫托赶紧坐下，随便拢了一堆干草，点了一堆火，让他赶紧烤干衣服，暖和暖和身子。

即便掉到了水里，莫托还是死死抱着那杆枪，这时候枪管都往外滴水，他先试了试，好在子弹被塑料纸包裹得紧紧的，还能用。

莫托冻得脸色发青，哆哆嗦嗦的，烤了一会儿火才缓过来，说：“小白哥……这里，这里有问题！”

我苦笑着：“这里当然有问题！”

徐雅丽问：“小莫，你刚才发现有什么不对劲的地方吗？”

莫托说：“我感觉，不管我怎么走，好像始终在一个地方绕圈子。”

徐雅丽点点头：“我们也发现了。”

莫托沉吟了一下，说：“小白哥，我想到了一种可能。”

我问：“什么可能？”

莫托说：“鬼藏人。”

我一下子愣住了，吃惊地看着他。

莫托也是一脸苦笑地看着我。

是的，我终于回想起来了，为什么这一幕似曾相识，因为我们两个刚刚经历过。

发生在几个月前的那一幕又一次重现了，我们又一次遭遇了“鬼藏人”，被带到了一个神秘的“结界”里。

上次死里逃生，我私下里也跟莫托讨论过，那结界到底是什么。

讨论到最后，我们一致认为，那里像是一个另外的世界，那个世界有点儿像是一个更高维度的特殊空间，那里感受不到时间的流逝，甚至和我们原本所在的世界没有多大关系，就是一个独立的世界。

但是，那个世界又非常可怕。

因为，我们在那个世界里受到的伤害，在现实世界中是完全存在的。

换句话说，如果我们在那个世界中死掉，就再也回不到现实世界了。

或者就算是结界被打破，我们也会只剩下一具冰冷的尸体。

上一次，我们是侥幸遇到了白袍少年，这一次呢？

几乎是一瞬间，我的脑子里就浮现了这么多想法，身体也绷得紧紧的，后背都被冷汗塌湿了。

回头看看，莫托也差不了多少，冲我硬挤出了一个笑容，那笑容简直比哭还难看。

徐雅丽还搞不懂状况，我费了半天劲儿，才给她说明白到底是怎么回事。

开始她还不信，随着我的讲解越来越深入，她终于接受了这个理论，但是却提出了不同的看法。

徐雅丽的理解倒是简单，她觉得，我们所谓的“结界”，其实就是一种变相的催眠。

我们相当于被一个非常强大的催眠师给催眠了，也许是水怪发出的气味可以致幻，但是不管怎么样，我们几个人确确实实被催眠了，现在人还在原地，只不过是意识被他给拉到了一个想象中的世界。

这个世界中的一切都是假的，但是由于催眠师非常厉害，能将精神世界的东西高度真实化，所以我们在催眠中遭遇的一切，都会在真实世界中有所表现。

她看过一些关于催眠的报道，一个瘦小的人在强烈的催眠暗示下，可以举起几百斤重的石头。而催眠师将一块普通的石子放在实验者的手上，告诉他这是一块烧红的炭后，试验者不仅会产生各种疼感，甚至他的手掌也会有被灼伤的生理反应。

而最优秀的催眠大师，能将人带入一个和真实世界没有区别的虚拟世界里，由于太过逼真，所有人如果在那个世界死去，这种强烈的刺激会引起真实世界人物的强烈反应，导致那个人的本体死亡。

徐雅丽说的这个理论，倒是也能说得过去，总比莫托的“鬼藏人”显得科学。

不过不管怎么说，大家确定的结论都是一样的：如果我们在这个虚拟世界里死掉了，那我们就真的死掉了。

所以，我们必须不惜一切代价应对。

莫托说，他上次回去后，也跟父亲请教了遭遇鬼藏人的应对方法。

莫日根说，最简单的办法，就是生一堆火，火光大起来，再用湿草盖住，用那个烟灰对付鬼藏人最有效。

我们试了试，在河岸旁弄了几个火堆，再挖了一些湿土盖住，弄得河岸上到处都是烟尘。

没想到，这个方法还真有效，等到那烟尘弥漫开来，就像是云开雾散一样，渐渐在我们眼前出现了一个全新的世界。

这次的环境，有点儿像一个原始森林，周围全是一棵棵大树，大树极粗，几个人都抱不过来，树木遮天蔽日，雾凇凝结在树枝上，形成了一枝枝玉璧般的树挂，看起来就像是垂下来了一道道冰瀑，煞是壮观。

周围还是那种灰蒙蒙的天色，天空发白，能看到一些光亮，又看不太清楚，人就像是行走在雾里，周围都是白茫茫的，阴冷可怕，弥漫着一股强烈的腥味。

没时间和徐雅丽解释，我一把把她拽过来，让她千万别说话，紧紧跟着我们。

我和莫托背靠着背，进入到一级警备中。

他迅速将猎枪填好子弹，警惕地看着周围，防止有什么怪物突然暴起。

看着看着，我突然觉得周围有点不对劲，感觉眼前的景色越来越模糊，前面的大树也渐渐模糊起来。

使劲揉了揉眼睛，这才发现不知道什么时候，森林中涌出来了浓厚的雾气，那雾气盘绕在森林之间，在树林中游走着，周围的气温也越来越低了。

徐雅丽冷得牙齿直打架，她也发现了周围的怪异变化，没有再说什么，在后面紧紧跟着我们。

那浓雾仿佛有生命一般，越积越多，简直形成了一堵厚重的雾墙，朝我们缓缓游移过来。

这时候，徐雅丽轻轻拉了一下我的衣角，示意我们朝后面看去。

浓雾中影影绰绰的仿佛有一些黑影在晃动，用手电照了照，却什么也看不清楚。

我也有些紧张，为什么会突然出现这样大的浓雾？那雾气里又藏着什么？

莫托有些紧张，他使劲咽了一下口水，举起猎枪就要发射，被我制止了。

按照老毕的说法，这鬼藏人都是怪物制造的幻境，我们贸然开枪，万一惊动了这里的怪物，那就必死无疑了。

周围的雾气越来越盛，简直就像是热水烧开了一样，一层层雾气从地下渗出来，缥缥缈缈的，像是仙境一般。

我紧紧握着那把直刀，小心翼翼地摸了过去，用手电照了照，才发现那雾气中并不是什么怪物，而是一丛丛密密匝匝的灌木丛，远远看去，就像是藏着什么怪物一样。

刚放松一下，莫托却神色严肃起来，说：“小白哥，冒白烟了，咱们要是再不出去，就再也出不去了。”

徐雅丽搞不懂什么是冒白烟，莫托跟他解释，冒白烟就是冰雾，就是我们周围这些缥缈的白雾。

这些冰雾是东北特有的自然现象，只有在极端寒冷的天气中才会出现，就算是乌苏里江历史上，也没有出现过几回。

这种天气，当地人都叫作“冒白烟”，一般只要出现了这种冰雾，就说明气温已经下降到零下四十摄氏度以下了。

这种冰雾天气，在东北也很少见，一般都是在十二月底到次年一月底出现，最长持续一个月，最短也就一二十天，往往早晨出现一会儿，等到了中午就会自行消散掉了。

我吓了一跳：“零下四十摄氏度，那我们岂不是随时会冻成冰棍！”

莫托点点头：“小白哥，咱们得赶紧生火！”

我们赶紧放下雾气，四下里寻找生火的柴火以及火种，这时候，徐雅丽却说了一句：“这不是冰雾。”

她的话让我们一愣。

莫托忍不住问：“这不是冰雾，那是啥？”

徐雅丽肯定地说：“我也不知道是什么，不过它一定不会是冰雾。你们试试，周围有那么冷吗？”

经她这么一提醒，我才想起，也对，冰雾得零下四十摄氏度才会形成，那可是滴水成冰的天气，我们现在周围虽然也挺冷，但是绝对不会有那么冷。

想想也是，现在冰河都开了，算是春天了，怎么还可能还会有那么冷的天。

那么，这古怪的浓雾又会是什么？

四下里看看，我们才发现，这些虽然像是从地下渗出来的，却主要来自我们右前方，仿佛那里才是雾气的源头。

莫托也反应了过来，迅速将枪栓拉上了，将枪口小心地对准浓雾。

我们都死死盯住了浓雾，浓雾越来越浓，雾中的老树已经彻底看不到了，就像是周围隔上了一层白墙一样。

就在这时候，白雾中突然就出现了两盏红灯笼。

红灯笼？！

这雾中怎么可能有红灯笼？！

几乎是在同时，我们就判断出，那并不是灯笼，很有可能是一只巨怪的眼睛。

虽然心里早有准备，但是猛然看见这么两个巨大的血红色的眼睛，矗立在半空中，像是探照灯一般朝着我们扫射着，确实也让人接受不了。

我忍不住倒吸了一口凉气，不由自主地朝后退着。

莫托一咬牙，将枪口瞄准了血红色的眼睛，当下就要扣动扳机。

这时候，徐雅丽却低声说：“别开枪！”

接着，她果断地说：“快跟我来！”

莫托还没反应过来，我赶紧拉了她一把，两个人跟着徐雅丽，朝前方跑了几步，就发现有一个不大不小的山洞。

刚想问些什么，徐雅丽突然做了一个“嘘声”的手势，我们在她的指挥下，迅速钻进了石洞中。

这时候，那浓雾中突然传来了一阵咔嚓咔嚓的树木断裂声，仿佛有一个巨大的动物在森林中横冲直撞，将大树毫不费力地撞断了。

更可怕的是，从大树断裂声来看，那个动物应该是一点也不着急，慢慢悠悠就撞倒树木，然后踩在残木上慢慢走了过来。

我们几个人的脸色越来越白了，可以想象，它的力量和身躯已经达到了多么恐怖的地步！

我又一次回忆起上次在森林里遭遇的那头巨怪，仿佛洪荒巨兽一般的爆发力，那种睥睨天下的气势，绝对不是人力所能抵挡的。

这个隐藏在浓雾中的巨大怪物，又是什么呢？

它可以毫不费力地撞断合抱粗的大树，看来它的身形已经达到了一个很变态的程度，估计也会达到之前那个怪物的大小。

那么，它又会是什么怪物呢？

外面咔嚓咔嚓的声音越来越近，然后不动了，像是到达了我们这里。

周围很安静，我们几个连大气都不敢喘，周围安静得能听到自己心跳的声音。

我紧张极了，因为太过紧张，整个身子都发起抖来，几乎连刀子都握不住了。

脚步声越来越近，在我们附近突然停住了，接着传来了一种咕嘟咕嘟的声音，听起来显得很古怪。

这又是什么声音？有点儿像是水烧开后，水汽撞着壶盖咕嘟咕嘟冒泡的声音。

那声音响了一会儿后，突然间停住了，就像是被人用剑从中间给断开了，断得干干净净，一点儿痕迹都没留下。

我有些紧张，看了看徐雅丽，用眼神安慰了她几下。

这时候，雾气中突然出现了一个淡淡的影子，那影子经过山洞时，猛然愣了一下，接着又加快速度往前走了。

莫托明显很吃惊，他“咦”了一下，接着抱着猎枪，猫着腰就跟了出去。

莫托平时还是很谨慎的，突然就蹿了出去，让我怎么也没想到。赶紧伸手拉他，却没有拉住，又不敢做出太大响动，气得我直咬牙。

外面浓雾很大，他出去没几步，就看不到他的影子了。

伴随着几声咔嚓咔嚓的声响，周围又恢复了安静。

雾气越来越重，瞬间就涌了过来，将山洞给灌满了。

那雾气浓得邪乎，甚至两个人面对面都看不清楚。

我心中一阵发紧，整个身体都要僵硬了，双腿费力地抬了抬，想到外看看到底发生了什么事情，刚直起身子，就有人紧紧抓住了我的手，然后开始在我手上慢慢划着。

我一愣，没有回头，知道这一定是徐雅丽在给我写字。

不知道她为何不直接说出来，但是她既然这样做，肯定有原因。

我屏息凝神，慢慢感受着她手指的滑动轨迹，那是三个字，她一连写了两遍。

那三个字就是：小心它。

它？！

这时候的气氛很微妙，外面起了大雾，雾中出现了一只巨大的怪物，我们几个被困在这个山洞中，莫托又消失了，徐雅丽又突然在我手上写了这样几个古怪的字，又是什么意思呢？

这个“它”又是什么意思呢？

虽然不知道她的意思，我还是使劲捏了一下她的手，表示理解，那只手很快缩回去了。

这时，就听见外面突然传来了一阵噼里啪啦的声音，好像是水中掀起了大浪一般，水声中隐约夹杂着一阵咆哮声。

听着那古怪的声音，我一边担心莫托，一边大气也不敢喘，在山洞又趴了一会儿，就听见那声音渐渐消失了，周围又恢复了平静。

小心探出头来，那浓稠的大雾竟然渐渐散去了，前面又能看到影影绰绰的大树，树下站着一个人，低着头看着什么。

我小心翼翼走了过去，小声叫着：“莫托！”

那个人并没有理我，依旧站在那里低头看着什么。

浓雾在迅速散去，浓重的雾气仿佛一下子就钻进了大地中，但是空气中依然有丝丝缕缕的雾气盘绕着，古藤苍松，大江奔腾，就仿佛是聊斋里的场景一般。

我正想着，这水墨画一般的景色中就出现了一个美女，我再仔细一看，却是穿着绿军装围着一条大红围巾的徐雅丽。

她对我笑着，连连招手，让我赶紧过去。

我觉得眼前晕乎乎的，眼睛前好像总隔了一层迷雾一般，就好像是半夜睡得迷迷糊糊的，突然被人给叫醒了，晕头转向的，情不自禁地往前走。

又走了几步，就看见徐雅丽又在前方对我招手，我又跟着往前走，刚走了没几步，肩膀上突然被谁重重拍了一下。

我一个激灵，回过神来，就发现自己站在江边的悬崖上，再往前走几步，就要跌入几百米深的悬崖下了。

我出了一身冷汗，一屁股坐在地上，好半天才回过神来，刚才要是再往前走几步，小命那可就撂在这里了。

使劲喘了几口粗气，后背上全是冷汗，这时候想起救我的人，赶紧回头看看，却发现远处雾气迷茫，到处都是斑驳的树影，根本找不到什么人。

刚从鬼门关过来，脑子还没转过来弯，总觉得有哪里感觉不对劲，突然就想起来，刚才站在树下的那个人又是谁呢?

还在想，就听见远处猛然传来了一声枪响。

是莫托遇到危险了!

顾不上其他，我踉踉跄跄地向着枪声的位置跑。

跑了没多远，我猛然停住了，又想起徐雅丽这时候还在山洞里，加上刚才那个神秘莫测的黑影，那她会不会有什么危险？!

越想边懊悔，不应该留下徐雅丽自己，万一她有个三好两歹，那可怎么办?

没跑几步，一股凛冽的寒风带着雪雾刮了过来，打在脸上，像刀割一般疼，我眼睛简直都睁不开了，就感觉到在这呛人的寒风中还夹着一股强烈的腥臭味。

怎么形容那种感觉呢，就像是三伏天在家里放了一盆咸鱼，放的时间久了，咸鱼腐烂了那股味道，越离山洞近，那味道就越浓烈。

我心中牵挂着莫托，又有些担心徐雅丽，一口气跑到山洞外，就看见徐雅丽好好地坐在山洞里，一脸担忧地看着我。

她说："我以为你也回不来了……"

我才松了一口气，一屁股坐在地上，朝徐雅丽摆摆手，连话都说不出来。

好容易歇了一会儿，我胡乱抓起一根木棍子就要走。

徐雅丽却一把抓住了我，满眼焦急："小白，别去——"

我跟她解释："你在这里等我！莫托八成是遇到危险了……"

徐雅丽却坚定地说："小白，别去——我不想你也消失……"

我笑了，拍拍她的头，说："没事的！我去救了莫托就来！"

徐雅丽却坚定地摇摇头，说："小白哥，对不起，我骗了你……"

我笑了："都这个时候了，还说这些干啥？"

徐雅丽摇摇头，认真地说："就是到这个时候了，我才选择对你说实话……"

她咬着嘴唇，犹豫了很久，说："因为，我不想在死前留下一个遗憾……"

我哈哈大笑，连连摆手，说："行，你说吧，说吧！"

徐雅丽有些不好意思地说："其实我并不是一个大鱼研究专家！"

我说："哦，那你是研究什么的？研究龙虾的？"

徐雅丽说："我是研究水怪的。"

我乐了："那还不一样？"

徐雅丽摇摇头："这是绝对不一样的。研究大鱼，还属于普通生物范畴。水怪，则是神秘生物范畴了。"

她低下头，给我鞠了一个躬，惭愧地说："对不起，我骗了你！"

我摆摆手："你这有啥好解释的，在我看来，都差不多。行了，你这有啥算骗我的，都是一码事嘛！"

她还是认真地说："虽然在你看来都差不多，但是我心里明白，就是骗了你，所以也感谢你的谅解。"

我哭笑不得："好吧，好吧，我原谅你了，求求你不要再道歉了。"

徐雅丽解释说："其实，我之所以骗你们，也是因为我的父母。"

我有些奇怪："这个跟你父母有什么关系？"

她说："你不奇怪吗？我为什么会直接找到你们，而不是直接去找渔政处什么的？"

我点点头："当时是有些奇怪，后来……后来……"

徐雅丽狡黠地笑了，吐了吐舌头，说："看看，你们都被我骗了吧？"

我心里想，就你这点儿小伎俩，老子分分钟就给识破了，要不是看你是个美女，早就给你打发到渔政司那些老头子那儿了。

不过，我嘴上却说："唉，唉，没想到我董小白精明一生，临了了却被你这个小丫头片子给骗了！"

徐雅丽有些犹豫，说："都这个时候了，也没什么不好说的了。其实，是有人让我来找你们的。"

我有些吃惊："有人让你来找我们？！是谁？！他让你来找我们干啥？！找水怪？！"

徐雅丽点点头："他告诉我，只要找到你，就能找到我父母。"

我忙问："他是谁？！"

徐雅丽摇了摇头。

我有些失望："都这个时候了，你还不肯告诉我！"

她摇摇头："不是我不愿意告诉你，而是我根本不知道他到底是谁。"

我："那是什么意思？你不知道他是谁？那他长什么样子？"

她说："要是说起这件事，需要从我父母说起了。我之前说过，我父母是研究水下生物的，但是你们也知道，做研究，尤其是研究水下巨型生物，是需要很多经费的。这些年来，国家老在做运动，根本没有什么经费，所以父母他们都是在自费研究，也错过了好多个研究项目。

“后来，后来听说他们有了一个重大发现，但是国家并不理会，反而有一个国外的研究协会愿意赞助他们，去调查大鱼。后来，他们就经常到处跑，一次就出去几个月，我也习惯了。就是有人说，他们是接受国外资助的汉奸，这个让我很受不了……在我上高中那年，就接到通知，说我父母在追寻大鱼时失踪了……

“当时来找我的人很奇怪，都是军人，他们通知了我这件事情，让我不要对外说，还给我留下了一个电话，让我有任何事情都随时找他，又问我有什么要求。

“我当时就问了他一个问题：我父母是不是汉奸？那个人很激动，他向我保证，我父母绝对不是汉奸，而且算是英雄，说我应该会为拥有这样伟大的父母而骄傲！”

“我当时问他，我父母是不是牺牲了。他摇摇头，说我父母只能算是失踪，并不能确定他们无法生还。说他们在追查大鱼的途中，突然间就失踪了，像是进入了一个神秘空间一样。”

说到这里，我忍不住想，徐雅丽父母会不会像我们上一次一样，遇到“鬼藏人”，被怪物弄到了其他空间里。

不过再想想，都那么多年了，即便他们当年没事，被关在那种空间里那么久，估计早就去世了，所以也没敢再说。

我安慰了她几句，问她：“那么说，让你联系我的那个人，就是那个当兵的吗？”

她摇摇头：“并不是这个人，而是另外一个人。他经常会给我写信，信是打印的，告诉我一些父母的事情。有时候，是一些我父母的照片，有时候是一些我父母留下的笔记。也是他告诉我，我的父母并没有死，早晚有一天，我会看到他们。”

我问：“那他会不会是你父亲？”

她摇摇头：“我不知道，不过我希望是。”

我又问她：“那他为啥要让你找我们呢？”

徐雅丽坐在地上，把头深深埋进胳膊里，说：“我也不知道……开始的时候，我以为你们知道我父母的消息呢。后来才知道，你们比我知道的事情还少……”

我也忍不住笑了，说：“我也挺遗憾哈！唉，让你白跑了一趟！”

徐雅丽也笑了，她看着天空，说：“其实我也知道，父母已经失踪了那么久，要是真的还活着，早就来找我了。那个人，估计也没安什么好心……不过呢，毕竟是自己的父母啊，谁不希望能找到自己的父母呢？”

她自顾自地说：“很小的时候，我看见别人家的孩子躺在父母怀里撒娇，就特别难过。不过我还得表现得很坚强，安慰自己，我的父母都是伟大的英雄，他们正在世界上的某一个角落斗水怪呢！”

“可是，说是这么说，到了晚上，还是只有我孤零零的一个人。有一天晚上，我们家属院进了贼，居委会大妈挨家挨户通知，让我们做好防盗准备，让家里的男人都准备好武器，好和窃贼搏斗！可是我怎么办呢？我那些天非常害怕，把所有窗户都关得死死的，还用大桌子把大门死死顶住，整晚整晚都睡不着觉！

“有时候，我躺在床上，怎么也睡不着，我就在心里想着，我父母这时候在做什么呢？是不是我做错了什么事情，上帝在惩罚我呢？为什么从小到大，始终是我一个人呢？”

她的眼泪流了下来，问我：“小白哥，这种感觉你理解吗？”

长那么大，我还是第一次经历这种情况，看着一个姑娘在向你倾诉心声，看着她在你身边默默流泪。

我一下子慌了手脚，结结巴巴的，不知道自己该说什么，也不知道自己该做些什么。

别看我说起莫托，那理论是一套一套的，这事情真是摊到了自己身上，我马上麻爪了，根本不知道怎么办才好。

我结结巴巴地安慰了她几句，没想到，我不安慰还好，刚一安慰，她就一头扎进了我的怀里，号啕大哭起来。

我一下子蒙住了，手足无措，一时间不知道做什么好，一动也不敢动。

好几次，我拼命鼓足勇气，想要紧紧抱着她，想要抚摸着她的长发，拍拍她的肩膀，但是却始终迈不出第一步。

她哭了好久，终于缓过来了，不好意思地坐了回去，擦了擦眼睛，红着眼说：“小白哥，谢谢你！你是个好人！”

我心里暗暗想：“孙子才想当好人呢！”但是嘴上还得说：“作为一个男人，怎么能够乘人之危呢！那还能算是人吗？！”

徐雅丽破涕而笑：“你刚才要是对我做了什么，乘人之危，就是禽兽！”

我点点头：“嗯嗯，你看，我啥也没做！”

没想到，她却气鼓鼓地说：“大笨蛋！你连禽兽都不如！”

说完，她扭头就走。

我一下子蒙了，赶紧过去追她，就看见她一溜烟地跑远了。

边追她，我边想着她那句话，这丫头到底是啥意思呢？

第十章 20年前那个白袍少年

顾不上想太多，我捡起徐雅丽丢下的酒壶，迅速追了出去。

好在徐雅丽也是冲着河岸去的，和莫托是一个方向，我也赶紧往河岸跑。

刚才那一枪，明显是莫托放的，说明他肯定遇到了危险。

再联想起那个恐怖的怪物，我更加紧张，生怕已经晚了一步。

虽然知道自己就算去了，也起不到什么作用，但是当时也想不了那么多，只是觉得不能让莫托一个人去面对那个怪物，大家既然是兄弟，当然要共生共死，没啥好说的。

浓重的雾气正在散去，但是河岸旁还残留着一些雾气，乳白色的雾气在河岸旁游走，缥缥缈缈，仿佛仙境。

一口气冲到河岸，我累得上气不接下气，扶着一棵大树使劲呼吸，冰冷的空气大量灌进肺里，整个肺都火辣辣地疼，像是刀子割一般。

左右看看，周围空荡荡的，湖面上一圈圈涟漪泛起，并没有莫托，以及什么水怪。

小声呼唤着徐雅丽，我小心翼翼地顺着河边走，生怕大水里突然蹿出来什么怪物。

走了一圈，还是一无所获，我只好往江水边走去，看看莫托有没有留下什么足迹，结果刚靠近江水，水里猛然蹿出来一个怪物，浑身缠绕着绿色的水草，朝我猛扑过来，死死地抓住了我的左脚脖子！

我当时吓得几乎灵魂出窍，也顾不得什么，几乎是条件反射，我右脚跟上去就是狠狠一脚，踢得那怪物嗷嗷直叫，赶紧松开了我。

心里暗喜，想着这应该是一个怪物崽子，不经打，上去又是一脚，给它踹倒在地上，接着就是几个窝心脚，没头没脑地直踢，疼得它抱头打滚，哭爹叫娘。

这一叫不要紧，我才发现踢错了，这东西既然会说人话，肯定不是怪物！

赶紧上去扒开他头上的水草，才发现那底下的是一个精瘦的汉子，留着一把山羊胡子，龇牙咧嘴的，那人不是别人，正是那个不靠谱的候子！

看见他，我更是气不打一处来，上去又是一脚，质问他为啥害我，给我弄到这底下来！

他趴在地上连连作揖，说："误会！误会！白兄，这是一个天大的误会！"

他解释，他当时判断有误，以为已经突破了最后一层关卡，底下肯定是一马平川，收获宝藏犹如探囊取物！却没有想到这底下却是凶险万分，简直如同修罗地狱，连他都几乎丧命于此，真是老马失蹄，后悔莫及！

看着他一身水草，冻得直哆嗦，也挺可怜，我也消了气，丢给他酒壶，让他赶紧喝几口，暖暖身子。

他哆哆嗦嗦地拧开酒壶，咕咚咕咚喝了几口，呛得直咳嗽，这么缓了一会儿，他的脸色才好一些，拽下一身水草，站了起来。

我问他，怎么进水里了，还有，刚才有没有看见莫托以及徐雅丽。

他说，人倒是没看见，不过刚才他在水里潜伏时，确实听到了一声枪响，应该在前方不远处，想来便是莫托那小子放的。

他感慨着，莫托那小子虽然给他一顿疼打，但是却佩服他是一条铁骨铮铮的真汉子，是个值得结交的兄弟，愿意跟我去救他，略尽绵薄之力！

两人顺着河岸往前走，我便问候子，他怎么掉进了河里，弄得那么狼狈。

候子朝我抱了抱拳，说："白兄，说起这件事情，还真是惭愧！既然大家都是自家兄弟，那么也没有什么藏着掖着的，干脆就竹筒倒豆子，一股脑儿把事情全都说了吧！"

他说："说起我的职业，估计好多人都没有听说过，其实我是一个水下憋宝人。"

所谓"水下憋宝人"，其实有点儿像打捞工，就是从大江大河里寻找到古代的沉船，偷偷打捞上来，牟取暴利。

我问他："那你们是盗墓吗？"

他摇摇头："不是，不是，那完全不一样！盗墓是挖坟掘墓，那个有损阴德，我们是不干的！我们打捞的沉船，都是无主之物，埋在水底下几千年来，那简直……那简直就是资源上的浪费！我们给它打捞上来，也是让这些文物重见天日，这个嘛，算是，算是一种功德！"

我也乐了："那你们这个赚钱多不？"

他傲然道："要是说起赚钱，那我们这一行，其实比盗墓还暴利！你想啊，盗墓门槛太低，几个农民，几把铁锹，往往就给一个墓撬开了，没啥技术含量。而且中国一共也就那么多墓，盗墓史几乎和墓葬史一样长，所以也剩不下多少墓留给你盗了。我们这个却不一样，用一句比较时髦的话讲，我们这个是蓝海，彻头彻尾的暴利行业，而且几乎没啥竞争。”

看他信誓旦旦的，我故意刺激他：“这古墓有陪葬品，而且中国几千年了，到处都是古墓，这个赚钱，我信！你们就捞几艘破船，能赚到钱吗？！”

他立刻勃然大怒，给我上了一课：“胡说！那你是完全不了解中国历史！有人说，中国历史就是一部墓葬史，狗屁！其实啊，中国历史就是一部航行史才对！”

他说，你想想看，中国自古重视航运，从大禹治水，到秦始皇修都江堰，到隋炀帝开通京杭大运河，到清朝大规模治理黄河！从古到今，修建了多少河堤，疏通了多少河道，疏通这些河道，就意味着这些巷道会通航！你要知道，中国多的是山大王，陆运非常危险，所以古代专门产生了一个特殊的行业，叫：镖局。

但是有了航道后，就方便了，运载量，还是运费还大大低于陆运！

你有没有想过，航道开通几千年来，有多少满载着古董、金银的大船沉没在了大水深处。

而好多大船沉没后，受制于当时的科技水平，没有打捞上来的有很多。

尤其是汉唐时期，国力强盛，鼓励对外贸易，那一艘艘大船成天往外跑，还拉的全都是好东西，不要说金银，就是当年普通的瓷器、铜器，现在都是货真价实的古董，随便捞上来一艘船，就够吃几辈子的。

我点点头，他说的倒也对，中国几千年的航运史，难保不沉下去几艘大船，以前的大船好多都是运送瓷器、金银的，在水里也泡不烂，还真是一笔沉在水底下的宝藏！

候子更得意了，捋着山羊胡，傲然说：“不光是内陆的河道，还有好多特殊的海上航线，那里宝贝更多！像南海的西沙群岛，从宋朝时就是海上丝绸之路，那水底下白花花的一层，不是鱼，全是瓷器！

“俗话说，谭门自古跑南海，其实跑南海好多并不是为了去打鱼，而是为了去捞古董，一网下去，随便打上来一个青花瓷，那就值老鼻子钱了。

“当然了，不光南海，内地的也多。像江西鄱阳湖，光老龙王庙那一段，就沉了上千艘大船，那水底下的沉船一层摞着一层，能摞七八层！

“还有，还有重庆磁器口、浙江舟山群岛、天津渤海湾，那些古代赫赫有名的航道，水下全是沉船，相当于在水下铺成了一条黄金做的路。”

看他这么嘚瑟，我又忍不住打击他：“候老师，既然做‘水下憋宝人’那么赚钱，你为啥看起来……哦，看起来，如此‘清贫’啊？你看，你这袍子都破几个洞了，还不舍得换一件新的！”

候子有些不好意思，支支吾吾地说，这个“水下憋宝人”嘛，虽然赚钱，但是也不容易。

其实想想就知道，这行饭也不是那么好吃的。

做憋宝人这一行，首先要懂水路，能找到水下的沉船，不仅要对中国各大水系了如指掌，还得精通古文，能够还原古代水道等，这是地地道道的技术活。

此外呢，还要有张巧嘴，寻访县志，走村串巷，将各种沉船的前生今世打听个清清楚楚，寻摸到地点，才好下水。

最后，还得水性好，胆子贼大，一个猛子能扎下去二三十米，在漆黑漆黑的水底下憋个十分钟都不用换气，这些可全是扎扎实实的功夫，一点儿也掺不得假。

当然了，这些功夫都加在一个人身上，那也不现实，所以在憋宝行，大家都有明确的分工，有人专门研究古代水道，用憋宝的专业术语讲，叫作“挖宝”。这个挖宝的人，要能说会道，上知天文，下知地理，《水经注》《分水诀》张口就来，行话叫作铁师父，取的是铁齿铜牙一语断乾坤的兆头。

此外，还要有一个精通水性、胆大包天的主，待那挖宝人定了方位后，就趁着风高月黑，下水取货，将那水下的金银取来，行话叫作“起宝”。

这“起宝”也不简单。老话说得好，欺山不欺水，这水底下可不是闹着玩的，人潜到水底下，十米就是一个水压，用不了几个水压，就得给你压得耳鼻出血。

而且，那几千年的大江大河，什么怪事都能碰到，连王八都能长到卡车那么大，还有活死人、骷髅架子、索命草，什么邪乎东西都有可能碰到！

我吓了一跳：“这憋宝还那么邪乎？！”

候子傲然道：“那你以为啊！祖师爷赏口饭吃，哪有那么容易的！不光是这些，更要命的是，哪怕在水底下遇到天大的危险，都只能慢慢浮上来！千万不能急！

“如果出水快了，水压急速减小，肺里的气体会急剧膨胀，人的肺会受不了，直接就炸了，人就算硬撑着上来了，也会吐血身亡，挨不过去！所以说，这憋宝还真是在鬼门关里打转，一个不留神，那小命就没了，连尸体都找不到，直接就水葬了。”

说到这里，他突然问我：“啊，小白兄弟，不知道你的水性怎么样？”

我说：“我嘛，打小儿在黄河边上长大，一个猛子能扎下去七八米，你说水性怎么样？！”

候子眼睛亮了，问我：“那你有没有遇到啥邪乎事？”

我冷哼一声：“那多了去啦！什么铁牛、红铜棺材啦，吊死鬼、古墓啦，我小时候连水怪都见过！”

候子忙问：“那你怕不怕？”

我跟他吹牛：“小时候胆子大，倒也不觉得怕！现在嘛，想想还是挺吓人的！

不过嘛，这些东西啊，其实习惯了就好！就前几天，我还在乌苏里江看见水盗呢！其实啊，也就那样！”

候子大喜，使劲一拍大腿，叫道：“哎呀我的妈！小白兄弟，你还真是个人才呢！你有这个本事，怎么不显啊！”

我知道他想拉我入伙，故意装傻：“显？！怎么显？我现在跳下去，给你打一个来回！”

他喜笑颜开，连连摆手：“哎呀，小白兄弟这话就是言重啦！老哥怎么可能信不过你嘛！你看，这个，老哥刚才也跟你说了，这‘憋宝人’确实是大大的有前途！”

我点点头：“是挺有前途的，你就好好干吧！我看好你！”

候子说：“这个……那个……是这样。其实刚才老哥也跟你说了，这个‘憋宝人’嘛，虽然大大的有前途，但是饭也不是那么好吃的，一个人是干不得的！”

我故意装傻：“那是为啥？这天文地理、星盘算数，你不是无所不懂，无所不精吗？这些许小事，还能难倒你候老师？！”

候子有些脸红，支支吾吾地说：“这些东西，老夫自然不在话下，主要是……主要是水下打捞这块儿，老夫实在有些力不从心……”

我说：“哦，那个呀，那个倒是容易！”

候子大喜：“你看，白家兄弟，咱们虽然见面不过两次，但是觉得特别投缘！我看，咱们不如就此结拜成兄弟，以后有福同享，有难同当吧！”

我看他越扯越远，恨不得当场拉着我结拜，赶紧扯开他，说：“那个，候子老师，我觉得啊，咱们结拜就算了。”

候子点点头，说：“也好，也好！这样还显得生分啦！这样吧，咱们兄弟两个，先联手做几票大的，再来义结金兰不迟！”

我说：“这个嘛，候老师，小弟实在是不敢啊！”

候子吃惊了：“不敢！为啥不敢？！”

我冷笑着：“我怕被你再推下去啊！”

候子脸红了，再三表示，那真是彻头彻尾的误会，他绝对没有害人之意，不然他现在也不会下来了！

我问他：“那好，那你说说，你为啥能找到这个地方来的？”

候子说：“老夫……老夫自然是掌握了一套‘憋宝’的秘术，才寻得这个好去处！”

我问：“什么秘法？你说来听听啊！”

候子的脑袋摇得像拨浪鼓：“那可不行！这是我们候家祖传的秘术，一向是传男不传女，传内不传外！”

我说：“别那么小气嘛！我刚才还救了你一条命呢！”

他还是坚决摇头：“这个绝对不行！”

我大怒：“那好，你赶紧把老子的酒壶拿过来！还有，你刚才暗算我那一把还没算呢，老子也给你踢河里去！”

候子拼命抱住酒壶，说：“且慢！你要是非得知道这个秘术，老夫倒是也有一个办法？”

我：“什么办法？”

候子：“老夫一生淡泊，膝下暂无子女，如果你愿意认我为义父，那老夫倒是也可以传授于你一二——”

这家伙，到了这个时候，还想占老子的便宜!

况且别看他一副老气横秋的样子，其实也就是个年轻人，成天“老夫”“老夫”的，让人看着就来气!

二话没说，我上去就给他撂倒了，骑在他身上，就是一顿胖揍，疼得他连连求饶，最后保证告诉我那秘术的真相。

好容易他才站起来，说：“这个秘术吧，其实就是两个字：水怪！”

我也有些奇怪：“水怪？水怪和水下憋宝有啥关系！”

他说：“那关系可大了！”

说完，他坐在地上，喝了两口酒，给我讲了这水怪和憋宝的关系。

他说，现在回想一下啊，咱们憋宝都是在水底下，那遇到的危险可就多了。

俗话说得好，“欺山莫欺水”，这水里的东西，可就邪乎了，不过最危险的，还是水怪!

是的，水怪。

好多人以为水怪跟鬼怪妖魔差不多，其实真实的水怪，并没有大家想的那么神乎。

像黄河古道里被传成神的“铁头龙王”，其实就是一种巨龟，古人叫作“鼋”，《西游记》里驮着师徒几人过通天河的那只巨龟就是。

不过呢，这鼋能长到大卡车那么大，确实吓人。

还有长江里广为人知的“蛟”，在四川、重庆、湖北等地比较常见，当地人叫作“走蛟”。因为西南水系多，岷江、金沙江、嘉陵江，到了汛期，常会出现“走蛟”。

这蛟其实就是大蛇，有电线杆那么粗，真的是成精了。

此外，还有长白山天池水怪，那是一种很像“龙”的古代生物，具体到底是个啥玩意儿，我也说不清楚，总之有点儿像是外国人说的蛇颈龙吧。

还有新疆喀纳斯湖水怪，一种被称为“海皇兽”的巨型哲罗鲑鱼。

青海湖水怪，这个很神秘，和宗教有着某种神秘联系，我也不敢说它到底是什么。

此外呢，还有湄公河水怪、雅鲁藏布江水怪，等等。

那么多年来，我几乎走遍了中国各大水系，长江、黄河、珠江、雅鲁藏布江、岷江、青海湖、天池，也经历过各种诡异至极的古怪事件，真要是一桩桩论起来，那话就长了。

我赶紧打断他：“得了，你先别给我扯那么远，我就问你一句，这个‘憋宝术’到底是怎么回事？憋宝跟水怪又有什么联系？”

候子说：“这东西可是我们憋宝人最大的秘密，我可不能轻易告诉你！”

我大怒，上去就要揍他！

他赶紧拦住我：“且慢！我有话说！”

我攥着拳头威胁他：“你说！你说！”

候子眼睛转动了一下，说：“按照我们师门的规矩，这个憋宝术确实不能传给外人！你就算是杀了我，我也是这句话！”

我使劲点点头，竖起了大拇指：“好，有种！果然不愧是中国好男儿！”说完捡起来一块石头，“那我就杀了你，让你为后人传颂！”

候子吓得脸色煞白，让我赶紧放下石头：“君子动口不动手！”

又说自己想出了一个主意，既可以不违背他们师门的规则，又能让我了解憋宝术！

我问他：“什么办法？”

候子拍一拍手，说：“那就是，加入我们师门！”

我愣了：“加入你们师门？！你们是什么师门？”

候子说：“我们啊，当然是憋宝门啊！你想啊，我们憋宝门掌握憋宝术，简直富可敌国！多少人求着我们加入，我们都不收，你可真是捡了一个便宜啦！”

我说：“那恐怕不行！我已经加入金门了！”

候子眼睛一转：“金门？那是啥玩意儿？不管那么多，咱们师门啊，比较潇洒，不注重那些世俗的东西，其实只要你诚心加入，其他那些东西都可以免了！”

我说：“那我加入后，具体要做什么？”

候子说：“这个嘛，自然是咱们师徒——”看见我的眼神一变，他马上改口，“自然是咱们师兄弟联手，平蹚大中国，把中国各地的宝贝给‘憋’出来喽！”

我说：“那个，你先说说怎么‘憋’吧？我也得看看我能不能干！”

候子大喜，拍着手说：“这个你放心！别的不敢说，这个你绝对能！简直就是太能啦！”

他说，好多人都知道，好多江河湖海里有水怪，也有好多人亲眼见过，丈八长的大鱼，屋子那么大的巨龟，电线杆那么粗的大蛇，但是好多人没有想过，为啥它们能长到那么大。

古人云“物大必有宝”，说的就是好多野兽无意中寻找到了宝贝，像是千年的人参、灵芝，上好的风水宝穴，以及落在水下地下的宝珠等。

这些灵物都是吸取了日月精华，被好多野兽吞食后，或者是长年累月守在它附近，受到灵气浸染，说到成精有些夸张了，但是延年益寿，开启了灵智确实是有的。

所以说，这些野兽长到一定程度后，就成为了人们所说的怪物。

在这里，一些在水下的怪物，比如大蛇、大鱼、大龟，就成为大家经常说的水怪了。

我不由得问他：“可是这些怪物，和咱们憋宝有什么关系呢？”

候子说：“你仔细想想，这些鱼、龟为啥能长成巨怪的？”

我说：“因为吞食了宝贝呗！”

候子点点头：“是的，它们是因为吞食了宝贝，所以才能长成巨怪！那就说明，这些怪物一定找到了宝贝！”

我点点头：“这倒是的！”

候子说：“那我们再引申一下，这些怪物找到宝贝后，会怎么样呢？”

我说：“怎么样？吃了呗！”

候子说：“那要是宝贝很多怎么办？”

我说：“宝贝很多啊？那就搬到自己巢穴里呗，守着！据说龙就有藏宝贝的习惯！”

候子拖着长音说：“那你说，这些水怪和憋宝有什么关系？”

我猛然领悟了：“啊，你所说的憋宝术，原来就是从水怪那里偷宝贝啊！”

候子严肃地摇摇头：“不要用‘偷’这种难听的字眼！”

我说：“那用什么？”

候子淡淡地说：“抢！”

看着他无耻的表情，我不由得给他竖起了中指。

心里担心着莫托、徐雅丽，我也顾不上和他瞎扯，拉着他赶紧往前走。

候子却说：“小白兄弟，你就别折腾了！我都在这边转悠半天了，前边是‘鬼打墙’，根本就走不出去！”

我说：“‘鬼打墙’不怕，我有办法破它！”

猴子苦着脸说："不对，这个'鬼打墙'厉害，我用童子尿都破不了它！估计得用黑狗血，你说这漫天地里，我去哪儿弄黑狗去！"

我说："不用！你就看我的吧！"

对付这种东西，我现在都有经验了。

打火机咔咔几下，就把河堤上厚厚的枯草给点着了，那河边风呼呼地刮着，一下子就把火给吹了起来，火借风势，越刮越大，很快那河堤上就是一片火海。

猴子吓了一跳，叫道："小白兄弟，你这般火烧红莲寺，也没用啊！那水怪都在水底下藏着呢，根本烧不死它！"

我没理他，抓紧时间用直刀砍下几根树枝，弄了几个火把，让猴子拿着。

猴子挥舞着火把，在风中舞了几下，还没过够瘾，就看见大江上起了一层薄薄的雾气，雾气弥漫，很快淹没了我们。

猴子有些吃惊，拉着我想往外跑，被我给拽住了。

没多久，我们周围又一次起了变化。

这一次，那漫山遍野的山坡不见了，滔滔的江水也不见了，眼前的火堆还在燃烧，但是呈现在我们面前的，已经是另外一番景象了。

不，简直可以说是另外一个世界。

在我们眼前，首先是一个非常大的空间。

这个空间非常大，好像是整座山都被挖空了，只有我们两个人站在最中间，看着周围巨大的石壁，屋子那么大的碎石，一时间有些接受不了。

这种感觉怎么说呢，就像是一个人置身在一个非常巨大的城堡里，周围全是巨大的开阔的空间，头顶上也是几百米高的天花板，会让人感觉到自己的渺小。

周围的火堆（那大片的荒草地已经不见了，燃烧的是我特别堆起的一堆树枝），熊熊燃烧着，火光根本照不了多远，只能大概看到我们处在一个巨大的山体之中，脚下全是碎石，还有暗河流淌的声音。

好在猴子很快反应了过来，他点起一个火把，四处照了照，判断出我们应该在一个巨大的山体裂缝中。这个裂缝非常大，应该是地壳运动时，山体和山体之间发生碰撞后，形成的断裂层。

他给我举了个例子，就像是一座巨大的山峰，在地壳运动时，和另外一座山峰撞在了一起，上面的山峰撞塌了，融为了一体，但是下面的山体还是在碰撞后形成了巨大的空间，成了一个天然的巨型山洞。

我也有些吃惊，问他："怎么从这裂缝出去？"

猴子还恼火呢，问我："直娘贼！你还问我？！老子还没问你，怎么突然来到这个鬼地方呢！"

我给他简单解释了一下，这个水怪会“鬼藏人”的事情。

我们最开始的时候，看着这里是一条暗河，后来点着了一次火后，就出现了一条大江，这已经是第三次变幻了。

候子点点头，说：“那我知道啦！这些东西肯定都是水里那头怪物变幻的！”

我说：“要不要再放一堆火，试试还有没有其他变化！”

候子肯定地说：“不会啦！你看，咱们这堆火不是还着着，这里肯定就是怪物的巢穴啦！”

我有些紧张，四处里寻摸，问：“这么说，莫托他们应该也在这里！”

候子摇摇头：“按照你的说法，你在破除了二次幻觉后，看到的东西，以及出现的场景完全不一样。所以说，莫托他们现在还不知道被困在什么地方。只有他们再破除掉大江那个幻境，才会最终来到这里。”

我点点头，知道他说得对，但是心里还是很担心他们。

候子鼓励我：“小白兄弟，其实还有一个办法！”

我问：“什么办法？”

他说：“那就是，咱们干掉那个怪物！那怪物一死，幻境自然解除了，他们也会出现了！”

我骂道：“操！你想死，老子还不想呢！”

候子眼巴巴地看着我：“别灰心啊！古话说‘兄弟齐心，其利断金’，我觉得只要咱们兄弟联手，一定能干掉它！”

我早看出来了，候子这人吧，就是一个书呆子，典型的书读得太多，把脑子给读坏掉了，难怪混了那么多年，连一件新袍子都买不起。

我不理他，自己举着火把，顺着山洞往前走，一路仔细看着，希望能找到出去的路。

这个巨型山洞非常大，地下散落着石块，有大有小，小的像鹅卵石那么大，大的有三层楼那么高，石块下暗河流淌，河水冰冷，往上看，岩壁笔直光滑，有点儿像是一个巨大的天坑。

最古怪的是，光滑的岩壁都被凿开了一个个深坑，里面像是以前插进过什么东西，后来都被人取走了，留下了一个个被暴力破坏掉的孔洞。

用火把在地上仔细找了找，终于发现了小半截手臂粗细的铁链子，零零碎碎的，散落在水里，已经锈成了一堆铁疙瘩。

看着这里，我不禁有些怀疑。

这粗犷的风格、到处可见的巨大铁链子，很像是我们来时的那个山洞，那里也是巨大的山洞，随处可见的铁链子、黑色的暗河。

又往前走了几步，我猛然停住了脚步。

在我前方不远处，在暗河的一个小湾流里，赫然出现了一个熟悉的桦树皮船！

这艘船……

快步走过去，一眼就发现了熟悉的桦树皮匣子、桦树皮烟盒，以及散放的船桨。

我的手剧烈颤抖着，颤巍巍地打开了桦树皮匣子，果然在里面看到了白银柄的烟袋，以及一小袋漠河烟叶。

没错了，这确确实实就是我们来时乘坐的那艘船！

可是，我记得清清楚楚，在进入那扇大铁门时，我们将小船绑在了石门外面，它为何又会出现在这里呢？！

想了又想，我心里猛然冒出来一个想法，赶紧举起火把，朝着前方一照！

果然！

在前方十几米远的地方，赫然出现了两扇巨大的铁门，在黑暗中显得格外鬼魅！

噔噔噔，我一连后退了五六步，才终于站稳了脚跟。

又回头看了看那扇巨大的铁门，那铁门和我记忆中一样，有十几米高，仿佛镶嵌在巨大的石壁上，显得庄重又神秘，有一种令人敬畏的美感。

没错，就是它！

可是，它为何又会出现在这里？！

我不由得有些恍惚，难道说，那一扇铁门，以及铁门里所有的东西，全都是假的，其实就是一个幻觉，我们现在还是在那条长长的走廊里？

经过了那么久，其实我们一直都是在走廊里绕圈子。

我不敢相信。

如果我这段时间经历的这些，全都是假的，那神秘的祭坛，古怪的地下暗河，甚至是徐雅丽、莫托、候子，他们是不是也是幻觉呢？

如果是这样的话，那现在跟在我后面的候子，又是不是真的存在呢？

难道说，候子其实并不是一个真正的“人”。

而是说，他其实也是被幻化出来的？

甚至说，他其实就是铁门里的那个诡异的不死人？

想到这里，我的手一抖，火把差点儿掉在地上。

回头喊了一声：“候子？”

候子满不在乎地答应了一声，接着朝着我走了过来。

山洞里非常安静，流水的声音都听得清清楚楚，候子的脚步声在黑暗中特别清晰，踢得碎石哗哗作响，很快地朝我赶来。

候子没有举着火把，黑暗中，看不到他的样子，他也没有说话，显得非常压抑。

我终于忍不住了，说："候子，你怎么不点火把？"

候子说："省着点儿用吧，用一根就少一根。"

我问："那你能看得见吗？"

候子说："还好，习惯了。"

我的心猛然一颤，接着迅速跳动起来。

接着，我们都沉默了。

随着他越来越近，我终于忍不住问："候子，我还一直没问过你，你是怎么来到这里的？"

候子冷冷地说："你终于想起来问我这个问题了吗？"

我的心一下子绷紧了，手里死死握着那把直刀，随时准备和他拼命。

没想到，他接下来却说："你早就该问我这个问题！咱们是兄弟，也是师兄弟，这东西是咱们师门的大事！"

接着，他告诉我，在他揣摩透了凡是大江大河中有水怪出没的地方，肯定都有宝藏，水怪越大，就说明水底下的宝藏越大。

他这些年走访了黄河、长江各个水段，就发现乌苏里江比较特别，水比较浅，只有中间一小段藏在崇山峻岭的水系很深，所以他断定水怪肯定藏在这段水系里，所以才来到的这里。

他说的合情合理，我也终于放下心来，也渐渐放松了警惕。

这时候，我突然想起来一件事，问他："那你也是从铁门里进去的吗？"

没想到，候子却突然愣住了，接着叫了起来："什么？！你是说铁门？！你看到了那道地狱之门？！"

"地狱之门？！"我赶紧问候子，"你是说那两扇铁门是地狱之门吗？"

候子没有回话，却着急地问我："你在哪里看到的铁门？"

我指了指："就在前面！"

候子顾不上说什么，抄起一支火把就往前跑，把我一个人留在了后面。

越想越不对劲，我也赶紧跟了上去。

路上全是散落的碎石，很不好走，那铁门看着就在眼前，但是我怎么走，就是走不到那里，而且脚下一急，差点儿摔倒在水里。

阴风阵阵，凛冽的寒风从四面八方吹过来，瞬间就把我给吹透了，火苗乱窜，随时都可能熄灭。

我用身子尽量挡住风，小声叫着：“候子？！候子？！”

没有人说话。

我有些恼火，想要大声喊，又怕惊动山洞里的怪物，只好压着火叫着：“候子！他妈的候子！”

喊了半晌，那边连一点儿动静也没有。

这时候，就听见一个声音叫了起来：“小白哥——！”

迅速回过头，果然看见一个人举着火把，欣喜地站在那里看着我。

我有些吃惊，不敢相信地叫了声：“莫托？”

莫托使劲点点头，说：“小白哥，终于找到你啦！”

接着，他用火把朝后面照了照：“小白哥找到啦！”

我的心猛的跳动起来，就看见火把下站着一个人，朝着我浅浅地笑着，那个人正是徐雅丽。

来不及说什么，我抢过火把，四下里照了照，就发现在前方不远处，就是那两扇古怪神秘的大铁门。候子正趴在铁门旁，用一根大棍子使劲撬着铁门。

莫托他们脸色也变了：“怎么又出现了一扇铁门？！”

还没跟他们解释候子的事情，就看见候子在那儿撬了半天铁门，那铁门仍旧是纹丝不动，反而是他自己用力太猛，把棍子给撬断了，一屁股坐在了地上。

候子跌坐在地上，朝着我们摆手：“莫托！小白！赶紧过来帮忙啊！”

喊了几声，见我们没理他，他愤愤地走过来，几乎刚离开，铁门却猛然发出了一声巨响，接着里面叮叮当当响成了一片，像是有什么东西在里面打斗，声势惊人。

候子吓了一跳，什么也顾不得了，赶紧往我们这里跑。

铁门背后的声音越来越大，莫托也有些吃不住，问我：“小白哥，里面到底是怎么回事？”

我摇摇头：“先别急，看看再说！”

这时，那铁门突然发出轰隆一声巨响，震得整个山洞都嗡嗡作响，簌簌往下掉灰。

这时候，徐雅丽低声说了一句：“铁门开了。”

抬头看去，借着火把朦胧的光，果然看见那原本合拢严实的铁门，露出了一条缝隙，那缝隙越来越大，很快就露出了一个大口子。

候子惊恐地说：“有什么东西在里面推门……它……它要出来了……”

几乎是一瞬间，我们还没来得及做出任何反应，那铁门就轰隆一声被撞开了，接着就从里面飞出来了一个人。

莫托脸色煞白，叫道：“完了，这怪物还会飞！”

徐雅丽冷静地说：“不对，是一个人！”

我点点头：“还真是一个人！”

莫托走上前，仔细看了看，叫了起来：“是毕叔！”

的确是老毕！

只不过，这时候的老毕的确不太好辨认，他趴倒在地上，后背全被鲜血给浸透了，瘫倒在地上，折成了一个大字形。

莫托的眼泪都下来了，拼命摇晃着他：“毕叔！毕叔！”

我和徐雅丽也很伤感，想着来时候好好的一个人，走的时候却要抬出去了。看他这个样子，搞不好抬都抬不出去了，要找个地方埋了。

这时候，神奇的一幕再次发生了，那个看起来像具尸体一样的老毕竟然哼唧了一声，然后微弱地骂了一句：“老子……又，又没……死！你哭……哭个屁！”

莫托一下子呆住了，然后忍不住哈哈大笑起来，含着眼泪朝着我们叫：“毕叔没死！毕叔没死！哈哈哈！”

老毕还在那儿说话，他虽然没死，显然也受了很重的伤，还在那断断续续地说话。

他说：“快……快……走！”

莫托听不懂了：“什么？！毕叔，你让我们快点走！”

老毕费劲地做了一个吞咽的动作，说：“我……我……”

莫托使劲攥着他的手，说：“毕叔，你是不是说让我们快点走，把你留下，省得拖累我们！你放心，我绝对不会这么干的！我一定会陪着你，战斗到流尽最后一滴血！”

老毕嘴唇直抖，硬是又吐出了几个字：“快……抬，抬……走……我！”

莫托有些不明白：“毕叔，你到底要干啥？”又扭头问我：“小白哥，你说毕叔是不是那个什么回光返照啊？！”

我说：“嗯，看着有点儿像……”

徐雅丽在旁边说：“我怎么觉得，毕老师是想让咱们抬走他呢！”

老毕这时候身体抖动了一下，使劲点了一下头。

莫托说：“既然这样，那咱们就赶紧抬走他吧！”

老毕身体又抖动了一下，使劲点了一下头。

这时候，我给莫托拦住了：“不行！”

莫托问：“为啥？”

我说：“老毕现在被摔成了这个样子，你知道他没有骨折啥的？要是骨折了，咱们随随便便这么一抬，接着断掉的骨头像刀子一样扎到他内脏里，那人绝对就挂掉了！到时候，你负责啊？！”

老毕身体猛地抖动了一下，接着又一次张嘴了：“抬……抬走……我！”

我说：“毕老师，您就踏实在这里躺着吧！你说，躺在这儿和躺在旁边，又有什么区别呢？”

老毕嘴唇哆嗦着，说：“有……”

我说：“有啥区别？”

他哆嗦着说：“还有……还有一个……”

我问：“还有一个？还有一个什么？！”

他的嘴唇哆嗦了一下，说了一句什么，但是声音太微弱，我没能听清楚。

我蹲下身子，耳朵贴着他的嘴，想听他说什么。这时候，莫托突然叫了声“小心”，上去一把推开了我，让我重重摔倒在了地上。

在我飞出去的那一刻，我扭过头，就看见铁门处又飞出了一个人，那个人不偏不倚，正好重重摔在了老毕身上。

在那一瞬间，我完全读懂了老毕。

原来，他死活要求赶紧抬走他，所说的还有一个，就是想告诉我们，这铁门里还会抛出一个人来，要不赶紧把他抬走，就得砸在他身上了……

回想着老毕幽怨的眼神，我暗暗给了自己一个嘴巴，发誓以后一定要对老毕好一些。

又一次飞出来的那个人，我们也认识，就是我那个便宜师父。

他的情况也不大好，身上也是多了几道血痕，不知道是不是因为有老毕做人肉垫子，他很快就站了起来，看起来精神还不错。

莫托和徐雅丽都叫了起来：“胖叔！”

胖叔点点头，佯装镇定地看了看周围，对我点了点头：“小白，你没事吧？”

我硬着头皮叫了一声“师父”，又问他没事吧。

他倨傲地点了点头，轻描淡写：“还好，与那恶兽斗了一会儿，受了点儿轻伤。”

莫托赶紧问：“胖叔，那怪物就在里面？！”

胖叔点点头，蹲下身，简单查看了一下老毕的伤势，很快下了一个结论：“皮外伤，死不了！赶紧背上他，咱们马上走！”

莫托答应一声，背上老毕，我们慌慌张张就要往前走。

这时候，那铁门又是轰动一声巨响，这一次，又有一个东西飞了出来，却是其中一扇铁门，被远远地抛了出去，插在了距离我们二三十米远的前方，正好截断了我们的去路。

我们几个停在了那里，一时间不知道怎么办好。

这时候，就听见候子在后面叫了起来："出来啦！它出来啦！"

虽然在这里被困了那么久，也三番两次进入它的幻境，但是一直到现在，我才第一次清楚地看到那个怪物！

原本我以为，这个怪物既然也能制造幻境，那应该和我们在山上看到的那个类似蛇颈龙的怪物差不多，没想到看了一眼才知道，两个是截然不同的。

这次的怪物，长相非常奇特，它的身形并不特别大，差不多有两三头牛那么大，长着一个硕大的脑袋，上面长着一堆鹿角，以及铜铃一般大的眼睛，全身通红，上面披着一层厚厚的鳞片，走起路来，一身鳞片还会发出咔嚓咔嚓的响声。

更古怪的是，这怪物竟然浑身散发着幽幽的绿光，两只眼睛却往外放射着红光，全身上下都像是喷射着地狱之火一般。

我忍不住叫了一声："这……这是什么鬼玩意儿？"

旁边的候子却兴奋了，甚至都不害怕了，他死死地盯着那个怪物，快速地说："是地狱麒麟！果然是地狱麒麟！它身上的鳞片能分泌出来磷，看起来像是浑身上下都在冒火！"

受到他的感染，我们几个也放松了警惕，在黑暗中死死盯着这个怪物。

我小声说："麒麟？！麒麟不是传说中的神兽吗？怎么在这个破地方？！"

候子兴奋地说："这个不一样！这个是地狱麒麟！"

莫托问："这个地狱麒麟和普通麒麟有啥区别？"

旁边胖叔低声说："地狱麒麟，是在镇守地狱的大门。"

我的心咯噔一声响，回头看了他一眼，他也是一脸苦笑地看着我，点了点头。

胖叔说，地狱麒麟是镇守地狱大门的，他们又是从那两扇神秘的铁门中被抛出来的，难道说，那铁门背后就是地狱？

那地狱麒麟名字虽然可怕，但是个头儿并没有像我们之前预想的那么大，反而萦绕着一种神秘的色彩，让我们几个被它吸引住，竟然忘了害怕，在旁边对它大肆评论起来。

没想到，它的个头儿虽然没多大，但是破坏力惊人。

它仿佛对那扇铁门非常憎恶，低头嘶叫了一声，鼻孔中向外喷射着火焰，往后退后几步，接着朝那仅存的一扇铁门发起了总攻。

巨大的身躯重重地撞在那扇铁门上，铁门一下就被撞得飞了出去，跌出去很远。

接着，它转过头去，像马一样，打着响鼻，昂首怒视着我们，随时要向我们冲过来。

胖叔叫了声“快抬走老毕”，自己把手往下一伸，袖口中露出了一把手枪，他一把握在手里，瞄都没瞄，冲着那地狱麒麟就是一枪！

子弹打在麒麟身上，火星四射，根本对它没有丝毫伤害，反而激怒了它。它低吼一声，开始调转了方向，朝着胖叔直冲了过去。

胖叔转身就跑，边跑边回过头去开枪，每一枪都打在麒麟脑袋上，火星四射，看起来很吓人，其实并没有什么用。

因为那麒麟非常奸诈，它见胖叔一抬手，就马上低下头，用坚硬的脑袋挡住子弹，根本打不到眼睛等关键部位。

很快，麒麟就赶上了胖叔，上去就用鹿角狠狠一挑，想要挑翻他。好在胖叔比较机灵，肥胖的身子就地一滚，堪堪避了过去，但是也在石壁上擦出了一道血痕。

那麒麟一击不中，立刻后退一步，巨大的蹄子高高抬起，朝着胖叔狠狠踏了过去，胖叔又是就地一滚，好歹又逃过了一劫。

我急得要命，叫道：“小莫！还他娘的等啥呢！赶紧开枪啊！”

莫托才反应过来，赶紧端起枪，却发现正对着那麒麟的后背，根本没法瞄准。弄了半天，好歹开了一枪，那子弹擦着麒麟的身体飞了过去，正好打在那麒麟的鹿角上，给打下来了一小根鹿角。

我兴奋了，叫道：“操！它果然不是刀枪不入！赶紧的，再给它一枪！”

没想到，那麒麟被莫托一枪打断了一根鹿角，当时勃然大怒，怒吼一声，扔下胖叔朝着我们冲了过来。

我们见势头不好，赶紧把老毕和徐雅丽藏在山缝里，两个人撒开腿就往前跑。

那怪物速度很快，我们没跑几步，就觉得后面传来了一阵腥风，眼看着就要撞上我们，我一个踉跄，摔倒在地上，人朝着另外一边飞了出去。

那怪物见我飞出去，犹豫了一下，还是没有停下，选择了继续追击莫托。

莫托扛着那把猎枪，根本跑不动，很快就被那怪物追上，被它用大脑袋在后面狠狠一撞，就撞得飞了起来，落到了后面的水潭里。

接着，它满不在乎地摇晃了一下硕大的脑袋，打着响鼻，开始朝着我慢慢地走了过来。

我当时紧张得要命，心脏怦怦地跳着，既担心莫托他们的安危，又害怕即将到来的厄运，嘴里还不愿意服输，想在临终前说点儿慷慨激昂的话，想了想，却叫了一句：“十八年后，又是一条好汉！”

喊了以后，觉得气势有些不够，根本压不住那怪物。

那怪物像是故意逗我一般，并不急着过来，反而摇晃着脑袋，毫不在意地慢吞吞地走过来，故意延长着这段路程的时间，让我加倍感受到那种深入骨髓的恐惧感以及窒息感。

在那几十秒钟，我几乎承受了这辈子所承受过的最大压力，也第一次真真切切地感受到了死亡的威胁。那怪物浑身上下散发着恐怖的死亡气息，那鳞片咔嚓咔嚓的摩擦声，以及身上浓烈的腥臭味，都提醒着我，死亡正在一步步地朝我紧逼过来。

我发现，这头麒麟并不是普通的野兽，它分明已经具备了很高的智商，在它的眼神里，我分明已经看出了那种无情的嘲弄和冷血，就像是老猫在挑逗一只老鼠一样。

在那种近乎绝望的压力下，我已经完全丧失了所有反抗能力，别说反抗，当时我的两条腿完全瘫软了，根本连站都站不起来，只能乖乖地在那里等死。

没想到，就在那怪物朝我逼过来的最后一瞬间，一块石头狠狠地砸在了那麒麟头上，接着，在它背后响起了一个声音："大泥鳅！有种你就冲老子来！"

是候子！

我的眼睛湿润了，没想到在我濒临绝境的最后一刻，竟然是那个我一直怀疑的候子过来救我！

但是没有用，这怪物连枪都打不透，他用石头砸它，除了能激怒它，还有什么用。

没想到，候子用石块成功激怒了怪物后，并没有逃跑，反而背着手，站在它面前，朝着它哈哈大笑。

他叫道："老泥鳅，你敢不敢听老子说一句话！"

那怪物显然也被候子吓住了，或者说觉得候子很有意思，竟然真的乖乖地站在那里，一脸不屑地看着他。

候子依旧背着手，叫道："老泥鳅，你敢跟老子单挑吗？"

那怪物显然很吃惊，瞪大了眼看着他，显然很怀疑候子竟然能说出这样一句匪夷所思的话来。

候子哈哈大笑，傲然道："看看，你不敢了吧？！那也没事，只要你乖乖地给老子磕三个响头，老子就放你一马！"

那怪物绕着候子走了一圈，仿佛是遇到了什么非常可笑的事情，打着响鼻，鼻翼翕动，时不时龇牙咧嘴，仿佛随时会把候子给吞下去，让我紧张得连大气都不敢喘一下。

候子依旧背着手，昂首看着天，仿佛那麒麟根本不存在一样，眼睛里完全没有它。

那怪物围着候子绕了一圈，使劲闻着候子，后来终于犹豫着退了回去，像是有些担心候子会耍什么阴谋。

候子也松了一口气，说道："好嘛，你既然不敢应战，那老子只好当你输了！"

说完，转身就走，那怪物狐疑地摇晃了一下脑袋，看着候子渐渐走远了。

接着，它仿佛终于想明白了一件事情，突然勃然大怒，几步就追上了候子，然后猛然张开大嘴，露出了白森森的牙齿，朝着他狠狠咬了过去。

说时迟，那时快，就在怪物张开大嘴，朝着候子狠狠咬过去的一瞬间，候子猛然转过身，终于伸出了一直背在后面的双手，在那手上是一捆绑在一起的雷管。

他毫不迟疑，随手把雷管的引线在火把上点着，那引线顿时火星四射，刺啦刺啦燃烧起来，那怪物见势不好，张着大嘴想往回跑，候子一个箭步冲了过去，将雷管一下就投进了怪物嘴里。

那怪物拼命挣扎，想把那东西吐出来，但是它张牙舞爪了半天，大张着嘴，一时半会儿还真吐不出来。

候子拼命往后跑，边跑边叫："趴下！都趴下！"

用不着多提醒，我们几个但凡还能动弹的，都拼命往地下缩，恨不得找一道地缝钻进去！

那怪物咆哮起来，用爪子拼命扣着喉咙，想把那雷管给扣出来，但是没用，那引线刺啦刺啦响着，几乎没用几秒钟，就轰隆一声爆炸了。

雷管的威力极强，又是直接在怪物嘴里爆开，将那怪物的脑袋直接炸碎了，像是一个熟透的番茄猛然炸开了，一时间血浆四射，飞溅得哪里都是。

候子离得最近，受到的冲击也最严重，脏兮兮的袍子上糊满了鲜血，看起来像是一件大红袍。

巨大的响声震得整个山洞嗡嗡直响，我的耳朵也被震得耳鸣了，就看见大家都站起来，拼命喊着、欢呼着，却什么也听不见。

我跌跌撞撞地站起来，先去检查了一下莫托，还没到水边，就发现他从水底下钻了出来，抹了一下脸上的水，冲着我嘿嘿直乐。

回过头去，候子只是跌了一跤，并没有受伤，正坐在地上和胖叔聊天。

远处，徐雅丽也从石缝里钻了出来，仔细检查着老毕的伤口。

我突然大大松了一口气，一屁股坐在了地上，浑身上下都充满了疲惫感，觉得浑身的力气都被抽走了，直接瘫倒在地上，长长地出了一口气。

莫托还在底下跟我说话，我耳朵里嗡嗡地响，什么也听不到，不过这个没什么要紧的，怪物既然被消灭了，也没有什么好担心的。

在地上躺了足足有一刻钟，我突然觉得有些不对劲。

在我身下，原本是坚硬的石壁，现在却有规律地颤抖起来，像是什么东西引起了巨大的震荡。

转过头看看，我的感觉没错，河水也有规律地形成了一圈圈涟漪，看来这地上真的有颤动。

我不由得有些吃惊，刚才那头怪物如此凶悍，在这里横冲直撞，但是也没有撼动这里巨大的石块，这又是怎么回事呢？

扭头看看，莫托一脸焦急，正在打着手势，跟我说些什么，但是我的耳朵还是嗡嗡直响，根本听不见。

匆忙坐起身，也发现所有人都站了起来，面色凝重地盯着那个缺了两扇铁门的黑洞洞的山洞。

我心里猛然打了一个战，难道说，这些颤动是源自那个古怪的山洞？

难道说，这山洞里还有一头破坏力更大的怪物？！

我想的没错，因为那颤动越来越大，几乎能清晰地感受到里面咚咚咚的巨大声响，像是什么巨兽沉重的蹄子狠狠踏在巨大的石板上发出的震动。

整个河面都随着那巨大的震动泛起了巨大的波浪，甚至涌起了巨大的漩涡，可以想象那怪物拥有多么大的破坏力。

所有人都绝望了，大家徒然地站在那里，眼睁睁地看着那个山洞，既不逃命，也没有任何抵御措施。

大家都知道，对付刚才那个怪物，我们已经尽了全力，也就是后来候子拼死一搏，才取得了关键性的胜利。

现在，我们基本上只能等死。

莫托默默地从水里走了出来，站在了我的身边。

徐雅丽将老毕好好安置在了石缝里，也默默地走了过来，和我们站在了一起。

候子耸了耸肩，把自己的口袋翻了出来，示意自己的所有存货都用完了，再也没有什么后招了。

这一会儿，我的耳朵基本上已经恢复了正常，也终于听到了山洞里传来的巨大的脚步声，以及那怪物偶尔发出的几声极具穿透性的威胁声。

猛然想起，胖叔说过，这地狱麒麟是用来镇守地狱入口的，这山洞里即将出来的怪物，会不会就是地狱里的怪物？！

胖叔也喃喃自语：“我们都被骗了……这是一个天大的局……”

凛冽的寒风下，大家默默站立着，感受着那怪物巨大的破坏力，迎接着即将到来的命运。

我们已经做到了迎接死亡的准备。

除非……除非是奇迹出现……

奇迹出现了！

就在大家全部屏息凝神等待死亡到来时，在我们身后猛然传来了一声低低的笛音。

笛音？！

的确是笛音！

我一下子兴奋了，莫托也欣喜若狂，大家猛然回过头去，果然在那黑暗的峡谷中，缓缓地走出来了一个人。

那个人，穿着一件白色的袍子，淡淡地吹着一支碧色竹笛，旁若无人地走了过来。

在他肩膀上，一只火红色的猴子趾高气扬地站着，对周围的人全部视而不见。

不过，在它看见我时，还是偷偷朝我做了一个鬼脸，然后又恢复了那种端着的师父范儿。

徐雅丽不知道白袍少年的来头，有些害怕，我捏了捏她的手，示意这是自己人，不用害怕。

白衣少年径直走了过去，像是我们根本不存在一样，只是路过那具怪物尸体时，环顾了一下四周，接着在候子身上注视了一下，露出了一个颇为玩味的笑容。

候子硬着头皮跟他对视了一眼，像是有些怯场，低下了头，小声嘟囔了一句什么。

自从笛声响起，那山洞里的怪物更加狂暴了，不仅脚步声加快，而且还伴随着一些破坏性的动作，像是使劲撞着山洞，撞得我们这里像是地震了一般，簌簌地往下掉灰。

少年却毫不在意，径直走到山洞边，收起了笛子，甚至还轻松地理了理头发，然后从容地走了进去。

在他走进去不久，山洞里的怪物猛然咆哮起来，那是一种愤怒以及绝望的叫声，声音极具穿透性，震得水波上泛起了一圈圈的涟漪。

没有人说话。

过了好久，那声音渐渐小了下去，像是离我们越来越远，最后终于消失听不见了。

胖叔才松了一口气，说："我们差点儿闯了大祸。幸好，幸好他终于还是出手，封印了地狱之门。"

莫托也松了一口气，兴奋地使劲挥舞了一下拳头，说："还是白袍小哥厉害！"

徐雅丽也有些吃惊，说："那个人……他自己就打跑了怪物……他，他真的是人类吗？”

看着这个小少年，我不由得又想起来二十年前的那一桩往事，那一个孤独地坐在黄河滩上的小少年，不由得有些眼热，想说些什么，又不知道从何说起，只好咳嗽了一声。

山洞里又传来了几声叮叮咚咚的声音，像是有人在敲打着什么，又过了一会儿，少年昂着头走了出来。

胖叔整理了一下衣服，走上前去，抱了抱拳，客客气气地说："感谢小哥救命之恩！在下——"

白袍少年不耐烦地伸出手，制止了他，冷冷地说："不想死的，就跟我走！"

胖叔使了个眼色，让莫托赶紧背上老毕，跟着少年往前走。

周围黑乎乎的，脚下全是尖锐的乱石，偶尔还有一道道流水，我们几个点着火把，照着脚下，走起来还是跌跌撞撞的，很容易摔倒，那白袍少年却健步如飞，毫不在意地率先走去。

没多久，我们就走出了山体裂缝，来到了一个更深的山洞中。

徐雅丽用火把四处照了照，惊讶地说："这里……不就是咱们进来的山洞嘛！"

左右看看，两边是平滑的石壁，下面是巨大的石阶，上面是纵横的铁链子，一级级走上去，果然是我们进来时的那个巨大的祭坛。

只不过，我们来的时候，是从上往下走，现在是从下往上走。

白袍少年走得越来越快，很快就只剩下了一个影子，大家来不及发问，只好跟着他拼命往前走。

很快，我们就走出了祭坛，到了那几口古怪的棺材旁边。

那几口古怪的棺材，已经不是原来的样子，而是被拉扯得横七竖八，看起来像是被人拽过来拽过去一样。

本来以为，白袍少年会停下来料理一下那几口棺材，没想到他还是毫不在意地走了过去。

大家面面相觑，但是胖叔给我们使了个眼色，让我们什么也别说，什么也别问，现在唯一能活命的，就是跟着这个白袍少年走。

开始的时候，莫托一个人背着老毕，后来换成了我们两个人架着，最后是我们四个人抬着，几乎累得脱了力。

好容易走了出去，我们已经累得不行了，再也支撑不住，脚下一滑，扑通一下摔倒在地上，把老毕也摔在了地上。

我见那个白袍少年还在往前走，叫道："那个，小哥！能不能休息一会儿，实在是走不动啦！”

白袍少年理都不理我，继续往前走。

那红毛小猴回过头，看了看我们狼狈的样子，冲着白袍少年的耳朵吱吱叫了几声，挥舞了几下拳头，白袍少年终于站住了。

他转过身，说：“靠过来一些。”

我有些不明白：“什么靠？过什么来？！”

莫托说：“小白哥，他好像是让咱们走过去！”

我小声嘀咕着：“走就走呗！还什么靠过来，靠什么靠？！”

刚走过去，白袍少年就从怀里掏出来了一个纸煤子，迎风一甩，就冒出了火苗。

他拿着纸煤子，对小候说了几句什么。小候点了点头，用嘴叼起纸煤子，就朝着围墙蹿了过去。

小候跳到围墙上，在上面找了找，就拔出来了一根隐秘的引线，接着用火煤子点着了引线，迅速回到了白袍少年身边。

引线刺啦刺啦燃烧着，像是一条火舌，在围墙上迅速蔓延开来，并朝着祭坛迅速蹿了过去。

那扇小门很快烧掉了，我们透过那个缺口，可以清楚地看到祭坛里面的情况。

莫托有些吃惊：“那地上怎么着火了？”

胖叔低声说：“是祭坛上的条纹，上面灌满了火油，所以一碰就着。”

胖叔说得不错，那祭坛上的火油烧了起来，烧成了一个个奇怪的图案，像是两条鱼，又像是张牙舞爪的怪物，火苗在风中飞舞，整个图案也像是活了起来，像是两条鱼围绕着中间的怪物四处游动，形成了一幅神秘震撼的画面。

那几口棺材，被火烧得通红，里面不知道封着什么东西，痛苦嘶叫着，也扯动了棺材下的铁链子，铁链子又拉动了什么机关，就听见里面咔嚓咔嚓乱响，像是不断有机关被开启，又不断被破坏，非常神秘。

那火越来越大，逐渐向着下面燃烧，那怪物也像在火中飞舞一样，又像踏火行走，越走越远，逐渐到了祭坛最下方。

最后，所有火油汇聚到了一起，在祭坛最核心处，形成了一个巨大的火炬，火炬熊熊燃烧，像是一个烧红的铜柱，将那些怪物牢牢死绑在了上面，用烈火煅烧它们，它们不断发出各种痛苦的呻吟声，真像是人间地狱一般。

更让人震撼的是，随着祭坛巨大火炬的升起，我们所在的巨大的黑暗空间，终于被照亮了，我们也第一次看到了周围的环境。

原来，我们所在的地方，并不是一个空旷的广场，而是一个更大范围的祭坛，地下全是纵横排列的巨大青石板，上面雕刻着各种古怪纹路，十几米高的山洞顶上，布满了各种铁链子，上面挂着一个个蜂巢样的东西。

在那些蜂巢上面，盘踞着一个个古怪的蛇形人，面无表情地看着我们，像蛇一样冲我们吐着血红色的芯子。

我心里咯噔一声响，猛然想起了刚进山洞时摸到的那只滑腻腻的人手。

本来以为，那就是幻觉，却没想到，那并不是人，而是古怪的人蛇。

更要命的是，随着祭坛光柱越来越大，周围也越来越明亮，我们也惊恐地发现，这个巨大的山洞上空，几乎全部挂满了这种巨大的蜂巢，而每一个蜂巢里，几乎都钻出来了一个人蛇，虎视眈眈地看着我们。

我们……好像……进入了一个巨型人蛇巢穴里……

徐雅丽有些吃惊："这……这是什么？"

来不及跟他多解释，就看见一条人蛇已经跃出了蜂巢，朝着我们狠狠扑了过来。

我叫道："快跑！"

大家猛然跑开，只剩下莫托依旧傻乎乎地站在那儿，像是在思考着什么。

那人蛇力量极大，一下子就把莫托扑倒在地，张开大嘴，朝着他的脖子就狠狠咬了过去。

莫托见到人蛇后，像是猛然回忆起了什么，犹豫了一下，被一条人蛇扑倒在地，眼看着就要被咬住喉咙。这时候，就听见那白袍少年冷哼一声，接着一把银白色的小刀破空射出，瞬间刺穿了人蛇，并将它带得飞了出去，牢牢钉在了围墙上。

莫托死里逃生，一连退了几步，捂着胸口，大口大口呼吸，才体会到刚才的危险。

我赶紧冲过去，拼死把他给拖了过来，狠狠骂道："你小子是不是疯了？！他娘的！刚才差点儿就见了阎王啦！"

莫托一脸迷惘，说："小……小白哥，我刚才见到了……见到了……"

我余怒未消，狠狠在他脑袋上打了一下，又小心戒备着，怕其他人蛇再蹿过来，随口问："你刚才看到了什么鬼？！"

莫托结结巴巴地说："我，我看到了……我母亲……"

"啊？！"我吓了一跳，"你母亲？！就是你那个——"

莫托点点头："就是她——"

我不说话了，也理解了莫托刚才为何会这样激动，甚至连命都不要了。

心里怀疑，也问他："你母亲……她……"

莫托点点头，低声说："没错，她就是从这里出来的。"

我心里咯噔一声响："那你父亲当年……"

莫托说："他当年也来过这里……带着我母亲……"

我问："那你的生母……"

莫托咬着嘴唇，低声说："她和我父亲一起来的这里……但是没有出来……"

我叹了口气，拍了拍他的肩膀，没有说什么。

火焰冲天，越来越大，照得周围一片雪亮，但是并不持久，没过多久，火光渐渐缩小了下去，周围开始变得昏暗起来。

那人蛇显然对光线十分敏感，随着火光渐渐消失，也恢复了平静，不再是一副剑拔弩张的样子。

刚松了一口气，候子就忍不住叫道："那是什么？！"

扭过头看看，候子指的是我们身后，那一大片虚空之地，已经变得漆黑一片，但是在这些黑暗之中，却出现了一个个鬼魅一般的人影，倔强地站在那儿，浑身散发着鬼魅的绿光。

开始我也吓了一跳，还是徐雅丽说了声："是那些萤石人！"

我才想起，这些是用巨大的萤石雕刻成的人形石像。这些萤石可以吸收一定的光线，在周围陷入黑暗后，它就会自行发光，不过这光芒维持不了多久，就会慢慢消失。

那些绿莹莹的石像非常多，几乎遍布了整个空间，有的地方多，有的地方少，远远看去，像是组成了一幅古怪的图案。

尤其古怪的是，在我们脚下，也镶嵌了不少萤石，一块块的萤石连成了一条条绿莹莹的线，将这些古怪的石像连在了一起，看起来更加怪异。

候子疑惑地说："咦，这怎么看起来像是一幅地图？"

候子的话，让我一愣。

来的时候，我就觉得古人费尽苦心用萤石雕刻成人形，应该不会那么简单，现在候子说的话，倒是提醒了我，这些图案看起来还真像是一幅地图。

疑惑地看了看白袍少年，他抱着手，在那漠然地看着那些绿莹莹的石像，看不出什么表情来。

倒是那只小猴，比较兴奋，在他肩膀上跳来跳去，对着那些绿莹莹的石像张牙舞爪。

看来，这个白袍少年一定知道这些石像的秘密，他刚才让小候点燃祭坛，应该就是为了显示出这一切吧！

这时候，候子凑了过来，对我低声说："小白兄，我估摸着，这应该是一个藏宝图，底下一定藏着宝贝！"

我问："啥宝贝？"

他说："你忘了？当时我跟你说的，'物大必有宝'！这下面的怪物能有那么多，肯定有宝贝！我估摸着啊，这宝贝八成就在这藏宝图底下！你看看，那些石像有的亮着，有的灭了，那些就是阵眼，只要看懂了这个，就知道那宝贝在哪里了。"

我故意刺激他："那宝贝就在眼前，你赶紧拿去啊！"

他踌躇了，说："那个……这个宝贝也要讲究机缘的！机缘不到，也不好去取！"

我笑了："机缘个屁！你是怕那个白袍少年吧！"

他讪讪地笑了："那白袍小哥是什么来头？怎么身手那么好？！"

我鼻子里冷哼一声："他嘛，算是我小时候的一个朋友吧！那身手，也就是马马虎虎吧！"

候子立刻肃然起敬："我的亲妈！这大仙儿是你朋友啊！你咋不早说啊？！"

我："早说什么？"

候子说："咳，你跟他那么熟，赶紧拉他入伙啊！我跟你说，要是这小哥入伙了，加入咱们的寻宝团，咱们保证指哪儿灭哪儿，从长江到雅鲁藏布江，眼睛眨都不带眨一下的！"

我："……"

候子："哎——小白兄，你哭啥啊……"

我："……我他妈的迷眼了行不？！"

说话间，那石像周身的光芒开始慢慢减弱，有些石像忽明忽暗，像是群星在黑色的天幕上眨眼，显得非常诡异，也更加空灵，看起来像是一个巨大的棋盘，上面摆满了大大小小的幽绿色散碎棋子，忽明忽暗，在黑暗中显得勾魂摄魄，非常美艳。

白袍小哥终于行动了，他像是散步一般，信步走到了那棋盘中间，随意摆弄了几个石像，就听见上面哗啦一声响，接着从上面垂下来了一条铁链。

他使劲拉了一下铁链，就听见咯噔咯噔一阵响声，像是什么机关给扯动了，整个山洞上的铁链子都开始了运行，咯吱咯吱地响，开始还挺费劲，后来就畅快多了。

那白袍少年负手直立，站在闪烁着绿光的石像中，一动也不动。石像闪烁着绿莹莹的光芒，他整个人身上也映了层鬼魅的绿光，看起来有一种超现实主义魔幻色彩。

过了没多久，那些鬼魅的绿光终于消失了，不过在消失之前，山洞上的铁链子也终于停止了运行，从上面哗啦一声掉下来了一个铁皮匣子，由一根细弱的白色链子牵着，正好掉到了小少年身前，他一把抄起匣子，开始往外走。

走到我们身边时，他淡淡说了声："还不快走！这里要塌陷了。"

萤石的余晖即将褪去，借着朦胧的亮光，大家左右看看，才发现那匣子被取下后，仿佛铁链子失去了平衡，开始迅速地往后退，并引起了一连串的连锁反应，黑暗中，就听见铁链子簌簌往后退，山洞上也传来了窸窸窣窣一阵响声，像是那些人蛇也在跃跃欲试。

胖叔抬头看了看，说了声："快走！"

我们几个抬起老毕，跟着白袍少年就往前走，结果走了没几步，就听见轰隆隆一阵巨响，像是地震一般，地动山摇，我们几个跌跌撞撞地往前跑，好容易稳住身子，回过头看去，就看见那原本长不见头的围墙，像是多米诺骨牌一般，迅速倒塌下去。

还没搞懂怎么回事，那山洞上也开始往下掉东西，一个个巨大的蜂巢般的东西纷纷往下掉，摔在我们身边，一条条人蛇狼狈地钻了出来，不知所措地在地上乱窜。

在这仿佛世界末日的山洞中，那个白袍少年却丝毫不为所动，依旧神色自如地向前走，像是周围的环境根本和他无关一样。

莫托有些慌乱，问："胖叔，怎么办？"

胖叔迅速看了看周围，咬紧牙，说："别管那么多！就跟着那个小哥走！"又让我照顾好徐雅丽。

候子也点点头："对，跟着行家走，别管有没有！"

说话间，那白袍小哥已经走出去了很远，我们几个抬起了老毕，拼命追着他。

还没走多远，就听见后面突然传来了一声巨响，像是一座山峰猛然塌陷了，接着身后一个巨浪兜头打来，一下子把我们几个扑倒，狠狠摔在了地上。

狼狈地躺在水里，浑身上下都湿透了，北风一吹，冷得厉害。我还没反应过来，我们明明是在一个山洞里，怎么会有浪头，怎么又会躺在水里？

这时候，就听见莫托叫着："小白哥？！胖叔！"

挣扎着爬起来，才发现我们根本不是在一个山洞里，周围也不再是那种黑黢黢的色彩，而是在大江边上，天空已经蒙蒙亮了，周围全是江水，大水哗啦哗啦响着，远处群山起伏，的的确确是乌苏里江。

我又惊又喜，怎么也没有想到，就这样走出了那个鬼魅一样的山洞。

而且大家虽然落了水，却都在浅滩里，并没有什么危险。

左右找了找，候子也从水里站了起来，他比较倒霉，头朝下扑到了水里，被狠狠灌了几口江水，呛得他直咳嗽。

紧接着，胖叔和徐雅丽也扶着老毕走了出来。

大家死里逃生，浑身湿透，在大清早迎着寒风，从江水里跋涉出来，都有些感慨，又不知道说什么才好。

还是候子第一个反应过来："刚才那些……是不是都是幻境？"

我们几个才恍然大悟，都知道这乌苏里江怪物善于制造幻境，我们本来以为，穿过了几层幻境，并杀死了一头地狱麒麟，又封印了一头怪物，已经算是走了出来，却没有想到，直到白袍少年取出了那个铁匣子，才终于算是破掉了那个幻境。

大家都没有说话，想着我们之前所经历的那一切，到底哪些是真实的，哪些是幻境呢？那古老神秘的山洞，鬼魅凶险的大铁门，传说中的地狱麒麟，蜂巢一般的人蛇洞穴，那一幕幕究竟是幻觉还是真正发生过了呢？

寒风烈烈地吹着，脸上像刀割一般疼，但是没有人在意，大家僵硬地走在江边，默默地想着心事。

徐雅丽抬头看了看，惊讶地说："白袍小哥，还在那里！"

抬头看看，那个白袍少年果然站在江边，负手而立，眯着眼睛看着即将升起的太阳。

我心里突然一阵激动，忍不住冲着他跑了过去。

胖叔吓了一跳，在后面追喊着："小白！小白！"

一口气跑到白袍少年那里，累得我上气接不上下气，弓着腰大口大口喘气，冰冷的空气迅速涌到我的肺里，让我的肺一阵抽搐，几乎要呕吐出来。

白袍少年默默地站在那里，眯着眼看着东方，理都不理我。

还是那个红毛小猴转过头，看到了我，冲我做了一个鬼脸，接着揪着白袍少年的耳朵，让他回过头看看我。

白袍少年回过头，漠然地看着我："你是谁？"

我几乎要被他气死，结结巴巴地解释，我就是前段时间在大兴安岭那里被他救的那个人，就是"鬼藏人"那次。

他终于想起来了："哦，原来是你。"

我使劲点头："是我，是我，你记起来了？"

他面无表情："并没有。"

我恼火了："这你都能忘？！"

他一脸冷傲："我救的人多了，每个都记得，岂不是要累死？"

看着他那嚣张的样子，气得我牙根直痒痒，恨不得上去一脚把他踹倒，然后狠狠揍他一顿出气。

吱呀一声，那只火红色的小猴跳下他的肩膀，顺着我的腿哧溜一声爬到了我肩膀上，然后兴奋了，挥舞着小拳头，给他做着鬼脸。

我乐了，这小猴还记得我，而且挺记仇。

那白袍少年冷冷地说："你还有什么事？"

我压住火气，问道，差不多在二十年前，他有没有去过山西临县的黄河大峡谷，当年那里挖出来了一只大王八，还有一个孩子掉进了黄河，被一个白袍少年给救了。那个少年是不是他？

他点点头，淡淡地说："是我。"

我说："我这次过来，就是想跟你说一句谢谢。当年你救的那个孩子，就是老子！"

说完，我也不顾欣赏他脸上精彩的表情，转头就走。

没想到，还没走出几步，就被他一把拽住了。

他一把拽过我，先是把了把我的脉，接着翻了翻我的眼皮看了看，然后点点头，说："还不错。"

我拼命反抗，却被他死死揪住了，一点也动弹不得。

莫托在旁边看着不对，以为我们两个打起来了，赶紧跑了过来，叫着："小白哥，咋地啦？！"

我有些恼火，尤其是当着莫托的面，被人像揉面团一样揉过来捏过去，感觉很没面子，当时就吼道："他娘的，快放开老子！"

他理都不理我，继续在我身上掐来摸去，最后一下放开我。我挣扎得太厉害，一屁股摔倒在了地上。

还没爬起来，他就把一个小瓷瓶丢在了我脑袋上，说："每天服用一粒，坚持一个月，不然你活不到三十岁。"

他这句话很瘆人，一下子把我给吓住了。

再想想，不行啊，我哪能叫这个江湖郎中一句话就给吓住了，还是朝他嚷嚷着："谁说我活不到三十岁？！告诉你，你可别方老子！"

他却冷冷地问我："你是不是鼻子经常出血？"

我点点头，这个倒是，经常早晨醒来时，觉得枕头上黏糊糊的，就知道鼻子又出血了。

我还嘴硬："天气干燥，鼻子就爱出血，这有什么？"

莫托也叉着腰，帮我说话："对，我的鼻子也老出血呢！"

白袍少年淡淡地说："信不信由你，给你留下这瓶药，是因为我欠你一个人情。"

"欠我一个人情？"我心里一愣，问他，"你救过我，怎么还欠我的人情？算了，你就说吧，这瓶药多少钱，我买了就是！"

他有些恼火，说："当年要知道你这么蠢，我才不会出手救你！那药记得服用，小时候落下的病根，现在不治好，五十岁后你肯定要瘫痪。"顿了顿，他又说了一句，“算了，我大人不记小人过。从现在开始，我们两清了，以后你最好离我远点。”

接着，他一招手，江面上顿时出现了一道细纹，水波中，竟然有一条筷子般粗细的小蛇从江面上泅水而过，游到了他身边。

红毛小猴见到这条小蛇，显得十分兴奋，在他肩膀上手舞足蹈，恨不得跳进水里，与蛇共舞。

白袍少年拿出来一个竹筒，那小蛇嗖地一下钻到了竹筒里，他将竹筒插在身上，转身走了。

我拿着那瓶药，呆呆地站在那儿，看着他远去的背影，一时间不知道说什么。

候子在那给我拼命打着手势，让我赶紧冲过去，死也要把他留下来，我们下半辈子的幸福就靠他了！

莫托见我有些失落，忙安慰我：“小白哥，别听他的！我原本以为他挺厉害，现在看看，不就是一个要把式卖艺的嘛，也就那条蛇还行！”

看着那条蛇，我童年深处的记忆一下子浮现在了心里，再一次想起我当年经历过的那件往事。

那一个少年老成的白衣少年，蹲在地上，用香混合着自己的鲜血，从我鼻孔里引出来了一条黑色的小蛇，接着，他将小蛇关进了一个竹筒里，并说我是被人种下了憋宝，虽然暂时没事，以后可能会折寿。

他说的欠我一个人情，就是因为这件事吗？

想到这里，我一下子慌了，当年的事情到底是怎么回事？！

到底是谁给我种下的憋宝？那头巨龟是他带走的吗？！他所谓的斩杀黄河里的怪物又是怎么回事呢？！

还有，那个民兵连长死前让我给他带的那句话，又是什么意思？！

顾不上和莫托解释什么，我撒腿就往他消失的方向跑，跑了好一会儿，也没有看到他的影子。

换了个方向，又往其他地方找了找，到处都是空荡荡的，那个白衣少年又一次消失了，就像二十年前一样神秘。

我失落地坐在地上，呆呆地看着乌苏里江，江水哗哗流淌着，我看着跑过来的莫托和候子，莫托焦急的眼神，候子沮丧的表情，徐雅丽疑惑的样子，突然感觉非常疲惫，疲惫得不想和任何人说任何话。